淒情納蘭

趙淑俠　著

自序

納蘭性德字容若，想以他為主角寫一本傳記性的小說，是我很早的心願。我本人一半滿族血統：母親出身於松花江流域的葉赫族正黃旗。我雖沒受過母親那樣的滿族高貴人家的文化教育，沒有琴棋書畫方面的造詣，但也讀過一些滿族的歷史，早就知道清朝近三百年間，最著名的大作家是納蘭容若和曹雪芹。曹雪芹無疑是中華文學史上，一位最光輝璀璨的小說家。納蘭容若號稱「詩人」，其實他是以「詞」聞名於世。清代寫詩的人也不少，只是整個水平遠遜於唐詩。但「詞」的成就便不同了。滿人統治的清朝，反而非常流行寫詞，名家倍出，水準亦高，被稱做「詞的中興時代」。

容若天資穎異，兩歲識字，四歲騎馬，七歲能射箭，好學成性讀書又過目不忘，十三歲通六藝會詩文，自童年時代就被認為是個天才。他的文學路走得也順遂。二十四歲先出《側帽集》後出《飲水詞》，造成「家家爭唱飲水詞」的局面。與年長他三十來歲的朱彝尊、陳維嵩，併稱之為「詞家三絕」。

容若一生情路坎坷，死時不滿三十一歲，距今已三百二十四年。經過漫長時序的篩選，目前見到的納蘭詞總共三百四十八首。這些詞作一直得到很高的評價。清末梁啟超曾說：「容若小詞，直追後主。」把他與南唐後主李煜並論。王國維對納蘭性德更是欣賞，在《人間詞話》中道：「納蘭容若以自然之眼觀物，以自然之舌言情，此由初入中原，未染漢人風氣，故能真切如此。自北宋以來，一人而已。」當代學者也認為納蘭容若的詞獨樹一格，成就斐然，是五代李煜、北宋晏幾道以來的一位傑出名家。

納蘭容若的作品，像「山一程，水一程，身向逾關那畔行，夜深千帳燈。風一更，雪一更，聒碎鄉心夢不成，故園無此聲。」之類的經典詞句，我做初中學生時就會背誦。至於他的家世生平，也絕不陌生。照說，應該很容易的就能寫出一部關於納蘭氏傳記體的小說。但我覺得遠遠不夠。小說本是創作，可真可假，但若用了某真人的名字，就應注重史實，不能隨心所欲的任意編排。

小山般的一堆書，像個陷阱，我一頭鑽進去便「穿越」到納蘭容若的時代：那時的社會生活，政治、皇室和一些納蘭容若的作品以及記載他身世的直接或間接的文字。一大堆紙片子讓我足足看了八個月。

用一年時間寫完《淒情納蘭》。二〇〇九年在大陸發行問世，屬當年的暢銷書。讀者們紛紛在網上抒懷，至性的肺腑美文令我感動。其中不少人對八十闋容若詞，巧妙的嵌入小說中，表示激賞。迴響的熱烈出我意料。

簡體字版獲得佳績固然是好，但繁體字版對我更為重要：我究竟是用繁體中文字創作的作家。感謝秀威出版社的蔡曉雯女士，熱心推動《淒情納蘭》的繁體字版與讀者見面。希望這本被認為內容淒美充實，忠於歷史的傳記體小說，也能像在大陸上一樣，受到讀者的喜愛。

納蘭家族世系及人物關係表

納蘭家族源自海西女真葉赫部世代為汗王：

泰唐柱

（長子） 曲納乞	（次子） 清茄努	（三子）楊吉弩					
（長子） 赫爾哈摩	（次子） 納拉布勒	（三子）金台石（葉赫貝勒）					（女兒）孟古 為努爾哈赤大妃、後追封為孝慈昭憲敬順仁徽懿德慶顯承天輔聖高皇后 （孟古為楊吉弩之女，金台石親妹） （孟古為納蘭明珠的祖姑母）
（長子）德爾格勒			（次子）倪迓韓				皇太極 （是為孟古獨子） （為明珠之表伯父）
（長子） 蘇占泰	（次子） 納杵	（三子） 索爾合	（長子） 振庫－安泰 其長子安泰襲輕騎都尉位	（次子） （早夭） 詹泰	（三子）明珠 妻子為努爾哈赤大妃，阿巴亥親生子阿濟格之女五格格，愛新覺羅氏。愛氏生三子三女。多爾袞，多鐸皆為五格格的親叔父）	（幼子） （早夭） 格勒	福臨（順治） 為孟古親孫明珠表弟
納蘭惠兒〔索爾合之女〕 （康熙皇帝之惠妃）			性德（長子） （字容若、原名成德） 正妻　盧氏　生一子 續弦　官氏　生一女 妾　顏氏　生一子三女 妾　沈宛　生一子		揆敘（次子） 無親生子女 妻為靖南王第三子耿聚忠與安親王之女柔嘉公主之女和碩公主	揆方 （三子） 妻為康親王之女 八格格愛新覺羅淑慎	玄燁（康熙） 為納蘭性德表兄，並娶堂妹惠兒為妃
承慶 （早夭）	胤提 （皇長子）	富格 （長子） 顏氏生 有子 瞻代	富爾頓 （次子） 盧氏生 無後	富森 （三子） 沈宛生 後代不祥	永壽（長子） 無子，只有四個女兒，其中之一便是乾隆皇帝的妤妃	永福 （次子） 妻為九阿哥允禟之女、三格格 有子　寧秀	胤禎（雍正） 性德表侄
							弘曆（乾隆） 納蘭家表親並娶永壽之女為妤妃

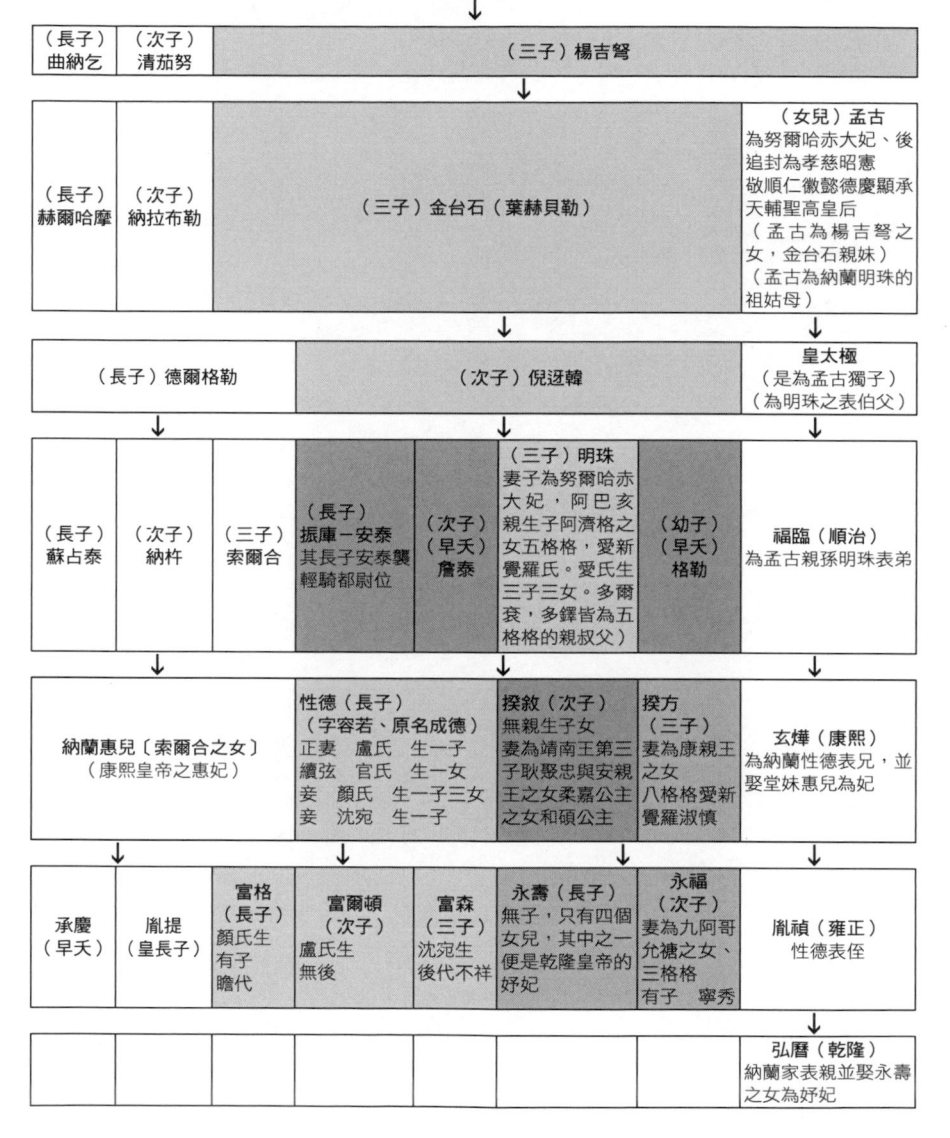

1

母親曾這樣對明珠說：「你是誰？是納蘭氏，葉赫國主的嫡親子孫，是葉赫族人的太陽，多少隻眼在看著你。人要做得正才行得穩。無論順逆，都要穩住自己，不要亂了腳步。」

明珠曾謹記母訓做人行事。但官場有時會像一個流行瘟病的疫區，原本健康的人亦會被傳染。到晚年受挫時，他才看出，雖然官已做到頂尖，實有愧為葉赫國主的嫡孫，更不是是葉赫族的太陽。是負了母親教誨的兒子。

整個大清朝的臣民，沒人不說皇太后是世上最讓人佩服的女性，明珠當然也如此說，可他在心裡最敬佩的是自己的母親。母親沒讀過漢人的聖賢書，對世事的觀察分析卻往往比書本子上的話更明白透剔。可母親只是繼母，親生母親在他六歲時就過世了。繼母是親母的妹妹，都是墨爾齊氏。

外祖父墨爾齊和祖父金台石是自幼的把兄弟。祖父身為葉赫國主，連年東征西討，他這把弟永遠相隨。

墨爾齊中年喪妻未再娶，家裡的一切：管理大莊院和僕傭奴才，成群的牛羊馬匹，內外財物來往，教育弟妹，皆由乳名「四妹」的四女兒做主操持。三個姐姐都嫁了，弟弟和兩個妹妹也都訂了親，只有四妹，彷彿要守獨身一輩子。

母親從不諱言，父親尼迓韓與她成婚時十分勉強，嫌這位「四妹」個頭不高，皮膚也不夠白，比花容月貌的亡妻差得太遠。而且已經二十三歲，背後被人稱做老姑娘。一般滿洲女孩在十五六的年紀就出閣了。

他倪迓韓實在丟不起顏面，無法接受。

伯父德爾格勒搖頭嘆息，指著父親的鼻子大聲訓斥：「你沒心腸。想來思去全是你自己。為甚麼不想想，咱們怎麼從松花江流域跑到盛京來？葉赫亡了，阿瑪死了。現在家裡人丁越來越單薄。你嫂子成年病病歪歪，你福晉一走，你的兒子振庫和明珠沒人管。我看四妹性情好，人也能幹。雖說今天的納蘭家是在別人屋簷下討日子，可在葉赫鄉親的眼中，金台石的兒子永遠是天上的太陽。咱們活得沉鬱，幾十萬葉赫人跟著淒涼。」

每提起葉赫的淪亡，兄弟兩人便心如刀絞。

那些年戰爭像似永遠不醒的噩夢，一直在進行，曾經強大過的古老葉赫，終於陷入劣勢。努爾哈赤節節進逼，帶著他兒子皇太極在城外叫戰招降：「你降，能保住你們所有葉赫人的生命財產。不降也絕不會饒你們。」皇太極用長刀指著城門樓上的金台石。

金台石哈哈大笑了兩聲，輕蔑的道：「你們當然不會饒我，不說我也知道。你們沒有心，心讓狼吃了。哼！一個是妹夫，一個是外甥，搶我的地方還要我的命。真狠毒哇！」

「你狠毒在先，為甚麼我父汗派車去接我外婆你拒絕，害得我額娘臨終都合不上眼！」皇太極吼哮出心中的最痛。

關於這一點，皇太極始終不能釋懷。

說愛新覺羅家與葉赫族是世仇，可另方面又刻意的製造親密關係。舅父金台石一方面與父汗努爾哈赤打打殺殺，另方面卻把親妹孟古格格嫁給他做妃子。額娘孟古大妃貴為後宮第一主人，日子過得卻不快樂。他十一歲那年，母親病勢惡化，死前渴望見親娘一面。父汗派車子去接，金台石竟斷然拒絕。額娘出嫁十八年，就沒再看過娘家人。每想到這一段，皇太極心裡總像塞了點甚麼，悶悶的。愛額娘超過一切，他畢竟是她唯一的兒子。

「不要跟他嘮叨了，攻城。」皇太極聽到努爾哈赤斷然下令。

征戰廝殺結束，破城之際，勇猛不可一世的金台石在城樓上高舉火炬。

尼迓韓和哥哥德爾格勒跪在城下哭喊：「阿瑪，不要，不要……」

「兒子，不要哭，不要忘記你們是納蘭家的男子。帶著葉赫人去歸順你姑父吧！努爾哈赤，如果你不善待葉赫臣民，你就是混蛋。老天不會饒你。就算葉赫只剩下一個女人，也要滅掉你們愛新覺羅。」金台石在熊熊烈火中仰天長嘯，高聲嘶叫：「老天，為甚要滅葉赫？你不公平！」

努爾哈赤向火光中的人高聲喊道：「納蘭金台石，你放心，我會善待他們。」

與金台石一起作戰的將領全部自盡。

年輕的德爾格勒和尼迓韓，帶領大批葉赫人民投奔努爾哈赤，從原世居的長白山腳下的松花江畔，遷到愛新覺羅的地盤建州，敵對狀況才算結束。

葉赫族的臣民都心知肚明，雙方的廝殺征戰是結束了，可心裡的疙瘩還硬硬的堵在那兒。金台石臨終前哮喊的那句話：「就算葉赫只剩下一個女人，也要滅掉你們愛新覺羅。」像一根刺，扎在每個愛新覺羅人的心上，何況對打幾十年，怎可能說忘就忘。

葉赫人都懂得低頭過日子：不炫耀財富，沉默少言，尤其避談時政大事。

論親情，大金部落的大可汗努爾哈赤是德爾格勒和尼迓韓的親姑父，但他們從未主動去登門造訪過。

大汗過世後表兄皇太極即位，繼續東伐西討，統一了山海關外的所有部落，改國號大清，當了皇帝。

坐在龍椅上的親戚誰敢去認，兄弟倆私底下說：「咱們就學老鼠那樣，把自己藏起來吧！」

想不到的是，皇太極登位沒幾天，宮裡就來人把他兄弟二人傳了去。皇帝表兄無限威嚴，語言和態度卻顯出情意：「朕的額娘只生朕一個。外祖家的親人也就你們兄弟倆。咱們是親人，有難處來宮裡說，不要見外。」

兄弟倆從未去求過甚麼。建州赫圖阿拉城南門的寬敞住宅和兩人的軍職，都是皇帝表兄主動安排賞賜的。可嘆的是，這位有情有義的表兄，在位僅僅八年就崩駕，留給納蘭家的是無盡的哀思和失望。

即位的是皇太極的第九個兒子，六歲的福臨。當然也是親戚，皇帝的親表叔，還不夠親嗎？令人膽寒的是多爾袞做了攝政王。

聽到爭奪皇位的傳言，他們曾暗中希望皇長子豪格繼承王位，他對親祖母的娘家人總不會歧視吧！可偏偏和碩睿親王多爾袞主掌朝綱。多爾袞與皇太極之間的恩怨盡人皆知，當初阿濟格、多爾袞、多鐸三兄弟的生母阿巴亥大妃，是因受了皇太極的逼迫，才為努爾哈赤大汗殉葬喪命的。如今多爾袞手握生殺大權，對弒母仇人的親屬怎會手軟。他們真的為此憂慮。

回想起這一切，倪迓韓終於說：「哥想得對，我娶四妹就是了。」

新進門的母親在婆家的稱號和死去的母親一樣，也是墨爾齊氏。

墨爾齊氏進門，德爾格勒夫婦認為從此家有棟樑，足可安心，將整個責任和權柄都交給了她。一如在娘家，是掌管莊園的第一把手。

墨爾齊氏的新郎尼迓韓態度並不熱烈，客氣得像對待一個客人。

振庫態度友善，家裡多出個人對他並無任何影響，雖然這個人是他要叫額娘的繼母。如今他的全部心思都在表妹塔珍身上，他們自幼訂親，有空就蜜糖似的黏在一處。父親叫他帶上弟弟明珠，推辭又不行，苦不堪言。現在總算熬出頭，來了個願意帶弟弟的人。

他注意到，繼母來家後，明珠那張蒼白的小臉變得紅潤，恢復了昔日的頑皮，也會出聲的哈哈笑了。

明珠對墨爾齊氏的到來，只能用興奮來形容。以前和「四姨娘」見過幾次，並不熱絡。可現在不同了，姨娘變成了額娘。

隨著新額娘的進門，明珠一下子變得重要了似的。上街、到親友家串門子，額娘都帶著他，不能帶的地方也會先給安排好，叫他唸書、習字，或是練武。還囑咐傭人，哪個時辰給他預備點甚麼吃食。

額娘會講故事，特別是一些話本上的人物，甚麼「劉玄德三顧茅廬」、「關雲長千里走單騎」讓他聽得醉酒一般。額娘說人必須要讀書：「書讀多了自然會明白道理，明白道理才能做大事。」六七歲的孩子並未完全聽懂，不過他已感到她的溫暖和愛，與死去的親娘給他的一樣。

墨爾齊的真誠與善良感動了所有納蘭家的人，唯一不動如山的是她丈夫倪迓韓。他閒下來就拿出那枝從俄國人處買來的槍，卸開來裡裡外外的擦。他稱她為「四妹」，口氣淡淡的。連明珠都看出，阿瑪對新額娘不親熱。

就是四妹過門後的第一個冬天，倪迓韓帶幾個家丁去山林裡尋野味，歸家時唯獨少了他。

家丁們氣急敗壞的形容：遇到一隻約兩米高的黑熊，還聽到遠處傳來虎嘯：「小貝勒不聽勸，騎馬出了獵場。我們找不到他，只好回來了。」

德爾格勒沒聽完就把那說話的甩了一耳光，命大兒子蘇占泰帶著兵勇再去找：「活要見人死要見屍。」

答案仍是人屍皆遍尋不著。

大家都流起淚來，德爾格勒要宣佈倪迓韓的死訊。神情哀傷、沉默不語的墨爾齊突然發話：「不，不要宣佈。我帶人去找。」

她的話驚動了眾人。德爾格勒淒哀的看著她：「弟妹，你可知道長白山的黑熊多厲害麼？」

「聽說過。」

「我親眼見過。小時候阿瑪帶我去打獵，遇到黑熊跟老虎鬥，我們趕緊爬到樹上，把牠們看個清楚。那大熊足有幾百斤重，老虎都不是牠對手。那熊一巴掌打到虎背上，立時掉一大塊皮，鮮血淋淋。」

墨爾齊沒聽勸，領著一夥家丁，帶了獵犬、烈酒、乾糧、氈毯、火把、擴音的喇叭筒，就策馬入山。

她設定獵場四周可能達到的地方，命分頭搜索，用喇叭筒呼喊倪迓韓的名字。火光耀動的白皚皚的雪林中，只響著一個聲音：「倪迓韓！」

墨爾齊彷彿聽到有人在呻吟，忙叫停止呼喊，讓她仔細聆聽。她斷定確實是有求救的召喚。大夥都振奮了，高舉火炬朝發聲的方向集中。倪迓韓伏在雪地上的身影終被發現。

墨爾齊命人用氈毯把尼迓韓全身裹住，餵了幾口烈酒，將他抬到自己的馬上，快速走出林區。倪迓韓已不能言語，僵硬的軀體彷彿隨時會從馬上摔下，墨爾齊必得使力扶持住他。

一群人提著心出了林區，只見半輪月亮正由迎面的山岡後升起。無雲晴空映著銀白色雪地，荒原莽野像被洗濯過，朦朧中看來好乾淨清爽。大家都倦了，人人緘默，周邊一片安詳，只聞馬蹄噠噠的響。

墨爾齊戴著羊皮套子的手，右持馬鞭，左手摟住她男人的腰，摟得很緊，想傳些溫熱給他寒冷的身體。

漸漸的有幾星疏稀的燈火若隱若現，人煙近了。墨爾齊懸著的心終於放下：「快到家了。」她欣悅的說。

這時，忽然有隻冰冷的手，鑽進羊皮手套，握住她的手。她微微驚了一下，接著就回握住他，只覺心裡暖絲絲的。兩人一句話也沒說，就這樣在雪地裡，靜靜的往家的方向走去。

德爾格勒和倪迓韓所擔心的情況並未發生。睿親王多爾袞的心裡沒存那些陳年爛穀子的舊事。多爾袞認為倪迓韓立有軍功，賜給都騎尉的封號。把納蘭家算做皇親勳戚，讓他以姑母為太宗皇太極生母的身分，隨順治皇帝入關定居北京。還賜賞郊外土地三千餘頃，由他主持分配利用，可分給手下的葉赫旗民。另外還在離什剎海不遠處，賞了八十畝建地供造庭園。納蘭家在京的新宅院，就建在這塊地上。

明珠隨同母親和新婚的兄嫂，帶著三十多個男女下人到京時，房子還沒全蓋好。那年他九歲，哥哥振庫十六。見庭院那麼大，有荷塘、假山和小橋，兄弟倆都興奮，說比盛京的宅子氣派有趣。特別是迴廊，硃紅色的欄杆，青綠色的琉璃瓦，悠長彎曲得像一條河，又像年畫上的八腳魚，就那麼巧妙的把幾個院落串連在一起。

院牆上有月洞門相通，明珠想一口氣跑到迴廊盡頭，卻總是沒到一半就累得趴在欄杆上：「阿瑪，京裡真好玩！」他快樂的說。

正在修剪花木的倪迓韓笑嘻嘻的看著著么兒：「小子，京裡好玩的事物多著哪！等阿瑪慢慢的帶你看。」

母親也說：「日子越過越興旺了呢！」她領著總管家桂昌，把主要的房間看了一遍，囑咐該怎麼佈置使用。

園子裡洋溢著喜氣，連下人們幹起事來都特別賣力，日子一年比一年熱活。誰也未曾料到，在一個晴朗的初秋夜晚，倪迓韓竟在一陣激烈的心口絞痛中暈倒在地，待醫生來時已摸不到脈息。

孤兒寡母的日子往後怎麼過！兩個男孩眉宇間有愁意，女主人常常背著人垂淚，偌大庭院靜靜悄悄，彷彿空氣裡也嗅得出哀傷。

曾拒絕遷居北京的德爾格勒收到報喪信，立刻帶著幾個家丁和小兒子索爾合，坐上馬車直奔北京。

「還是跟我回關外吧！到底是祖宗生長的地方，住著也安心。在老家，誰不知道咱們是誰！北京這麼大，有頭有臉的太多，哪兒能數得著咱們。回去對振庫和明珠都好。」德爾格勒伯父堅信兩兄弟回東北老家較有前途。

「不，不能離開朝廷所在地。做官一定要做京官。」剛滿十二歲的明珠，口氣果斷，態度嚴肅。

「京官是啥？」索爾合問。他比明珠大兩歲，長得身強體壯的，已跟他父親德爾格勒一樣高，圓臉上卻仍掛著孩子氣的笑容。

「京官就是在朝廷裡做官。」明珠給他堂兄解釋。

「朝廷！那不就在皇上跟前！好小子，口胃可真大呀！」索爾合笑著猛拍了兩下明珠的肩膀。還想再說甚麼，卻被德爾格勒喝住：「閉住你那鳥嘴，沒見大夥在談正事嗎？瞎攪和甚麼！」他罵完兒子再轉過臉問姪兒：「振庫，你怎麼想？你阿瑪歿了，你這個長子得有主意。」

振庫想了想，微笑著道：「既來之，則安之，北京的路子多。老家親是親，比起來可就太閉塞了。」

墨爾齊覺得雙方的意思都不錯，最後決定還是以兒子的前途為首要考慮。她相信他們，尤其是明珠，人聰明，又用功好學，能文能武，留在京城應該更有發展的機會。

「回老家有哥嫂在旁邊照顧當然是好。不過孩子們想在京城裡闖闖，也算是磨練。不如先留在這兒試試。」墨爾齊給德爾格勒倒上一杯上好的新茶，才坐下來慢吞吞的說：「要闖，總得找個門檻。我說他大伯，要麻煩你老帶兩個小子去拜望攝政王。攝政王不是召見過你們老哥倆嗎？」

德爾格勒不吱聲只品茶，面上露出為難之態。心想：「攝政王是想見就能見到的嗎？如今連皇上也得聽他的。重臣顯貴見他都難，哪還記得我們姓納蘭的。」但他弟媳這女人難對付，而且話在理上，弟弟不在了，姪兒的事他怎能不管，只好說：「那就去。可不知人家給不給見。」

墨爾齊氏叫振庫和明珠換上新袍褂，教了幾句如何應對的話，兩兄弟就跟在伯父背後出了院門，騎馬直奔睿王府。

德爾格勒使過銀子說了好話遞上名刺，看門的冷冷的丟下一句：「王爺和英親王爺、豫親王爺，三兄弟正聚在一塊兒聊天，忙著哪！答不答應見可不知道。」才去給通報。

等了好一刻只見他像換了張面孔似的，笑咪咪的回來：「請跟我來。」

攝政王多爾袞和他哥哥阿濟格、弟弟多鐸坐在側廳裡話家常，彷彿正在說到好笑的事，三個人都滿面春風嘴角含笑。德爾格勒連忙指揮振庫、明珠一同跪下，嘴裡叫著：「屬下德爾格勒給攝政王、英親王、豫親王請安。」

多爾袞注視了他們一會才微笑著道：「德爾格勒表哥不是留在東北麼？甚麼時候來京城的？」

德爾格勒一連道謝著坐了。振庫和明珠依照先前約好的，站在伯父椅子背後。這時他們才注意到，多爾袞的身旁站了個小姑娘，她梳著兩條小辮子，圓圓的臉蛋白裡透紅，嬌憨的倚在多爾袞腿上。

德爾格勒知道多爾袞膝下無子女，也沒問女孩是誰，倒是多爾袞拍拍女孩的背，笑得慈眉善目的：「這是英親王的五丫頭，她乖，又懂事，我頂疼愛的。」

「原來是五格格。」德爾格勒回過頭對明珠和振庫說：「還不見過五格格。」

兩兄弟正要朝五格格作揖，就被多爾袞擋住：「不要。她還是個小孩子。」他轉問德爾格勒：「聽說你兄弟倪迓韓故去了？怎麼回事？」

德爾格勒解釋了一點倪迓韓發病死亡的情況，接著就表情恭敬的切入正題：「屬下就是為這件事來京的。他走得突然，兄弟倆沒見著最後一面。弟媳帶著兩個孩子，孤兒寡母的，我總得來一趟。現在倪迓韓已經入土為安了，兩個姪兒正在學著把家撐起來。攝政王一向照顧納蘭家，所以我……哦，特別帶倪迓韓的孩子來給攝政王請安。」他開始有點不安的陪著笑臉。

「呵呵！」多爾袞出聲的笑了，把目光投向兩兄弟：「你們倆，都長得眉清目秀。哥哥有沒有二十？弟弟多大啦？」

振庫低著頭，兩眼垂在自己的腳尖上，帶點羞澀的答：「我十九。明珠比我小七歲，十二。」

「十二歲身量這樣高！」阿濟格笑著插嘴。

「稟告英親王，我練武，個頭竄得快。」明珠爽利的答話引得哄堂大笑。

「練武？想做軍人嗎？」多鐸問。

「報告豫親王：明珠倒不一定做軍人。明珠也愛讀書。」

「哦！愛讀書，讀甚麼書？」多爾袞問。

「凡是好書都愛讀。四書五經、《史記》、《資治通鑑》，都讀過了。也愛看說本，剛看過《三國演義》。」

「哦！小小年紀，倒是能文能武。你看《三國》，有甚麼心得？」多爾袞微笑的看著明珠。

明珠倒不害怕，笑咪咪的侃侃而談：「看《三國》，我最佩服諸葛亮，有謀略又有正氣。也替曹操不平，羅貫中把他給寫歪了。其實《三國》裡真正能文能武的全才就數他。詩作得多好！打仗有策略，又能待人。可惜不夠正氣……」

「小孩子話太多了，還不住嘴。」忍了許久的德爾格勒先回頭斥住明珠，再轉過身拱手做了幾個揖：「各位王爺，小孩子順嘴胡謅，王爺們可別見笑。」

「這小子有見識，將來能有出息。納蘭明珠，你的志向是想做甚麼呢？」多爾袞那張五官威嚴的臉仍微笑著。

「想報效朝廷。」

「哦！呵呵呵……」多爾袞出聲的笑了。

阿濟格也忍不住笑的指著多爾袞：「我看這小子像你，你小時候就這樣伶牙俐齒，見誰都不怕。」

「是嗎？我是這樣嗎？明珠，你有志氣。可是歲數太小了，報效朝廷也得長大了再說。」

多爾袞一本正經的對著德爾格勒：「德爾格勒表兄，孝慈高皇后的娘家後人，朝廷哪能不管！這樣吧，倪迓韓的騎都尉封號由納蘭振庫襲。振庫，我會叮囑內務府，給你安排個內廷侍衛的職位。我看你挺老實，好好幹。明珠還太小，先在家裡讀書練武，等你歲數到了再安排。有心報效朝廷必定有機會。」

三個人磕頭謝恩，滿面春風的走出來。

德爾格勒對這樣的結果很自豪，回去對墨爾齊詳細形容，墨爾齊也感到出乎意料的滿意，直說：「沒承想攝政王這樣照顧。以後就靠你們自己爭氣了。」

德爾格勒指著振庫和明珠道：「大伯帶你們敲開了大門，走進去是甚麼光景，得看你們的造化了。」

2

德爾格勒在京城待二十天已覺歸心似箭，事情一了連忙趕回關外。行前跟墨爾齊說：「振庫已經娶親成家，如今又襲了封號，差事也有了著落，日子應該過得去了。你就專心教養兒孫吧！我一時很難再來了。」

墨爾齊連連答應，直說不勞大哥費心，一定把日子打理得像個樣，過幾年回去看望哥嫂。

墨爾齊給老家的親戚們，買了許多南貨，茶葉、杭州絲綢之類的禮品，看著裝得滿滿的馬車離去的同時，心裡明鏡一般清亮：今後的日子，上下三十幾口人的衣食，全靠她這個被丈夫打趣為「個頭不大，嗓子小」的滿洲女子了。至於公公留下的房產、土地和金珠財寶，她更無權過問，誰讓她非要選擇離開故鄉！如今她有的就是兩個兒子、一個媳婦和一個剛出生的孫兒，再就是這個沒造完的庭園，一些朝廷賞賜的荒地，和一群忠心耿耿的傭人了。正因他們忠心如親人，就養不起也不能遣散。除非誰自己要走。

墨爾齊原本只認滿文，不識漢字，可現在不單學漢字還練打算盤，常在夜深人靜時，有清脆的算盤聲從她屋內傳出。她算了又算，為的是找出條路，讓這個家能往前去。

墨爾齊把子媳和下人召集到前廳，宣佈她做出的決定：

「我們離開故鄉到京來，要造一個新家來安身，不幸事情做一半老爺就去了。家裡沒了主心骨，也沒甚麼進帳，朝廷給的俸祿遠遠不夠養活這一大家人，園子也才修了一半……」

她強調園子一定要造完，但面積由原計劃的八十畝減半。餘下的四十畝用來種菜、養豬、養雞：「只米啊鹽啊到外面買，別的吃喝就靠咱們自己這兩隻手，」她伸出雙手比劃一下，「以後只有晚餐吃大米、白麵，早中兩頓吃粗糧，園子裡的人全一樣，不分主子下人。」

墨爾齊說著一陣心酸，頓了頓又有了笑容：「要過苦日子了，不過比起真正的窮人還強太多。短嘛！三四年，長也許要七八年才能挺過去。」她最後的話是：如果誰想回鄉，發給旅費和半年工資。

有人默默流淚，沒人說要離開。

納蘭家上下一心迎接從未經歷過的新生活。

振庫已是御前侍衛。清早起來和明珠一起吃過黑麵餑餑，喝上兩碗小米粥，兄弟倆便騎上馬，一個去皇宮，一個去學塾上課。

振庫初次擔任公職，而且做皇宮侍衛，自覺重要起來似的，有些興奮。上班的第一天墨爾齊就告訴他：「勤懇，謹慎，好好當差。」御前侍衛是滿洲貴族子弟往上爬的敲門磚，一般人家的孩子是輪不到這個機會的。可是能爬多高就看個人的表現和命運了。

他一開始就有運氣，派在乾清宮當差，每天看到當今天子，有時還能和皇上對上一半句話，雖然那小皇上只有十歲，比明珠還小三歲，他也覺得無限榮耀。真正統領朝政的，自然是坐在皇上旁邊的攝政王。朝堂上的攝政王威風凜凜，身量雖不雄偉，面孔上的霸氣倒流露無遺。

振庫感到最得意的事，是隨時會看到那些名震朝野的名臣：索尼、遏必隆、鼇拜、蘇克薩哈，都見過多次。他為身上那套武士裝和腰間掛著的佩刀感到驕傲。

那天攝政王奏摺多，走得晚，見振庫站在一旁，便一邊寫著字，不經意的問他：「怎麼還沒回家？」振庫恭謹的答說：「攝政王在辛勞工作，當班的侍衛如何能離開！」多爾袞對這話彷彿很受用。又淡淡的問：「你那個叫明珠的弟弟怎麼樣啊？還是每天讀書練武麼？」

「是的，他一個月有二十天上學，讀滿文也讀漢文。晚上在園子裡打拳、練劍。不上學的時候就去後面菜園裡種地。」

「種地？種甚麼地？」多爾袞放下筆，很感興趣似的。

振庫知道說漏了嘴，自覺尷尬，又不能扯謊，吭哧了剎那，只得一五一十的說出家中生活的實情。多爾袞面無表情的聽著，聽完哼了一聲道：「這小子，是個好樣的。」

振庫心中充滿不安，很為自己說出的話擔憂。到宮裡雖然不久，幾句話惹禍上身的例子可聽了不少。回家他也沒跟任何人提起，只獨個兒默默的鬱悶。

大約半個月後，宮裡來了個太監，這在納蘭家可是頭一遭。看大門的桂爺上氣不接下氣的去報告：「夫人，外面了個人，說話不男不女的。」

桂爺是總管桂昌的老爹，一輩子在葉赫鄉下，確實沒見過世面。如今納蘭家年盛有力的都去種莊稼，桂昌要人盡其才，就派他老爹守大門。

那太監是慈寧宮派來的，傳太后的口諭：請納蘭夫人明天到宮裡喝茶。

墨爾齊自然是滿口謝恩的答應了，原本靜水一般的心可就湧起波瀾：她猜不出皇太后為何要她去宮裡。以納蘭家今天的光景，跟皇室一點也拉不上關係。

倪迓韓在世時，還可勉強算個皇親，現在只剩下孤兒寡婦，一日三餐都快不濟了。她不想求人，更不想攀龍附鳳，能過粗茶淡飯的簡單生活，挺過這段難關，就感謝祖宗在天之靈的護佑。太后召見到底為了甚麼？她一再琢磨。

待晚上振庫回來，墨爾齊便將心裡的困惑告訴他。振庫立刻明白，是那天他多嘴的後果。於是把和多爾袞的談話內容說了一遍，最後道：「太后請喝茶，也許還有別的福晉太太們。額娘安心吧！」

第二天，墨爾齊叫桂昌老婆給梳了個雙瓣頭，插上翡翠髮飾和珍珠步搖，穿上寬邊軟緞旗袍，就坐上馬車去皇宮。為怕顯出寒酸，桂昌帶人連夜把車子給修飾過。

墨爾齊隨著接待的太監穿過幾進內院，到一間金碧輝煌，擺了許多鮮花的廳堂裡等候。

身著黃緞錦袍，珠纏玉繞的皇太后博爾濟吉特氏由宮女扶著，笑容可掬的走進來。墨爾齊連忙跪地請安道吉祥。

太后命人將她扶起，隔著一張鋪了緞面罩巾的圓桌對面坐了。

宮女們端上茶點，太后開始發話：「說起來咱們算是近親。你們的姑媽是先皇的生身之母，我的親婆婆。這還不夠親嗎？先皇在時，就跟我唸叨過，說他母親娘家方面的親人，就剩德爾格勒和倪迓韓兩位表弟了。到北京也有三四年了吧？初來乍到，裡外事都多，也沒怎麼騰出手來照顧你們。」太后慢慢品茶，翹著戴了長長的金指飾的小指頭。

墨爾齊不知太后的話含意何在，難道真是只為認親戚聊家常？她加意的謹慎起來：「先皇和太后對納蘭家恩重如山，墨爾齊感激不盡。」

「請你來，是有件事要商量。」太后又說了幾句閒話，終於回歸正題。「是大好事，有貴人想跟你們納蘭家做親戚。」

墨爾齊越發納悶，更謹慎的保持沉默。淺淺的笑容倒是總浮在面孔上。

「攝政王、英親王、豫親王三兄弟全喜歡你們那個叫明珠的小子。尤其是攝政王，最中意他，說他能文能武，肯上進，還能吃苦。認定這孩子將來準有出息。有心要選他做額駙，把英親王府的五格格許給他。英王爺的大福晉是我堂姐，這丫頭是她親生的。別看是英王爺的閨女，跟十四叔比親爹還親。攝政王膝下沒子女，就疼五格兒。你對這門親事的看法怎樣啊？」

在皇太后談話的過程中，墨爾齊心內五味雜陳，憂喜參半。像他們這樣無權無勢的過氣貴胄，能結上這樣門第的親戚，怕是別人燒香磕頭都求不到的，照說應該立刻謝恩接受。可再想想自己的家，至今仍是每天兩頓雜糧，再說明珠有倔脾氣，母子感情雖好，終非親生。能接受她安排的親事？

「皇太后的隆恩納蘭家沒齒難忘。幾位王爺看上明珠，更是他的造化。不過奴才也有難處要稟明皇太后。」墨爾齊跪在地上，欲言又止的。

皇太后彷彿有點不悅似的，比一比手：「甚麼難處，你儘管說。」

「不怕皇太后笑話，納蘭家眼下的日子緊了些，說難聽點，是已經不像個大戶人家了。這個光景，怎麼能接待格格那樣的金枝玉葉！再就是——哦——我是孩子們的繼母，對明珠的婚事不便完全做主，恐怕得問問他自己。」墨爾齊的臉上露出窘態。她覺得在做出決定之前，必要坦白相對，否則出了問題無力擔當。

皇太后倒真是個體貼人的，耐心的聽，間或插句問話，態度關切，臨告辭前握住她的手說：「追隨朝廷到北京，是份心意，倪迓韓表弟立過不少戰功，他的家眷自然要照顧。現在大夥都忙著建新屋、造園子，本來嘛！沒個落腳處往哪兒站啊！你們的園子只管放手修，朝廷不會不管。明珠小子的事你們看著辦，別委屈了孩子。」

最後那句話，聽得墨爾齊毛骨悚然。太后做媒，王爺垂愛，拒絕的後果是甚麼！可是明珠不是個平凡孩子，他胸懷大志，包括婚姻。她看得出，明珠不會娶一個不喜歡的女子。

墨爾齊懷著滿腔的焦慮回到家，當晚在飯桌上，對明珠及振庫夫婦把進宮的經過，與皇太后的談話內容，巨細不漏的描述一遍。

明珠先是漫不心的聽著，到後來才弄明白，原來事情的主心人物就是他。這樣的發展是他做夢也不曾料到的。他紅著臉直著眼光，傻愣愣的呆坐在太師椅上，啞巴般一言不發。

長兄若父，弟弟的終身大事，而且關係全家安危，振庫即刻表示意見：「王爺的主意，太后出面。還有比這更透剔的事嗎？咱們願意也好，不願意也好，說不出個不字。可明珠還不滿十四，成親是不太早了些？」

「咱滿洲人從祖上就成親早，男十六、女十四嘛！明珠是太早了點。」振庫的妻子塔珍說。

墨爾齊說：「歲數倒不用擔心。皇太后說先下訂，過個三兩年再成親。」

振庫聽了兩手一拍道：「既然如此，還猶疑甚麼？把親事訂下來就是了。怎麼說咱們也是高攀。」

「咱們明珠成香餑餑啦！怕跑了嗎？這麼著急。」塔珍笑著打趣。

墨爾齊苦笑著隱隱嘆息：「叫人納悶的就是這一點。以他們的門第，要誰做女婿誰敢說個不字！咱們家今天可真是要啥沒啥。咱們明珠當然是好。可以他們的身分，值得這樣上勁嗎？」她越說越現出憂慮：「皇太后甚麼都說了，偏就沒提那五格格長得甚麼樣。一個字都沒提。我擔心那姑娘長相差——」

一直沉默的明珠，突然激動的發聲了：「五格格長相一點都不差。她俊著哪！兩隻大眼珠子又黑又亮——啊！額娘，對不起，別生氣，我不該打斷你的話。」說到一半，他覺察到自己的失態，連忙羞窘的打住。

墨爾齊如釋重負的笑說她不生氣，反而因為知道該怎樣去辦這件事，心裡輕鬆暢快多了。

振庫和塔珍對明珠曾見過五格格的話，吃驚又好奇，問他：「你何時認識五格格的？」

明珠不以為然的看著振庫：「哥，你忘了嗎？那次伯父帶我們去拜見攝政王，不是五格格也在嗎？」

振庫這才想起，是有一個小女孩在場，她的模樣他可絲毫想不起來了。

墨爾齊又進宮覲見太后，稟告全家人對這門親事的衷心感恩和快慰。皇太后笑得親切已極，話說得更體貼了，顯然心情爽悅。隨即定下日子，兩家會親：「漢人說入洞房之前不能見面，咱滿人可沒那些講究。你把明珠也帶來。幾個王爺都誇他，我想看看這小子。再說，英親王福晉要是摸不清女婿甚麼模樣，怎麼安得下心哪！」

納蘭家洋溢著一片祥瑞之氣，連下人們的眉宇間都流露出歡愉。明珠居然有這樣的際遇，要成為英親王府的額駙，實在是出乎納蘭家所有人意料的大喜事。葉赫人一直沒忘亡國之民的身分，姿態擺得夠低，心裡總像被東西壓著。攝政王把親姪女許配給明珠，豈不意味著真把他們當成皇親國戚，可以平起平坐了！

墨爾齊心緒複雜，有掩飾不住的興奮也有盤踞在心頭的憂慮。將來如何迎娶這位新媳婦進門姑且先不去想，只說用甚麼給訂親的聘禮，已使她輾轉反側無法成眠。

家勢是黯淡了些，可也不能做得寒酸讓對方小看。到底該如何出手？她想了又想，決心把家中最貴重的一件寶物用做聘禮。那是用三十六粒紅寶石珠子串成的項鍊，每粒珠子都晶瑩透剔，沒有一絲瑕疵。項鍊是曾祖母的嫁妝，從蒙古帶來的。她想皇宮裡的人應該認識它的價值。

明珠從頭到腳一溜新。靛藍軟緞長袍上罩朱紅暗花緞料巴特魯馬甲，黑緞便帽，足蹬黑靴。配上他正在發育的往上竄個頭的身架子，和一張五官分佈得恰到好處，唇紅齒白的臉，特別是那種與生俱來的貴氣。任誰看了也要讚一聲：好一個英挺的大家公子。

墨爾齊帶著明珠和振庫到達時，多爾袞、阿濟格、多鐸三位親王和他們的大福晉已經到齊了。明珠一眼便注意到站在皇太后旁邊的五格格。他緊張的收回眼光，不敢去直視，但就進門時的匆匆一瞥，已把她看得很清楚。她長高了，臉蛋和以前一樣，粉紅似白鮮豔好看。那兩隻水汪汪的大眼睛更迷人了。可是她也只跟他四目相對了剎那，就垂下頭故意不再看他。這讓明珠不由得沮喪，懷疑她是否對他這個男人不中意。

皇太后滿面春風的給大夥介紹，坐定後開始行禮，明珠一陣磕頭，磕得幾乎腦袋發暈。皇太后指著明珠道：「你過來，讓我仔細瞧瞧。」

明珠稍稍頓了一下，直腰挺胸的走過去，太后牽著他的手上下打量：「嗯！是不錯，一表人才，有出息的樣兒。英親王福晉，你看這女婿怎麼樣啊？」

「太后都說好，還能有錯嗎！當然滿意。」身穿紫色緞袍的英王福晉說著轉對五格格說：「給你婆婆磕個頭吧！」

墨爾齊連說：「不要，不要。請安就好。」五格格也不出聲，跪在地上恭恭敬敬的磕了個頭。

墨爾齊拿出帶去的聘禮。

英親王阿濟格送給明珠一枚透水綠的翡翠「扳指」說：「你要把射箭練好，別辜負了它。」他福晉接著親切的道：「都是一家人了，別再客氣。家裡都叫她五格兒，你們也這麼叫吧！不必叫格格。」

皇太后命她的貼身侍女蘇茉拉，把墨爾齊帶去的聘禮打開。

墨爾齊注意到，這個侍女絕非一般奴僕，稱她為蘇茉拉的只有太后一人，別人都叫「蘇茉拉姑」多一個字，顯示出她地位的重要。

「蘇茉拉姑，有勞你啦！」她客氣的說。

蘇茉拉連說：「沒事。」將打開的錦盒呈給太后。

墨爾齊暗中注意著太后的表情，心裡慨嘆：納蘭家已沒有比這更值錢的東西，假若得不到重視，便真的想不出別的辦法了。為結這門親，她感到好累好累。

「這個紅寶石鍊子可不平常。」皇太后提起寶石鍊子仔細的研究，問：「是你們先人從蒙古老家帶出來的吧？」

「是先夫倪迓韓曾祖母的嫁妝，應該是蒙古帶來的。我大姐姐和倪迓韓成親時，公公就給了她。我到納蘭家之後，一直保存著。」

「你們也看看。這個寶石串很出名，我小時候在老家就聽說過，好像是老祖宗西征時帶回來的。哦，真是在納蘭家！」

一個傳一個的看那寶石串，幾個男人彷彿興趣平平。三位福晉反應熱烈，直說從沒見過品質如此精純的紅寶石，連連發出讚嘆之聲。皇太后對墨爾齊道：「你們的聘禮也太重了。」

墨爾齊連忙說：「哪裡，五格兒戴上準配。」

「是啊！太后忘啦！五格兒要戴著去婆家的呀！」蘇茉拉在一旁打趣，全座都被逗笑了。

在飯桌上多爾袞問坐在對面的明珠：「記得你能言會道，怎麼今天悶嘴葫蘆似的？」

「今天——今天不知該講甚麼。」明珠靦腆的說著偷瞅了五格兒一眼。想不到她也正在偷眼瞅他。

兩個孩子都臉紅心跳的驚住了。五格兒垂下了頭，明珠咧嘴傻笑，他們幼稚而潔淨的心裡，此刻只知一件事：生死相許的人已在眼前。

3

會親的結果雙方都滿意。已經認了親就得走親戚，墨爾齊叫桂昌買兩盒精緻糕點，讓明珠提著去英親王府拜年。明珠聽了面現難色，沒想到要做這麼尷尬的事。

墨爾齊說：「你是英親王沒過門的女婿，逢年過節去磕頭問安是禮數。該做的一定要做，可別讓人家挑咱們不懂規矩。」

「是，額娘，我去就是了。」明珠不等她說完已改了態度，忙著回屋去了。原來他心裡忽然升起一個私密的希望：既到英親王府，說不定能看到五格兒。這個念頭使他立時勇敢起來，他洗臉更衣，提著禮盒騎上馬直往英親王府。

每年正月初五之前，多爾袞和多鐸都要到英王府給兄嫂叩頭拜年，嫂嫂博爾濟吉特氏也照例親自下廚，給他們做小時候愛吃的鹿肉餡餅、奶酪酥、紅燒羊腿等，一同重溫舊日時光。

多爾袞今天雖然是大清朝最有權力的人，回想起二十多年前的事仍懷悲情。

親額娘阿巴亥身為主理後宮的大妃，最得父汗努爾哈赤的寵愛，額娘親生的三個孩子，他和哥哥阿濟格、弟弟多鐸，都是父汗疼愛的的嬌兒，尤其是他多爾袞，最得父汗珍視，誰都看得出，他是被加意培植的未來王位繼承人。

天命十一年，父汗在對陣明將袁崇煥的戰爭中，被炮火擊傷驟然逝世，他們母子立刻成為打擊對象。當時身為輔政四大貝勒之一的八哥皇太極，是欺凌孤兒寡婦的主謀。他夥同另外三個大貝勒，強硬逼迫額娘殉葬，兄弟三人頓時成了父母雙亡的孤兒。

那年他十四，多鐸十二。二十一歲的哥哥阿濟格，把兩個弟弟擁在懷中，三人哭得肝腸寸斷。哥哥說：「多爾袞、多鐸，不要哭，你們還有我，哥哥會永遠疼你們，照顧你們。」

哥哥阿濟格早到了婚娶年齡，很多給做媒提親的，其中不乏十六七歲，花蕊般的美貌佳人。誰也不曾料到，阿濟格選中的，是長他兩歲的蒙古姑娘達璉，博爾濟吉特氏。而且婚前申明：有兩個未成年的弟弟須她照顧。

嫂嫂進門的第一天，便慈母般的關愛他們。哥哥長年在戰場上，他和多鐸就跟著嫂子在家。後來他也統軍出征，多鐸留在家裡，在嫂子的嬌慣中長成。他們常開玩笑說：多鐸的任性是老嫂子給慣出來的。兄嫂的扶育之恩他們覺得永生難報。

「老嫂子，我給你找的女婿不錯吧！完全按你開的條件選的：貴族血統，孩子聰明，上進，又正派。」多爾袞笑嘻嘻的故意逗嫂子高興。

「眼前有哪個夫人太太比我嫂子更有福氣：兒子封王，三個閨女兩個嫁了，外孫也有了。最小的閨女找到納蘭這樣的好人家，多大的福份呀！」多鐸跟著湊趣。

阿濟格福晉果然被逗笑了：「你是給五丫頭找到了好人家。你們看到嗎？明珠的阿瑪倪迓韓沒有娶妾，就墨爾齊一個。納蘭家可是世代汗王，有來歷的，金台石的兒子，就是娶十個妾別人又能說啥！家風就正派。這樣的人家，五丫頭嫁過去不會受苦。我說十四弟，照顧納蘭家的話，可是你說的。朝廷有甚麼辦法呢？我倒想聽聽。」她十分認真的問多爾袞。

「老嫂子，別費心，朝廷有一定的辦法。納蘭是有戰功的人家。我能讓五格兒吃苦嗎？」大福晉對多爾袞的話非常滿意，說她的金寶首飾，將來都給五格兒做陪嫁，總之，就是不能讓她吃苦。

幾個人正談得熱鬧，下人來報說五額駙來了。

明珠微帶窘色的進了花廳，看到三位王爺和大福晉正閒坐著喝茶聊天，急忙偷掃了一眼，竟是不見五格兒的身影，失望立刻像座大山似的壓下來，他覺得好沮喪。口裡叨咕著：「給王爺拜年。」「給大福晉拜年。」頭一個都不能少磕。

「你這孩子要是不來磕這個頭，我心裡還真不受用。晚輩敬長輩，是個禮數。」大福晉話說得直，態度挺和氣。

明珠暗中捏了一把汗，心想幸虧來了。跟著警惕的同時，他的伶牙俐齒也恢復了：「明珠初一就要來的。我額娘說：『王府拜年的人太多，都是朝廷的重要大員，哪輪到你個小孩子。』所以我初四才敢來。我額娘和我兄嫂也給三位王爺和大福晉拜年呢！」

「小子，你不是給你岳父岳母來拜年嗎？怎麼沒聽你叫？」多鐸好像不以為然似的，臉上也無笑容。

「是啊！稱呼一個人，表示跟那個人的關係。你是沒拜堂的女婿，要叫岳父岳母。王爺哪輪到你叫呢！」多爾袞擺明在教訓人。

明珠知道做了人家不喜歡的事，訕訕的道：「明珠不懂規矩，請岳父岳母大人饒恕。」

「孩子還小，哪裡懂那麼多。你們別嚇著他。」大福晉說。

五格兒始終沒出現，明珠從他們的談話裡聽出來，皇太后賜宴給一群貝勒和格格，五格兒進宮去了。

明珠頓時感到意興闌珊，對坐在這兒談這樣的話也感到不耐，便說家中有事起身告辭。三位王爺都給他豐厚的壓歲錢，不要還不成，只好接受。

明珠走在空蕩蕩的院子裡，看著旁結成冰的湖水，和葉子落盡光禿禿的樹枝，感到心裡好空，空得甚麼都沒有。說是跟五格兒訂了親，可到今天連話都沒說過一句，她倒跟一群貝勒去接受賜宴。他明珠這個人——明珠想得忿怨，不料假山邊閃出一個人。

五格兒披著玄狐皮領的黑大絨斗篷，玄狐皮帽，毛茸茸的帽簷下，是一張白裡透紅的小臉。一雙水靈的大眼睛，正帶點羞澀的看著明珠。

「五格兒！」明珠口竭舌怠，已不知身之所在：「我……我以為今天看不到你。」他臉泛紅暈，兩眼興奮得發亮。

「我已經等了你半天。」五格兒說話羞答答的，聲音真好聽。

明珠癡癡的望著她，半天才想出一句話：「我是來給岳父岳母拜年……」他說到一半就發現了自己的愚蠢，連忙停住了。

五格兒也讓他說得不好意思，臉蛋紅紅的不吱聲，卻從衣袋裡摸出個東西塞在他手裡：「我繡的。你留著吧！我得進去了。」

是個緞子荷包。明珠只覺得一顆心跳得怦怦的，正想說甚麼，五格兒已扭身離去，披著斗篷的身影消失在月洞門裡。

明珠愣愣的呆望了一會，緊握著那個荷包，像踏在雲裡一般，腳步飄浮的走了出來。

嚴冬過去了，剛解凍的湖水，白中透青，顏色依然寒冷。柳樹發芽了，細長的枝條上黏著點點新綠，鮮活扎眼，把人的心也帶動得活躍起來。納蘭一家上下精氣神勃發得就像春天，日子過得有勁。

園子工程已算告一段落，四十畝農田仍然保持，墨爾齊得閒時和以前一樣的刨土下種，直說吃自種的菜比外面買的補身子。

財務方面已在好轉，朝廷以撫恤「勳戚」的名義，送過好幾筆數目不小的銀子，修園子的進程順利。重要部份大多完成，剩下的零零碎碎暫時擱下。

墨爾齊把振庫和明珠喚到眼前，告知她的打算：「不能再要朝廷的銀子。雖說是照顧勳戚，我總覺著有點不對勁，好像名不正言不順似的。園子嘛！大體可看得過去也就行了。要是你們將來發了，儘管按著心願擴建，不然就這樣子也不算寒酸。」

「額娘為甚麼要這樣做？銀子又不是我們去求的？」振庫的神態懷疑。

「我心裡不踏實，像有點怕。朝廷的事我也不很懂，只知道萬一出點子事，咱們扛不起。」

「會出甚麼事呢？額娘太多慮了。不過我聽額娘的。額娘要寫信就得快，攝政王又要出去了。」振庫說。

明珠一直沒吭聲。如今他心裡只有一個五格兒，旁邊沒人時就把那荷包掏出來又看又摸。根本沒精神注意別的事。

墨爾齊命明珠以她的身分，寫一封致攝政王的信。內容說園子工程已完畢，家裡生活足可溫飽。因個人小事麻煩攝政王費心實在不安，請今後停止補助，言詞之間千恩萬謝。

振庫上班時把信親呈攝政王。多爾袞頗為感慨的說了一句話：「你母親是個了不起的女子，假如大清朝的官員都像她可多好。」

納蘭府已把兩頓粗糧改成一頓。明珠早晨起來先練武，吃過窩頭、小米粥、鹹菜，就騎上大白馬去上學塾。每週裡四次到東城習漢文，一次去南城習滿文。

「漢人的好書多，要好好的學。可咱是滿人，不能忘記自己的字。」額娘如此說。

額娘的話他都聽。他立志要做個好兒子、好學生，將來還要做個好官員。當然更要給五格兒做個好丈夫。這話只能悄悄的擱在心裡，若是同學們聽到不知要怎樣取笑。

塾師朱老夫子對他經常誇讚，甚至說是教過的最傑出的學生。這話令他很是欣愉，不自覺的現出得意之色。

墨爾齊卻說：「要出人頭地光靠念書是不夠的。男兒在外要有朋友，更要通達人情，讓自己在各方面恰到好處。」

明珠琢磨著母親的話，自覺有些領悟並試著行動。他不再因自己的優秀有狂傲之氣，反而更謙虛誠懇，出口的語言也友善動聽，常常加上一兩句笑話，令聽著的人舒坦又輕鬆。這使同學們都願跟他交往，全班十八個人全跟他稱兄道弟。

聰穎的明珠，從中深深的領會到與人相交的要訣。他家境不如那些同窗的貴族子弟，連馬也買不起。老馬走得慢，每天太陽剛放光就出發，絕早時刻的北京城，空曠少人，一片安詳。

在老白馬緩慢的蹄聲裡，正好任心思流水般隨意迴蕩。

五格兒、創造未來輝煌前程、重振家聲，是他想得最多的題目。一天過得快，常常課畢到家時已是夕輝西下。

那天明珠走進堂屋，見額娘和哥哥振庫隔著茶几在談話，兩人都神情嚴肅。他正想問振庫：「平時都是晚飯時到家，為何今天回來得早？」還不及出口，墨爾齊便急切的道：「你可回來啦！我和振庫等得心慌。你甚麼都別碰，要趕快先洗手，漱口。」

「洗手，漱口？幹嘛呀！」一盆熱水已預備好，明珠只好淅瀝嘩啦的一陣漱洗。

「幹嘛？難道你沒聽說，京城裡天花流行，有幾千人染上了。出這種痘子，是沒有甚麼方法治的，聽說已經死了不少人。從現在起，你不要出大門。」

「哥，為甚麼不能出大門。你瞧瞧我這膀子，」明珠把衣袖拉上去，露出練得肌肉紮實的臂膀，「像我這樣壯的人，怕甚麼傳染。」

「天花並不管你壯不壯。豫親王比你還壯吧！告訴你，他也傳上了，病勢兇猛，聽說已經隔離。你就老實點，給我待在家裡。」振庫皺著眉，語氣中充滿煩憂。他倒想留在家中，無奈非去宮裡值班不可。

「大門要看好。裡頭的人不許出去，外面的不許進來。倉裡的存糧足夠吃三四個月，日子能過。我得在宮裡待一陣子，疫情過了才能回來。明珠，交代你的事要記住。」振庫音容嚴肅，他騎著馬剛離開，桂昌就把大門上了一枚銅鎖。

明珠每天在書房裡溫習功課，早晚練武，間或到農園鋤草種植，只覺得自己已變成一隻籠中鳥，活得氣悶難耐。他常坐在迴廊的矮欄上，手摸懷裡的荷包，眼光投向廊外的湖水，望著戲水的野鴨子發呆。

從知道豫親王多鐸染上天花的一刻，他便多了樁心事，時刻唸叨，不知五格兒近況如何？親叔父病得九死一生，她準定十分著急，他偏又一點忙也幫不上。只能手摸荷包，癡癡望著廊外的湖水。

半個月後，振庫在眾人的苦等中歸家了。他面色沉黯，帶回一連串令人震撼的壞消息。年僅三十六歲的豫親王多鐸，已在三月裡病故。攝政王多爾袞當時在山西打叛軍，聽到多鐸病重的消息，即刻往回趕，行至居庸關時得多鐸逝世的快報。他換上縞素衣裝，一路嚎啕著飛馬奔回京城。

「攝政王也病了，這兩天都不能上朝。」振庫愁得蹙著眉峰。

墨爾齊嘆息著道：「悲慘啊！從小沒娘，三兄弟誰也少不了誰。豫親王年紀輕輕的就歿了，做哥哥的心痛啊！」

「額娘，還不只這個，他們家事情出大了。豫親王的兩個側福晉，哭喊著說沒有豫親王活不下去，要殉葬。攝政王怎麼勸都不行，到底死了。攝政王的大福晉也沒逃過一死。」

墨爾齊、明珠、塔珍，各個聽得目瞪口呆。

振庫並未說完：「英親王，唔！英親王府也出了事……」他瞅著明珠，吞吞吐吐：「明珠啊！聽哥一句話，你已經是個男子漢，天大的事也挺得住。」

明珠面色慘白，目光悽惶，張著嘴說不出話。墨爾齊也緊張得聲音顫抖：「你是說，五格兒她——」

「她額娘歿了。英王府的一個側福晉也歿了。想不到啊！一場天花奪去三個王爺家六條命，唉！唉！」振庫連連嘆氣。

墨爾齊驚魂甫定的道：「好厲害！幸虧振庫有見識，咱們防範得早。」

「不行，我非去英王府不可。五格兒的額娘歿了，她不定多難受，我要去看她。她一準哭得眼睛都腫了。」一直呆愣如木偶的明珠，忽然跳起大聲說。

振庫抱住他的肩膀柔聲勸慰：「你怎麼能去呢！疫情還沒完全過去。」

「我顧不了那麼多，我要去。」明珠激動得面色通紅。

「你去染天花的人家，會把病帶回來。咱家有孩子呀！」向來話少的塔珍不以為然，語氣堅決。

明珠對嫂嫂的話不能全不理會。姪兒安泰四歲，姪女阿慶才滿週歲，要是他們傳上天花可怎麼辦！他想了想垂著頭道：「好在春天已到，不怎麼冷。我帶著那個羊皮斗篷，睡在露天也不會凍著。在外頭過幾天再回家就是了。」

「那不成了要飯的，胡鬧。」振庫嘴上申斥，心裡亦不想讓明珠太失望，卻又想不出兩全辦法。

正亂成一團，桂昌拿著一封信進來，是英親王府的報喪帖。

振庫讀給大家聽：內容是說大福晉病故，因顧及傳染問題，已經盡快下葬。並特別標明：此帖只是向親朋好友知會此事，請千萬不要到王府祭拜。

「你自己看。王府根本謝絕拜祭。」

明珠接過喪帖看了，還是堅決要去和五格兒見面。

墨爾齊看明珠那樣子，不讓他跑這一趟怕要鬧翻天。她本人倒沒那麼害怕。振庫和塔珍的憂慮也是合理的，兄弟倆爭執不下，事情到底該如何解決？此刻她確實感到後母難為。

墨爾齊終於還是想出了折衷的辦法，她吩咐桂昌，叫人在前面園子收拾出一個側院。明珠由英王府回來，漱口沐浴薰香後直接住進，每天幾頓飯指定專人送去。「你只能出去這一次，然後就留在前面。不可出去跑，也不要來到後面園子。你做得到嗎？」

明珠聽說允許他去看五格兒，臉上的陰霾和浮躁一掃而空，連連答應說一準做到。

墨爾齊又問振庫和塔珍：「你們看這樣行嗎？」

「好是好，可明珠弟弟要搬到前面——」塔珍顯得很歉意的。

墨爾齊笑著道：「前院有啥不好？人家還想睡大街呢！」

明珠當晚便把一應用物和書籍筆墨，全搬到前院，預備明日清晨去看五格兒。

英王府的大門前懸著四盞白紙燈籠，門框上掛著白布幡，一片蕭肅冷清。看門的奴才也不像平常那樣滿臉是笑，只叫了一聲「五額駙」就悶著頭直引他去正廳。

明珠心裡有些躊躇不安，拿不定主意怎樣向阿濟格提出去看五格兒的要求。怕被拒絕，也怕羞，沒膽子開口。想不到阿濟格第一句話就說：「快去看看五格兒吧！她很傷心。」

明珠笨拙的吭哧了一聲，才明白已被允許去看他下了訂的媳婦。於是跟著帶路的小丫頭，穿過迴廊和月洞門，進入一個花木扶疏的內院。小丫頭指著對面的幾間正房說：「那就是五格格的閨房。」

明珠緊繃著神經，默默的走進去。

身著孝服的五格兒靠在楊妃榻上，正閉目養神。聽到小丫頭說有客人來，便徐徐的睜開眼，當發現進來的是明珠，本能的怔住了。

五格兒原本甜潤的小臉瘦了一圈，兩隻裝滿憂傷的眼睛顯得更大。對正走近的明珠不發一言，卻見淚珠沿著小巧的鼻子冉冉淌下。淚水終至無發控制，她用汗巾摀住面孔，嚶嚶的哭泣起來。

見五格兒哭得那麼傷心，明珠不知該用甚麼話安慰，只輕聲的叫：「五格兒。」

五格兒彷彿沒聽到，仍是一味的哭，明珠越發手足無措，除了連叫「五格兒」再無作為。他覺得自己如此無用，好像失去了思想的能力。而且感到兩眼泛酸，已擋不住奪眶欲湧的淚，「五格兒，我陪你哭吧！」他聲帶哽咽。

五格兒終於停止哭泣，用汗巾子拭抹臉上的淚痕：「額娘一走，我真孤單，好像雪地上的小鹿，沒人管了。」

「五格兒，別那麼說，你還有阿瑪呢！英親王爺看你不吃不喝的好犯愁！」

「阿瑪是疼我，可他有十六個孩子要疼，顧得過來麼！」

「五格兒忘了我嗎？明珠的心裡只有你一個人。」

「唔……」五格兒抬眼看看明珠，見他面色激動，態度認真，心裡暖和了不少，這時才發現明珠一直站著，忍不住淡淡的笑了：「你怎麼木椿子似的老站著，坐。」她指指對面的椅子。

明珠靦腆笑著坐下的同時，自覺信心與豪氣已經回歸：他是個男子漢大丈夫，對面坐的是自己的女人，他將與她生兒育女，一路走到齒落髮白。跟這樣親密的人有甚麼可難為情的：「五格兒，你千萬要保重身體，好好的等我，過三四年我就十八了。到時就來娶你。我們家的日子比王府自然差得遠——」

「明珠，只要跟你在一塊兒，甚麼日子我都能過。」五格兒忽然打斷明珠的話。

明珠不再說甚麼，拉起五格兒又白又軟的小手，緊握在兩掌之間。

丫頭和老媽子端上一盤盤點心，說王爺吩咐：額駙陪格格多吃一些。

兩人對坐在鋪著繡花巾子的小圓桌前。五格兒怕明珠矜持，不時的挾點心放他盤裡。明珠擔心五格兒情緒欠佳，缺乏胃口，也挾點心擱在她盤裡。

兩人默默吃著嚼著，時不時的交換個深情的微笑，心裡喃喃的是同一句話：此生此世就這樣，永遠和這個人吃喝在一起，多美多好啊！

4

天花疫情總算過去，很多家庭遭到衝擊，有的親人亡故，有的原本俊好的面孔，變成一張佈滿凹點的麻子臉。納蘭舉家平安挺過，不能不說是福大命強，上天特別眷顧。墨爾齊也放鬆了情緒，說春光明媚，暖和季節已來臨，要即刻把生活恢復到正常。

生活也確在恢復中，而且蒸蒸日上，看著比以前進展得更興旺。

振庫的封號升了一級，從騎督尉變為輕騎督尉。多爾袞還說他胸中有文墨，不久會給補個文職的缺。

墨爾齊又說：「攝政王還真照顧咱納蘭家呢！」

塔珍和明珠也為振庫欣悅，認為他已開始步步高升。

明珠看來更懂事了。與五格兒那次相會之後，自覺已經長大，不再是「小子」「男孩」而是個真正的男人。他開始認真的計劃未來生涯。十八歲迎娶五格兒是雙方長輩定好的日程，也是他本人強烈的心願，但是他要給五格兒的，是比此刻更像樣的自己。他斷定創造宏偉前途要從胸有文墨做起。漢文、滿文和蒙古文，他都能說能寫。漢人歷朝歷代的聖賢書，他一讀再讀，總之，他對自身的要求偏高。最近學塾裡幾次作文章，都是鼇頭獨佔，朱老夫子於當眾誇他將來必成大器。他也只恭謹的說：「謝師傅鼓勵。」

那天臨別時五格兒叫他「不要再來，人家看著不妥」。他先背了兩句秦觀的詞：「此情若是久長時，又豈在朝朝暮暮。」接著就溫和的告訴她：不會有暇常來，因為要為共同的未來做準備。他把貼身的玉珮送給她。五格兒解下頸上的白玉墜子回贈。她的眼光告訴他：會從傷痛中走出，她的生命與他的已連在一起。

想起五格兒，明珠頓覺天高地遠，未來的日子美如彩虹。但他也並非全無煩憂。

一向健壯的墨爾齊忽然出了毛病，先是厭食，不肯進餐，如果勉強吃點甚麼便要作嘔。後來又說胸口疼痛。請過三位醫生診治，亦查不出病因，人是明顯的一天天消瘦。

墨爾齊病倒在床，整個家像失去了主心骨，鬱無生氣，屋裡園裡一片蕭瑟情景。振庫夫婦和明珠都深深焦慮。

那天多爾袞叫振庫辦事，見他魂不守舍的樣子，便很不悅的問他是何緣故。振庫只得道出真情，把墨爾齊的病情描述一番。多爾袞聽完道：「看樣子病得不輕，叫個御醫去瞧瞧。」

墨爾齊聽說多爾袞派御醫來給她看病，直說：「我生這點小病，還派御醫來，攝政王也太照顧咱們了。」

御醫姓蘇，鬢髮皆白，一看就知經驗豐富。蘇御醫給墨爾齊摸過脈，表情極為友善，和顏悅色的對墨爾齊說：「太夫人的病不要緊，多歇著，養養就好了。」

御醫都說不要緊，墨爾齊也就放下了心，躺在床上連稱「謝謝」。

一邊陪著的振庫也露了笑容，客氣的送醫生出去。

走到迴廊下，蘇御醫見旁邊無人，便面色深沉的道：「納蘭大人，快快準備後事吧！太夫人的病拖不過多久了。她胃臟裡生毒瘤，這是沒藥可治的。」

振庫驚得傻住了，半天做聲不得。

振庫和塔珍商量過，認為事態嚴重，決定把真相告訴明珠。傍晚明珠放學回來，振庫到他房裡，格外的和聲悅氣：「明珠，哥知道你會比任何人都難受。你是額娘帶大的……」他把蘇太醫的話重複了一遍。明珠沉默聆聽，表情凝重，眼眶裡隱隱湧上淚光，只異常安靜的回了一句：「知道了。」

明珠整夜輾轉反側，憶起過往的種種：六歲喪母，十二歲喪父，是何等不幸的遭遇，他能活得這樣好，成長得這樣快樂，全靠繼母的照顧與關懷。他不能想像，如果不是墨爾齊給了親娘一般的愛，他的童年會是啥樣光景。

次日清晨，明珠像往常一樣的去學塾，卻不是為了上課。而是去請假，在家侍奉湯藥。

墨爾齊的病勢日益沉重，身體暴瘦得如挑衣服的竹竿，兩眼深凹，連說話的聲音都變低了。最讓全家人焦慮又無法解決的，是她的痛。每當發作起來，她就雙手捧著胃的部位，悽慘的呻吟，有幾次竟至嚎叫：「疼，痛……受不了啦！讓我死吧！」每遇這樣情況，明珠便把她扶起倚在自己身上，替她輕輕的揉，有時還用熱手巾敷。不痛的時候母子倆也會聊家常。

「你為甚麼不上學？」墨爾齊發現明珠沒去上學，口吻中透著嚴厲。

「哥哥要去宮裡當差。我請幾天假在家陪額娘。額娘病一好立時去上學。」

墨爾齊瞅著他沉默了半晌，苦笑著道：「還有那一天嗎？明珠啊！額娘有話要囑咐你。你是個做大事的料子。官位高責任大，風險也大。人啊！最怕得意忘形。行得正才立得定。無論順逆，得志還是失意，都要穩住自己，不要亂了腳步。」

「額娘的話兒子永遠記著。」

母子倆便這麼在病榻上聊著。有天墨爾齊忽然說：「我挺想見見五格兒。」

事情也真巧，早上剛說，下午五格兒就帶著小丫頭來了。說是從宮裡聽到的消息，太后特別賞給止痛藥。她說著就叫小丫頭倒出暖罐中的藥，坐在床沿上，用湯匙慢慢餵在墨爾齊嘴裡。

墨爾齊望著五格兒漂亮的小臉微笑著：「你真是個叫人疼的好姑娘。」

明珠送五格兒上馬車時，五格兒告訴他：是進宮看太后時聽到墨爾齊病重的消息。馬車走了幾步她又叫停下，掀開轎廉伸出頭來低聲道：「你要挺住啊！有我呢！」

墨爾齊終於在惡疾殘酷折磨下死去，留下不少遺言。

吩咐兄弟倆應相親相愛互相扶持，最好永不分家。萬一有天要分：東城的宅子給振庫，現住的「納蘭府」歸明珠，上莊的地兩房平分。關外老家，他們父親倪迓韓的名下還有田地、房產，商號裡彷彿也有股份，都是大伯伯德爾格勒在經管，但：如大伯自動歸還可以接受，若未提起絕不可去追討，因大伯和你們阿瑪哥倆最親，你們不能把關係弄壞。還特別囑告振庫：「明珠一定要上太學。他一滿十八就把五格兒娶回來。」最後還叫他們別忘記自己是葉赫大汗的後人：「多少隻眼在看著，要爭氣。」額娘是多麼放不下他們啊！

「我可以放心的去見你們的阿瑪和我的親姐姐了。」是墨爾齊在人間的最後一句話。每當明珠想起這些，便會淚眼糢糊。

失去墨爾齊的納蘭府，表面上看，似乎一切恢復了正常。其實像是一艘迴旋在江心的船，沒有舵手領航，顯得紊亂而調子沉悶。

振庫剛升任二品資政大夫，兢兢業業，每天太陽出山前去宮裡上朝。明珠則如往日一樣，每天騎著他的老白馬去學塾。管家的任務便順理成章的，由府中主婦塔珍擔起。

糟的是塔珍從進納蘭家門的一刻，就沒涉及過家事，一切有婆婆墨爾齊頂著，她唯一的責任是看管自己的兩個孩子。現在要為全家上下三十來口人的生活，和有花花樹樹的大園子用心思，拿主意，她是力不從心又缺乏興趣。幸虧有桂昌和吉順給幫襯，日子還能往前進行。但是塔珍在情緒上有變化。她變得很膽小，夜晚不敢單獨去園裡，好幾次脫口而出說：「這個宅子不吉利。」有次在晚餐桌上她對振庫和明珠建議：把這個宅子賣掉，東城的宅子收回。

振庫思索了片刻，表示像納蘭這樣的人家，買房置產是正路，賣房賣產徒惹人笑，何況他新近升了官階，剛上任就賣宅子，人家怎麼想。

明珠像沒聽見似的，只顧悶頭吃飯，桌上靜默好一陣子才硬梆梆的冒出句話：「想賣！沒門兒。

這是阿瑪和額娘造的宅子。我老了也不搬出去。將來我有錢還要擴建重修，把菜園子鏟平，挖湖造亭子。那時候的納蘭府說不定是北京城裡最大的宅園。」

「哦！那就等著看明珠的啦！」塔珍怏怏的放下筷子。

時光易過，納蘭府裡過墨爾齊逝世後的第一個年。明珠像每年一樣，趕在初五前去給阿濟格拜賀，心裡真正想見的當然是五格兒。

自從在墨爾齊的葬禮上匆匆一見，就沒再看過那張可愛的小臉。那天她全身縞素，穿著媳婦身分的孝服，行跪拜大禮。一直用帕子在擦眼睛，哭得眼皮泛紅，那麼真情又那麼自然，絲毫沒有王府格格的架子。他不僅感動也由衷的感激。看得出來她不光是心裡有他，也真敬他，看重他。

英王府的看門奴才一見明珠，早已滿臉堆笑的迎上來叫：「五額駙，王爺在書房裡。」

明珠也不用他引路便直接前往阿濟格的書房。

阿濟格正拿著一枝大毛筆在寫字，架上和旁邊的桌子上，擺著多張紅紙寫的「福」字。見明珠進來他眉開眼笑的：「過來看看。很多部下向我求字。過年了，我就寫福字，圖個吉利，又省事。你看寫得怎樣？」

明珠磕過頭便到桌前去，看著紅紙上的大福字道：「岳父的書法力到墨足，有豪氣干雲的氣概，真是一枝將軍筆。你老人家也賞明珠一個福字吧！」

明珠的話讓阿濟格著實受用。便一邊寫字一邊跟他閒聊，從幼年時代在建州的生活，談到在蒙古和江南的作戰經驗，甚麼都談，就是不談五格兒。

明珠已是焦慮難忍，想問是否可去看看五格兒又羞於開口，正坐立不安之際，卻聽到阿濟格柔和的聲音：「你的命跟我們兄弟差不多，少小年紀父母雙亡。明珠啊！不要懊喪，還有岳父我呢！有難事不管大小都來找我。今天王府裡吃團年飯，全家都在。你就吃了飯再回去，正好跟大夥見個面。」他說著打開抽屜拿出一張銀票，和三張寫了福字的紅紙疊捲在一起給明珠：「拿著吧！你要多點福氣才好。」

明珠跟阿濟格繞來轉去的到裡院的餐廳，阿濟格一路上大聲大氣的說著。明珠沉默無語，內心裡萬分感動，想一些人都說阿濟格為人粗獷跋扈，驕橫貪財。但他確實感到岳父慈祥柔軟的一面，至少對他這個未來的女婿是好的。他想將來會像對待自己父親一樣的孝敬他。

沒進餐廳就聽到一片嘈雜的人聲，還有孩子的哭聲。待走進去，明珠不由得嚇了一跳。足有兩百來個男女老少，分坐十幾張大圓桌，幾個年輕女人懷裡抱著嬰兒。阿濟格一進來，他們便轟的一聲全部起立，有的叫王爺，有的呼阿瑪。

「你們都坐。」阿濟格對大夥擺擺手，帶著明珠直往裡面正中間的桌子。

一桌全是男性，站得挺直的等候阿濟格。阿濟格走到空著的上座主位，對伺候的下人指指身邊的部位：「在這兒加張椅子。」椅子立刻加上了，阿濟格用帶點命令的口吻叫明珠：「坐。」

明珠聽話的坐下，偷眼朝各桌掃視一遍，果然在坐一堆女孩的桌上，發現了五格兒，她正睜著水汪汪的大眼瞅著這邊，他忙止不住興奮的回以會心的眼神。

阿濟格端著酒杯站起，示意明珠也站起來，他一隻大手扶在明珠肩上：「你們知道這小子是誰嗎？他叫納蘭明珠，咱們五格兒未來的夫婿。皇父攝政王多爾袞相中的。皇太后親自指婚下訂。也許你們納悶，這小子是哪兒蹦出來的？驚動了皇太后和攝政王？哈哈！」阿濟格朗聲大笑，在明珠肩膀上連拍兩下：「說起他的家世你們會笑，他爺爺就是跟我阿瑪努爾哈赤大汗，幹了一輩子仗的葉赫貝勒金台石。不打不相識，一笑泯恩仇。現在是努爾哈赤的孫女，要嫁給金台石的孫子。哈哈！有趣，是吧！」

明珠一直木樁似的立在一旁，窘得臉皮一陣陣的發熱，遠遠的看到五格兒也羞得半低著頭。可阿濟格並沒說完：「你們也別以為我選這小子是因為他的貴冑血統。明珠聰明又肯用功，書念得好，通漢、滿、蒙文，武功也是頭一流的。」他說著一屁股坐下，指著眾人加上一句：「人家一點紈褲子弟的惡習都沒有，你們要學。」看明珠還站著給大夥作揖。就叫他坐下。明珠這才來得及看清同桌的人。阿濟格已經又給他介紹了。

「這是二哥鎮國公傅勒赫，這是五哥和碩親王樓親，他哥倆和五格兒是一母同胞。」明珠忙站起作揖。

那叫樓親的和碩親王儀表不凡，穿戴也比別人講究，他微笑著問了幾句學塾裡的情形，和讀些甚麼書之類的問題，顯然是個肚裡有文墨的。明珠還來不及回答完，熱情的岳父已接著介紹：「這是三哥伯爾遜，六哥墨爾遜，八弟佟塞，十弟鄂拜，十一弟班進泰。你瞧，我有這麼多兒子，他們也有一堆兒女。那邊坐的一群都是他們的妻妾子女。孩子多才好，家丁興旺。」他笑著再拍明珠肩膀：

「好好努力，將來你當了大官，也會妻妾成群——」

「不，我永遠只要五格兒一個，別的甚麼女人也不要。」明珠忘情的衝口而出，打斷了阿濟格的話。桌上的人都愣住了，緊接著是哄堂大笑。

三哥伯爾遜笑得吃吃的道：「咱滿洲居然有這樣的男人。」

「孩子話你也信！」二哥鎮國公傅勒赫優閒的摸著小鬍子。

明珠感到這樣的家庭氣氛很難適應，這頓團年飯更是吃得痛苦，唯一的想頭是快快離開，心裡正盤算怎樣告辭，就聽阿濟格低聲囑咐：「跟五格兒打個招呼再走。那丫頭是個死心眼，不然又連著幾天失魂似的。」

明珠這才注意到五格兒早已離座，喜得差點笑出來，連忙打恭作揖的告辭。五格兒住處他已記得，不須人帶路，便輕快的趕到後院。

五格兒正和一個年紀比她稍大、外表很清麗的女孩子，守著一隻紅泥小爐在弄甚麼。

見明珠進來，五格兒有點矜持的淡笑了笑，話也不說又把臉轉過去。明珠知道是自己剛才在席上的話，弄得她不好意思了。想解釋兩句又礙於旁邊有人。倒是那個女孩子不怕生，主動招呼：「明珠公子，五格兒算計著你會來，正拿出新茶具燒茶呢！」

五格兒這才恢復了平日的大方，給明珠介紹：「這是我表姐文瑾。」一邊拿起一隻鑄造精細的紅泥小壺倒了三杯茶，把一杯給明珠：「這爐子和壺是一套，我阿瑪從南方帶回來的。年前皇太后打發人送來貢品新茶，我就試一試。你喝喝看，味道如何？」

明珠喝了幾口，讚說清香。三個人聊了一會，才明白她這表姐其實是八竿子打不著的親戚：是她額娘大福晉的弟媳的遠房表兄的女兒。因父母雙亡來投奔大福晉，在英王府已生活了七八年。現在大福晉已去世，她住在府裡也很尷尬吧！明珠想著有些同情。文瑾彷彿沒有迴避的意思，三人閒聊有何情趣？明珠喝完一杯茶便告辭了。

5

納蘭府裡雖人丁單薄，日子過得仍充滿希望。

振庫年紀輕輕的就做了二品資政大夫，越來越受到朝廷的重視。

明珠努力向學，自覺已知不少經天緯地之論，只待為國為民報效朝廷。最令他發急的就是總也長不大，白折騰了幾年還是只有十六歲，甚麼時候才能去宮裡當差，甚麼時候才能迎娶五格兒？兩件大事是連在一起的，都要等到十八歲，他只好苦苦的等。

塔珍還是膽小怕邪，入夜後不敢進園子，對管理家務仍全無興趣。振庫對塔珍不愛管家亦不以為意，常開玩笑說：「你這傻奶奶連油跟醋怕也分不清。幸虧有桂昌叔給打理。只好等明珠把五格兒娶回來當家了。」

「五格兒是王府的金枝玉葉，甚麼沒見過，會管咱們這個家？」

「就算公主下嫁，也得嫁雞隨雞。」

「額娘曾經跟我說，五格兒出嫁時，攝政王要給她座宅子做陪嫁呢！」

明珠聽兄嫂說起五格兒便心內欣喜，認為那是表示重視。他一點也不指望英王爺和攝政王給甚麼嫁妝，只想用自己的力量讓五格兒過上好日子。看哥哥嫂子感情那樣好，互相撒嬌，動輒打情罵俏一番，他很是羨慕，暗中希望將來和五格兒也能成為那樣的恩愛夫妻。

這天早上塔珍幫振庫穿戴，叨咕著要把資政大夫打扮得像個「官老爺」。振庫說要戴升資政大夫時，攝政王賞賜的那串朝珠。因為今天多爾袞要率領王公大臣到塞外狩獵，他得與眾官員一起去送行。

塔珍和明珠都問：季節已是初冬十一月，塞外天寒地凍風猛，為何要這當口去出獵。振庫回說攝政王決定的事誰敢問，而且聽說他還病著，有人勸他別去竟挨了罵，說一點小病不會影響騎馬打獵，哪有那麼嬌。

「據說攝政王最近做的事很怪，譬如叫朝鮮選公主給他做側福晉，可公主送來又嫌不美。命令朝鮮再選，朝鮮趕快又送來兩名美女，他就親自到連山迎接，即時大婚成禮。前些時候攝政王感冒，皇帝御駕親臨探望，他卻責怪大臣擅自請皇帝臨幸，把好幾個人降罪處罰。很怪，這都不是他的一貫作風。」

振庫說多爾袞的事，塔珍和明珠聽得津津有趣。振庫已發覺說得太多，臨出門前特別囑咐：「一個字都不許往外說。」

幾天之後，振庫在晚飯桌上的閒談中，說朝廷收到塞外消息：多爾袞打獵時從馬上摔下來受傷：「朝中大小官員爭著用各種方式去慰問呢！」

明珠不解的道：「他一輩子在馬上，也會摔下來！」

「人家都慰問，咱們也不能裝不知道吧！」塔珍很認真的。

振庫道：「我也想到這一層。明珠，我看你去英王府跑一趟，就說咱全家都關心攝政王的傷，祝他早日康復。」

明珠聽說去英王府，心想可以見到五格兒，立時爽快答應。

守門的一見明珠便迎上來：「額駙來啦！真不巧，五格格進宮給太后請安去了。王爺在書房。」

「我是專來找王爺的。」明珠說著逕去書房。

阿濟格坐在搖椅上微微晃動，目光出神的投向窗外，彷彿在尋思甚麼事，竟沒發覺明珠走進來。

明珠愣立了片刻，湊過去喊了一聲「岳父」，阿濟格才如夢初醒般道：「原來是明珠來了。」

「聽說攝政王墜馬受傷，我們全家都惦念，打發我來問問情況。再說明珠也想來看看岳父。」

「是啊！我也正在想這問題。多爾袞不滿六歲就會騎馬，他騎馬就像普通人坐板凳。怎麼會摔下來呢！狩獵對他又算得了甚麼！真想不明白。」阿濟格思索著說。

「是不是受身體衰弱的影響，聽說攝政王是帶著病去的。」

「他不過偶感風寒，不相干的。」阿濟格語氣果決，傲氣的笑笑，「明天早晨我就動身，親自去看看。我有南方帶回的好藥，專治硬傷的，給他帶去。」

明珠回家將整個談話經過跟兄嫂描述一番。振庫道：「受點輕傷本不算甚麼，大夥忙著去拍馬罷了。咱們這就足夠。不卑不亢，禮數盡到了。」

多爾袞受傷的事已不再是題目，三人都不再提。

大約是臘月十二三號，明珠像每天一樣，身著皮襖，頭戴皮帽，騎著老白馬，頂著刀子似的迎面寒風去學塾。剛轉到大街上，便覺出氣氛異於往常。

全街的店鋪都沒開市，窗上的木板亦未卸下。門框上掛著白布喪幡。平日賣豆汁、油條、烙餅的小食攤，也一下子全不見蹤影。最不尋常的是街頭巷尾，三個一堆、五個一群的人影綽綽，聚在一處低聲嘰嘰咕咕，彷彿在討論甚麼大事。

明珠一肚子狐疑，便驅馬過去詢問：「莫非是發生了甚麼不尋常的大事？」

一位鬍鬚、髮辮花白買賣人模樣的男子，朝他上下打量了半天才慢悠悠的說：「小哥，您真不知道嗎？攝政王歿了。瞧您這身緞子皮袍，不大好吧！瞧我們都穿孝服。」

明珠這才注意到，所有人都穿著白布孝衣。

「攝政王歿了？誰說的？」

「不用誰說，那不是告示牌？」

明珠隨著那人的手勢看去，果然看到前面牆上掛著兩個白紙黑字的告示牌，一堆人正圍著看，他也連忙擠上前去。

一個告示的大意是：皇父攝政王不幸因病駕崩殯天，當今聖上萬分悲痛，詔令天下臣民易服舉喪。即日起停止酒宴、歌舞、戲劇等娛樂，以示四海同悲，舉國哀悼。

另一告示牌是以順治皇帝之名發佈哀詔，追懷攝政王多爾袞的不世功德：「昔太宗文皇帝升遐之時，諸王群臣擁戴皇父攝政王。我皇父攝政王堅持推讓，扶立朕躬。又平定中原，統一天下，至德豐功，千古無兩。不幸于順治七年十二月初九日戌時以疾上賓，朕心摧痛，率土銜哀，中外喪儀，合依帝禮。」

明珠這時終於相信多爾袞已死。國喪期間學塾必然停課，便調頭回家。

整個北京城都在悲傷，親朋見面唯一的話題，就是功高蓋世、英明睿智的皇父攝政王，竟會在三十九歲的盛年歸天，是令人何等的不捨與懷念。

緊接著，皇父攝政王多爾袞的靈柩，由他的兄長英親王阿濟格、姪兒和碩親王樓親陪伴回京了。順治帝福臨親自率領王公貝勒、文武大臣，一律身著孝服，出東直門五里外跪迎。皇上親自祭奠，行叩首大禮，傷心得扶棺痛哭。後來又追尊多爾袞為為「誠敬義皇帝」，廟號成宗。還把他死去的妻子元妃追封為「義皇后」，夫婦一同升入太廟，如同一位真正的皇帝，死後哀榮達到頂極。

振庫參加了迎靈大典，雖然官小離得遠，也看得很清楚，阿濟格和樓親父子兩代親王，分坐在皇帝左右兩旁，他回來把大典的情況形容一番，最後說：「想不到英親王的地位那麼高。」

「多爾袞功高蓋世，一生活得轟轟烈烈，身後享哀榮是應該的。」是朝野一致的輿論。但世事多變，誰也沒料到，多爾袞死後不足兩個月，竟被打成叛徒。

攝政王多爾袞既死，十四歲的順治帝便順理成章的親政。朝廷的權力中樞已經轉換，善觀風向的大小官員們，開始搜索枯腸，找出輸誠邀寵的良方。

多爾袞的親信蘇克薩哈出面檢舉：說攝政王早備下八補黃袍、大東珠、黑狐褂等皇帝用物，計劃謀篡大位。接著，曾受多爾袞排擠的鄭親王濟爾哈朗帶頭，一群王公貝勒大臣共同上疏，檢舉多爾袞的多條罪行。

牆倒眾人推，多爾袞的舊部為求自保紛紛附和。

順治皇帝原本就因多爾袞獨斷專權，阻礙他受漢文化教育，又和身為皇太后的母親有微妙關係，恨之入骨。既得報復機會便絕不手軟心慈。

順治皇帝下詔追削多爾袞的一切封號，沒收家產。鏟平他的墳墓。凌遲處死相關黨羽。他的哥哥阿濟格親王亦難逃其殃。以密謀承襲攝政王位的罪名遭幽禁。最後的判決是，賜他與身為親王的五兒子同時自盡。其他家屬一律削為庶民，財產悉數沒收。上下兩百來口人限七日內搬出王府。

已故世的攝政王多爾袞遭鞭屍、清算，禍延親屬的訊息如晴空霹靂，舉國震驚。但沒有任何人比明珠受到的震撼、驚愕、沮喪與困擾更深的。

自從多爾袞和阿濟格被定罪，學塾裡的同學便明顯的與他疏遠，原來每天膩在一起的哥們也不親近了。回到家裡，振庫和塔珍便連番上陣，曉以利害，勸他放棄五格兒。一再強調政治無情，像納蘭氏這樣非但沒有可依附的靠山，反有先天原罪的人家，實在難抵抗這樣猛烈的衝擊。

「金台石的孫子，已經被當成我們的病根，再加上個多爾袞，我們如何受得了！多爾袞和阿濟格是陰謀篡逆的叛臣、逆賊。現在朝廷裡誰聽到他們的名字都怕，躲之唯恐不及，你跟他們做親戚，豈不等於自掘墳墓？」同樣的話振庫已說過多次。

塔珍也苦口婆心的勸了又勸：「明珠弟弟，憑你的人才，要娶天仙也不難，何苦戀著一個五格兒！好在你們還沒成親。下了訂退婚的事也不是沒有，再說錯也不在我們。」

明珠並不怪罪兄嫂，知道他們不是惡意，誰會不求自保偏要往刀鋒上撲！可他根本拒絕討論這個問題，木雕像一般不回話。飯桌上吃著吃著意興闌珊的停下筷子，深宵無眠在臥室內躑躅徘徊。明珠在消瘦、憔悴、細長的頸子從緞袍領子裡伸出，看上去讓人想到毛沒長全的小公雞，終究還是個孩子。

明珠一心想見到五格兒，他無法想像，這排山倒海而來的苦難，小小的她怎能承受。

他已幾次去英王府，門口有武裝兵勇把守，硬給又罵又嚇的擋了回來。得知上面規定，阿濟格的眷屬必須在七日內離開王府，明珠反倒燃起一線希望。想當他們離開宅子時總要出來的吧！那時絕對可見到五格兒。他決定每天清晨即去，夜深方歸，直至等到五格兒為止。

第一天就等到了五格兒，確實出乎明珠的意料之外。他騎在馬上，遠遠的盯著那幾扇紅漆金環的大門。門徐徐的開了，走出十來個穿著縞素衣裝的青年男女，五格兒也在其中，明珠連忙奔過去。

「五格兒，你等等。」他一躍下馬叫著擋在五格兒面前。

清瘦憔悴的五格兒吃驚的望著他，半天才說出一句話：「到如今你還敢來，我們家的事情你總聽說了。」

「聽說了。我急得心焦如焚，來過幾次都不能進去。五格兒，你到底要怎麼辦啊？」

五格兒又定定的望著他：「也好，你來一趟也好。明珠，待會兒我有話跟你說。不過我和兄弟姐妹們得先到通惠河那邊。你是知道的，我阿瑪和五哥都死了。現在上面開恩，允許兒女給收屍，我們得趕快去。」她挺挺脊背把話打住，眼眶裡有淚光。

明珠忽然覺得，五格兒已不是原來那個稚氣的女孩子，她堅強，能忍耐，夠冷靜，已是一個成熟的女人：「我也去吧！送岳父最後一程。」

「你別去，免惹麻煩。有兵跟去呢！」五格兒低聲說。

明珠見眾人已經騎上馬，兩個兵士正牽著馬走過來，便微笑著作揖道：「真對不住兩位大哥，還得麻煩跟著跑一趟。」說著話，一人一個銀元寶已塞了過去。

兩人一看元寶那麼大，立刻有了笑容。明珠便夾在中間，三人一路往前走。談著走著話就進入正題：「我是這家下了訂的女婿。平常也不來。如今出這樣的大事，不能不來看看。唉！老的不爭氣，小的跟著受罪。我看她，」他指了指五格兒的背影，「情緒很鬱卒。想過去開導開導。行嗎？」

兩人都說：「你去，你去。」

五格兒和她的兄弟姐妹們走在前面，馬蹄聲零零落落的不起勁，人也垂頭喪氣的各懷心事，沉默著互不交談。老白馬追了一段路才趕上五格兒。

五格兒見是明珠，便停下來等在路邊，待他來了便並排前行。

「明珠，你來得好，我正要跟你辭行。」

「辭行？你要離開北京？」

「家產已經被抄了，承上頭體諒，允許我們這些逆臣之後，每個人可以保留幾件隨身衣服、一點零用銀子和一匹馬。是哦，沒馬等於沒腿，怎麼走啊！別的全沒了。七天之後要封房子。一大家人，平日吵吵鬧鬧，勾心鬥角，現在是大難臨頭想各自飛都難，沒處可去。我們現在，比天花流行那一陣子要可怕萬倍，親戚朋友忽的全沒了。幸虧在建州的大舅還認我們，叫到他田莊上去。我們就要去關外了。」五格兒一口氣說完，轉過臉看著明珠，自嘲的笑笑：「別再叫我五格兒。我已經不是格格了。我就要去關外種田，是農家丫頭。」

明珠聽得出五格兒話中的怨忿，心裡一陣陣的為她發急，到後來已是氣急敗壞：「要去山海關外種田！別是說氣話吧？你怎麼會種田呢！」

「為甚麼我不能？以我今天的情況，有田可種是大福氣。」

明珠不再說甚麼，心事重重的走了一會，突然問：「你去種田，我怎麼辦？」

「你？」五格兒掠他一眼，眸子亮晶晶的閃著淚光：「明珠啊，人人說你聰明，怎麼在這個節骨眼上你這樣傻！還沒看出來嗎？你和我，已走在兩條道上，今生是無緣了。」

「甚麼兩條道，甚麼無緣！我不懂。」明珠語氣激動，面色陰沉，明顯的表示不同意這句話。

「明珠，我不單不再是王爺家的格格，就連一個普通的庶人也不如。普通老百姓能平安過日子。我不能。我是罪民，說不定哪天又遭檢舉什麼罪。會連累人的，誰不怕啊！」

「我不怕。」明珠斬鐵截釘一般。

五格兒小臉泛著感動的紅暈，默然了一刻才慢悠悠的說：「你不怕！你家裡的——」明珠語塞了。想起兄嫂反對他與五格兒婚事的堅決態度，和他們說過的一些話，真切的看出前景是何等黯淡。他陷入深深的絕望，竟至無話可說。

阿濟格和他的第五個兒子樓親，被賜死後當即燒成骨灰，暫放在通惠河邊上一間破廟裡。承昔日部下的情，暗中運用關係沒給拋掉，讓兒女們把他埋到土裡。

通惠河畔極為荒涼，只見漫漫野草間疏稀的伸出幾個墳頭。

五格兒和她的兄弟姐妹們，用帶去的鐵鍬挖兩個坑，把阿濟格和樓親的骨灰罈埋下去。他們偷帶了刻著「英親王愛新覺羅阿濟格」與「和碩親王愛新覺羅樓親」的木牌，在那兩個兵勇不注意時丟了下去。

每個人都在哀哭，只是極為控制的飲泣。明珠想，不管阿濟格犯了多重的罪，對他明珠卻一直是真心愛護的。想到他的下場如此悲慘，不禁淚流滿面。

回程時太陽已經西斜，每個人都饑腸轆轆，那兩個兵勇早已露出不悅之態，可阿濟格的這群兒女竟沒有一個人提議去用餐。明珠立刻明白了：剛被抄家的人已是赤貧，哪有銀子請吃飯。他慶幸自己有備而來。

「真餓壞了兩位大哥，前面有家飯館，去吃點東西。」

兩個兵勇聽了明珠的話，表情終於緩和了些。飽食一頓之後再上路，到英王府門前已是日落時分。

一群人竟沒有誰說聲謝就進去了，只有五格兒依依不捨的望著明珠。明珠擋住她的去路：「五格兒，你別進去。我有話對你講。」

明珠又去跟那兩個兵勇求情，其中一個道：「你們要說話就趕快。我們哥倆陪這群人混了一整天，夠累了。她進去我們也好歇著。」

明珠連聲稱謝，拉著五格兒到牆根下，握住她的雙手：「五格兒，我跟你一起去關外。」

「跟我去關外！去種田？明珠，你說瘋話。」

「我沒說瘋話。就這麼決定了。」

「不行。你的前途——」

「五格兒，你真不懂我的心嗎？沒有你我還有甚麼前途。」

「唔，明珠！」五格兒聲音哽咽，兩隻烏幽幽的眸子凝視著他，眼眶裡湧滿淚水。那張年輕俊俏的臉，在黃昏前的朦朧中，流露著太多的悲憂無助。她猶疑了剎那，忽然撲在明珠的懷裡，哀傷的哭泣起來。

「五格兒，五格兒。」明珠低聲呼叫，緊緊的摟著她嬌小的軀體。

明珠和五格兒即時定調：在天願做比翼鳥，在地願為連理枝。今生來世永遠相守。

明珠立刻回家做遠赴關外的準備。

6

明珠回到家便一頭栽進房裡，翻箱倒櫃的找。幾本書、三五件替換衣服、一件禦寒的狐皮袍，再搜出所有的家底：幾個金銀元寶和一些碎銀子。都是以前額娘和阿濟格給他的。收拾妥包袱便到前廳去見兄嫂。

兄嫂面帶憂容的在談事情，見他進來振庫迎面便問：「你一整天不見人影，跑哪兒去了？」

明珠略微躊躇了一下，便把全部經過敘述一遍。

振庫和塔珍越聽越驚，兩人面面相覷，沉默無語。

過了一會振庫緊蹙著眉峰，臉色鐵青的道：「你跟著給阿濟格下葬去了！明珠，你到底要鬧成甚麼樣子才算夠。阿濟格和多爾袞是謀逆的叛徒，你不知道嗎？你究竟想怎麼樣啊？不把大夥全害死不甘心嗎？」

明珠心中撼動。哥哥雖然常說話直來直往，性情倒是平和，很少跟人衝突，他還是第一次看到哥哥這樣生氣。這使他不忍又自責，可該說的話還是要說。

「哥，嫂，明珠知道，」明珠跪下，表情悽苦卻堅決，「哥哥嫂子為我操盡了心。咱爹娘都歿了，兄嫂如父母，總為我著想，怕我毀了自己的前程還連累家人。哥哥嫂子想的全對。不過明珠也有自己的主意：我和五格兒是永遠不分開的。哥和嫂子都知道，一個情字能叫人生，叫人死。明珠已經決定，跟五格兒一起到關外去種地。」

「甚麼，你要去關外？」振庫霍的一下子站起。

「是。這樣比較周全。我和五格兒可以在一起，也不會連累家人。」

振庫默然無語，似在思索甚麼，塔珍抽出汗巾子頻頻拭淚。

「這事我想想路子。起來，跪著幹啥！」振庫扶起明珠，「明天我進宮覲見皇上。早前我當侍衛的時候，皇上還小，常跟我聊天，叫我教他認漢字。去請安問候也不算太唐突。這樣吧！哥盡全力，請求皇上准許你跟五格兒成親。一成親，她就是咱家人，就不用去關外了。可能性不是很大，去試試，萬一成了呢！要是不成，你就跟五格兒去關外，過三兩年，哥一定想法子接你們回北京。」

「成親！」明珠恍如聽到天神的聲音，茫然不知所措。「那不會影響家裡嗎？」

「顧不了那麼多了，走一步算一步吧！」

明珠感動得半天說不出話，他想自己是否太自私！如果皇上因此怪罪，豈不是害了哥哥。「哥，明天先別去，再想一想。其實我去關外待幾年有啥關係！」

「再過兩年你就該上太學了。唉！別再討論了。」振庫神態睏倦的說。

振庫像每天一樣，清晨絕早進宮，傍晚方歸。

明珠悶在家裡，心中忐忑坐立不安，覺得一天長得賽過一年。好不容易等到晚飯時間，振庫滿面春風的回來了，當眾宣佈：「咱們就動手辦喜事吧！」

屋裡的氣氛立時沸騰起來，憂煩的面孔浮上笑容，塔珍、桂昌和他老婆都問事情的經過。明珠神色興奮的立在一邊，不好意思發問，只笑咪咪的聽大夥談話。

振庫道：「皇上很開明。說阿濟格包藏禍心，十分可恨，不過已經處罰過了。現在他們一家都是庶民，跟朝廷已沒關係。皇上還說：在多爾袞的一堆信裡，發現有咱額娘謝絕朝廷賞銀子的信，對咱家很是嘉許。認為事到如今，我們家還願意娶五格兒，也算是他這個堂妹的造化。我倒沒提太后指婚的事，怕皇上聽了不高興。」

「哥，幸虧你沒提。五格兒以為皇太后是她的伯母，又是她額娘的堂妹，平時最疼她。可是出事後她去求見，太后連門都沒讓進。」明珠這才開口，很不以為然的口氣。

「皇家的事咱弄不清，也不批評。現在要商量的是怎樣辦喜事。明珠哇，你們得受委屈，婚禮不能敲鑼打鼓的公開辦，連花轎都不能去她家門口，也不能請客。你想，誰不避嫌疑？明天你去告訴五格兒，叫她預備一下，後天接她過來。」振庫已胸有成算。

塔珍也在跟桂昌商量，說把原來墨爾齊住的那個院落重新收拾佈置，給他們做新房。又說雖然不能對外，家裡也得熱鬧，要在院子裡掛彩飾和燈籠，不能沒喜氣。納蘭府忙成一團。

明珠原很擔心，怕守門的兵勇不讓進去。想不到一聽他叫納蘭明珠，二話沒說就放行，顯然已經交代過。一路進去，只見觸目皆是封條。五格兒的閨房也變了樣，裡外幾間屋的門都被封住。只留進門的小廳給五格兒居住，裡面的家具只有一床一桌兩椅。五格兒和她那個文瑾表姐坐在床上。

「五格兒，我有重要話跟你說。」明珠這話是說給文瑾聽的。根據經驗，他認為文瑾習慣於黏著五格兒。想不到今天文瑾特別體貼人，丟下一句「我去外面看看」就出去了。

「五格兒，」明珠坐到五格兒身邊，握住她軟綿綿的小手，把嘴貼到她耳朵邊低聲道：「我們就要成親了。不用去關外種地了。」他把與兄嫂的談話，振庫去見皇上的經過，巨細不漏的形容了一遍。

五格兒的大眼睛裡一陣陣的泛著淚光：「你的哥哥嫂子太好了，我真羨慕。」

「羨慕甚麼，我的兄嫂不也是你的嗎？」

五格兒忍不住破涕為笑，兩人沉在幸福的海洋裡。明珠又囑咐：做些準備，明天來接她。

「那我瑾表姐怎麼辦？」五格兒突然想起。

「我們成親和你瑾表姐何干？」明珠疑惑的瞅著五格兒。

「關係大得很。」五格兒從頭解釋：「她家屬漢軍旗，是我額娘的遠親，她奔著我額娘來的。府裡的人都當她不存在。我額娘在當然沒問題，現在她只好依靠我。」

「依靠你？」

「對，依靠我。她一個親人都沒有，已在府裡住了七八年，真沒地方去。其實文瑾表姐並不白吃我們家。她有才學，我的漢文就是她教的。她比我們家那些只會吃喝玩樂的人強多了。」

「你現在要把她怎麼辦？」

「她本來要跟我去關外的。現在——我看得一起到你們納蘭府去。」

明珠無詞以對，只能答應去跟兄嫂商量。

第二天午前，明珠獨自騎著他的老白馬，到座落在皇城裡，曾經名重一時的豪華宅邸英王府，去接他的新娘。五格兒和文瑾已準備妥當：五格兒只可帶一個包袱。文瑾是客人不是罪家，可帶兩個。出門前都經過檢查。五格兒曾說過：父母皆亡故，對這個家再無可留戀。但臨告辭的一刻，仍是雙手摀著面孔痛哭失聲。

明珠和五格兒一同向新的大福晉：她是在五格兒的額娘死後補上來的，和她的同母兄長二哥，叩首拜別，向他們保證，將一生一世善待五格兒。她那原為鎮國公的親哥，竟是哭得抬不起頭，對五格兒道：「小五，這個時候明珠還來接你，你是個有福氣的。」又拍著明珠的肩膀：「妹夫，五妹跟著你我放心。」

離開英王府像似離開一座悲情危城，三個人的情緒都在好轉。

明珠高高的騎在馬上，望望前面無垠的藍天，再掠一眼旁邊的五格兒：她正神態安寧的騎在馬上，文瑾坐在她後面，兩手摟著她的腰。他內心裡並不歡迎文瑾，可為了五格兒，他願做一切她想要的。當他意識到摯愛的五格兒，此刻正騎著馬，一步一步噠噠的，往他的家和他的生命中走近，便不禁熱血奔騰，恨不得大叫一聲：我納蘭明珠是天下最幸福的男人。

還沒到大門口，明珠已看到桂昌帶著一群下人等在那兒。待走近了便一擁上前，又是請安又是扶著下馬。進到二門，振庫和塔珍已笑容滿面的，帶著孩子迎上來。

五格兒立刻施禮請安，歉意的微笑：「哥哥嫂子怎麼親自迎出來了，叫我如何敢當？」

「我們早就盼望你來，到底把你給盼來了。」塔珍說著拉起五格兒的手。

振庫在一邊把安泰推到文瑾面前：「叫老師。」安泰叫了一聲，振庫又道：「這孩子六歲都滿了，還不會讀漢字，我和明珠也沒空教他，以後請老師多費心。」

五格兒出嫁，文瑾跟她到婆家，自己也知名不正言不順，不跟來又無處可去，心裡充滿羞窘之感。聽叫「老師」她舒坦了許多，覺得納蘭家人真厚道，居然想出這個名目來成全她的顏面。

塔珍把五格兒和文瑾帶到裡院東側的廂房，「這一明兩暗三間，是給文瑾姑娘預備的。五格兒弟妹，如今你就住先在這兒，待拜過堂就住進新房。下人們正忙著收拾呢。」

五格兒聽說「新房」抿著薄薄的嘴唇笑了，羞澀中透著欣悅，矜持的道出一句：「謝謝嫂子費心。」

振庫早已著人快馬去建州恭請德爾格勒伯父，請他快來京主持婚典。

當晚上廚房做了一桌好菜，多了五格兒和文瑾，氣氛比平時熱活許多。

振庫拿出一瓶珍藏了多時的，皇上賜給的貢酒，讓大夥淺酌，一邊便談起明珠和五格兒的婚事：

「五格兒，喔，弟妹，婚姻是人生中的大事，照說應該隆重堂皇，請親朋好友來共同慶祝。可眼前咱們全做不到，委屈了你們哪！我原本要明珠十八歲時，給你們風風光光的辦個婚禮。唉！就原諒哥哥吧！」他舉杯一飲而盡。

聽振庫說話的過程中，五格兒神色中流露出掩飾不住的悽悵之態：「哥哥這樣說，讓我越發無地自容了。」她微微苦笑著：「其實我已經不是格格了，糟的是連個別的名字也沒有。哥哥嫂子解救五格兒於危難之中，大恩大德不是一個謝字夠得了的。我以後就跟哥哥嫂子學處事做人。」她拿起杯子敬酒，明珠連忙也舉杯站起說：「我們謝謝哥哥嫂子的成全。」

「看明珠急的！堂還沒拜呢！他就忙不迭迭的跟人家湊對子。」塔珍的話把大夥逗樂了。

人逢喜事精神爽，明珠自己也動輒嘻嘻的傻笑。

振庫見桂昌一句話也不說，一副若有所思的樣子，忍不住問：「桂昌叔怎麼啦？一聲不吱。」

「我一直在琢磨，咱們的合婚大典，這吉祥話該怎麼說。明珠少爺娶五格格，原本是金枝配玉葉，尊貴至極，可偏遇到這個時候，啥也不能說。」

「甚麼都甭說。根本沒客人，說給誰聽！難道你們不認識我！」明珠指著自己的鼻子。

「明珠少爺，話可不能那麼說。拜堂成婚是一生中最大的事，該說甚麼是一定的。」桂昌萬分認真的口氣。他是婚禮的總主持，一心想把這小小的婚禮辦得完美溫馨：「好了，我知道怎麼說了。繞個彎，不該碰的不碰，該說的要說。」他已胸有成竹。

去建州報信的人拉回一車名貴禮物。德爾格勒叫帶話說：最近受了寒氣，腰酸背痛，無法長途跋涉，他們自己把婚典辦好就成了。

伯父不單本人不來，也不打發堂兄弟來，顯然故意躲避。

塔珍感慨的對振庫發牢騷：「我們已經變成瘟疫了麼？大伯父何至於怕成這個樣子。」

振庫道：「誰不怕呢！你瞧多爾袞權傾天下，連皇上都都不敢不把他當爹，結果是死無葬身之地。誰知道有天會不會鬥先帝皇太極呢！要是鬥他，他親娘可是伯父的親姑姑。如果真有那天，怕咱們這些小輩也脫不開關係。」

塔珍聽振庫說得悲觀，安慰他道：「好心好意的請大伯父給主婚，他不來便罷，咱們自個兒來。」

文瑾給五格兒抹水粉，塗胭脂，用松煙描畫彎彎的柳葉眉，五格兒看著鏡子裡的自己，不由得笑起來：「我怎麼像換了一張臉？」

「你平日不妝飾，做新娘子能白著一張清水臉嗎？你這一塗抹可真豔若桃花。」文瑾說著幫她穿上新娘的大紅繡緞喜袍。塔珍交給她時說：「做新的來不及。這是我出嫁穿的。那時家境好，你瞧這盤花的金線都是純金，這些珍珠扣子多大顆。」

塔珍還交給五格兒幾件珠寶首飾，有戒指、耳墜、髮飾和項鍊：「額娘臨終前交給我的，說待明珠成親時交給你。」

「額娘走得太早。她若是在，今天不定多高興。唉！我跟婆婆相處的時間太短了。」想起墨爾齊的深情和寬厚，五格兒幾乎滴下淚來。

合婚大禮在正廳的大堂舉行。鋪著羊毛氈的長案上，正中是葉赫納蘭氏祖列宗的牌位，立在它左右較小的兩個，分別是明珠祖父母、金台石夫婦，和父親倪迓韓和生母、繼母，兩位墨爾齊氏的靈牌。四時鮮果糕點盛在宋瓷的盤子裡擺成一排，四隻鏤花金質燭台上，碗口粗細的大紅蠟燭燒得正旺，火苗抖跳著往上竄。金色鑲滿寶石珠玉的香爐上雲煙繚繞，空氣中飄浮著撲鼻的濃郁芳香。盛在當年祖宗用過的高腳杯中的，味濃質純，用松花江的水和故鄉高粱釀成的酒，是伯父德爾格勒送的：十罈好酒，一車山珍野味和這些值錢的燭台、香爐之外，還有一張三萬兩銀票，說是給明珠和五格兒成家立業的開辦費，並叫那人帶話：最好遠離官場，經營買賣做個富家翁。最讓他們震撼的，是此刻擺在案上那枚鮮豔奪目、光澤溫潤的黃田石大印。那是葉赫納蘭家保存了幾代的鎮國之寶。

喜堂裡並不冷清。府裡的三十來個下人，都穿上了他們最好的衣裝，修飾過頭髮顏面，一個個的看上去衣鮮人潔，笑呵呵的一臉歡暢。

桂昌鄭重宣佈婚禮大典開始，坐在一旁的八個樂手立時吹打起來。他們是桂昌差人到北京城外雇來的。

一曲既畢，新人進場，由吉順扶著明珠走出。吉順是桂昌的外甥，剛滿二十，當舅舅的總給他機會露臉，私心裡不外培植成為未來的總管接班人。

明珠身著新郎大禮服，面似冠玉，質若竹蘭，處處顯示著這是一個聰穎且胸懷大志的貴氣少年。如果硬挑一點美中不足之處的話，那便是錦袍稍短了一些：他穿的是哥哥做新郎時的禮服，而振庫身量比明珠略矮數寸。

另外一邊，吉順媳婦攙著蒙紅緞蓋頭的五格兒，嘴裡叨咕著世間最吉利的話緩緩走進。

新人站定，桂昌開始高聲朗唸：「皇天后土，百代吉祥，兩姓聯姻，五世齊昌。我葉赫貝勒金台石之賢孫，大清騎都尉倪迓韓之次子納蘭明珠，十有六歲。我大清太祖高皇帝，努爾哈赤之女孫愛新覺羅氏，十有四歲。今於順治八年十月吉日，尊禮舉行合婚大典。」唸叨了一陣後，更提高調子道：「一拜天地，二拜高堂，夫妻對拜。」

兩人先面朝大門口磕頭。拜高堂時，便對分坐在長案兩邊。二十五歲的哥哥，和二十四歲的嫂嫂，連磕三個頭。兩人對著磕過頭後，桂昌嬸攙扶著五格兒，送一對新人進入洞房。明珠自己給院子取名為「關雎居」。

這套房子，自墨爾齊逝世後一直封閉，如今裝飾一新，掛著大紅燈籠和紅色帳幔，讓人走進去就感到暖烘烘的一片喜氣。

明珠樂得暈暈陶陶的，見五格兒蒙著蓋頭坐在床沿上，未等桂昌嬸吩咐，說：「多氣悶，快拿下來吧！」就把蓋頭掀開。五格兒沒料到這突如其來的一招，先愣了愣，就喜悅的笑了。明珠越發高興：「五格兒，你這麼一妝扮，比平常更俊俏了。」他索性也坐到床沿上，預備跟她聊天了。

桂昌嬸在一旁著急道：「二少爺，新郎還要去敬酒呢！這蓋頭本應該敬酒回來揭的。瞧你冒失的。快去吧！有我在這兒陪二少奶。」

「桂昌嬸也去喝喜酒吧！我想獨自歇一會，不用陪的。」

桂昌嬸以為五格兒是客氣，直說要留下來。後來見五格兒十分堅持，便和明珠一道走了。

喜樂聲陣陣隱約傳來，屋子裡卻有種像似溫馨，又像帶點淒涼的寧靜。五格漫步把一串五間房走了一遭，又回到紅燭高燒的洞房裡，邊更衣卸妝邊想：這就是她永遠的家，先前跟她拜過堂的男人，就是她終身的依靠。

她也看出，納蘭府不像英王府邸的雕欄玉砌，生活方式亦相當的務實節儉。但這對她來說有何關係呢！經過這一兩年來驚天動地的巨變，她驀然之間全看透了，世間的一切都可能變化於一瞬間，唯一不會變的也許只有真情。她真的如此堅信。回想明珠一向的至情重義，她不得不承認自己是最幸福的女人。想想以前英王府裡那些家人，此刻他們應該正在去關外的路上。時節已入深秋，塞外天寒，他們的衣物可夠保暖！她想著不禁泫然淚下。

明珠敬過酒，大夥也沒誰為難他，只是又體貼又逗趣的催促，說春宵一刻千金快回洞房。他樂得離開，騰雲駕霧似的一溜煙跑回來了。見五格兒已換上便裝，正坐在妝台前，梳著長及腰際烏雲一般的濃髮。便從後面抱住她的肩膀，把自己熱呼呼的臉貼著她：「五格兒，你怎麼哭了！」明珠以為五格兒等久生氣了。

五格兒轉身站起，凝望著明珠那張熱情的臉：「明珠，我是高興得流淚。你瞧，咱們終於在一起了。」

「是啊！五格兒，終於在一起了。一生一世在一起，永不分開啊！」他把五格兒摟在懷裡，輕吻著她的後頸。

「明珠，無論苦樂，我就跟定你。我要給你生很多兒女……」

「五格兒，五格兒……」明珠不等五格兒說完，已將她嬌小的身體抱起。

7

明珠和五格兒婚後，小夫妻情意纏綿，有時當著人的面，明珠就去拉五格兒的手，摟她的肩，惹得五格兒又羞又喜，佯怒的把他推開，還嗔怪的加上一句：「你怎麼回事？」

當然是引得旁邊的人笑開懷。塔珍便經常打趣：「別害臊啊！老嫂子不會笑你。我還等你趕快生個大胖小子呢！」

有次明珠也在，竟認真的說：「嫂子，你別急，她歲數還太小，不容易受孕。待過幾年準讓她生一窩孩子。」

五格兒當時窘得真想地上忽然裂開一條縫，讓她鑽進去。

明珠婚後的第二個月，振庫和塔珍就把當家的大權，正式的交給了五格兒。

「哥，嫂，她太年輕，能掌管這麼大的家業嗎？」明珠曾懷疑的問。

「弟妹為人冷靜，做事有條理，還有一般女人所缺少的剛強。我看她行。」

振庫說著便轉對五格兒說：「弟妹，你怎麼想？敢接嗎？」

「承哥哥嫂子這樣看重，我自當盡心盡力，沒甚麼不敢的。」五格兒答得爽利，彷彿成竹在心。

當晚兩人依偎在床上，明珠忍不住帶點埋怨的說：「納蘭府的家業，我是弄不清，總也是說大雖比不了王府，可也相當的不小。據知常常是入不敷出。只說這園子，到如今還是另一半種田，這一半也還沒造完。城外有上千頃的地在荒著，也不知怎麼處置。這樣一個爛攤子你也敢接。」

「事情總得有人做。經過我們家的事，我看透了，封王拜相都不可靠。其實你大伯父的話不錯，不如做個富家翁過太平日子。他給的三萬兩銀票正好用得著，我要把這個爛攤子變成發亮的金攤子。」

「好大的口氣！你天天去變金攤子，丟下我怎麼辦！我要親你，要摟著你，要跟你生孩子。」明珠不停的親吻五格兒，弄得她無法語言。

五格兒雙手環抱著明珠的頸子，熱情回應，過了好一陣子才騰出嘴來說話：「傻瓜，我甚麼時候說過要丟下你！我是你的女人啊！我要變金攤子，也要跟你生孩子。」

「那好，五格兒，我現在就要。」

「你壞，油嘴滑舌。」

五格兒做事有模有樣，讓桂昌把納蘭府的財產清單和近三年的帳目，找出來從頭看起。她本不會打算盤，現在是得空就練，動輒傳出一陣劈劈啪啪聲。她已計劃好，待看得有些眉目，天氣暖和些後，要帶人到上莊去看那些封地，再考慮如何利用。

五格兒做的的第一件事，是更正並且統一各人的稱呼。說如今納蘭府中最年長的主人是振庫，所以要把「大少爺」的少字取消，改稱「大老爺」、「大奶奶」，她和明珠自然就是二老爺、二奶奶。桂昌祖孫三代服侍納蘭一家，情深意厚，不可視為下人，上下都要叫桂昌叔嬸。她還把所有下人給分了工，每個人負責做好份內的事。正著顏色宣告：做得好有賞，偷懶或行為不正的要罰。「我準定賞罰分明。只管好好幹，日子興旺大夥有好處。」

明珠也恢復了舊日生活，一早起來先練武。一家人圍著桌子吃早飯，然後五格兒目送他騎上馬背，到城外朱老夫子的學塾去上學。同學們都知道他正值新婚，免不了玩笑一番，他樂得聽著，聽得心裡癢絲絲的，可助減少些對五格兒的思念。他的老白馬已退休，現今騎的是五格兒那匹紅鬃馬。

五格兒扮演著大當家的角色，收放自如，恩威並用，看上去彷彿並不很吃力，但想做的事倒也一件件的完成了。不單振庫和塔珍讚不絕口，連下人們也對這年輕的二奶奶衷心服氣。

桂昌欣悅的說：「這位二奶奶不一般啊！我看她比過世的老二奶奶還精明。真是一代勝一代。納蘭家的興隆日子快回來了。」

唯一沒看出五格兒有管理能力的人，反而是明珠。他白天整日在學塾裡，傍晚上回家，迎上來的是打扮得明豔俏麗的嬌妻，大眼睛裡說著相思，可愛的小臉上綻放著渴望的笑容。不消開口，便知她同樣的也在終日想著他，等他，盼他。於是他們很自然的便情話綿綿起來，間或還要逗來逗去的調鬧一番。五格兒似乎想不起跟明珠談煩雜家務。在明珠眼裡，五格兒就是個跟甚麼俗務、雜務都搭不上邊的可愛小女人。

桂昌曾暗地裡跟他老婆說：「納蘭家的夫妻都恩愛。明珠少爺娶了五格格，小倆口像糖似的黏在一起也就罷了，可那振庫少爺跟少奶奶，孩子都六七歲了，還總是親親熱熱的膩著，真是前世修來的福份。」

「是啊！恩愛當然是好事，可有人甚麼都沒有，看著難不難過呢！」桂昌嬸帶點輕蔑的打斷桂昌的話。

「你是說文姑娘？」

「別提名道姓的，哼！再不走準出事。」桂昌嬸口氣堅定。事實上她已把這危機給塔珍分析過兩三次了：「哪有二十來歲的大姑娘，跟著表妹嫁到婆家的道理。」

「她也不是白住，不是教安泰念書嗎？」塔珍壓低聲音。

「我的大奶奶，她要教一輩子嗎？那你的日子還過不過呢？我替你著急呀！你瞧見沒有，她那模樣是真不錯，秀氣。不能再留了。」

桂昌嬸嘮嘮叨叨，把塔珍原如一池靜水的心，攪得漣漪不斷。

塔珍回想明珠婚典那天，文瑾穿了件水綠色緞袍，臉上薄施脂粉，顯得格外清俊出眾，振庫的眼光彷彿暗中多次窺視她。

塔珍越想越不安，覺得再無舉動不行了。

「文瑾長住我們家總不是回事。二十來歲的大姑娘，不能再耽擱。你的同僚裡有單身的吧？」

振庫在塔珍的臉上審視了一會，忍不住笑的問：「你是怎麼了？好好的忽然要給人家做媒。文瑾不是教安泰念書麼？」

塔珍見振庫根本不認真，疑心益發加重：「安泰不須她教念書。你要想法子給她找個人家。我不是跟你說著玩的。」

振庫見塔珍毫無笑容，確是認真的，便好脾氣的苦笑道：「我好不容易排除萬難，給明珠辦了婚事。現在又讓給文瑾找丈夫，到哪兒去找啊！」

「你的同僚。」

「我的同僚多半三四十歲，最年輕的也二十六七，都有家室。假如——」振庫略微頓了一下，語氣肯定：「像文瑾那樣胸有文墨的秀雅女子，當然只能做正室夫人——」

「對，胸有文墨的秀雅女子應該留在家裡。」

「這叫甚麼話！」從來很少發怒的振庫也板起面孔。

納蘭府裡的人，都知道大爺和大奶奶鬧了彆扭，雖然不敢說原因為何，卻聽到一些流言蜚語，依稀的與家庭老師文瑾姑娘有關。

聰敏的五格兒立刻明白，其實也早就看出，文瑾表姐在納蘭府裡是個多餘的人。也許當初就不該把她帶來，但如果她不管文瑾誰又會管。她明確的感覺到，塔珍故意對她冷淡，也看出文瑾日漸憔悴的容顏，沉默中的憂愁。但她能做甚麼呢？總不能把文瑾趕出去吧！五格兒思來想去竟無主意。

在鬱悶的的低氣壓中，振庫那天邁著輕快的步子回來，對塔珍說：「我要請一個人吃飯。」

塔珍繼續繡手上的鞋面，低垂著頭不予理會。

「我是聽你的話才請人家的。既然不理，明兒去回了。」

塔珍抬起頭瞟眼看他：「你要請誰？」

「請同僚，是個單身男人。」

「哦？說來聽聽。」塔珍放下繡活，專心聽講。

振庫說那個同僚叫盧興祖，奉天人，父親屬漢軍旗。兩年前他妻子過世，丟下兩個男孩，大的九歲，小的七歲：「其實我早就跟他熟，不過從沒談過私事，今天一塊兒吃午飯，談起來才知道。他有心續弦，給做媒的不少，他都沒看上。」

「哦？他有甚麼了不起，看不上人家！」

「這個人有學問，琴棋書畫全來得，還會譜曲子。所以一般女子不見得合他的意。」

「多大歲數，幾品官？」

振庫差點笑出來：「你怎麼問得這樣清楚！他二十九歲，現任大理寺少卿，三品頂戴。非常好的一個人。」

「歲數不大，有學問，琴棋書畫。這樣的人能看上文瑾嗎？」塔珍懷疑的問。

「我把文瑾的情形跟他說了，他還滿意，不過說婚姻是一生的事，要看過人才放心。他說得有道理。所以我請他明天來吃晚飯。」

文瑾這個多餘之人有望離開，塔珍暗中頗為欣喜。另方面卻也擔著心思，怕那個盧興祖相不中文瑾。她想這件事必得周全設計，務必要成功，否則煩惱永遠存在：「你請那個盧興祖明天來吃晚餐，他心裡自會有數。暫時甚麼也別說，更不能讓文瑾知道。」

五格兒見嫂子面帶悅色的匆匆而來，不知有了甚麼歡喜事，聽塔珍把整個計劃說完，她高興得差點叫出來。

五格兒是多麼希望文瑾表姐能有一個好歸宿，恨的是自己使不上力。如今有這樣的好機會，八成真的是緣份已到。妯娌倆嘰嘰咕咕的商量，都是生平初次給人做月老，有務求成功的決心。兩人當時就妥善分工：塔珍去佈置環境，關照廚房備酒菜，五格兒負責說服文瑾出席晚宴。因平常有生客時，文瑾以自己還是沒出閣的姑娘，又並非納蘭家人的關係，多不肯露面。

盧興祖在塔珍與五格兒的盼望中來到。

先由振庫和明珠陪著在暖閣裡喝茶，閒談朝中的大小事。待下人來說飯已備齊，請去餐廳，三個男人便穿過迴廊，到專為接待貴客的用餐之處。

三個盛裝女子已等在裡面。振庫介紹：這是內人，這是弟媳明珠夫人，最後才到文瑾面前：「文瑾姑娘是弟媳的表姐，現在舍下任西席，教犬子和小女讀書。」

塔珍與五格兒從盧興祖進門的一刻，便好奇的暗中觀察，看這個有可能成為文瑾夫婿，被振庫佳言推崇的男人，到底是啥等風神做派。

盧興祖瘦長身量，一襲灰色長袍外罩青緞馬褂，黑絨便帽下是張清癯的臉，流露著書生的執著與正氣。五格兒不由得心內吃驚，想如果文瑾表姐能嫁著這等人才，只能說是可遇而不可求的幸運。

三男三女分邊圍著圓桌坐定。文瑾在塔珍與五格兒之間，振庫和明珠分坐在盧興祖兩旁。文瑾和盧興祖正好隔桌相對。

振庫自知不擅掉書袋，已囑咐明珠要先挑話題。明珠開始執行任務，從唐詩宋詞說起。這就合了盧興祖的胃口，雖覺得當著文瑾，不應大說大講，給她話太多的印象，卻也含蓄的談了唐詩又談宋詞，最後說到元曲，結論是：婉約而富於韻律的詩詞皆適於吟唱。

文瑾不自覺的附和道：「是啊！所以說有井水處就有人唱柳永詞嘛！」

「文姑娘對詩詞很有研究啊！」盧興祖這才敢正視文瑾。這一看便眼光直勾勾的移不開了。

振庫正為他的失態乾咳一聲提醒，卻聽他探索的問：「文姑娘，聽說你先大人是漢軍旗的？」

「是的，先父是漢軍旗范大將軍的部下。」

「我先父也是范大將軍的部下。文姑娘，你本姓就是姓文嗎？因為……因為你太像我一個朋友，從小一起玩大的好朋友。太像了，尤其跟他的母親，更像。要是問錯了請各位原諒哦！」

「我不姓文，姓吳。叫吳文瑾。」

「吳卓謙你可認識？」

「他是我大哥。我二哥、三哥都夭折，父母只有大哥和我兩個孩子。可是他到南方作戰陣亡，已經不在了。」

「他陣亡的事我知道。那你是……在你七八歲之前，你大哥有個朋友常去府上，你叫他——」

「你是祖大哥！」文瑾和盧興祖不約而同的站起。

兩人都表情嚴肅，看不出老友重逢的狂喜。盧興祖沉重的道：「我知道你們家只剩你一個。還託去關外的人給打聽過，都說沒下落。」

相親宴會變成悲喜交集的故人重逢，在座的無不動容。

飯後再轉到花廳飲茶。納蘭家的人，包括五格兒在內，都感覺到文瑾的態度變了，不再像以前那樣，總彷彿理虧似的矜持，沉默，一臉掩飾不住的憂容。

他們初次發現她原來有這樣伶俐的口才。文瑾稱盧興祖為大哥，盧興祖叫她「小妹」，顯然是見到了真正的親人，文瑾坦然的說著一切：

「我揹著小包去投奔表姨，其實是遠得不能再遠的親戚。表姨貴為英王爺大福晉，可她收留了我。五格兒也不問我哪兒跑來的，把我當成親表姐，連出嫁都不忍心丟下。振庫大哥和塔珍嫂子，還有明珠，居然收留了我。這樣的大恩大德真是此生難報。」她忽然哽咽著說不下去。五格兒忙過去給擦眼淚。

盧興祖當著大夥不便有所動作，只坐在一旁連說：「不哭，不哭。」強裝出的微笑掩飾不住關懷和柔情。

臨別時振庫握著盧興祖的手說：「興祖兄，以後咱們算是親戚了。甚麼也不用再說，我這媒人自請辭官。你就趕快用花轎把你那小妹娶回家吧！」

盧興祖千恩萬謝的說著感激的話，最後鄭重的道：「婚典我預備要隆重些。振庫兄！你想，對我是續弦，對文瑾可是出閨成禮。不能委屈她。」

文瑾的成親大典在兩個月後。因為盧興祖要用最短時間，加緊把房屋和庭院整修一遍。

當盧興祖穿著新郎禮服，騎著駿馬，帶了裝飾得富麗堂皇的花轎和鼓笙樂隊，吹吹打打的來接新娘時，五格兒正好給文瑾打扮完畢。新娘的喜袍、鳳冠、繡帔、喜鞋，全是盧興祖找專門店家給量身訂製的。

文瑾上轎前滿面春風，先向振庫、塔珍和明珠請安道謝，最後到五格兒面前，摸摸她的臉頰，再擁抱住：「五格兒，我的好妹妹，無論甚麼時侯，瑾表姐都不會忘記你。」

「瑾表姐，你有這麼好的姻緣，我額娘在天上也歡喜。」五格兒緊緊回抱住文瑾。

納蘭一家已經成了文瑾的娘家人，把新娘扶上轎後，趕著坐上馬車去送親，到新宅赴喜宴。振庫一家四口乘一輛車，明珠和五格兒乘另外一輛較小的。

車簾深垂著，小小的空間與外面隔絕，五格兒靠在明珠的肩窩上，明珠把她一隻手握在掌裡，任車子搖搖晃晃，兩人都感到心離得好近，近得不須再說甚麼。

靜默了好一刻，明珠慢才悠悠的道：「五格兒啊！我總覺得有點對不住你。瞧你，連花轎也沒坐過——」

他說了一半，嘴巴就被五格兒用手堵住：「好沒味兒，我才不稀罕坐甚麼花轎。我騎著大馬來成親，又神氣又風涼，多好啊！明珠，我們兩個總這麼知心才重要，別的不重要。你不許再提甚麼花轎。再提，哼！我就租頂花轎讓你去坐。」

「是，我坐，我坐花轎子。我看你就是一隻小母老虎，要是在家——」

「在家你要幹嘛？」明珠不說話，只斜著眼瞅她。

五格兒用拳頭在明珠的膀子上敲打一陣，嘴裡嘟囔著：「你壞，你壞。」

明珠喜得直笑。兩人對他們的獨特調情方式，自覺其樂無窮。

8

連續下了兩日大雪，初放晴空，天上地下一片淨白。

明珠像往常一樣，是最後離開的一個，雖說今晚是大年夜，也不例外。先把該了的事檢查一遍，看有沒漏了甚麼，就算不屬於自己份內的事，哪位同僚有忘了亂了的，也給填補上，助人助己，凡事圖個圓滿。

馬蹄鐵踏著冰雪地面，滴滴噠噠穿過空曠的街道。

這天地間怎像讓誰給掏空了！沒人，連平常滿地亂竄的野狗也沒一點蹤影。許是天太冷，趕巧又是大年三十，誰不想守在家裡團圓！一扇扇的朱漆大門前，吊著紅紙糊的大燈籠，溢出柔和的光芒，淡淡的，把空氣中隱約飄著菜香味的無人荒街，塗上幾星暖暖的塵氣。

明珠想著不免感嘆：這個差事當得夠辛苦，承內大臣遏必隆的賞識，皇上和皇太后的恩准，收做御鑾輿侍衛，每日在宮內行走，隨侍皇上左右。

感謝皇上的聖恩，體恤他好學上進的意志，准許他上太學，為此還特別交代下去：減少納蘭侍衛的值班次數。如今他每七天之中要兩天去太學，指導的老師們也顧及到，他是皇上的貼身侍衛，不要求他像別的學子那樣，按著規定的日程來學裡。可明珠本人的自我要求十分嚴格：在宮裡是表現極佳，誰也挑不出錯的侍衛；在太學裡絕對是最勤奮的學生。

近一年來，幾乎每晚在書房讀寫到深夜。有誰知道，葉赫族的命脈，納蘭家的榮耀和子孫的未來，千斤重擔壓在他的肩上。

明珠無怨，亦不怕累，進宮當差原是他的志向，只是不曾料到開始得這樣早。十七歲就進宮，事情成因純屬巧遇。

三年前文瑾和盧興祖的婚宴，文武官員去了近百位。內務府大臣遏必隆指著明珠問振庫：「你這兄弟多大了？」

振庫答快滿十七。遏必隆聽了欣悅的道：「歲數正好。皇上跟前有個鑾輿侍衛墜馬傷了腰，非補個新人不可。我看你這兄弟行。鑾輿侍衛很不容易找，要年輕還要英挺有精神。我看這小子合適。資政大夫，你怎麼想？」

振庫知道沒有不答應的可能，便笑著道：「多謝大人的看重，能在皇上跟前服侍，是最大榮耀，振庫兄弟感激不盡。只是，我們的父母都已不在，明珠是我唯一的手足，不瞞遏大人，我本來還想送明珠去太學，叫他多念點書。」

「那容易。鑾輿侍衛是輪班的。太學裡主要是念書作文章，不用老釘著，一部份可在家裡做。」

事情便這樣定了。臨去前夕振庫特別囑咐：多做少說，在太后和皇上跟前要恭順小心，咱納蘭家的底子咱自己明白，可出不得錯。哥哥還寬慰他：「御前侍衛，是咱們這種所謂貴族子弟，往上竄的必經之路。你本有志為官，就好好幹吧！」

明珠謹記哥哥的話，工作勤勉，隨時注意身分：金台石之孫，阿濟格的女婿，都是可以被人翻出來作文章的好題目，何況後面還拖著一個更可怕的多爾袞。

在朝中凡見過明珠的人，都會不自禁的被他友善的態度感動。看上去那麼英爽挺俊一表人才，見了年長的噓寒問暖，與年輕的絕對避免激動和辯論，讓人不喜歡他都難。

明珠時時提醒自己：關著門在家是無拘無束的真自己，進了朝廷就得牢記過去的歷史，不單不能給人打擊的機會，還得引起人的好感。

明珠遠遠的看到自己家的大門。

兩扇光溜溜的紅漆門面，除了每扇上有個敲門用的門環之外，別無一物。明珠不自覺的停住了馬，看著那兩扇門。

東城的那些王公大臣們新建的豪宅，彷彿全是五開門面，幾個王爺家甚至七開。門面上釘著圓鼓鼓、亮晶晶、碗口大小的金色半球狀的裝飾。看著可真是華貴又氣派。相形之下，納蘭家那兩扇光禿禿的，連「納蘭府」三個字的牌匾都不敢掛的紅門，是否顯得太單薄也太寒磣了！

他想起母親說過的話：「你是誰？是納蘭氏，葉赫國主的嫡親子孫，是葉赫族人的太陽……」

是啊！他納蘭明珠是葉赫國主的嫡親子孫，是葉赫族人的太陽。可他現在這光景，一名小小的侍衛，見人就笑面相迎……

「你們看著，納蘭家不會永遠這個樣子的。」明珠挺挺胸，對自己發誓。

還沒到門口，桂昌便迎出來笑道：「二老爺可回來了，全家等吃團圓飯呢！」他回過頭對著跟在後面的馬倌：「去把二爺的馬拴了，快來吃飯。」

馬倌樂呵呵的牽著馬走了。明珠道：「你先走。我要先回屋去看看小崽子。」明珠邁開大步就往「關雎居」去。

桂昌一把抓住他：「二奶奶已經帶著容少爺等在那兒，二爺快去吧！」

於是明珠趕忙改變方向，一心想快快看到兒子。

三年說長不長，說短不短，在這段時間裡納蘭家的變化真不小。

首先是添人進口。塔珍的第二個兒子已經兩歲，如今又懷上第四胎。

五格兒在臘月十二生下一個男孩。

二十歲的父親，十八歲的母親，驚喜，得意，感動，興奮得不知如何是好的心情想藏也藏不住，只取名一項就讓明珠翻遍了書房裡所有的書。

這名字可真不好取，依明珠的意思，是要滿漢兼顧，既要是滿洲名字，又要含蘊漢文化的深度。最後總算在《易經》中找到了典：「君子以成德為行。」

小夫妻商量一陣之後，明珠又去找振庫，振庫道：「咱滿洲人的名字喜用『德』字，這個典甚好。」

小嬰孩的學名叫「成德」，伯父振庫另給取個字叫「容若」，全家上下大小都叫他一聲「容哥兒」、「容少爺」。

添人進口之外的另件大事，是五格兒整頓了上莊的土地，把朝廷賜給納蘭家那上千頃荒涼的封地，除留下一角預備將來修建祖墳、造園子，絕大部份都招人來墾植，變成了良田和果園。

日子是越過越興旺，五格兒不單把千頃荒地變成了「金攤子」，還在北京與上莊中間，一個叫雙榆樹的小村，用很少的銀子，買了幾十畝靠河多樹的建地。說是每次下鄉都覺太遠，將來要在這條必經之路上造個宅院，以便中間歇腳。

三年之中，五格兒不下十幾次，騎馬跑到二十多里外的上莊。

每次去，只見她腳踩鹿皮靴，身著五彩鏤花邊的皮衣皮褲，嬌小的身軀騎在高大的馬上，纖細的腰脊挺得筆直，左手拉著韁繩，右手抄著馬鞭，後面帶著一群人，一路上揚塵飛馳，到了上莊又是量面積又是測土質，倒像是個劈荊斬棘的開荒者。

有次明珠看到，著實吃了一驚，故做誇張的道：「甚麼地方跑來一個小強盜婆啊！我真不認識呢！」

「我想把你捧成個小地主，你倒罵我是強盜婆，看我搥你。」她照例用拳頭在明珠的膀子上敲打一陣。

五格兒做事認真，對帶去的人恩威並濟，勤勞盡心的必嘉許，偷懶和應付了事的，若被她發現，少不了一頓訶責。

有次，一個年輕下人，說話不知輕重，冒犯了她，五格兒舉起馬鞭就是一下子：「記住教訓，多做事少說話。要是再讓我聽到你油嘴滑舌，就給我滾。」她說完騎著馬噠噠的走了。

直到明珠得知她已懷身孕，才在他強烈的反對下，她不再親自下鄉。

納蘭府門外冷清，連代表喜慶的紅燈籠都沒掛，簡素得還不如一般平常百姓家。裡面倒是張燈結彩充滿喜氣。

明珠進院裡就看到一排窗子燈火通明，人影綽綽，陣陣的傳出笑語話聲。待進了屋，只見大人孩子聚成一片，每個人都是從頭到腳光鮮俐落。

「二老爺回來了，可以吃團年飯了。」桂昌一路叫著進來。

塔珍和她的三個孩子，正圍著看五格兒懷裡的嬰孩。

五格兒穿了一身紅，因為生產還沒滿月，怕著風寒，頭上綑著一條三四寸寬的貂皮護帶。像捧寶似的抱著孩子，豐潤的面孔上洋溢著滿足的淺笑。

塔珍對明珠道：「我們讓位，快來看看你的寶貝兒子吧！大夥都說容若這孩子長得眉眼秀氣，鼻樑挺直，小臉蛋多標緻啊！你們倆的那點好處都讓他給長去了。」

「是嗎？我兒子長得那麼好，還用說，準定像他阿瑪我嘍！」

明珠看一家人和樂融融，心情輕快開朗，笑嘻嘻的坐到五格兒身邊，用一個手指輕輕逗弄著容若。

像每年的慣例一樣，主桌是包括桂昌夫婦在內的納蘭一家大小。其他四桌，包括吉順夫婦在內全是下人。

五格兒已正式任命吉順為二管家，待將來桂昌退下養老，他便接手。

團年飯是一年中唯一主僕共餐的一次。去年是三桌下人，今年收入和工作都增多，人也增加了一桌。

「日子是越過越好了。二爺都當爹了，給他辦滿月酒的事好像就在昨天。大夥敞開樂吧！祖宗的神靈和財神都會照顧咱們。」桂昌大著嗓子說，彷彿就怕過往各路神仙聽不到。

仍像過去幾年一樣，大年夜也不張揚：不放響炮和大型煙火，只給孩子們買些小煙火在院子裡放著玩。

午夜之前孩子們都上床安睡，振庫、明珠兩對夫婦祭拜祖先和父母，年就算過去。

初一的清晨，兩兄弟還得在絕早的寒風中趕到皇宮。振庫要隨著文武百官上朝，給皇上賀拜新年，祝願聖體康安、國運興隆。

明珠則要去當班，新年期間，外番各國都派使臣來呈獻貢禮，皇上比平常見人更多，御前侍衛必得守在一旁。

依照關外的老習慣，從初一開始，整個正月都是訪親戚、串門子的季節。

正午之前，北京城內外的葉赫人，納蘭家的舊屬，便攜家帶眷的，趕著馬車拎著禮物，來給「老汗王」的後人賀年了。

塔珍和他們大多相熟，她有姐妹兄弟各三位，父母也還健在。雖說大半數仍留在關外，但與其中很多人都盤根錯節的能拉上親戚關係。不像五格兒，和他們既無關係亦不相識。三年前明珠和五格兒結婚，他們曾嚇得不敢登門，而今看他們越過越興旺，又都爭前恐後的來了。

這段節慶日子，廚房裡預備著流水席。塔珍和桂昌夫婦是真的會見親人，在前廳興致高昂的接待賀客。可五格兒覺得這是十分無趣的應酬。對見他們本很勉強，現在生容若還沒滿月，按習俗不見外客，正樂得在自己房裡帶孩子。

她的心緒彷彿有些悲涼。

女人出嫁後都有個娘家，偏她五格兒就沒有。昔日的榮華富貴她不留戀，無法割捨的是那些其實並不可愛的家人。自分別四散到如今，竟無他們的絲毫消息，她的那些同母或異母的兄弟姐妹們，到底在哪裡？還都活著嗎？她輕拍著懷中的容若，深切的意識到：這個自認剛強能幹的二奶奶五格兒，其實心裡頭裝不了那麼多的折磨。

五格兒猶在暗自傷懷，貼身丫頭銀杏忽然來報：盧大奶奶帶著三個少爺來了。此刻在前頭跟咱大奶奶說話，待會兒就過來。

五格兒一聽文瑾來了，壞情緒立刻跑了大半。在她和文瑾的心裡，彼此便是唯一的娘家人。

「前面人多，我又不能出去。你叫廚房多加幾個好菜。」五格兒忙吩咐。

隨著五格兒的話文瑾已進來：「加好菜招待我嗎？我這麼有面子！」

五格兒笑咪咪的迎上去：「盧大奶奶來了，我敢不招待嗎！」

「給表姨拜年。」文瑾吩咐跟在後面的三個男孩。

老大敬堯，老二敬舜，老三敬周才兩歲，跟兩個哥哥差十歲上下，看樣子非常依靠哥哥。見敬堯、敬舜跪在地上給五格兒磕頭，他也吵著要磕。

敬堯扶著他道：「敬周當然要磕，我們敬周是甚麼都會的。」

敬周扎手扎腳的磕過頭，也學著敬堯、敬舜，奶聲奶氣的唸叨：「給表姨拜年。」

五格兒給過壓歲錢後愉悅的笑道：「這幾個孩子真好，有家教。瑾表姐，你這個繼母當得值得，有福氣。」

「你五格兒的福氣比誰也不差呀！」

說笑中餐桌已擺好。

五格兒給敬堯、敬舜挾菜，一邊吃著說話，問他們一些學塾裡的事。兩人對答如流，彷彿還挺有見解。五格兒又連加讚美。文瑾卻嘆氣道：「興祖對孩子的教育很認真呢！不過也有點失望，他在琴棋書畫上的造詣是出名的。很想傳給孩子一些。可惜沒人肯學。」

「沒人肯學！為甚麼？小子們不喜歡琴棋書畫？」五格兒詢問的看著男孩們。

「表姨，琴棋書畫裡我只愛下棋，別的不愛。爹老想教我撫琴，好沒趣。有那時間情願看書。我剛看過《史記》和《漢書》，真有意思。」老大敬堯說。

「我喜歡練功，愛讀兵書。爹要教我吹簫，我好不耐煩哦！」敬堯說完敬舜也說。

文瑾苦笑道：「你聽聽，是不是沒人肯學？」

五格兒握著她的手溫言安慰：「孩子的興趣不能勉強。你別急，也許將來敬周既要撫琴也要吹簫。」

飯後敬堯、敬舜到前院找安泰去玩。文瑾帶著敬周，到五格兒的臥房裡聊天談心。

文瑾見嬰兒床裡的容若已睡醒，正舞動著兩隻小手，便抱起來仔細看著他小小的面孔：「這孩子不平常。」五格兒連忙湊過來，她手上正抱著哇哇抗議的敬周。

文瑾繼續說：「你瞧，一個沒滿月的孩子，五官這麼清楚，眉是眉、眼是眼的，你瞧他那眼珠，多亮！這孩子聰明啊！」

「是嗎？」五格兒聽得滿心歡喜，對著容若的小臉憐愛的注視著，覺得自己確實生了一個人間最可愛的孩子。

晚上明珠回來，五格兒便把文瑾的話學給他聽。明珠在宮裡站了一整天，此刻疲倦得只想靠在椅子裡，靜靜的休息一陣。

但五格兒的話彷彿有消除勞累的作用，他睜開半睡的眼，帶笑的瞅著五格兒：「我早瞧出來了，咱們容若準定出類拔萃。」

「哦？你是怎麼瞧出來的？」

「就這麼瞧出來的。我瞧啊，五格兒那個神氣活現的小強盜婆，生出來的兒子還會差嗎？準是人尖子。」

「原來你在損我啊！看我搥不搥你。」五格兒舉起拳頭就要行動，卻發現明珠已經睡著了。

明珠鼻息均勻，年輕的臉上有勞累後的放鬆。神態上沒有痛苦或悲傷，從微微往上牽著的嘴角，透露出他心底的語言：他是幸福而滿足的。

五格兒憐惜的凝視著熟睡的明珠，心中升起一種難以形容的感動。

她知道明珠總想為這個家和他的妻兒奉獻，也知小睡片刻後他必會起來讀書作文章，太學裡的功課不能鬆懈。她不禁深深嘆息，做一個上進又顧家的男人，是何等的不易啊！

五格兒從櫃櫥中拿出一條氈毯，輕手輕腳的蓋在明珠身上。將燈光撚暗，才躡著步子走出書房。

9

容若在長大，已經不須攙扶，自個兒搖搖晃晃的滿屋子走動。

他不像一般幼童那樣動輒哭叫，或做無理性的胡鬧。比一般孩子顯得安靜，有時會獨自擺弄一件玩具，神態專注，似乎旁邊的事物都距離甚遠。當他用清亮的眸子瞅著人時，任是誰也會被那不沾一絲煙火氣，純淨得像遠古的深潭之水般的目光所感動。

兩歲生日那天，全家為容若慶生，伯母塔珍特給訂製了一面金鎖牌。五格兒指著金鎖上刻的字告訴他：「這個字是容，這個字讀若。容若就是你。」容若點點小腦袋，表示聽懂了。

當日下午文瑾打發下人送賀禮來。

「我們奶奶說，小姐受了點風寒，今兒個她出不來。等過幾天帶小姐來府裡拜訪。」那下人說完留下禮物走了。

容若抱著那個紅紙包仔細的看，忽然奶聲奶氣的說：「這是容若。是我。」

在座的人都沒聽懂他的意思。

五格兒把容若抱在懷裡：「小寶貝，你在嘟囔甚麼呀？」

容若指著紙包上「賀容若生辰」中的「容若」兩個字道：「這是容，這是若。是我。」

「奇怪！兩歲的孩子會認字！」塔珍第一個叫起來。

「這孩子賦性異稟，是個天才。」振庫說著嚴肅的對明珠道：「你可要注意容若的教養。他本性不平凡，將來能成大器，做個出將入相的人物。也許重振葉赫納蘭的聲威就靠這小子。」

兒子如此聰明穎慧，被認為是賦性異稟的天才，明珠和五格兒的驕傲之感已耀然於臉上，但終究不好自已稱讚，只說些「大伯和伯母太誇獎了」之類的話。

回房之後，夫妻倆可就緊張起來：「將來我要親身教容若武功，要請頂出名的大儒教他漢學。我要他文武全才。五格兒，你也別老往鄉下跑。田地不是有人種了嗎？何用著自己去！還是在家把兒子看好。」

「你放心，我對兒子的心不會比你少一丁點。可鄉下全不管也不行。給農戶蓋的房子我總得盯著點，工料不能太差，錢還不能花太多。你知道：我打的是長久算盤。將來也許還要買田產，對農戶的生活要有整套安排，他們才能安心幹活。」五格兒態度認真心有成算。

「我知道你能幹，也知道田地越多越好。可是最重要的是咱們的兒子。」

「那還用說？你就別嘮叨了，我少下鄉就是。」

其實為了容若，五格兒早已減少下鄉的次數，一年不過去兩三次，一些事就交給桂昌和吉順去處理。

五格兒如今最常做的事，就是帶容若到文瑾家去。表姐妹倆親近得和昔日在英親王府裡一樣，每個月總要見幾次面，品茶聊天，無話不談。

以前是文瑾去納蘭家較多，自從文瑾又懷上孕，特別是涵瑛出世之後，她就像變了個人，連大門也少出了。

五格兒頗不以為然：「你們盧家一連生了三個小子，現在好不容易添了閨女。寶貝些是應該的，可也不能嬌成這個樣子！」

「我不算嬌她。她爹才真嬌她呢！你沒看到我們那位大爺，疼女兒到啥程度。下朝回來不管多晚多累，準定先到床邊看女兒。涵瑛哭一聲也當成大事，叫一聲也心疼。我笑他真是捧著掌上明珠。你猜他說甚麼？」

「你們盧府上的事，我哪能猜得著！」

「他說我這女兒可比掌上明珠嬌貴萬倍。」

「你們這麼嬌貴的女兒，誰敢娶啊！我本來想跟你做親家，娶涵瑛給容若做媳婦。現在才知道高攀不上。」

「別胡扯。我倒真有心把涵瑛許給容若，當你的兒媳婦我也放心。」

當五格兒和文瑾天南地北閒聊的時候，容若便扶著小床的欄杆，安靜的看著裡面的涵瑛，有時還要摸一摸她的小臉蛋，拉拉她的小手，叫著「瑛表妹」。他可以站很久而不覺厭，彷彿那是世間最有趣的玩具。

這年端午節剛過，桂昌興沖沖的一路笑著帶個人進來：「大爺，二爺，快看看這是誰來了！」

振庫和明珠、塔珍和五格兒，全把眼光投向那個身量高大、嘴唇上留有一排小鬍子的青年人，看了一會兒仍說不出名字。

桂昌笑道：「認不出了，都長大了。這是你們的兄弟索爾合呀！」

振庫和明珠差點同聲叫起來，忙過去抱住他。振庫上下的打量著：「索爾合兄弟，咱們十一年沒見了，哪還認得出。」

「是啊！我和阿瑪來那次是順治三年。記得明珠才十二歲，現在他都當爹了。我也有兩兒一女了。」索爾合高聲朗笑，頗顯關東男子的粗獷。

「時間如飛，都成爺們了。伯父伯母的身體還健康吧？」明珠笑問。

索爾合收住了笑容：「我阿瑪，他老人家已經不在了。」

在座的幾個人都吃了一驚，忙問：「怎麼回事？」

「是去年臘月過世的。天寒地凍的，路沒法走。再說你們也走不開，當時就沒派人來送信。」

索爾合把他父親德爾格勒生病就醫，及逝世後辦喪事的經過，詳細的敘述一遍，最後道：「當時沒通知還有另個原因：阿瑪臨終前交代一些事情，我必得親自來一趟。心想就留著一起說吧！」

在索爾合談話的過程中，氣氛轉為悲悽。塔珍已在流淚，明珠面色慘淡的道：「我們最後的一位長輩也走了。」

振庫含著淚直說慚愧，出關十幾年沒回過老家，大伯父的葬禮也沒去披麻戴孝，發誓明年準定與明珠一同回鄉，到松花江畔葉赫納蘭家的祖墳祭拜。

五格兒未見過德爾格勒，但她與明珠成親時，德爾格勒送的厚禮，特別是那三萬兩銀票，她始終銘記在心。要不是有那筆錢打底子做基金，她也不可能把田莊發展到今天的程度。

大夥談話的當兒，五格兒已到外面佈置，囑咐桂昌在家祠的祖宗牌位中，加上「二等公納蘭德爾格勒之靈位」的靈牌。同時宣佈，全家大小帶孝七天。並請振庫帶領眾人，到供著鮮果佳釀的祭台前，上香叩首，表示無限追思。

兩位堂兄弟家的真情，讓索爾合極為感動。當晚就拿出一疊用滿文寫的紙條，一一的攤擺在桌上。「阿瑪臨終前交給我這些單據。說原是屬於倪迓韓叔叔的，該給振庫哥哥和明珠兄弟。怕你們在京裡待不慣又回關外，就一直給照看著。阿瑪留下話，叫交還給你們。」

「這是些甚麼？」振庫面有疑惑之色。

索爾合指著紙條，逐張解釋：「這是沿著松花江附近的三千頃田地。這是兩個宅院。這個是釀高粱酒的燒鍋。這是盛京裡的一個當鋪——」

「怎麼有這麼多東西？」振庫吃驚的插嘴。

索爾合道：「還沒完呢！振庫哥，別忘了咱們爺爺可是金台石哦！你們看，這是兩家參茸行，一間在盛京，另一間離原來的葉赫老家不遠。」他兩手一拍笑道：「好啦！全在這裡了，以後你們得自個兒經管了。」

忽然從天上掉下來這樣一大筆家產，實屬意外，一時之間，大夥都不知該說什麼。

屋子裡靜了一刻明珠才道：「大伯父疼我們的心，真是感天動地。可我和我哥已在北京這許多年，很難再回關外，那些家產對我們也沒啥用。其實大伯應該把那些東西分給你和蘇占泰大哥。」

「豈有那樣的理，各有各的份。我阿瑪身為長子，名下的東西比叔叔多。光說當鋪，我和我哥就一人兩個。」

「索爾合兄弟說得對，各有各的份。再說我們怎麼會總待在北京呢！我連做夢都夢到回關外老家。」塔珍接上索爾合的話，聲調中掩不住激昂。

明珠和五格兒都知趣的不再開口，振庫也只沉默的微笑著，一口一口慢悠悠的吸著旱煙。

索爾合在京裡住二十來天，振庫和明珠輪流陪伴。

明珠跟去逛大街，吃風味餐館，還弄了一枚通行牌，帶進皇宮繞一圈。

明珠告訴他這是太后住的慈寧宮，那是皇上住的乾清宮，左邊那個宮殿是某位貴妃住的，右邊又是……。索爾合聽得津津有味，不明白處便詳加詢問，「太氣派」、「真堂皇」、「好，好」之類的驚嘆之詞隨時發出。最後的結論是：能在這樣的地方住一天，也不枉活一生。

振庫陪去城外葉赫人群居之處，他們聽到德爾格勒已死，悲傷得痛哭流涕，跪地拜天，口稱「汗王好走」。有那年長的竟哭喊：「大汗歸天了！」嚇得振庫直冒冷汗，連忙喝住並好言安慰，拉著索爾合匆匆抽身離去。

當三兄弟每天忙著外出時，留在家裡的兩妯娌也沒閒著。塔珍對五格兒說：東城那棟宅子秋後租約期滿，不要再續，因「孩子這麼多，慢慢的都長大了，分開住寬敞些」。

五格兒早知會有這一天。

在納蘭府這個大宅院裡，從沒有通常人家的爭執或不和。但五格兒心中清楚，從一開始她就是塔珍難以接受的人。十四叔多爾袞的被定為千古罪逆，掘墓鞭屍。生父親兄以謀反罪賜自盡，都是讓塔珍恐懼，絕對要避免沾邊的。她進納蘭家的大門，對塔珍是何等勉強、痛苦。加之她過門時還帶來個文瑾，這一切已讓塔珍覺得殊不可忍。她與文瑾來往得那樣密切，親近得像對自己的娘家人，塔珍不單嫉妒亦不以為然。

前些時塔珍說，想約她守寡的大姐帶著兩個女兒來同住，末了還加上一句：「大姐是管家的一把好手。」

從這些言談中，五格兒知道兄弟分家是遲早的事。但她何等精明，佯裝不懂，且早有成算，分家二字絕不會由她嘴中說出。

正式提出「分開住」的決定是在索爾合離京的前兩天。

振庫很難張口似的期期艾艾地道：「父母去世後，我們兩兄弟從沒分開過。我這個做哥哥的沒啥本事，謝謝祖宗保佑，總算把弟弟拉拔大，成家立業了。現在我們這一房已經四個孩子。明珠他們也會再添孩子，將來孩子大了要成親……」

振庫說了一堆不得不搬開的理由。

明珠面無表情的聽著，待振庫說完才平靜地道：「哥，你好像為搬家很不安，其實不必的。咱們兩房都會添人進口。家是越來越大，兄弟雖說感情好，分開住也是很自然的。」

索爾合輕鬆的微笑道：「明珠兄弟說得對。我和我哥親著哪！三五天不見就想，我們還不是分開住！」

聽了明珠和索爾合的話，振庫才如釋重負的有了笑容。於是很自然的便說到財產。談到這個題目，塔珍就主動上陣了：「關外那麼多東西，怎麼分法？田地、宅院、店鋪，對我們都不是問題，我的三個哥哥可以給經管。索爾合兄弟你給拿主意，該怎麼分？」

索爾合想了想道：「當然是平分。」

塔珍望著五格兒：「平分是怎麼分！弟妹，說說我的意思看你怎麼想：北京的東西我們只要東城那棟宅子。上莊的地和這棟宅子歸你們。關外的產業我們當然就要多分些。明珠，你們倆都想想，是不願意？」

明珠並未思索，很快的答：「全由哥哥嫂子拿主意。」

五格兒淺笑著道：「上莊的農戶和田地已夠我忙的，哪有精神去顧關外的莊子。我看，關外的產業我們只要盛京的參茸行做紀念，別的全歸哥哥嫂子。」

「那怎麼行！我們怎麼能分那許多。」振庫首先不同意。

索爾合輕描淡寫地道：「那可是三千頃黑土地，和宅子、當鋪、燒鍋。再想想吧！」

五格兒堅決地道：「不用想了，就這樣辦吧！」

明珠也道：「哥嫂把我帶大，恩高義厚，分再多也是應該的。就這樣吧！」

事情便這樣決定，兄弟倆都說不須寫字據。

塔珍道：「索爾合兄弟，有你這個人證就夠了。」她顯得心情開朗，說要託索爾合帶封信給娘家，請哪位哥哥跑趟北京。

五格兒自有算計，第二天去找索爾合，直截了當的談起生意：「索爾合堂哥，我想跟你合夥做買賣。」

「哦？」索爾合頗覺意外。留京的幾日，他對納蘭家的幾口人已有相當認識：連振庫和明珠都算上，論精明能幹誰也比不了這位二十剛出頭的弟媳婦。看來多爾袞的姪女阿濟格的女兒果然不同凡響。但她要合夥做甚麼買賣！還真猜不透。

「索爾合堂哥，你的兩個參茸行生意如何？」

「不瞞弟妹說，整個關外，數我和我哥那幾家參茸行的生意紅火。長白山底下那家專管採購收貨。我們的主意是，不讓任何一個老山參從眼皮下溜掉。」觸及到這個題目，索爾合便露出買賣人的驕傲，說得眉飛色舞的。

「索爾合堂哥，今天的大清可不只關外啦！不知堂哥有沒有想過，在北京也開一家？關內的市場，先不說江南、兩廣，只說這北京一地的買賣，比得過整個關外的好幾倍。人一有錢就怕罹病，王公大臣誰不忙著進補。」

五格兒差點想說：「那些沒出息的男人，十之八九妻妾成群，不補成嗎？」因知不能跟堂兄說這樣的話，只有分寸的道：「再說那些朝廷貴婦，和王爺府的福晉們，也要喝參湯養顏保青春。要是北京有家直通長白山的大參茸行，買賣可不知要紅火到甚麼程度。」

索爾合面露興奮之色：「弟妹見識高遠，指出一條致富大道。問題是在北京開一家參茸行談何容易。」

五格兒知道事情大概是成了，氣定神閒的道：「所以我說要跟堂哥一塊兒做合夥買賣。」

五格兒心中本有計劃圖，滔滔而言毫不費力，座落在熱鬧大街，一個五開間門面的高貴參茸行的雛形已經在望了。「福康參茸行」將是京城裡最大的一家，股東是索爾合與五格兒。

索爾合要拿出五萬兩銀子置購店面房屋，五格兒負責一切開辦及監督事務，入的是「乾股」不須出現金，但也永不支薪。

索爾合負責自關外供給上等好參，購貨資金由兩個股東分擔。大二兩個掌櫃雇用能幹有經驗的外人。一切員工待遇優厚。每年底除去一切開支外，所餘淨利由兩位股東平分。明珠和五格兒在盛京的參茸行，委託索爾合堂哥給經管，關外購貨等一切應由五格兒負擔的部份，在盛京的參茸行的收益中扣除。

事情談妥，五格兒找來中人做證，寫了約定文書。理由是：她為婦道人家，有約定書證明身分，對外發言才具權威性。

索爾合告辭時，明珠和五格兒送上馬車。五格兒直叫他再來時帶著全家：「讓嫂子和姪兒姪女也來看看北京。」

索爾合連聲答應著對明珠笑道：「明珠兄弟啊！你娶的這位弟妹太能幹了，我看咱們納蘭家全加起來也不如她。」

東城的宅子按計劃於秋後收回，振庫和塔珍找工匠來大興土木，修飾得富麗堂皇。兄弟兩家同度過最後一個大年夜，振庫一家就搬了出去。

10

世事的變化常離奇得出乎想像之外。誰會料到，正值青春年華的皇上，因一場天花，突然之間便如流星劃過夜空般，離棄臣民而去。

順治爺於這年正月初七駕崩於養心殿。即位者是他八歲的兒子玄燁。

新皇帝登基，廟號康熙。順治皇帝臨終前做了萬全安排：為避免再次出現親王攝政專權，決定取消八旗王公議立新君的舊制，委託自己信任的忠心大臣為輔臣。遺詔中明白交代：「特命內大臣索尼、蘇克薩哈、遏必隆、鼇拜為輔臣。伊等皆勳舊重臣，朕以腹心寄託，其勉矢忠藎，保翊幼主，佐理政務，佈告中外，咸使聞之。」

新皇上任不久，明珠的官運即出現曙光，一向賞識他的輔政大臣遏必隆，提拔他升任內務府郎中。做了近十年的御前侍衛，嘴上沒說過一句埋怨的話，心裡卻有被困在井底的憋悶。終算挪了個窩，他恨不得立刻去告訴五格兒。好不容意熬到下班，連忙騎上馬往家裡跑。

五格兒見明珠春風滿面的進來，把他由頭到腳掃了一眼：「我們家明爺今兒看著不尋常，莫非有甚麼快意之事？」

「我說五格兒，怎麼不給你們家郎中老爺道喜！」

「哦！升官了！終於出頭了。這樣看來，換個皇上對我們確實有點好處。」

明珠忙用一個手指在嘴上比了一下：「小心說話。傳出去可了不得。」

五格兒挺直著腰桿，滿不在乎的道：「這兒是我們的臥房，誰能來聽？說真的，順治死了也是天有眼，我一點都不傷心。小時候我們還在一起玩過的。想不到他那樣狠心，弄得我們家破人亡。要不是我十四叔多爾袞，會有他坐的龍椅嗎？要不是我十五叔多鐸和我阿瑪給打天下，會有今天的大清嗎？忘恩負義的人沒有好下場。」

「牢騷發夠了，這種話再也別提，往後咱們的日子只會更好。唉！」明珠也忍不住感嘆：「這些年我在朝中的日子其實不好過。你瞧，背後大夥居然叫我『琉璃球』，說是太圓滑，一個人都不肯得罪。他們哪知我的難處！朝裡無靠山，出身又是一片灰。眼看別人往上升官，我就老是腰掛一把刀當侍衛。」

夫妻兩個各發一篇牢騷，多少出了一些陳年怨氣，最後明珠眼含淚光悽聲道：「可憐我哥，沒看到這一天，也許他以為我得一生當侍衛呢！」

想起已去世的哥哥，明珠悲不自勝。

振庫一家搬到東城的次年，一個降雪的清晨，振庫正要登車上朝，竟忽然倒地不起，下人們七手八腳的抬到裡面，已是渾身冷透，斷了呼吸。

明珠和五格帶著桂昌，連忙趕去，只見振庫顏色蒼灰晦暗，如同一具蠟製的人體般，了無知覺的停在床上。

明珠悲痛到恨不得自己跟著死了去。

父母早亡，兄弟倆相依為命，哥哥一向小心翼翼做人，謹慎持重行事，卻只在人間活了三十五年。他想問蒼天，這樣的好人為何如此短命？明珠為兄長的去世悲傷了許久，曾想把嫂子一家孤兒寡母接回來。塔珍以有親姐和外甥等陪伴，日子過得去，何況如今長子安泰襲了輕騎都尉的封號，應該有自己的住宅為由而拒絕了。

事情已過去兩三年，思想起來仍是令人神傷。

溫潤的陽光普照著大地，園裡一片悅目的新綠。文瑾穿著流行花樣的旗袍，梳著新式髮髻，帶著涵瑛，一臉春風的來到納蘭府。她是為辭行而到訪。盧興祖新近被任命外放廣東總督，數日後即將舉家南遷。

五格兒和文瑾坐在柳樹下的石桌前，對面喝茶聊天。談到眼前的一些人和事，遠的近的親的疏的，令人感慨萬千。首先提起的是振庫。

「振庫的情況和他阿瑪很像嘛！聽說你公公也是一下子暈倒就歿了。」文瑾彷彿很不在意的口氣。

五格兒聽在耳朵裡卻感覺是有心的刺探。原因出在月前文瑾帶著涵瑛來訪，正趕上容若犯病。容若這孩子也怪，外表看著並不羸弱，論個頭比同齡的孩子還高，一張臉俊秀得像從畫上走下來的神仙王子，絲毫看不出病態，但他確是有病在身。

初次犯病是五歲那年，症狀是胸口堵悶，喘息困難，厲害的時候喘得上氣不接下氣，好像隨時可能窒息而死的樣子。有時還會渾身熱得火燙。

北京城裡所有的名醫都找遍了，沒有任何一個說過可以根治的話。目前的較有效的治療方法是吃藥之外，要同時製造「熱氣」以幫住他「順氣」。每次犯病時，室內要備一兩隻火爐，爐上敞口的大鍋裡燒著熱水，滿屋子煙霧瀰漫。讓靠在榻上的小容若，從痛苦無助幾乎要窒息的劇喘中，漸漸的緩和過來。

年輕的父母為此極感焦慮，明珠發狠道：「我就不信我的兒子天生弱不禁風。體魄在乎鍛鍊，我要親自教他武功。」康熙皇帝登基後，他升任內務府郎中，公務繁忙，但還是教容若做各種基本功：壓腿、劈叉、彎腰、倒立、翻筋斗，要求他每天早晚必練。基本功過後教拳術、刀槍、劍棍，不論春夏秋冬風雨陰晴。

明珠的這一招果然有用，容若犯病的次數逐日減低，但仍是不能斷根。五格兒已然得出經驗：當容若心情不痛快時最易犯病。

關於容若的健康情形，是納蘭家的隱憂，他們不想讓外界知道而傳來傳去，將來影響了容若的前程。

不巧上次犯病正好文瑾母女來訪。五格兒看到文瑾吃驚的沉重表情，心裡立時不安起來。雖說兩個孩子尚幼，可從搖籃時期就認定的一份情，豈是能說罷就罷的。兩家大人已承認是未來的親家。

其實，這些都不是最重要的。最重要的是她瞭解自己的兒子，容若那個死心眼的孩子，跟別的孩子全玩不到一處，唯一能玩到一塊兒的只有涵瑛，彷彿涵瑛也僅有容若這個朋友。

他們玩的跟別的孩子不一樣。五六歲的女孩總是玩過家家、遇仙女、上花轎之類。七八歲的男孩子當然是官兵捉強盜、武松打虎、鬥獅子。可他們兩個不是一個吹，一個彈，就是把繡花線黏在嘴唇上當鬍鬚，一個當李白，一個當白居易，又說又唱又吹彈的，在迴廊上裝模做樣的演起戲曲來，虧兩個小人兒想得出，曲牌就叫《李白》。那時候容若看不出絲毫病象，涵瑛的自在灑脫，甚至不像深閨中的嬌女兒。

兩個孩子在一起不光是玩奏樂和唱戲，容若還教涵瑛讀詩詞、練書法，有時容若就把著涵瑛的手，一筆一劃的教。有次五格兒聽涵瑛說：「容表哥，我喜歡你寫的那種字，我爹說那叫褚遂良體。可爹叫我練這種小楷，說更適合女孩兒。」容若道：「瑛表妹，表姨父說得沒錯，女孩兒寫一筆鴛鴦小楷更秀氣。你寫得挺好。」

五格兒當時就想：兩個孩子這樣相得相惜，長大了做夫妻不定多甜呢！

五格兒轉過頭朝迴廊上張望，兩個孩子正沉醉在他們的曲藝遊戲中。

「瑛表妹，我又錯了。我是不是笨哦？」容若手持橫笛，表情中有抱歉和沮喪，還有些不好意思。

涵瑛拉起容若一隻手輕輕搖著，小嘴巴伶牙俐齒：「容表哥，錯了不要緊，我爹不是說人人都會錯的嗎？咱們重來一次吧！」

涵瑛的話對容若顯然起了作用，垂頭喪氣的樣子沒有了，他拿起橫笛，涵瑛兩隻小手撫弄著七弦琴，樂聲隨即悠悠響起。

「這曲子挺悅耳，叫甚麼曲目？」五格兒問，一邊拍著懷裡的瑞兒。小丫頭已快三歲，哥哥容若很愛護她，總怕她摔著碰著，偏就是不想跟她玩。

兩個孩子卻是像沒聽到一樣，全然不理，只聚精會神的擺弄他們的音樂。

文瑾壓低了聲音道：「演奏的時候別去打擾人家。這個曲目叫〈平沙落雁〉。」

五格兒忍不住笑的也放低了嗓子：「說道真不少，兩個小東西弄弄曲兒，旁邊的人還得裝啞巴。」

「論調是他們那個盧興祖師父說的。三個男孩全不肯學他這一套，好不容易女兒願意學，還白撿了容若這個徒兒。」

「你們這一走，容若想學也不行了。」

「興祖說，京裡教吹彈曲藝的師傅有很高明的，你應該給容若找一個。」文瑾淡淡的笑著，語調輕鬆，看上去心裡卻是平靜而有成算的。

文瑾直說這一去不知何時方歸，動身之前特來姐妹相聚。話說得依依不捨，五格兒心裡卻透剔清楚。

能夠遠離北京，對文瑾是解除了難題：趁著兩個孩子還小快快隔開，日久天長彼此也就忘記，她不想心愛的女兒，嫁給一個身患痼疾的丈夫。

文瑾走後五格兒一直心緒沉重、失望，甚至傷感。把這話跟明珠說，他道：「你為這事操心是多餘的。像咱們容若那樣的孩子，還怕討不著才貌雙全的老婆！別說容若帶點寒疾，就算患有更重的病，照樣會有的是人家想要這個女婿。世間又不是只他們家涵瑛一個女孩兒，你愁哪門子！」

五格兒仍是憂形於色：「話有些道理，可你先看看咱們兒子那副德性。打從涵瑛離京，他就好像心事重重。把他跟涵瑛玩的東西，都包好收在櫃子裡，還記上字。一天也不說幾句話，有時一個人在迴廊上發呆，再就是吹笛子，吹簫。那樣子我哪能不擔心？我真怕他引犯了寒疾。」

明珠沉吟著半天沒做聲，他早就看出容若與別的孩子不一樣。

容若四五歲開始，父親的書房就是他最喜愛的的地方，經史子集詩詞歌賦，見書便讀，常常在書堆裡一坐幾個時辰。

六歲那年給請來家館師傅王老夫子。

上課第一天，王老夫子便認真的對明珠道：「容若絕非普通哥兒，他是個天生的英才。小小年紀連《左傳》、《春秋》、《史記》之類的書都讀過了，都有心得，還要批評幾句。說是喜歡唐詩宋詞，我就挑一些問他，居然倒背如流。後來我才發現，對於詩詞之類，他讀一遍就記住了，過目不忘。老朽教書三十年，第一次遇到這樣的孩子。不過有句話老朽不知當講否？」

「請講。」

「公子將來是要做高官大事的人，小小年紀就迷戀詩詞歌賦，可不是好事情，最易消磨志氣。還是多讀諸子百家的好。」

「老夫子和我想的不謀而合。我就是怕他沉溺於濃詞豔曲，將來變成個萎靡不振的酸文人。老夫子，你要規定他讀忠孝節義、齊家治國平天下的書。」

老夫子答說一定教讀「正經書」以利未來為官和做人。

「五格兒，你說，咱們怎麼會生出容若這樣的孩子！」明珠默想了半天，冒出一句話。

「你嫌這樣的孩子不好麼？我可是愛極了我的兒子。」

「莫非我不愛他！我是說他跟別的孩子這麼不一樣，叫我們怎麼教養！」

「小子隨爹，丫頭學娘，老爹你就別一心只忙著做大官，多用點心思在兒子身上吧！」

「對，我應該多用些心思在容若身上。他資質不凡，好好教養準能大器。」

當明珠真把注意力投射在容若身上，便更多的看出他與一般同齡孩子的迥異之處。

容若太安靜，每日不是看書就是作畫，黃昏時候，倚坐在迴廊的矮欄上吹笛子或洞簫。他整個人似乎都在述說著內心的憂鬱，特別是當他抬起眼光與人相對時，那靜海般幽深的眼神，便透露出內心是何等的荒涼寂寞和孤傲。

「不行，這樣下去不行。咱們滿族從祖輩崇尚武功，男人個個爭著做巴圖魯。為甚麼偏我明珠的兒子像個漢族的酸書生。其實他武功方面有天份，射箭連發連中，可他就是不感興趣。這都要怪盧與祖，教他吹奏甚麼元曲《牡丹亭》！小小年紀迷上濃詞豔曲，哪能有大出息！非得改過來不可。」明珠從來不對五格兒大聲大氣的說話，兒子的事令他激動，嗓音比平日高了許多。

明珠決定，不上朝的日子便和兒子共處，練武，討論古今英雄，到野外去馳騁行獵，讓他所學的武功有用武之地。

明珠立意要改變兒子的生活，帶著容若去打獵。

容若騎在馬上，昂首四顧，只覺得天高地遠，一片繽紛秋色。他的心胸也開闊起來，有一飛沖天的張揚。

父子倆奔馳了一陣，明珠問：「你喜歡嗎？」

容若點頭，臉上洋溢著愉悅之情。

「喜歡甚麼？」

「自由自在，天然氣味，這才是人間的真實面貌。」容若語調從容而自信。

明珠不由得愣住了。不到十歲的孩子說出這樣的話，他不知該喜還是該憂。「走吧！進林子去更有趣。」他甩了下馬鞭，往前奔去。

容若跟在後面，聽他阿瑪緊張的喊道：「快，快！你看那邊跑出來兩隻野兔子。快。」

明珠已一箭射去，一隻逃竄的野兔立刻倒在地上。

「哈哈！一箭中的。」明珠快活的提高聲音，回頭才發現容若壓根兒沒有動靜，弓不在手，箭未出鞘。

「你是怎麼回事？」明珠已笑容全無。

「阿瑪，野兔子那麼可愛，又不招誰惹誰，為甚麼要射死牠？」

「你混扯。我們滿人就是這麼過日子的，天下也是從馬背上得來的。」

「野兔跟天下沒關係。」

「放屁。巴圖魯精神——」

「射死一隻野兔子成不了巴圖魯。」

「你……你……」明珠指著容若氣得說不出話，只感到無助又無力。

父子倆都不愉快，一路心事重重的回到家。

明珠見了五格兒便沮喪的道：「容若這孩子的確特別，小小年紀就一腦子奇怪的想法，很難管，將來不知會怎樣。」

「你也別急，孩子年紀大些會懂事的。」五格兒替明珠脫帽寬衣，輕拍了幾下他的臉頰。

因為兒子的關係，明珠回到家中有極大的挫折感，在朝中卻恰恰相反。

做了那麼長時間的侍衛，好不容易升為郎中，已覺相當滿足，誰承想兩年未到竟竄升為內府總管大臣，成了朝廷的大管家。

這是十分重要的職位，按傳統都是與朝廷關係深厚的近臣擔任，如索尼、遏必隆，這兩位輔政大臣都曾做過。而他明珠是憑了甚麼受到如此重用呢！想到此處他心中充滿感恩，更重要的是有了新的領悟：納蘭明珠縱然沒有靠山，出身算是逆臣後裔，但只要表現得傑出，攀爬到更高的位職絕非不可能。

明珠的機會來了。康熙四年九月初八，十二歲的皇帝玄燁，冊立十三歲的赫舍理氏為皇后，大婚全部事務由內務府操辦。

明珠抓住機會，用盡一切心力，凡事必求盡善盡美。每完成一件事，他都要親自察看。不但要討得太后和皇上的歡心，也得讓輔政大臣索尼滿意，因為皇后是他的孫女。為了籌備大婚盛典，他多次留宿宮內，徹夜工作。勞累得整個人瘦了一圈。

結果比所期待的更好。康熙帝的大婚盛事富麗堂皇，諧美精緻，溫馨而不失大國風範，沒出絲毫紕漏。哪怕是恨明珠的人，也不能挑出任何瑕疵。朝中上至太皇太后和皇上，下至文武官員，一致稱讚明珠的辦事才能。明珠的官運從此便如天馬奔騰，幾個月後，已是內院侍讀學士。

另方面，能幹的五格兒正指揮吉順，在桑榆樹她買的那塊地上，監督建造別墅，名字就叫桑榆墅。桑榆墅的庭舍結構和城裡的納蘭府十分相似，也是多個院落組成，由迴廊貫串其間，連成一氣。園子部份則是各有各的韻致。納蘭府那四十畝田地已歸在園子裡，正開始挖人工湖，造湖心亭和迴廊橋，找專人給種植了許多奇花異卉，看上去雕欄玉砌富麗別致，人人讚好。

唯一唱反調的是容若：「其實原來的那些老樹、小池塘、木橋，才有天然情趣，都給破壞了。桑榆墅不可弄成那個樣子。」他這不許動，那要保持原貌。反正父親忙，無暇管這個園子的事，他就大大的發表意見。

園子中間有個簡陋的三層小樓，是建築工人造來暫住的，園子造好就該拆除，但容若不允動手，說最愛這小樓，要在樓上寫詩作畫憑欄遠眺。

五格兒被他弄得忍不住笑：「這個小破樓連樓梯都沒有，要踩著梯子爬上去，有啥好。」

「我看它好。」

「那得好好的修整一下，做個樓梯。」

「額娘，別做樓梯，我頂喜歡上不著天，下不著地。」

「上不著天，下不著地！」

「對，上不著天，下不著地，好像懸在半空中。可惜我沒長翅膀，不然就像鳥兒那樣，一猛勁飛到天上去。」

「你這孩子，總跟別人不一樣，甚麼鳥啊魚啊的！」

「對，還有魚！額娘，池塘裡要養魚。」

「是。給你養。」

「那小樓是我的了。可別做樓梯哦！」

「知道了，不做樓梯。這桑榆墅就讓你給弄成了野園子！」

五格兒縱容的輕打了容若一下，小樓就留住了。

明珠越忙，納蘭府裡的容若就越逍遙。沒人跟他嘮叨「濃詞豔曲磨人志氣」，或「馬背上的巴圖魯」甚麼的，他的日子可以輕鬆許多。

王老夫子對詩詞蔑視，令容若頗為反感，師生之間相當冷漠，好在老夫子已告老還鄉。現在的師父姓陶，名仁淵，字之堯，是個秀才。他講書時聲音沒有抑揚頓挫，像唸經，更令容若頭痛。如果不偷著寫長短句或信筆胡畫，就會昏昏欲睡，有次竟做起夢來。

陶師傅硬把容若寫的長短句拿去看了。琢磨了一陣子，摸著花白的鬍鬚，口氣中流露著不屑：「這倒奇怪了，河邊的青草會對你『笑面相迎』？草又不是人，哪能笑呢？」

容若懶於和如此迂腐的人解釋，看他的表情尤其有氣，淡淡的道：「青草不會對師傅笑，只對我笑。她挑人的。」

陶師傅原來笑咪咪的面孔上，立時掛起一層嚴霜。他啪的一聲把書本打開：「上課。把昨天學的那課背給我聽。」

容若一字一句，口齒清楚的背出來，沒有一個錯字。可陶師傅還是拉著長臉，彷彿肚子裡裝的全是怨忿之氣。

陶師傅去告了狀，容若被父親叫去痛責：「都快滿十二歲了，個頭長得倒挺高，可腦子怎麼越長越往回縮！聖賢書你已讀過不少，連尊師重道也不懂麼？陶師傅非常生氣，都想不教了。我說了半天好話才把他留住。」

「走了多好，何必留！」

容若的話使明珠愣了一下，生氣地用手指著他：「你是說話還是放屁？先前的王師傅讓你給氣跑了。現在對陶師傅又是這個樣子。你到底要甚麼樣的老師，還要不要讀書？」

「我最喜歡讀書，可是不喜歡這樣的老師。王師傅和陶師傅都是書齋裡的老書蟲，只會讀死書，壓根兒不懂文事，沒有詩心。他們不是我要的老師。」

「哦！不懂文事，沒有詩心？不是你要的老師？」明珠只覺哭笑不得，憋著一口氣道：「甚麼叫『文事』、『詩心』？就是你寫的那些花、草、蝴蝶、月亮甚麼的嗎？男子漢大丈夫志在天下……」

明珠說了一大串，語氣極盡挖苦，甚麼柳永寫詞寫得無家可歸，弄得像個叫花子，溫庭筠考科舉屢試不第，李後主把國也寫亡了……

容若訕訕回到屋裡，雙手抱膝坐在炕上，思緒如麻。覺得自己不被瞭解，好生孤單。像詩詞那樣美的文學，柳永、溫庭筠和李後主那樣的偉大的詞家，怎會被如此的菲薄、侮辱！阿瑪官做得那麼大，怎會連「文事」、「詩心」也不懂！

「文事」當然是文章千古事。好的詩詞作品照樣流傳千古。他就是迷戀詩詞，每讀到那些優美雋永、至情至性的文字，他會深深感動，有時竟會流下淚來。

阿瑪不懂甚麼是「詩心」，王師傅和陶師傅也不懂，可他懂。

詩心嘛！好像有點兒憂愁，再就是「會想」：能從一灘水想到汪洋大河，由一棵樹看到一大片蒼蔚山林。對一般人無啥關係的小事——譬如像吹皺一池春水這樣，算不得是事情的小小景觀，對一個像溫庭筠那樣的人來說，已激起了內心深處的波浪，覺得「干我的事」，只因他有一顆「詩心」。沒有詩心怎能作詩填詞呢！這麼淺的道理，為何沒人懂呢！……

容若越想越覺得自己寂寞，依稀蒼茫天地間只他一人踽踽獨行。

容若的書僮長歌進來，見他眼角有淚痕，很是吃了一驚，忙問：「公子你怎麼了？挨老爺罵了？」

「討人厭去給我告了狀，我又無法逃之夭夭。」容若給師傅取了既寫意又挖苦的外號：名陶仁淵改成「討人厭」，字陶之堯改為「逃之夭夭」，這外號當然只能背著人跟長歌暗中使用。

「罵得好厲害！連眼淚都給罵出來了！」

「我挨罵也罷了，怎可以罵柳永、溫庭筠和李後主呢！」

「他們幾位是誰？你新認識的朋友嗎？怎麼沒聽提過！」

「朋友！可真笨。那是大詞人！嘖！朋友！」

「原來是幾個大瓷人啊！罵瓷人有啥關係，值得公子那麼傷心！」

長歌的話把容若逗笑了：「說你笨，可真笨。前兩天教你的詩會背了嗎？」

「不就是四個字一段的那種詩嗎？不稀罕，我早會背了。」

「甚麼四個字一段！那是《詩經》。你就背來聽聽，要是背不出，哼！看老師我不罰你寫字才怪！」

「要是背出來了呢？拿甚麼獎勵？」長歌對他覷著眼笑。

「我知道你心裡想甚麼。行，要真能背出來，就去教你鑑認瓷器。」

「行，一言為定。公子聽著，我可背了：

關關雎鳩，在河之洲，窈窕淑女，君子好逑。
參差荇菜，左右流之，窈窕淑女，寤寐求之。
求之不得，寤寐思服，悠哉悠哉，輾轉反側。
參差荇菜，左右采之，窈窕淑女，琴瑟友之。」

……長歌背了好幾段《周南》。

容若笑道：「嗯，還不錯，挺聰明的。明兒教你鑑認瓷器。」

長歌是老管家桂昌叔的葉赫遠親，因父母雙亡，亦無兄弟姐妹，孤兒一身，便來投奔桂昌。五格兒見他面相忠厚，只比容若小半歲，就叫他伺候容若讀書。他本叫「喘銁」，容若給改名為「長歌」。

長歌原來目不識丁。容若說他身邊不能總跟個文盲，就親教長歌識字讀書，還教畫畫和成套的武功，態度十分認真，擺出老師的架式，異常嚴格，長歌必得勤練。

長歌到納蘭府一年多，已認識六七百字，射箭、耍刀、翻筋斗也來得。但他最著迷的，是跟容若學鑑定藝術瓷器。明珠寬敞堂皇的書房裡，擺了許多宋元時代的藝術瓷器和書畫，白天明珠上朝時，兩人常常溜進去觀賞研究。

容若經常的活動範圍只有兩處：城裡的納蘭府和郊外的桑榆墅，與外人交往的機會不多。長歌雖是他的書僮，其實也是他唯一的朋友，更是他最信任的人，跟別人不能透露的話，對長歌都可放心的說。

容若的確迷戀長短句，亦就是一般所說的「詞」。他讀了李後主又讀李商隱、蘇東坡、柳永、溫庭筠、辛棄疾，還有那個才華勝過鬚眉的女詞人李清照，都是他崇拜、學習的師承和偶像。

容若在默默的書寫自己的長短句。每完成一首，便暗中欣慰，依稀向一個知己吐露了心事。他的心事不少，自涵瑛離去後無人可說，幸好他所愛的長短句容他傾訴。

容若有時會想，如果涵瑛在，準定會給他的長短句譜曲子。

前些時盧家文瑾表姨給額娘的信上，說表姨父教了涵瑛作曲，她已能隨興譜曲了。

不過讓他不解的是，他已給涵瑛寫過數封信，為何渺無回音？難道她把容若忘記了！這個謎團常使他陷入沉思。

11

那天明珠剛進內院，迎面碰到桂昌喜孜孜的：「二爺，有貴客，索爾合老爺帶夫人和小姐來了。在花廳裡說話呢！」

明珠「哦」了一聲，直接就往花廳去，見五格兒正陪著索爾合一家交談。明珠還是初次與堂兄的家眷見面，連忙上前見禮。給堂嫂作揖之後看著她身旁的姑娘道：「我這惠兒姪女很俊呀！」

團團面孔、身裁微顯富態的索爾合妻子道：「長得還齊全。聽她阿瑪說北京的街上熱鬧，店鋪多，宅院比盛京的漂亮，早就鬧著要來看看。這不來了。」

「是啊！索爾合堂哥早就應該帶嫂子、姪女來京玩玩的。」五格兒懷抱才三歲的二女兒阿繡，說得親切。如今她已是一兒兩女的母親。

八歲的阿瑞靠在額娘五格兒的腿上，睜大著眼睛，靜靜的看著惠兒。

惠兒態度大方，也沒有她母親身上的土氣，笑著問阿瑞：「你怎麼盯著眼看我？不認識惠姐姐，是吧？」

阿瑞從容的道：「惠姐姐好看，我喜歡看。」

阿瑞的話把大夥逗笑了。惠兒鮮豔俏嫩的臉上，洋溢著得意的笑容，顯然對自己的容貌有十足的信心。

明珠發現在座獨缺容若，便問五格兒：「容若怎麼不在？」

「到董訥夫子家上課還沒回來。他說董老師教的好，一天都不肯缺課。該也快回來了。」

「他總算遇到服氣的老師了。董訥是進士，很有學問的。」明珠帶點諷意的笑說。給容若請教書先生這回事，不知費了他多少心思。

「聽說容若大姪子有才氣，會寫長短句。那長短句倒是甚麼樣兒啊？也拿出來讓我看看，見識見識。」

跟著索爾合的話，他妻子道：「給你看不也白看！你才認識幾個漢字！其實不用看也想得出，長短句自然像樹枝似的，有長有短嘛！——」

大夥正說著，一個英挺俊秀的華貴少年已出現在門口。

那少年劍眉朗目，靜海般深邃的眼神，一張臉稱得上標緻。修長挺拔的身架子上一襲暗藍色軟緞袍子，神采舉止中有一種難以形容的優雅飄逸。

五格兒道：「容若，快見過堂伯和伯母，這是你惠兒妹妹。」

容若與各人一一施禮。惠兒笑道：「額娘，我這堂哥可真是玉樹臨風，比我那兩個哥哥瀟灑多了。」

索爾合的妻子朝容若打量一遍，點頭笑道：「是不錯。一身貴氣，將來準能給納蘭家光宗耀祖。」

「但願有那一天。」五格兒的口氣裡有掩飾不住的驕傲。

明珠笑道：「總寫那些酸不嘰嘰的長短句，給納蘭家的祖宗是爭不來甚麼光榮的。再說老祖宗也看不懂那玩藝兒。」

容若對這樣的談話已快感到不耐。對惠兒道：「惠妹妹請參觀一下我的書房，新近才佈置好，藏書不少。」

惠兒爽俐的站起身道：「好，我去見識一下容若哥的書房。」

阿瑞跟著叫：「我也要去看哥哥的書房。」

「是哦！阿瑞怎能不去。」惠兒牽起阿瑞的手，一道出去了。

見孩子們都離開，索爾合便正色道：「我這次來北京，要置辦一個宅子。」

「哥哥要在北京落戶？」明珠很覺好奇，看索爾合的表情，似像胸有成竹，做了甚麼重大決定。

「明珠兄弟，你也知道的，哥哥我向來淡泊。」索爾合大大的噓了一口茶，站起身拍拍明珠的肩膀，顯然是要長篇大論：「可人往高處走，水往低處流，也不能就白開水似的過一輩子，至少得為子孫後代想想。」

「堂哥做那麼大的生意，身家萬貫，比起王公大臣也不差。」五格兒打斷索爾合的話。

索爾合擺擺手繼續道：「弟妹，你聽我說。雖然錢財產業比王公大臣不差，可到底不是王公大臣。敞開了說：咱們葉赫納蘭氏是天潢貴胄，總該回到原有的位子上去。」

明珠真的注意起來，心想：他該不是想造反吧！

「我和你嫂子商量過，惠兒都十三了，再過一兩年就要參加選秀，她必得選上。這得明珠弟給運用運用。」索爾合極其認真的。

明珠面現困惑之色，五格兒也不禁懷疑：「一入宮門深似海，連見家人一面都難。惠兒願意嗎？」

「她願意。我們惠兒知道自己長得好，心大著哪！聽他阿瑪形容皇宮的氣派，直說要住進去……」

索爾合待他妻子說完接著說下去：「要進宮就要先到京裡歷練歷練，見見世面。明珠兄弟，你哥哥我雖說是個生意人，可怎麼說也是王族貴冑，總不能白丁當到老。我想你在宮裡給弄個差事。」

索爾合終於說完了他的願望，明珠越聽越奇，但也同時在分析其中的得失和可行性。

索爾合見明珠只望著他而不答話，便有點不悅的道：「假如你現在還只是個侍衛，我就甚麼都不說。可你是兵部尚書，誰都知道我堂弟官運亨通，別人是一步一步往前走，你是張開翅膀往前飛，升遷得太快。可見皇上多器重你，這樣的寵臣，連保薦他堂兄做個小官都不行！」

「你想到哪兒去啦？我哪說不管。」明珠笑容可掬的，「堂兄雖然沒出來做過官，憑多年來的商務經驗，在戶部擔任財政職位絕對夠格。我會想辦法，大不了使點錢。至於惠兒選秀的事，既然兄嫂願意，小弟我豈有不盡力的道理。我在內務府那幾年，上至官員下至太監嬤嬤，關係都弄得不錯，相信可以運用。不過堂兄和嫂子可要嚴守口風。這是後宮的事，大臣干預是犯忌的。」

索爾合夫婦聽得面現喜色，連說絕不會向外吐露半個字：「全靠叔叔栽培。」

「兄嫂要在京裡置宅子是應該的，我明天就叫人給打聽。你們應先買一所住著，將來惠兒入了宮，再造更大的。」明珠答得豪爽。

五格兒一向不在人前與明珠爭辯，今天聽明珠與索爾合夫婦的談話，她並非沒有質疑，只是忍著沒出聲。待回到臥房便發話了：「索爾合堂哥居然千方百計的要送女兒進宮，怕是讓貪鬼迷住了心。你為甚麼要管這種事？如果傳出去人家可以參你。」

「幹嘛把堂兄說得那麼不堪，千方百計要送女兒進宮的父母多得是。」明珠摟著五格兒親暱的道：「五格兒，別把你同床共枕的心上人當成傻蛋，哥哥我自有算盤。」

五格兒一把推開他，含嗔的斜眼瞅著：「不像話，官都做到尚書了，說話還這樣沒正經。你打甚麼算盤？說來聽聽。」

「我的算盤嗎，哼！」明珠立時笑容消失，一臉寒霜。

「索額圖仗著他姪女是皇后，有皇上和太皇太后給撐腰，勢力越來越大，朝中巴結他的人多得是。他把我並不放在眼裡，朝堂之上專跟我作對。認為我沒靠山，出身又有汙點，只好任他打擊，無力反抗。我想他是太不識人了。他有姪女做皇后，我納蘭明珠就沒有姪女做皇妃嗎？」

五格兒恍然大悟的明白過來：「你是走一步後宮的棋。可是我看勝算不大。就算惠兒生了皇子，也永遠沒有當皇后的一天。咱家的底子自己明白，葉赫納蘭加上多爾袞，人見人怕。」

明珠冷笑道：「不當皇后怕也來不及了。你瞧大清國的第一個皇后——跟太祖爺努爾哈赤合葬在一起的高皇后是誰？是咱納蘭家的，我爺爺的親妹子，我納蘭明珠的親祖姑母，大清的開國皇帝皇太極是她生的。這個事實是人人知道的。只有索額圖故做睜眼瞎子，裝著看不見。以為他姪女是皇后，就可以壓我，哼！我怕他沒看清我納蘭明珠是何許人！」

一說起索額圖，明珠便冷言諷語殺氣騰騰的。他想了想，情緒已恢復平靜，又道：「惠兒不當皇后有何關係，董鄂妃對先皇說句話不比皇后還管用！事在人為。我看惠兒聰明伶俐，會討人喜歡。就算退一萬步想吧！有當朝皇親的身分總比沒有強。」

明珠主意已定，鬥志高昂。五格兒看出她嫁的這個男人是龍精虎猛的材料，他想走的棋無人能夠阻擋，便只縱容的笑笑，不再說甚麼。

明珠很快的便將索爾合安插在戶部內，是五品郎中的小官，索爾合已很是滿意，每天收拾得衣帽齊整的去上朝。他從一個前明富商後人的手上，買下東華門附近一個宅院。面積算得寬廣，房舍園林卻荒蕪敗破，於是砸下鉅款澈底整修。一家三口就暫住在納蘭家裡。

容若自從跟董訥讀書，自認各方面學識都有進步。直說董老師教得好，尤其講起詩詞歌賦來，總讓他聽得如癡如醉。所以每個月的十二次課，他一次課都不肯缺，堂妹惠兒來也不請假，只抱歉的道：「惠妹妹，在家時我全陪你。去上課時，你就到我書房裡，要看書還是要畫畫請自便。」

五格兒道：「容若對他惠兒妹妹可真好。平時把他那書房當寶，連我進去都要先囑咐，叫別動他東西。」

惠兒笑道：「我不會總進容若哥的書房。他藏書太多，哪讀得完，我看了都害怕。」

「這就怕啦？我還嫌不夠呢！要添置的書開了幾張單子。」容若有點得意的笑著。對自己的書房，他是又喜愛又驕傲。

這天晚餐桌上，明珠自朝中帶回消息，說盧興祖在兩廣總督任上，因不能屏息盜賊遭革職，上年底鬱鬱病故。此刻他的家屬正送了靈柩從奉天回到北京，暫住客棧裡。

五格兒聽了又氣又驚，放下碗筷道：「文瑾未免太過份，躲我居然躲到這個程度！可恨！」

五格兒打聽了地址，帶了兩個傭人，駿馬快車的直奔那客棧。

分離七八年，文瑾在外表上有明顯的改變。許是身著素服的關係，看著憔悴瘦弱，還有些蒼老。

「總督夫人，我到底甚麼地方對不起你，弄得你要跟我絕交？」五格兒沒好氣的，板著一臉嚴霜。

文瑾對五格兒的突然造訪似乎在意料之中，並無驚乍之色，上前去握住她的雙手陪笑道：「表妹想到哪兒去了。是因為我和孩子們都帶著孝，不便闖到你們家去，才住客棧，原也打算明後天派人給你送信的。」

五格兒緊繃著的臉放柔和了：「你怎麼變得這樣婆婆媽媽。想當年，我們王府裡的那些喪氣事，你也是跟著走過來的。哪還在乎這些。趕快收拾一下，跟我回府去。」

「五格兒表妹，那怎麼使得。」

「怎麼使不得？跟我騎馬去出嫁都使得，此刻去住幾天親戚倒使不得？」

文瑾被堵得啞口無言。這時門外一陣腳步聲，走進幾個年輕人，三男一女，各個看著儀容清俊，聰明持重，特別是那女孩子，甫出現就令人眼前一亮。

五格兒微笑的注視著她，覺得這女孩兒在秀美嫵媚的外表下，蘊藏著一種彷彿不沾煙火似的出塵之氣。顯得她蘭心慧質，靈秀出眾，卻也相對的減少了幾分福厚之相。

「涵瑛給表姨請安。」女孩倒沒因五格兒的注視侷促不安，反而大方的上前行禮。

五格兒拉著涵瑛的手道：「涵瑛已經出落成大姑娘了。聽說你還是個才女，琴棋書畫樣樣精。」

「只不過弄著玩玩，哪裡談得到精。」涵瑛說話不疾不徐，雪白粉嫩的面孔上綻著笑容，並不鋒芒卻流露著自信。

文瑾先補充道：「她爹的那些本領全傳授給他了。」接著又轉向幾個兒子道：「表姨非要接我們到府裡去住，我想不很合適似的。敬堯，你怎麼說？」

「娘和表姨比親姐妹還親，七八年沒見，加上我爹已故去，娘的心裡也不暢快，我和敬舜又得每天出去辦事，也不能陪娘。表姨親切的來接，娘帶著三弟和妹妹，去跟表姨聚幾天談談心有多好。」

溫文爾雅的敬堯，如今是朝廷派在廣東的商務官員。文瑾忙著為他解釋，說他此行是送父親的靈柩回籍，另方面也是回京述職。接著又指著敬舜道：「老二在總兵衙門當差，因為處事公正，名聲很好。這兩兄弟都是幾個孩子的爹了。」

五格兒連誇她有福氣，文瑾嘆了口氣：「興祖也歿了，還談甚麼福氣！」

「別難過了，跟我回去談心吧！」五格兒說著就吩咐下人把行李裝車，回納蘭府。

敬堯、敬舜一起目送四輛馬車離去。行前恭敬的向五格兒解釋：因辦事要進進出出，有時還得會見朋友，住在外面較方便，不過會隨時去給表姨和姨父請安。

涵瑛、敬周兄妹共一輛車，五格兒與文瑾同座。

一上車五格兒便握住文瑾的手道：「瑾表姐，你我自小一塊兒長大，一塊兒從苦水裡蹚過來，姐妹情份深厚，不應受任何影響。」她沉吟了片刻，接著道：「我知道你為甚麼躲著我。不就因為以前那句做兒女親家的話麼。不，你別插嘴，聽我說完。容若的寒疾斷不了根是事實，誰不疼愛自己的女兒。這事以後就別再提了。」

「五格兒，我知道容若是個有天份的好孩子，可我是涵瑛的親娘啊！」文瑾抹著眼淚抽抽搭搭的哭起來。

五格兒連忙安慰：「哭哪門子，我又沒怪你。容若的寒疾也是我的最大心病。」

文瑾擦乾眼淚正色問；「他的病況到底怎樣呢？」

「每年至少犯兩三次。沒病的時候好人一樣，發起病來就看著嚇人，喘得上氣不下氣的。唉！連宮裡的太醫都請來好幾次了，就是沒法子斷根。」說到容若的病，五格兒憂形於色。

「聽說平南王尚可喜向你們提親，想娶涵瑛給他的第四個兒子尚之良？」五格兒突然問。

「興祖是總督，當地的大官都要結交，平南王尚可喜是來往得最多的。他們一家子全喜歡涵瑛，老說要訂下涵瑛做媳婦。興祖總說孩子太小，等等再說。」

「聽說尚之良是平南王最疼愛的么兒。王府貴公子，這姻緣好啊！」五格兒有點酸溜溜的。

「我們倒不在乎他們的王府，主要是那孩子人品不錯，相貌也英挺。涵瑛跟他從小認識。」

五格兒已經不想再聽下去，掀開車簾指著前面：「瞧，到了。還認識嗎？以前是兩扇大門，現在是五扇。」

「當然。官大門也大。這些年我們不斷的聽到明珠妹夫升官的消息，都說皇上器重他，準定會升得更高。」

「更高那倒不敢說，他給朝廷辦事認真，忠心可是真的。現在家裡大小事全歸我管，他只管朝廷的事。」五格兒的口吻中有掩飾不住的驕傲。

天色已暗。車子從園子的後面繞過，只見裡面上百的工人還在影影綽綽中忙碌，文瑾好奇的問：「這兒不是菜園子嗎？怎麼在造房？」

五格兒道：「剛做完花園，還要造幾個別院。你再來京住得更舒服。」

「再來京可不知要哪一年了。再說，依敬堯的意思，要把出租的宅子收回來，他京城、廣東兩頭跑也有個落腳處。」

兩人說著聊著已到正門口。

桂昌妻子帶了幾個青壯男僕等在那兒。見文瑾下車，忙上前攙扶，嘴裡唸叨著：「哎喲！盧大奶奶，多少年沒見啦！可把我們奶奶想壞啦！」

文瑾想起以前沒少受她的氣，但覺值不得去計較，便笑道：「桂昌嬸，七八年了，你可一點沒見老。」

五格兒把盧家三口帶進一個寬敞的院子，問文瑾：「還認識這兒嗎？」

文瑾朝四面環顧，庭院內花木茂盛，有假山和魚池，正對著院門的一大排正房紅柱綠瓦，簷下有迴廊，前面天井地上擺著石頭桌凳。「我以前住那院子好像就在這附近。奇怪，誰住這裡的？怎不記得了呢！」

五格兒笑起來道：「大奶奶，這就是你住的院子，擴大翻修，蓋了這棟新房子而已。」

「把原來我住那三間房給拆了？」

「沒拆，就在後面。可以叫你們那兩個男下人住。這正房七間也夠你們娘仨，帶著丫頭和老媽子住了。」五格兒見一堆下人正往裡面抬行李，又道：「你們是不要梳洗一下？待會廚房會把飯開過來。今兒晚了，明天晌午和大夥見面。我就先回去了，你這是姑奶奶回娘家，我敢不好好招待！」五格兒說笑著去了。

容若臨走時告訴五格兒：不回來吃晚飯。因為董老師過四十壽辰，師母說要舉行家宴來慶祝：「師母說只請她和董老師兩家的親戚，還有我們幾個學生。外人一個都不請。師母要親自下廚做八寶飯呢！」容若挺興奮的說。

「師母做八寶飯叫你樂成這樣？咱家也常做八寶飯，也沒見你吃多少。帶罈酒去當壽禮物吧！——」

「送酒多俗氣！我寫長短句送老師。」不等五格兒說完，容若已經抄起馬鞭子一溜煙的跑了。

容若樂呵呵的回家時已是新月初升。十六歲的少年，三杯壽酒下肚便醺醺然，騎在馬上彷彿騰雲駕霧在空中奔飛。今天過得很有趣，飯後還有「新秋猜謎」遊戲。謎底都跟詩詞典故有關，他居然得了頭籌，獎品是師母給的一個紅包，打開一看竟是女子飾髮用的一枚小小翠翹。這下子大夥可樂了。老師和師母也笑，師母說：「留著將來送你媳婦吧！」

容若感到臉還在發熱。給媳婦！他的媳婦不是瑛表妹麼？可自她去廣東後，這多年都無信息。是忘了容若嗎？兩人生來就相識，在一起那麼相得，玩得那麼好，一個李白，一個白居易，繡花的黑絲線黏在嘴唇上，還教她寫字……。容若不自覺的兀自回想舊日情景，嘴角抿著一抹笑意，已飄飄然的到了家，把馬交給馬倌便往園裡去。

月亮正在上升，脈脈清輝灑向每個角落，夜色中的園子顯得空曠又安詳。若在往常，多感的容若說不定會觸景生情，寫出一首強說愁式的詩詞來。但今天他玩得高興，又喝了點酒，情緒一直在亢奮之中，只顧一手輕輕搖弄著馬鞭，邁著大步往前走。

容若忽然發現東邊的側院裡有燈光，這使他不免好奇，因知改建之後從未有人住過。但接著也就明白了，一定是堂妹惠兒一家從西邊搬了過來，那不是正有兩個女子由湖邊上走來，要進東側院的大門嗎？於是他叫了一聲：「等等我。」就往前去。待走近了，才發現她們並不是惠兒和她的貼身丫頭，而是完全不相識的兩個陌生人。

身量高的穿著白色衫子，長髮束在腦後，頭上戴了一朵白花，她的一身白在夜的幽輝中真是搶眼。聽到容若的聲音，她本能的站住了，轉過臉來冷冷的望著他。容若不由得愣了一下，震撼得移不開眼光。月光之下的她，雪樣的皮膚，水樣的眼神，精巧嬌柔的五官，有驚人之美。

當容若站在那兒發愣的時候，另個女子已上前一步，站在白衣女子的旁邊，做出保護的態度——看穿著打扮，應是侍女。

容若終於明白，她們把他當成莽闖的登徒子了。便一言不發的離去。他剛一轉身，那個侍女模樣的女子，就把院門關上。

經過這一陣突如其來的折騰，容若的興奮和飄飄欲仙的微醺都蕩然無存。代之而來的是沮喪，迷惘，好奇。

這女子是誰呢？那麼年輕，那麼美。他要去問母親。

五格兒和明珠在談家常，見容若道：「今天不是到老師家拜壽，又吃師娘做的八寶飯，樂活得很嗎？怎麼又像掛霜茄子似的，拉個冷臉。」

「額娘，東側院搬來人了，是誰家啊？」

「哦！你還不知道呢！你表姨她們來了。」

「表姨！哪個表姨？」

「還用問嗎？當然是你盧家表姨。」

「額娘是說瑛表妹也來了？」容若從椅子上站起，神情倏的緊張起來。

「是啊！全家都來京了，送她爹的靈柩回籍……」五格兒說了些盧家的情形，最後道：「那幾個孩子我都不認識了。敬堯一派正氣，很有官相。敬周和涵瑛都長大了。日子過得真是快呀！」

明珠把旱煙袋從嘴上拿下：指著容若道：「你們都不再是小孩子了，舉止言行要有分寸。」他抽了幾口煙又道：「你跟董老師學了不少東西吧？不要整天就弄甚麼詩啊詞啊的，那是沒用的東西。要多讀聖賢書，致經濟之學……」

「哦，是——」容若一句也沒聽進去，滿心只想著涵瑛的事。

涵瑛突然來到，給容若的不僅是震撼，更多的是遐想、興奮、不安，和患得患失的複雜情緒。

這一夜，三更已過，他還睜著眼睛，輾轉反側的了無睡意。他想起太多的事，從童年到今晚的尷尬相遇，還有未來……

他也知道涵瑛會長大，但沒想到她長得這麼大，這麼美，模樣這麼動人。瞧她走路的樣子多麼瀟灑自如，優雅得不帶一絲塵俗之氣，其人真是幽淡如詩啊！他估計昔日名滿天下的大才女：謝道韞、李清照、蔡文姬等就是這種氣韻。不同的是她們都沒有涵瑛這般美麗。

她太美了，他斷定所謂的「傾國傾城貌」頂多也就是如此水準。想到這個女人有天將成為他的妻子，他不由得猛的從床上坐起，臉紅心跳，血都沸騰起來……他無法不跟自己生氣，為何那麼魯莽的闖上去！難道眼睛出毛病了嗎？怎會以為涵瑛是惠兒？惠兒身量較矮，也沒那種林下風的韻致。她投過來的眼光多冷啊！一定是生他的氣了，可她知道那個人是他嗎？認出來了嗎？甚麼印象呢？還承認這個容表哥嗎？……

容若心中翻江倒海的尋思了大半夜，仍覺胸中有話要一吐為快，起來寫了一闋〈如夢令〉：

正是轆轤金井。滿砌落花紅冷。驀的一相逢。心事眼波難定。誰省。誰省。從此簟紋燈影。

容若把見不得人的心情寫出來，頓時輕鬆了許多。竟然一覺睡到近午時刻。想起額娘說晌午飯時要大夥見面，他著實焦急，很怕遲到給涵瑛更壞的印象。

「長歌你為甚麼不叫我？晚了怎麼辦！快把那件藏藍色軟緞袍子找出來。」容若又梳又洗的一邊說。

「公子不是交代過：凡不上學的日子，要是夜裡沒睡好，早晨就別叫嗎？」長歌從櫃裡找出藍緞長袍，幫容若往身上穿。

容若穿戴好，對著鏡子照照，自覺很是玉樹臨風、文武兼備的樣子，便鼓著勇氣走出去：還不知涵瑛表妹是甚麼態度呢！

容若一出院門就遇到惠兒。惠兒道：「聽說有客人，不知是誰？我特別來找容哥哥一起去。」

容若說：「見了就知道。」

兩兄妹一起往五格兒那邊去。還沒進月洞門，便看到一對少年男女迎面而來。容若立刻認出：她就是昨晚對他投以冷眼的女子。

窘，是免不了的。

容若正不知該如何應對，想不到涵瑛先開口了：「容表哥，現在我一眼就認出你了，可是昨晚上真沒認出來。抱歉！」

涵瑛微笑著，甜蜜而自然，更多的是坦率。就像童年時兩人在迴廊上奏樂，他吹錯了音，她好言安慰一樣。

涵瑛的態度令容若如釋重負，心情立刻開朗了：「糟就糟在我也沒認出來。瑛表妹，聽說你來，真不敢相信。」

「我到現在還沒認出容若來呢！一個這麼點大的小小子，」敬周用手在腰下的部位比了比：「變成這樣一個大人，比我還高呢！」他的話逗得幾個人直笑。

敬周從一進來眼光就沒離開過惠兒。惠兒卻笑盈盈的到涵瑛面前：「怪不得容哥哥說涵瑛表妹是冰肌玉骨的才女，果然一點也不誇張。你知道我是誰嗎？你要叫我表姐。」她指指自己。

容若見涵瑛有點不解似的，便笑道：「這是我的堂妹納蘭惠兒。小我一歲，你小我兩歲。嗯！你是得叫聲表姐。」

涵瑛笑得挺嫵媚的道：「惠表姐，你像一朵含苞初放的牡丹，豔麗加貴氣。好美。這是我三哥盧敬周。」

敬周帶點靦腆的微微彎腰施禮。

容若對惠兒道：「你今天算是豐收，剛得了個表妹，又認了位表哥，值得慶祝。今兒是十一，天氣這樣好，晚上咱們在園子裡賞月，半個月亮另有情趣。假如每個晚上有月亮，咱們就每個晚上跟她共聚。免得她高處不勝寒，獨吞寂寞。哈哈！」他樂得暈陶陶的，越說興致越高：「別老站在這兒說話，走，吃飯去。吃完到我那兒去。」

惠兒附和道：「對，到容哥哥那邊去，你們看他有多少書！」

整個下午幾個人就在容若的院裡。先到書房看書畫和容若新填的兩闋詞。那詞裱得像名家字畫一樣講究，掛在書房的最顯眼處，容若自覺很是風輕雲淡，有幾分詩人詞家的出塵味道。但他已關照過長歌：若父親過來定要先取下，免又無端的挨罵。

離開書房又到樓上。容若把臨陽台的一間屋佈置成「樂屋」，長桌上擺著古琴，牆上掛著洞簫和幾隻笛子，架上擺著盆景。大夥都讚風雅，容若忍不住眉開眼笑，叫長歌交代下去，在陽台上擺桌茶點，聊天品茶看夕輝日落。

涵瑛總是淺笑盈盈，話並不多，容若依稀的感到她眼角眉梢全是情意。

當晚上他寫了一闕〈落花時〉：

夕陽誰喚下樓梯，一握香荑。回頭忍笑階前立，總無語，也相宜。

箋書直恁無憑據，休說相思。勸伊好向紅窗醉，須莫及，落花時。

容若沒有請示父母，自做主張，抽空子騎馬到董老師處，說有重要親戚由南方來，得請假十天在家盡地主之誼。董訥見容若滿面笑容，清澈的眼眸裡似含情意。便也沒問是甚麼重要親戚，就准了假。

12

納蘭府裡從未如此熱鬧過。容若、涵瑛、惠兒、敬周，聚在一處又玩又說，迴廊上，小湖邊，樹叢深處，容若的書房裡，隨時傳出歡愉的笑聲。

他們換著花樣取樂。時節進入初秋，正是北方舒適天氣。日裡陽光溫煦，入夜碧空不摻絲抹雜雲，一輪清亮的明月溢出淡淡幽光，簫聲伴著琴韻，悠婉的樂聲飄浮在月色融融的夜空裡。

五格兒知道，是容若在吹簫，涵瑛撫琴。她說不出樂曲的名字，但知只有他們倆才有這樣的和諧和默契。

為容若，五格兒真是憂慮重重。她如今已是四個孩子的母親。三個女兒都夠壯實，很少生病，只有唯一的兒子，沒來由的罹患無法斷根的寒疾。難道真是因為祖上遺傳！她本來只為容若的健康憂心，是文瑾的態度提醒了更多的隱憂。

這治不好的痼疾，將影響容若的整個人生，仕途、擇偶，和作為一個男人應有的諸多樂趣。她始終想不通，那麼聰穎俊朗的一個孩子，為何命運竟對之如此嚴酷。看容若和涵瑛那樣相知相融，她的心事越發沉重。多麼希望文瑾看在兩小無猜的情份上，能動惻隱之心，成全兩個孩子的姻緣。

五格兒知道這無非是自己的幻想，涵瑛是文采華麗、美貌出眾的名門閨秀，是文瑾的心上肉，掌中珠，有的是豪門貴公子想攀親，為何要嫁給一個身有痼疾之人。情同姐妹，英王府的養育之恩，兵部尚書的兒子，加在一起也不及女兒的終身幸福重要。可太多情的容若，受得了那麼重的打擊嗎！五格兒無法遏止心中的憂慮，差不多開始後悔請文瑾一家來住。

這晚上晴朗無風，又逢十五月圓，四個人都興致高。容若命廚房烹調幾樣清淡可口的時令菜，找出人家送給他父親的好酒。在花壇邊的空地上，擺了一個中型圓桌，白色織錦桌巾，四套宋瓷杯碗盤碟。

「咱們要對著月亮詠宋詞。吃喝怎能不用宋瓷！咱們今夜暫做古人如何？」容若說著做了個調皮的表情。

自涵瑛走進納蘭府的一刻，容若就像變了個人。看山是山，看水是水，紅花綠樹處處含情，這在他眼裡一向庸俗混濁的塵世，竟忽的燦爛起來。今天日裡的事，使容若一直還在激動之中。多美好啊！涵瑛對他的情意表露得太明顯了。

今天日裡他們坐在柳蔭下的矮凳上，相隔的距離不到半尺，她身上的幽香隨著微風隱隱襲來，兩人的眼光都投在水波蕩漾的湖面上。沒有言語，濃得無法形容的相思和情意，雲霧般把兩人瀰漫在一起，似乎說話已是多餘。

容若拿一枝柳條在地上畫著，涵瑛也拿枝柳條，把幾朵落花和樹葉放在一塊瓦片上搗爛。

「瑛表妹，你在做甚麼？」容若忽然問。

「我在製顏料。我爹教的，說殘花落葉都別丟，作畫好著哪！畫在絹上永不褪色的。」

「是嗎？想不想看我用這柳條蘸你的顏料畫一枝花？你瞧那邊梨樹上花開得多美！」他指著不遠處，幾株綻著一片翻雲滾浪白色花朵的梨樹。

「果然美。沒煙火氣，具出塵之姿。請畫。」

容若拿柳條蘸著搗成泥漿的顏料，在地上畫著。

「怎能畫在泥土上！辜負了你的畫藝，也糟蹋了我的顏料。」涵瑛把衣裙拉拉平整，坐端正了，指著月白色的裙腳道：「畫在這兒吧！」

容若愣了一愣，便一聲不響的，默默畫著。他先有些為涵瑛的大膽而吃驚，但緊接著就懂了：他是她未來的男人啊！就像他早就知道她是他的女人一樣。在她還是一個裹著尿布的小嬰孩，躺在搖籃裡手舞足蹈的時候，他就對她說過：「小寶寶，你要乖，長大接你回家去。」

她端端的坐著，他默默的畫著。星晨日月已經停止運行，生死相許的兩顆心，正強烈的吸引著對方，重疊的黏在一處，融在一起。

日子太美，不由得容若不興奮。

「我知道你會舞劍，容哥哥，你得舞給我們看。」惠兒起鬨的鬧著。

涵瑛也帶點頑皮的笑道：「何只舞劍，十八般武藝哪樣不通！小時候我就看過他練武。神得很呢！」

「容表弟，兩位女將都發話了，看樣子你不亮一亮是不行了。」向來話少的敬周跟著湊趣。

「舞劍，亮一亮？好主意，哈哈！那誰來吹簫，陪瑛表妹演奏她新譜的〈臨江仙〉呢！」容若意氣風發的，壓根兒沒想推辭。

敬周道：「愚兄我可以免強湊合。當時為了我這個嬌生慣養的妹妹，爹硬逼著我學吹笛子陪她玩。不一定吹簫吧？我可以用笛子伴奏。」

「好。逃不脫了，遵命獻醜。你們等等，我去拿劍和笛子。」

容若快步進去，不一會就興致勃勃的回來。

他換了上下一身白綢功夫裝，腰繫一條紅色寬帶。在月光和旁邊樹梢上掛著的燈籠的映照下，他越發的顯得俊秀飄灑。

涵瑛坐在琴桌前，迷惘的看著容若，啞無一言。直到敬周吹起笛子，她便低下頭，用她纖柔的手指，專心傾情的撫弄起琴弦。

這是她為北宋最著名的詞人，南唐後主李煜的〈臨江仙〉所譜的曲子。譜曲是她除了撫琴、作畫、剪紙、刺繡之外的最專精的興趣。幾年來已譜了二十餘首，其中有七八首，是為容若所寫的長短句譜的。此刻她全神投入，嫻熟的撥弄著弦子。樂聲悠揚中，容若已揮劍起舞，一邊吟唱：

春花秋月何時了？往事知多少！小樓昨夜又東風，故國不堪回首月明中。
雕欄玉砌應猶在。只是朱顏改。問君能有幾多愁？恰似一江春水向東流。

明月當空，悠悠清輝下樹影綽綽。

花香，酒氣，樂音，劍光，韻致諧美的少年舞劍人，交融成一幅用空靈之筆繪製，不帶一絲塵俗匠痕的絕美圖畫。容若自在神怡的沉醉其中，迴轉起伏，騰空一躍，劍鋒與月光輝映，樂聲漸緩漸弱，劍與人也靜止下來。

沒有誰鼓掌，只有整個身心的感動。容若提著劍站在涵瑛面前，涵瑛從琴盤上抬起頭，正好交會到他深情的目光。他們只淡淡微笑著，不須言語，因知已將整個的心交了出去。

容若與涵瑛隔桌相對，惠兒面向敬周，月光燭影中的夜色仍是朦朧，遮掩了少年男女慣有的矜持和羞澀。

淺酌之間，他們的眼光沒有逃避和隱藏，坦然與柔情的後面，有掩飾不住的放肆，甚至狂野。

容若首先發話：「希望世上有不散的宴席，這月明風清的良宵好夜長存，我們就永遠的坐下去。」

惠兒道：「容哥哥確是才子，話裡總有詩意。」她見涵瑛默不做聲，便問：「瑛表妹，你怎不說話？」

「我在聽。」

「聽？聽甚麼？周圍靜悄悄的。」

「聽音樂啊！秋天了，小蟲子都知道苦日子已來，聲音裡有多少憂慮哦！」

「是嗎？」惠兒側著耳朵聽了一會，搖搖頭：「是有蟲子在叫。可不過是蟲子叫罷了。」

容若道：「惠妹妹，風吹草動，萬籟寂寂，蟲蛙長鳴，是天地間最原始的音樂。不過這要靜靜的，全神貫注的用心去聽才能聽到。」

惠兒噗嗤一聲笑了：「你們二位的話太玄了。我可不要聽甚麼蟲啊草啊的音樂，我情願聽你們兩個琴瑟和鳴。」

容若知道惠兒不懂「琴瑟和鳴」的典故，但這四個字更加深他美好的幻夢。他想：涵瑛睡在搖籃裡時，便朝著他笑，童年玩在一起，如今兩情相悅，兩家的母親又感情深厚，無論從哪方面講，他和涵瑛有天「琴瑟和鳴」都是順理成章的事。令他感到不解的是：為何此刻涵瑛的表情那麼黯然，甚至有些悽惶。

昨天在書房裡，給她看他保存的童年玩物時，她也是同樣的表情。他問她可曾收到過他的信？她答說從未收到：「恐永遠不會收到。」叫他不要再寫。為此他很是困惑，想問原因又擔心太唐突。

「我同意容表弟那句話：讓我們在這兒永遠坐下去。」敬周微笑著說。他保持一向凡事往亮處想的習慣，對把惠兒娶進家門極具信心：以他的條件與門第，託五格兒表姨跟她父母去說，應不致被拒絕。敬周想著忍不住向惠兒深情的望過去。

兩個女孩倒是各懷心事。惠兒已在自問：選擇進宮享受榮華富貴，究竟是對還是錯？心中依稀的有些茫然之感。

來到納蘭府的第一天，涵瑛便受到母親的警告：「和容若不可走得太近。你們都不是小孩子了。咱們是知書達禮的人家，你是兩廣總督家的大小姐，行為要謹慎。」

「娘，我一向有甚麼不當行為嗎？」

「一向倒是沒有。可現在我擔心。明白告訴你：容若和你一輩子都只能是表兄妹，這個關係是永遠變不了的。」

「本來就沒變嘛！我知道該怎樣對人對己，娘就別操心吧！」

涵瑛確實看出與容若間的隱憂，將來如何是個了！對著皎皎明月，她不由心事如山重。

月洞門口出現一盞紅燈籠。定睛望去，原來是身著官服的明珠來了，前面一個扈從打著燈籠引路。四個人忙站起施禮，敬周道：「表姨父真是辛苦，這麼晚才回家。」

「這幾天朝裡忙一點。」明珠打量了一遍桌面，再抬眼看看容若，含笑的道：「很會玩啊！好！你們繼續玩。」

明珠說著剛要離去，文瑾的貼身女僕就來了。她周到的先跟每個人請安問候，隨後對涵瑛道：「小姐，秋天夜寒。夫人怕你受涼，叫你回去早點歇著。」

「知道了，你跟我娘說，我這就跟三哥回去。」

「夫人是要小姐隨我一起回去。」

涵瑛窘得臉在發熱，覺得母親看得她太緊，對容若也太缺乏長輩的慈祥，心裡著實不悅。但她甚麼也沒說，給明珠請過安再向大家告別，便跟那女僕出了月洞門。

敬周歉意的笑道：「想是家母有事要找妹妹。」

「天已不早，你們月也賞了，我看可以散了。」明珠說完就轉身離去。

惠兒道：「那咱們就散了吧！明天還要去西山看紅葉呢！」

明珠一進屋，五格兒已笑咪咪的迎上來，先接過頂戴，再替他解朝服的鈕扣：「瞧把你累的。八成是朝中又有大事，不然咱們尚書老爺哪會一臉寒霜。餓吧？想吃點甚麼？」

明珠搖搖頭，靠在軟椅上嘆了口氣：「容若是越來越瀟灑啦！飲酒賞月也罷了，居然把我收藏的宋瓷拿來使用。也忒貴氣了，我活了快四十年，還沒享過著這種福。」

「喲！原來是看兒子會享福，嫉妒了。」

「我說五格兒，你老護著兒子，要是他們把我的宋瓷給摔碎可怎麼辦？」

「明珠，我正想告訴你：容若都快十六歲了，從小到大，他還是第一次這麼歡暢順心。你瞧他這幾天精神多好，一點也看不出是有病的人。依我看他的病是由心起。那孩子太聰明，心眼細，又忒重情。跟盧家那丫頭自小在一起，他的一顆心就在人家身上。涵瑛也鍾情他，可是文瑾嫌容若有病，百般阻撓。我請他們來住，用心良苦。」

「你是為了讓他們接近？」

「不全是。以我與文瑾的感情，當然要請她來家。可是也希望她能動動惻隱之心，看在兩個孩子青梅竹馬的份上，成全他們。」

「我看很難啊！……」明珠表情沉重，把剛才文瑾打發傭人來接涵瑛的事形容了一遍。

「你也瞧見了，咱們兒子的處境多慘啊！一顆心全給了人家，人家不要。我都不敢想，要是容若知道這事沒希望，怎麼受得了。只要他能高興，病能好，就是把園子捐了我也情願，你還在乎那些瓷器！」

「唉，唉！」明珠和五格兒齊聲嘆息。

容若近日來過得確實滿意。平常他總是把自己關在書房裡，閱讀，寫作，繪畫，間或練武，吹簫。可算沒甚麼朋友，似乎生來就沒跟寂寞離開過。

明珠請過幾位王公大臣的子弟來家，希望他能在其中尋到友誼，結果是徒勞無功，那些公子哥兒所談的他插不上嘴，他說的他們壓根兒不懂，友誼無從建立。

惠兒來後，跟他學畫，偶爾一同出遊，兄妹每日相聚，可惜談話的範圍太有限。容若讀的那些書，認為十分重要的文學和史學巨著，以及他最醉心的唐詩宋詞，特別是他愛得如癡如狂的詞，他所崇拜的大詞人南唐後主李煜、李商隱、晏殊、柳永、女詞人李清照、花間派溫庭筠等等，她都僅是一知半解，甚至全然不知。

這使容若深深的悟出，寂寞與否並非因為身旁可有人相伴，而是那個人與你能達到多少相知和瞭解，涵瑛來到後使他體會得更深。

涵瑛不作詩也不填詞，但她是個高明的欣賞者，對詩詞的常識極為豐富，讀過的書也多，又會譜曲撫琴，兩人一吹一撫樂聲悠揚時，是他覺得日子最為幸福充實的一刻。

不過他心裡明白，涵瑛於他絕非僅是興趣相投，也不是因為她貌美或風儀出眾。他說不明具體的理由，只知她是他唯一想愛的女孩，他的今生來世都不能沒有她。這個他深愛著的女子，彷彿心裡也有他。兩人雖從未明朗的透露過心中祕密，相互的深情其實早是想掩都掩不住了。

他在董老師家猜燈謎拔了頭彩，贏得的那個女人插在髮上的小小翠翹，令他只覺尷尬，跟母親都沒提，但昨天把它送給涵瑛，她一句話沒說便收下了。到底是何意思呢？當信物嗎？他的腦子裝滿了這些問題。

容若越想越是愉悅，抬眼看看天，只見藍澄澄的天空上沒有一絲雜雲，真箇是秋高氣爽的好天氣，最是適合郊遊。

他們計劃今天去西山看楓樹，四人中只有涵瑛不善騎馬，他已給準備了馬車，並叫惠兒陪坐。惠兒的馬術精湛，本想到郊外馳騁一番的，直對容若抗議：「你自己騎馬倒派我坐車？」

「瑛表妹騎馬太危險，一個人坐車多沒趣。」

「那你不正好去陪著。」

「你是不是犯糊塗！我怎麼好去陪。」

惠兒笑道：「好啦！聽你的就是了，誰讓我攤上一個多情的哥哥。」

容若想著走著，臉上忍住一抹微笑，腳步更輕快起來。

容若進入跨院他便直奔正房。預備先給文瑾表姨請過安，說幾句話，再去叫涵瑛準備動身。房門虛掩著，容若剛要去敲，卻聽到裡面傳出聲音：「昨晚上要不是著人去叫，你不定哪個時辰回來。我本有話要跟你說，你居然進屋就熄燈睡覺，躲著我。今天又要到城外看甚麼楓樹，每天膩在一起，瘋瘋癲癲到處亂跑。你平日也不是這個樣子的，現在可是怎麼啦！還像個大家閨秀嗎？忘記我跟你說的話嗎？再告訴你一遍：你和容若永遠是表兄妹，別的談不到。」

「我們本來就是表兄妹。娘要做甚麼？」

「我要保護自己的女兒，不想她一輩子受苦。」

「娘的話更讓我不懂了。和表哥一起弄弄音樂，談談詩文，偶爾出去走走，就一輩子受苦？」

「別用這種話來騙我，你娘並不傻。當我看不出嗎？你們倆心裡有情。告訴你，別做夢，快斷了念頭。你哥事也辦完了，咱們後天就回廣東，一了百了。」

文瑾和涵瑛的母女對話，容若聽得清楚，沮喪之餘更多的是驚乍。文瑾表姨一向是誇讚他的，自小便說他俊逸脫俗有才氣，多次說要把涵瑛嫁給他，即使只是說笑話，也不至於反對到這個程度。他捫心自問，這些年表現得並不壞。正當做人，努力讀書，隨興所寫的詞作受到肯定。到底做錯了甚麼？此刻他才明白為何涵瑛叫他不要再寫信：「永遠收不到。」原來是文瑾表姨在阻撓。

容若終於看出與涵瑛之間的情，前途是一片灰茫茫。

「容表哥為人心地慈悲，能文能武，才氣縱橫。他到底哪一點不好？惹得娘這樣討厭？」容若正要轉身離去，忽然聽到涵瑛不悅的聲音。

「他身體不好。從小就有寒疾，是無藥可治也不能斷根的病。他祖父和伯父都是三十多歲，突然就倒在地上死了。我看他們家有病史。」文瑾停了一停又道：「真後悔來他們家，上了五格兒的當。」

「娘，話不能這麼說，表姨對你恩重如山。」

「恩重如山也不能用我女兒的終身做報答——誰嫁給容若都會做寡婦……」

容若頓覺天旋地轉，胸口像被一塊巨石壓住般，沉重得無法喘息。他步履踉蹌的走出院子，靠在一棵樹上，望著廣闊的藍天，覺得自己正在縮小，像一粒塵埃般逐漸消失。

甚麼「飄逸俊秀的貴公子」，甚麼「才華橫溢必成大器」！全是虛浮空洞的欺騙語言。至今他才看清自己，原來是一個隨時會「倒在地上死了」不知有無明天的廢人。

這樣的人還要跟人家談甚麼終身幸福，何等荒謬！難道真相信像湯顯祖的《牡丹亭》裡，杜麗娘和柳夢梅那樣，生可以死、死可以生的超越人間生死的情緣？那終究是戲劇啊！而且，即使是真有也不應該要：愛一個人是要給她幸福，不是讓她受苦。他不該也不能那麼自私。想到這裡，他突然覺得一股巨大的力量迎面襲來，掏空了他軀殼裡的一切，唯留下一顆淌血的心。

容若從來最痛恨背後議論人，或偷聽人家的私話，認為那是無知的粗鄙行為。可他自身卻做了竊聽者。為此他不免稍感慚愧，但隨即便釋懷了。要不是聽到文瑾表姨的話，怎能把整個事情看得如此清楚！他不怪罪更不恨表姨，反而感激她點醒了自己。

當晚上容若寒疾復發，像以前每次一樣，關閉窗門，兩隻火爐上燒著熱水，滿屋霧氣瀰漫，藥味沖鼻。

容若靠在榻上氣喘吁吁，像隻受傷的困獸，痛苦而無力的強忍著折磨。

他聽到母親和文瑾在外間談他的病情，立即嚴肅吩咐下去，拒絕任何人走進他的屋子。

13

一年的時間不算很長，圍繞著納蘭家裡裡外外的變化卻是不小。

首先是惠兒中選入宮，索爾合夫婦和惠兒本身都覺合了心願。他們的園子也已修好，裡面奇花異卉，雕欄玉砌，極盡豪華之能事，一家人歡歡喜喜的搬了進去，過著一向嚮往的，皇親式的日子。

足足二十年沒見五格兒的太皇太后，忽然召見明珠，命他告訴五格兒去宮裡一趟：「娘倆多少年沒見啦！也怪想的。叫她來看看我！」

明珠絲毫不敢怠慢，回來把原話一字不漏的轉述。

五格兒聽了無興奮之色，反而嘲意的淡笑道：「勞她老人想起我可不容易。看樣子我現在是真沒危險性啦！她是我伯母又是堂姨，就任她兒子把我們折騰得家破人亡。小時候那麼疼我，想求求她給說句話，連門都不讓我進。那會兒既然不見，現在又何必見。」

「當時她不見你，是礙於情勢，再說咱們也不能跟朝廷賭氣。她說想你無論是真是假，總是給面子。你就去一趟吧！」明珠溫言好語的勸說。

五格兒高車駟馬盛裝進宮。以前的家，東華門大街的英王府就在皇城裡，聽說已改成甚麼光祿寺。她也不想去憑弔，二十年來別說沒踏入宮牆一步，就連看一眼也不曾有。如今馬車的輪子咕轆轆的走過皇宮的石板路，彷彿輾在她的心上。多少悲歡往事，懶於去想，竟已淚眼模糊。

五格兒跪地請安時，太皇太后親手將她扶起：「五格兒啊！咱娘倆總算又見面了。你可別怪伯母無情，我也是沒辦法，凡事都要顧大局。再說我也知道你跟著明珠，日子過得興旺，也就放心了。想當初還是我給你們撮成的呢！」

「謝太皇太后的成全。明珠有情有義，跟他做夫妻是奴才的福氣。」

「說是你們都四個孩子了？還聽說你們有個小子才高八斗，他寫的長短句特別好，文名都傳到江南去了。」

「謝老祖宗誇獎。我們一個兒子，三個閨女，老大是男孩，愛看書也愛動筆寫，剛入太學。」

「唉！時間過得快啊！那時候，你才多大啊！你十四叔頂疼你，他們兄弟三個常帶著你到我那兒。現在你都兒女成群了！」太皇太后的笑容溫柔，像在回憶甚麼美好的樂事。

五格兒不溫不火的，跟她一同回憶著二三十年前的往事，言詞含蓄而謹慎，態度不冷不熱的。辭別時太皇太后拉著她的手道：「五格兒，常到宮裡走走，陪伯母聊天。」

五格兒回到家，明珠忙打聽都說了甚麼？態度可親熱？

五格兒道：「她熱我不熱。我看她是想我十四叔了。人老了，也許回頭想想，這輩子真對她好的人還是我十四叔。外頭都傳說她跟我十四叔有情，那時我不懂，現在看來是真的。唉！一個情字能鎔鐵斷金，再剛強的人也逃不了。」

談到情字，明珠和五格兒心中不約而同的沉重起來。容若為情所傷所苦，做父母的看在眼裡痛在心中卻無法相助。

文瑾一家走後，容若的病續持了整個月，曾因喘不上氣一度危急，是歷來最嚴重的一次。

經過這次的事，明珠是既感慨又焦急。他想自己如今是武英殿大學士兼禮部尚書，還外加太子太傅、太師之類的一串頭銜。已成為權大位極的重臣，皇上凡事要跟他商量，同朝為臣的大小官員總稱他一聲「明相」，真可稱為權傾一時，享盡世間榮耀。他的財產亦在快速增加，除了城裡的納蘭府，西郊的桑榆墅，在上莊的封地上，另一個更大的花園，和幾間豪華別墅也接近完成。他看來真是財勢強勁，呼風喚雨，彷彿世間沒有辦不成的事。可實際上，他的兒子被嫌棄、拒絕、傷害得幾乎死去。

他為此憤怒不平，更多的是憂慮：「世間女子多得是，我就不信找不著比盧家那丫頭更標緻、更聰明靈慧的姑娘。憑我納蘭明珠的財勢聲望，別說我才華蓋世貌比潘安的兒子有點病，就算他是個傻子、瘸子、瞎子，想把姑娘嫁過來的也多得是。我一定給他找一門比盧家強十倍的親事。」

「明珠，你不是不懂，是急糊塗了。少年男女的真情是財勢利害影響得了的嗎？你回想一下，當年我十四叔被鞭屍，阿瑪被賜死，全家削為庶民，人人看我們比洪水猛獸更可怕，為甚麼你不顧一切的非要娶我？難道憑你明珠找不到更好的老婆麼？」

明珠無語了。是的，情的威力太大，足以主宰人的悲歡生死，對此他有足夠的經驗。他的幸運是有個疼他的哥哥，在危難的絕境中助他如願，可他才華橫溢的兒子並沒這份幸運：「容若的情況的確讓我急糊塗了。你瞧，他把心掏給人家，人家也不要。咱們做爹娘的除了著急還能怎樣！」

明珠的話正觸動五格兒心中的隱憂。眼看著兒子在情殤的折磨中憔悴消瘦，卻無能相助，怎不讓人愁怨。明珠想著又道：「我看，不要再提感情問題，要幫助他把心轉到念書、考功名上去。送他入太學。」

「倒是好主意。在太學裡可以交些朋友，慢慢的也許就把這事淡忘了。不過新學年早已開始，半中間插進去合適嗎？」

「有甚麼合適不合適，別忘了他是誰的兒子。」

夫妻倆商量過，明珠次日便去見國子監祭酒徐元文。說明來意後，徐元文一口應允：「納蘭公子的才名我聽過。教一堆秉賦平平的學生，不如教一個有才氣的學生。容若明日開始上學。」

當明珠告訴容若進太學的事，他大病初癒的蒼白面孔上露出難得的笑容。

涵瑛離去不久，董老師因母親在原籍過世，回鄉丁憂，也離開了他。容若感到空前的孤獨、傷痛，憂鬱得像沉在看不到一點希望的死水塘裡。

涵瑛走後臥病在床的一個月裡，容若唯一認真做的一件事，是設法讓自己從悲情中走出。思緒中那些讓人心顫的似水柔情、令人斷腸的生死訣別，像一堆亂絲般纏牢了他，連看書都不能專心，想掙扎脫困竟是難如登天。

涵瑛離去的那個清晨，她不顧他的拒絕和她母親的禁止，便那麼兀自推開門朝他走來。

「容表哥，我有重要的話要跟你說，必得來見你。」她站在床前，淚光依依的眸子溫柔的看著他。

「也許我們說過的話都很重要，足夠回味一生，可是必須把他們都埋在記憶裡，否則你我都活不好。瑛表妹，回到廣東靜下心來好好過日子。你也不小了，在提親的人裡選個中意的夫婿，將來有了兒女，家庭生活和美，孩子時候的事也就淡忘了。」容若有氣無力的，總帶有些許憂鬱的面龐雖微笑著，卻掩飾不住洞澈塵世滄桑後的絕望與悲涼。

他淒迷的眼光凝視著她愁怨的臉，看得很專注，因知這是訣別，此後不會再有相見的一天。

「容表哥，這樣庸俗的話是你說出的嗎？這多不像你啊！你不要因為我娘的話就灰心，我沒那麼聽話。表哥，我們要有耐心，要信自己。你的病會好起來的。容表哥啊！你的病不是真病，是心病。你心氣太高，周圍的人跟不上，你缺知音，心裡孤寂，鬱悶，不開展。有天我們在一起就會好的。」

涵瑛的話聽得容若全心震盪，忍著淚道：「瑛表妹，你確是我的知己。可我是真有病，譬如你若昨天來，我喘得連話都說不出。表姨說得沒錯，誰嫁給我都會守寡，我不能害人……」他終至語不成聲。

涵瑛忽然用雙手合扣著他一隻手，哀泣著道：「那不是真的。容表哥，你一定會好起來的。我——」

「涵瑛，車都裝好了，就等你一個人。」文瑾在門外頻頻呼喚。

涵瑛終於走了，帶走了容若全部的情和夢。

14

病榻上的容若讀了佛經又讀程朱理學，想訓練自己以理智扼制泛情，無奈心痛仍如海潮起伏，活得有氣無力。慧劍斬情絲，談何容易！

滿腹心事向誰說！唯有付諸筆墨：

〈虞美人〉

黃昏又聽城頭角，病起心情惡。藥爐初沸短檠青，無那殘香半縷惱多情。

多情自古原多病，清鏡憐清影。一聲彈指淚如絲，央及東風休遣玉人知。

他正煩惱於磨人的情困，父親忽然告訴他明天去國子監上太學。他像行走在沙漠中的旅人獲得一杓水般，感到些許新生的希望。

國子監祭酒為徐元文——只這名字就讓容若拜服。號稱「崑山三徐」的徐氏三兄弟：徐乾學、徐秉義、徐元文各個滿腹才華，都是進士前三名，在朝廷任高官。容若讀過他們的文章，特別是大哥徐乾學，感到由衷佩服。如今要做他三弟的學生，已覺滿足，還會認識些同學朋友，生活將整個改觀，而這正是他所需要的。他是多麼渴望藉著新環境的力量，從痛苦中掙扎出來。

容若上太學，是納蘭家此時此刻最大的事。明珠恂恂囑咐兒子，特別強調他的新生命已經開始，從現在起將參加科舉考試，走入仕途，前程不可限量：「一些兒女情長之類的區區小事，就別放在心上了。」

容若沉默著連連點頭，騎上馬直往成賢街的國子監去。

徐元文對容若一見就賞識，給他的指導比對別的學生更細心。容若把十幾年來讀過的經史子集的心得，一一向老師討教，徐元文亦不厭的盡心指點。

容若原本就欣賞大漢文化，現在幾乎到了崇拜的程度。

最讓他安慰的是，一去就交了兩個好朋友，韓菼和張純修。

容若是太學裡年紀最幼的一個，同學們都二十出頭，三十多歲的也有，譬如韓菼，就已年過三十。韓菼一見容若便讚美聰明俊秀，稱他為「小兄弟」。容若曾讀過韓菼一篇文章，覺得古雅精深。兩人彼此很是欣賞。

談起天來，才知韓菼來自江蘇長洲的書香門戶，因家道清貧，沒出外求學，一直跟著父親在家讀書：「一個男人，不能總待在家鄉，應到京裡來闖一闖。我想參加科考，不然沒出路。」韓菼推心置腹的，又問：「你也要考吧？」

容若道：「要的，也是要找出路，給我的心找出路。」

張純修字叫見陽，畫得一手好畫，對古代文物有研究，與容若一談起來就沒完，兩人十分相得。其實張純修的父親張滋德，官也做得不小，曾任山西和河南巡撫，就死在河南巡撫任上。因是清官，除了在西山有一個自住的莊園，沒留下甚麼家業。

張純修在學中很是節儉，屬於寒素的一群，跟權貴子弟向少來往，只與容若是例外。但他總呼容若為「公子」，自稱「奴才」，弄得容若一頭煙霧，忙問為何如此？張純修道：「奴才的先祖世居遼陽，是正白旗包衣管領下的人。公子你是太祖皇帝孝慈高皇后的直系後代，純修不是奴才是甚麼？」

「你好不迂腐！是甚麼？是朋友。你張純修就是我納蘭容若最愛重的朋友，我們之間不講門第，要平等相處。」容若拍拍張純修的肩膀又道：「你瞧咱們學裡那幾個名門公子，腦袋瓜兒空空，人也浮躁惹厭，我才懶得搭理。」

容若把張純修帶回家去，跟父母說：「我交了個好朋友。」

明珠和五格兒見張純修為人儒雅，氣質正派，而容若已逐漸走出悲情，很是欣慰。五格兒硬留張純修吃飯，餐桌上談起來，明珠才知他父親是張滋德。雖是包衣奴才出身，也是做官人家，門第不算很差，便更嘉許。對容若道：「瞧純修不過大你幾歲，為人就這樣老成持重。你要學著點。」

容若見父母如此喜歡張純修，越發高興，索性要跟張純修結為異性兄弟。兩人還真格鄭重其事的到關帝廟去上香叩頭。從此以後容若就稱張純修為「兄長」。

張純修大受感動，肝膽相照，忙把自己的童年好友，背景與他相同，也是正白旗包衣出身的曹寅介紹給容若。曹寅字子清，對詩詞極有興趣。加上韓菼，四個人常聚在一起談文論藝。韓菼是老大哥，讀書最是用功，悟性也高，為人又正直誠懇，大夥很聽他的。

不單有了好老師，又一口氣交了三位好友，眉眼間總凝著一抹似有似無的憂鬱的容若，心情好了許多，平靜的過了一年太學生活。

虛稱十八歲的容若要試試科考了。順天府鄉試他初試鋒芒，考中了舉人，主考官正是他所崇拜的「三徐」中的大哥徐乾學。

試後的主考官餐宴招待中榜學子，是這群終日埋首於書房苦讀的年輕人的大事，各個興奮的盛裝赴會。

容若是其中年紀最少、儀表最出眾、氣質亦最脫俗的一個，徐乾學一眼便注意到他：「你叫甚麼名字？」

「稟報老師：叫納蘭成德，字容若。」

「唔。」徐乾學清瘦的臉上有欣愉之色，心想果然不出所料，除了納蘭容若誰會如此的秀朗拔俗！三弟徐元文在閒談時已推許過多次了：「你文章寫得滿好的。」

容若聽了徐乾學的話面露笑容，勇氣也大增：「謝謝老師的誇講。容若在當代學者裡，最佩服的就是老師。我可以到老師府上去請教嗎？」

徐乾學想了想道：「可以，你明天下午來吧！」

次日午後容若連長歌也沒帶，就獨自騎馬去徐家。

容若隨著傭人穿過一排竹林，看到一棟外觀古樸的兩層樓，門上的橫匾上寫著「傳是樓」是徐乾學的書房，徐乾學已等在裡面。

待進了屋，容若不由得吃了一驚：這書房怎會如此寬闊、敞亮，連屋頂也比一般房子高。四壁全是工料精美的木質架子，上面的書擺得整齊而美觀。屋角一張大書桌，旁邊的牆上掛著字畫，不遠處是一組高腳茶几和太師椅，徐乾學正坐在那兒微笑的看著他。

容若恭敬的施過禮：「老師的書房太棒了，藏書也真豐富。好讓人羨慕。」

「藏書？你還沒看到我的藏書呢！跟我來。」

徐乾學一揮手，容若連忙跟上，走進另個屋角上的一個門。

「哦，全是書！」容若脫口而出。

跟著徐乾學繼續往前去，再走進一個門，也是一排排的書。屋子正中有個樓梯，容若跟著上去。

「啊！太好了！老師收藏了這樣多的書，怎麼讀得完啊！」容若望著那擺滿書架的大通間，且驚且嘆。

徐乾學得意的摸著下巴上的山羊鬍子，在書架之間慢慢踱著：「我唯一的嗜好就是藏書。這是在京裡的『傳是樓』，崑山老家的『傳是樓』比這個還大呢！讀書人理應讀遍萬卷書。要真做到卻不容易，到如今，我也不敢說每本都讀過。」

「無論如何，老師是讀遍萬卷書的人。可老師一直任官職，至今是內閣學士、禮部侍郎，每天那麼忙，還有時間看書？」

他們已回到樓下的書房，徐乾學坐在書桌前舒適的椅子上，容若坐在一頭。

「苦的就是沒有時間讀書啊！讀書要早，一入官場就沒有多少時間碰書了。你都念過些甚麼書？說給我聽聽。」

「書倒是讀過不少，從周易、孔孟、老子到唐詩宋詞元曲漢文章，都有興趣。經史子集確是讀了不少，可都是一知半解。」

「讀書固然要廣，更要精、深。做不到這一步，這書就不能與你合為一體。無論讀了多少，書仍是書，你仍是你，無異紙上談兵。書中真意並未進入到你的人格裡。而且，即便是聖賢書，也不見得句句是對，要夠精夠深，才有能力做到慎思明辨……」徐乾學悠悠然、神情愉悅的不疾不徐，像跟老朋友聊天一般的，用他南方口音的北京話說。

容若聽得神往而思緒澎湃，心中的激越幾乎難以控制：「這樣一位名滿天下的大學問家，竟沒一絲驕橫之氣，也沒一般甚麼大儒之輩的迂腐言論。對一個晚生後輩，如此的和藹、友善、有耐心。多難得呀！」他感動已極，先是靜靜的聆聽，後來間或插嘴問幾句，待陌生感全然消失，知己之感越談越濃，容若便不自覺的也滔滔說起來。說他看哪本書、哪個大家著作的心得，發揮了不少自己的意見。

徐乾學非但沒有怪他輕狂大言，反而讚他年少而具深刻的思考力，肯定他是一個有能力做學問的人。

容若受到鼓勵益發意趣昂揚，兩人談個不休，已近掌燈時分，容若望著窗外已漸浮上的暮色，悶悶的道：「對詩詞十分喜愛，特別是大夥都習慣於叫長短句的詞。從十一二歲就試著寫詞。可是總是受到菲薄，我父親和以前的王師傅、劉師傅都說是風花雪月，非文章正道，甚至認為是不務正業，常使我感到苦惱。老師怎麼看，我寫詞對不對呢？」

徐乾學的眼光在容若憂鬱的臉上停了片刻，溫和的道：「詩詞是有別於經史子集之外的另一種文體。用最精潔、婉約、諧美的文字，在固定的格式裡，表現內心裡最深的情和志。有何不對？」

容若感動得沉吟了片刻，當即道：：「老師的話化解了我的疑惑。我有個請求，糟的是有點難以啟齒。」

「有甚麼好難啟齒的，你講。」

容若起身跪在地上：「我想做老師的私淑弟子，請老師收我。」

徐乾學將他扶起：「你不僅有才氣，悟性高，心思品行也純良。我生平教過不少弟子。對你，我是願意收的。不過你應該先稟明你父親。我與明相同朝為官，是他下屬，收他兒子為私家門徒，總要他點頭才成。」

「好的，我回去就稟報家父。」

師徒二人談個沒完，徐乾學命傭人將晚餐開在書房裡，仍邊吃邊說。容若告辭時天已黑透。

騎馬走過幽暗的街市，容若仰望著剛升起的月牙兒，鬱暗的心頭展現一片光輝敞亮。

納蘭府裡正亂成一團，容若午餐後就隻身外出，沒告訴任何人去處，月亮都露出臉來仍不見他返家，明珠派人到國子監去找，裡面人已走光。管事的說納蘭容若今天根本沒來上學。

明珠和五格兒越發著急，桂昌指著長歌罵道：「你不是一頭蠢驢吧？怎麼越活越回去。公子出去你不跟著，躲在家裡養神啊！」

「公子不讓跟著嘛！」長歌急得苦著臉。

桂昌抬手就是一巴掌：「不讓跟就不跟嗎？你不會悄悄的尾隨嗎？」

「我哪敢！公子最恨陰著做怪。」

紛亂吵叫之間，只見容若面帶悅色的進來，馬鞭還來不及放下，就到父母面前：「阿瑪，額娘，有一位我敬佩的大學問家願做我的老師。從今以後我就要跟著老師做學問了。」

「你沒頭沒腦的說些甚麼？」明珠仍有怒氣。

五格兒卻已眉開眼笑的說：「兒子，你出去也不說一聲，我和你阿瑪都急壞了。甚麼老師叫你這樣服氣，比董老師還好嗎？是下凡的神仙嗎？」

「額娘，我不需要神仙做老師，我就要徐師父做老師……」容若把與徐乾學見面的經過詳加形容。

明珠想了想道：「好吧！明兒我見他。談談束修問題。徐乾學名氣大得很，學問最是淵博，肯收你不容易。給他的待遇要比給董納的強得多才行。」

15

明珠今天離開得比平時早，為的是去造訪徐乾學。

容若本人相中的學習偶像，執意要拜在門下為弟子，他這個做父親的不僅要幫助促成，內心之中還有對書本以外的期待。

他這個從小就顯得天賦異稟、被眾人讚一聲「才子」的兒子，問題確比一般同齡的青少年多，而且越長大問題就越難解決，他和五格兒常常感到束手無策。如果徐乾學能發揮一點影響力，讓容若變得隨和些，可真是納蘭家的福氣了。

其實在朝中徐乾學曾主動的說：「納蘭公子昨天到過舍下。」

當時他並未多言，只說下朝後將前去「請教」，徐乾學答說：「準時候教。」此刻他應該已經等在家裡了。

果然，明珠剛下馬車，徐乾學就迎了出來：「明相大駕光臨，寒舍蓬蓽生輝啊！本應到正廳的，不過屬下想野人獻曝一番，讓明相看看藏書，給些指教。就請到書齋坐吧！」

「你的藏書是出名的，我正想見識。對大學問家哪敢指教哇！」

說說笑笑的已到「傳是樓」徐乾學先帶著把藏書看了一遍才回到書房。兩人隔著茶几坐下，僕傭已送上新沏的好茶。

「到徐先生府上，我才見識到甚麼叫書香門第。怪不得犬子對先生仰之彌高，佩服得五體投地。」

「貴公子容若與我也算投緣，他敬重我，我愛惜他，很是相得。想來明相是為容若而來吧？」

「是啊，為的就是容若的事。我和他母親為他很操心，在家裡他應算是個好兒子，總不忘給二老早晚請安，我和他額娘生點頭痛腦熱的小病，他也殷勤伺候。可我們看得出他心裡鬱悶。問又不講。他跟父母沒話說，想幫他過得好一點都不知從何著手。難得他對徐先生如此景仰，要拜在門下聽取教誨，以後與徐先生接觸的機會必多，所以我前來拜會。」

聽完明珠的話，徐乾學低迴良久：「明相如此信任，屬下很感動，因此有些情況，我也就敞開的向明相稟報。據舍弟元文說：容若在太學裡是最出類拔萃的學生，論內論外都比別人強，可他只跟很少數的同學來往。常是沉默寡言，不是沉思就是看書。男人聚在一處沒有不談女人的，年輕學子也一樣，儘管他們不談花街柳巷，可要談名媛才女。舍弟說，無論別人談得多熱烈，容若都不參與。他顯得憂鬱，有心事似的。」

「徐先生說對了，他是有心事，而且很重。常常深夜無眠，一個人在迴廊上來回踱步。要不就坐在湖邊上吹簫，吹笛子，調子挺悽慘，他額娘一聽就落淚。唉！看兒子活得這麼苦，幫不上忙。唉，唉！」明珠憂形於色，連連嘆息。

「我也在他眉眼之間看出似有愁緒。可他是緇塵京國、烏衣門第的貴公子，本身又儀表出眾，才氣縱橫，世間所有的美事都讓他佔全了。他的心事從何而來呢！也許關乎情。看得出容若是至情至性之人。」徐乾學觀察著明珠的態度，用詞很拿捏分寸，免使明珠覺得傷顏面。

徐乾學沒承想到明珠比他還坦白：「是啊！容若正是苦在一個情字上面。這不是緣，是孽。」

明珠先還有些吞吞吐吐，後來說得激動，便不再顧及甚麼，把文瑾、盧興祖，及容若在涵瑛的搖籃時期就相識，童年一直玩在一起。雙方父母和孩子本人都認定，兩人已有婚姻之約，成人之後必成親。但女孩的母親嫌棄容若身有痼疾，堅絕不允涵瑛與容若的婚事，並說過一句十分無情的話：「誰嫁給容若都要做寡婦。」不幸這話被容若親耳聽到了。

「唉！他本來只是苦於病痛，這時候才知道，原來他的生命如風中之燭，沒有前景，心裡的難受可想而知。幸虧他愛讀書，現在就強打著精神，把心思全用在書本上。唉！」

明珠說了一大長段，又是長吁短嘆。

徐乾學的面色也凝重起來，像容若那樣的貴公子，生活中竟有這麼深的痛苦，實在出乎他的意料之外。如何解決呢？他已在思索怎樣助容若從痛苦中走出，至少要減少他的痛苦。

明珠繼續述說容若的情況：「他的病是沒法斷根了。可也不過一年犯兩三次，沒病的時候跟平常人一樣。成家總是要的。來提親的人家多得很，還有王爺家的格格呢！因為容若發過話，說要終身不娶，只好統統回絕。我們有四個孩子，就容若一個男孩，底下三個小的全是閨女，他怎麼可以終身不娶！他都十八歲，實在該成親了。唉！我和他額娘都為這事著急。他從不反駁我們，可也不聽我們的話。他主意頑固得很，要做甚麼一定做到底。」

徐乾學沉吟半晌，彷彿也被明珠的憂慮感染了：「可憐天下父母心啊！」乾學深長的嘆喟，尋思了一會又道：「容若這個學生我收下了。明相請放開心，我有辦法讓容若不知不覺的走出憂傷，要把他的精神引到另個方向。成親的事先不要提，提了只會惹他更懊惱，更傷心。他不會接受的。」

明珠聽著連連點頭，插嘴問道：「先生說得極有道理。我們不會用成親的事困擾他，不過我想知道先生要用甚麼方法，引到哪個方向去？」

「叫他編書。幫助他交朋友。我發現他非常大的一個煩惱是生活圈子太小，朋友少。」

「徐先生真跟我想到一塊兒去了。我們的園子擴建，特別在湖心造個亭子，給他與朋友談文論詩。『淥水亭』的名字是他取的。我還為他請過兩次客，把幾位年輕的貝勒爺都請來了。結果他還是那樣子，跟人家沒多少話講，事後也不來往。唉，為這個所謂的天才兒子，我和他老娘是甚麼心都操到了，真也不知怎辦是好。」

徐乾學摸著鬍子，強忍住冷笑：「那些王孫公子，要談吃喝玩樂他們最在行，談文論詩哪夠資格。容若跟他們說話無異對牛彈琴，交不起來朋友的。」

明珠覺得徐乾學的話中有話，似乎在諷刺他這個大學士沒見識。在當今的朝堂之中，誰不畏懼「明相」的權勢，誰敢在他面前如此放肆！但他立刻就控制住胸中的不悅，微笑著道：「先生說得對。所以我特來拜訪，想請先生指教容若讀書和做人。」

「很快就要舉行會試和殿試了。待容若把試考完，我就叫他編書。這個坑他是跳進去就難出來，一下子把甚麼都忘了。」

「哦？」明珠懷疑的看著徐乾學，等他說下去。

徐乾學的計劃大得出乎明珠的想像。他認為當今的康熙皇帝英明，懂得漢文化的博大精深，不單延續開科取士制度，更極力推崇儒學。還將以朱熹為代表的儒家理學，定為官民必須遵循的道德標準，使得社會一片祥和，滿漢文化融於一體。但大清入關已三十餘年，仍沒有一部包括所有經學在內的完整全書。現在他想鼓勵容若來做成這件事。

明珠不覺怔了一下：「經學全書！可是大事情，大工程，容若能做嗎？」

「是大工程。只我這『傳是樓』裡就藏經超過百種，須一夥人用三五年工夫才能完成。容若可以擔任主要的編輯工作。」

「徐先生，容若太年輕，雖說有才，也不可能對經學有那麼深廣的研究。要不要再考慮一下？」

「不必。容若雖然年輕，切不可把他看成一般的青少年人。他才高用功，博覽群書，比起很多歲數大的學者，只會強不會弱。日前我跟他一談就七八個時辰，他閱讀範圍之廣，見解之精、之新，讓我一陣陣的驚嘆。容若絕對有能力做編書的事。我在一旁指導，再找幾個學者幫襯，不會有問題，容若也會感興趣。他一做便得全神貫注，別的心事自然就淡了。」

聽徐乾學的一番解說，明珠心裡釋然了：「師生之情是很深的緣份，就把容若交給徐先生了。但不知我們要怎樣謝老師，束修——」

「明相是說束修問題麼？哈哈！朝野誰不知納蘭氏為大富之家，拿得出最高的數目。可我不要。

得天下英才而教之，是人生快事，我得百年不一見的天才教之，豈不更是快事！束修兩字免談，倒是將來書集編成了，明相務必大力支持。」

「一定盡力。」明珠說罷告辭。

容若向徐乾學行過跪拜大禮，尊稱「師傅」，相約每逢三六九日去「傳是樓」上課討教。師生二人談經論史，常常談到入夜方歸。

當容若騎著馬獨自走在幽暗的街上，總覺得有一股悲涼的勁風迎面襲來。彷彿除了寒冷和孤單，這人間甚麼都沒有。他一直努力的控制著自己，不去想起涵瑛。不想涵瑛不是真的遺忘，只是為了救起自己這個脆弱的生命。

容若用了極大的耐力，才把自己澈底融在書堆裡，嚴禁這顆狂野又愁悶的心來攪亂情緒。他感謝徐乾學協助找到終生追尋的目標：投入文學工作，著書立說，編書嘉惠後世。而對他本人來說，更重要的是寫他最為癡迷的詞，把心裡一切愁苦歡喜，用優美真摯的文字，在那些長長短短的句子裡，傾訴出來，讓心靈得到稍許紓解。

容若有意的製造忙碌，同時準備即將到來的「會試」。會試通過才可參加皇上親自主持的「殿試」，殿試被錄取就算有功名了。他從不以功名來評定一個人的價值，但於他這樣一個無權追求情愛幸福的人來說，等於飲一杯醇酒，能獲得片刻的陶醉，而父母雙親會得到滿足和快樂。父母是疼愛他的，怎忍讓他們失望。

容若回到家，見父母臥房裡的燈還亮著，便像平常一樣過去請安。

明珠坐在椅子上，五格兒又懷孕在身，穿著肥大的睡衣靠在床頭上，兩人正在談家常。

明珠剛說過：宮裡要選「才女」教公主和妃子們琴棋書畫，盧涵瑛的名字本也在內，他已暗中交代內務府的人給抹掉了：「我希望她永遠不要再來北京，免得容若又心猿意馬。」

五格兒附和道：「對，他們最好再也別踏進北京城門。文瑾這種忘恩負義之輩，我不想再見——」

話正說到一半，容若進來兩人立刻打住。

「這時候才回來，準定是跟老師談得好。」五格兒笑著打量容若，估量他沒聽到剛才的話，便接著說：「你阿瑪說徐老師的學問淵博，又特別賞識你，還要帶你編書。」

「是的，我已經在蒐集各類經學書籍了。一著手做就越體會到漢文化的內涵豐富。師父說這會是一套最完整的經書集。」

容若的話很令明珠快慰，面露慈祥笑容：「你就好好幹，書編成了阿瑪拿筆錢出來，雇專人刻印。」

「阿瑪，師傅說這部經集至少一百多種，總共要一兩千卷。刻印的費用相當大哦！」

「費用大意義也大。這部書出來你就是著名的儒學家了，納蘭家將青史留名，花點錢也值得。會試快了，你要加緊準備。」

「會試沒啥了不起，我有把握的。」

「嗯！不可自大。」明珠正色說。

五格兒縱容的笑著：「兒子，你現在事情多，飲食起居要加倍注意。長歌那小子粗手粗腳，只他伺候你我真不放心。所以特別找了個細心的，專照顧你的生活。她姓顏叫秀兒，是葉赫小戶人家的女孩兒。人很文靜，還認識字。你回房就見到了。」

容若聞言大驚：「甚麼？買了個丫頭專伺候我？用不著，我也不習慣一個女人總在我面前晃來晃去。事實上我根本就反對買賣人口——」

「容若，你是跟誰在說話呢！你娘疼你，找人伺候你，倒惹來你這一番不知輕重的論調。」明珠板著臉打斷容若的話。

五格兒溫和的道：「容若累了，讓他回房歇著去吧！」

容若回到房裡，見長歌在外間打瞌睡，看他進來才揉著眼睛站起。

進入臥室，發現窗明几淨，很多地方變了樣。長歌在一旁道：「是新來的丫頭秀兒整理的。她來了就收拾屋子，這會子正在書房打掃呢！」

「啊！我的書房！」容若皺著眉頭急步往書房去，卻不見人，只聽得窸窸窣窣的聲音從書架之間傳來。

「裡面有人嗎？」跟著容若的話走出一個年輕女子。

容若不覺愣住了。因確實不曾料到，母親竟找來這樣一位人物來專門伺候他。她不是一般的漂亮，而是一個任誰看了也要驚豔的美人胎子，具備了美女的所有條件。白淨的鵝蛋臉，粉紅的雙頰，烏黑的柳葉眉下一對濃睫毛擁著的杏眼，形狀柔和厚薄適中的嘴唇。美麗的嘴唇說話了：「給公子請安。」她微含笑意的彎腰請安。露出一排編貝似的雪白牙齒。

「你就是秀兒？」

秀兒點點頭：「我看公子的書擺得亂，正在整理呢！」

「不要動我的書，弄混了我怎麼辦！」容若的聲音不是最友善，面孔上也無笑容。

「哦？我不知道公子的書不能動。公子別生氣，我去把它們復原就是了。」

她說著扭身便走。

容若連忙叫住：「別再動了，待我有空自己弄。」他發覺自己的語氣不太對，立刻把聲容放柔和：「秀兒，對不起，我說話太急了些。書是我最珍貴的東西，向來是不讓別人碰的。」

「我以後不動就是了。公子也別那麼客氣，還說甚麼對不起。」

容若坐在書桌前，一邊從筆架上取下一枝小楷羊毫，拿出紙，預備寫甚麼。

秀兒立刻站在桌前研起墨來。

容若想說自己來研，他向來是一邊研墨一邊構思的。但想了想，覺得不應該第一天就甚麼都不讓她做，弄得她面子下不來，便任她去研：「你怎麼會到我們家來呢？我看你不像做下人的。」他說得挺隨意的。

「我爺爺和我爹都在軍營裡當馬夫，跟隊伍進北京的。我奶奶帶著一家大小來找他們，先前日子還可以過，後來我爺爺和我爹都病死了，留下老老少少一大窩子人，日子就越過越苦。到這個份兒上，不當下人也不行了。我也是頭一回走出家門，以前就在家裡幫助管家，照顧弟妹。」

秀兒的口齒伶俐，表情也開朗，全沒有窮家女孩或丫鬟僕傭的卑微態度。

容若注意到她那雙正在研墨的白嫩玉手，心想，長得這樣細緻，真不像一個馬夫的女兒。於是又問：「是桂昌叔把你找來的嗎？」

「是啊，桂昌大管家先去跟我娘談過，夫人又親眼去看，才算定了。」

容若「哦！」了一聲，淡淡的道：「我要寫作了，怕打擾，你去歇著吧！」

秀兒猶疑了剎那，說了句：「那我先去睡了，公子有事叫我。」便挺著腰桿子，腳步矯健的出去了。

容若望著秀兒的背影，看出她和一般閨閣女子的確相異。一般夫人、小姐都寬袍大袖的，唯恐把身體包裹得不密實，可秀兒的緞子短襖便不那麼肥大，讓人隱約的感到，在那下面有一具血肉飽滿的女性軀體。短襖的袖子也只及八分長度，動作之間露出雪藕似的臂腕。他不得不承認，她有能力使任何一個健康的男人想入非非，春心蕩漾。

母親把這樣一個人放在他的房裡，是何用意？平常買丫頭雇傭人全由桂昌獨斷，而秀兒卻勞她挺著懷胎六月的身子親自去挑選，所為何來？

答案立時便有了：他「終身不娶」的言論嚇壞了父母，因為將直接影響納蘭家的香火延續。於是他們便想出如此可笑的手段，找個美貌動人又具宜男之相的小家碧玉，給他做妾。造成既生兒子又不妨礙「不娶」的如意算盤。只因考慮到他會拒絕，便說是買來的丫頭。

容若整個人被憤怒淹沒，覺得他的人格、感情，甚至身體，都受到極大的侮辱。父母把他當成一頭配種的公牛嗎？用這種近於欺騙的方式來愚弄他，到底把他納蘭容若當成甚麼人！他早已不是小孩子，而是一個十八九歲的堂堂男子漢，雖然身體上有痼疾，人格和尊嚴卻是十分健全，絕不允許人傷害的，哪怕是親生父母。

次日清晨秀兒進臥房來整理床鋪，容若毫無笑容的道：「放下。我屋裡不須這麼多人。一個長歌足夠。待會我跟夫人去說，你回到她那邊去。」

秀兒丟下正疊了一半的被褥，木然的站了一會，竟抽抽搭搭的哭了起來：「夫人付了那許多銀子給我家，是她覺得公子準定會喜歡我。現在公子要把我退回去，我們家還不起錢。」

「不要你們還錢。」

「那也不行，丟不起臉。左鄰右舍都知道我到納蘭府來侍奉公子了。不穿紅襖、不坐花轎已夠沒面子，被人家退回叫我可怎麼做人！我家雖窮可也清白，女兒也是要臉面的，論長相自問不比那些富貴小姐差。為甚麼公子這麼厭惡我？」

秀兒憤怒的說了一番話，更萬分委屈的痛哭起來。

容若被她哭得手足無措，熱鍋上的螞蟻般在屋裡連轉了幾圈，到秀兒面前道：「你別哭了。待在我這邊就是。今天的事我不會往外說，絕對不傷你面子。不過我從來沒有納妾的意思。以後仍然你是你，我是我。這一點必要認清楚。」

秀兒果然不哭了。可容若的問題也來了：這樣一個活生生豔比春花的大姑娘在屋裡，叫他如何處置！

16

容若一如往常，每日對父母晨昏定省，卻是更沉默了，一副話不投機半句多的漠然表情。

五格兒對明珠道：「看樣子我又做錯了。容若好像一點也不喜歡秀兒，他在跟咱們嘔氣呢！」

明珠又搖頭又皺眉的：「容若的牛脾氣你不是不懂，他心裡只有一個盧涵瑛，怎麼會喜歡秀兒呢！跟你說你不聽，果然是花錢吃力不討好。」

「我也是煞費苦心啊！他那個歲數早該成親了，偏說要終身不娶，我這個當娘的能不急嗎？咱們就容若一個兒子，要是他真打孤身，這香火不就斷了！你倒不著急，好像是我一個人的事。其實最要怪的是你。」

「怎麼又怪到我身上？」

「當然怪你。叫你娶一房小你總不答應，我又生不出男孩。現在可好，香火沒人接不說，我這個妒婦的惡名是沒法子洗清了。明明是你不肯，人家反說我不許。你說我冤不冤！不怪你怪誰？」

「為了擋人家閒話就叫我討小老婆！這種蠢事真不像精明的五格兒所為。」

「你別油嘴滑舌的逗我。」

「我不逗你逗誰？我總共只一個五格兒。」

「一把歲數的人說這種話，羞不羞啊！」五格兒笑著在明珠的膀子上掄打了兩下。

明珠和五格兒成婚二十多年，一直恩愛如初，連打情罵俏的習慣也沒變。夫妻兩情濃烈，連生了四個孩子，唯一的男孩容若身有痼疾，聲言不談婚娶的事，這確給五格兒造成極重的負擔。在她的內心裡，當然不願任何其他女子與她至愛的丈夫親近，但如今迫於形勢，必得要認真的考慮給明珠納一房妾了。

關於「明相」只有一個糟糠之妻，沒有侍妾，連普通滿洲人家一夫一妻一妾，最基本的水準都達不到，早已是朝中茶餘酒後的談笑資料。

各種傳聞的結論是：明相的老婆是阿濟格的女兒，多爾袞的親姪女，虎狼之家生出的女人必也虎狼，跋扈毒狠可想而知。說如果明珠多看哪個婢女一眼，那女孩的兩個眼球就要被挖下餵貓。傳得活神活現，還有人說已有三個婢女遭此不幸毒手。

「哪個王公大臣沒有三妻四妾，就是有十個八個也不稀奇。明相是枉做男人一場啊！」幾成公論。

五格兒亦風聞這些流言，為了洗刷自身的汙名，和給納蘭家延續後代，她已多次要求明珠納妾，卻屢遭明珠拒絕：「為別人的幾句混話，就改變我們的誓約？我曾當著你阿瑪的面許下諾言：這一生只要五格兒一個女人。」

「小孩子時候的話當得真嗎？說句難聽話，要是我先死了呢？」

「若真有那一天，我也不要別人。」

五格兒聽在耳裡暖在心頭，極為感動。但香火問題令她焦慮。

二月間，容若考過競爭最激烈的會試，下個月便是康熙皇帝親自主持的殿試。通過會試的學子們大多能順利的通過殿試，眼看功名就要到手，大夥兒是既緊張又興奮，嚷著要找個無風有雪的好天，到家氣氛浪漫的餐館豪飲一番。這類場合容若向來很少參加，被一些同學批評為「驕傲」，「相國公子看不起人」。此次他一定要與眾人同樂，何況他的好友張純修、韓菼、曹寅都要去，正可藉此機會一聚。容若聲言由他請客，要去哪家餐館由大夥決定。

一堆年輕人吆喝著，興高采烈的騎上馬，意氣昂揚的往東城而去。由一個外號叫「吃喝大將軍」的同學帶路。

那大將軍毫不謙虛的道：「你們這群書齋裡的文雅公子，只會到飯館裡叫幾盤菜，喝幾盅淡酒，那有甚麼意思！要吃喝出新花樣，你們得請教哥哥我，北京內外的館子我哪家沒吃過！」隊伍中立刻有人應道：「你自是甚麼稀奇玩藝都品嚐過，不然怎會一張臉吃得油光水滑的，如團中秋月！」

跟著的是朗聲譁笑，一陣七嘴八舌的逗趣，有人問：「你到底要帶我們去哪兒啊？都快出城了。」

「本大將軍正是要把你們帶出城去。」

「哦！你該不是要把我們騙到城外活埋吧？」

又是一陣譁笑。

「放心，我不活埋你們，只想用美酒把你們灌醉。不過地方特別價錢就貴，容若兄，多花點銀子不要緊吧？」

「銀子不要緊，大夥盡興才要緊。」容若說著轉對與他並排而騎的張純修：「其實偶爾跟大夥出來玩玩也很有趣。」

張純修笑道：「是啊！多了不行。偶爾一次滿新鮮。你平日是太用功啦！」

吃喝大將軍把他們帶到一片樹林裡。寒冬臘月，樹梢和地面一片淨白，完全進入冰雪世界。

「怎麼跑到冰天雪地來啦？不跟活埋差不多嗎！」已有人在叫。

「別吵，看前面是甚麼？」

大夥往前看，只見側前方是片屏風似的雪林，樹幹之間能看到後面的燈火，待走近了，才發現另是一番天地。一群蒙古包狀的帳篷裡人聲沸騰，烤肉和烈酒的香味直沖鼻子。

一個蒙古人打扮的跑堂已殷勤的迎上來。吃喝大將軍指明要個精緻寬敞的「包」。跑堂連稱「有，有」，把他們帶進其中一間。

屋子中間燒著一盆旺紅的炭火，眾人叫著「好暖」，一個個的脫下披風和帽子。十七八個人圍著火盆坐成一個大圓圈。

容若心想，自己的祖先葉赫汗王原本由蒙古來，但他從未見到過蒙古人是怎樣生活，今天也算是玩樂之餘不忘尋根了。他注意到這個蒙古包的確很寬敞，佈置得也讓人感到舒適悅目。四壁掛有色彩鮮豔的牆毯，地上鋪著厚厚的羊毛氈，一些矮桌、矮凳之類的家私極具特色，羊頭、牛角、張著翅膀的大雄鷹，全是裝飾品。

容若對周遭的一切都感到新奇。酒和菜也陸續端上來了，是吃喝大將軍做主訂的：烤羊腿、烤牛肉串、乳酪香酥餅、燴羊雜碎湯。還沒端完就有人叫了：「大將軍，你帶我們跑這麼遠的路，原來是叫我們吃羊肉，我是頂怕羊騷味的。」

「先別吵，吃了再說，如果吃出騷味我就給你們唱蒙古情歌。」

「你唱？能好聽嗎？」不知誰在叫。

大將軍的嗓門也大：「別吵，聽著：這兒最出名的是酒，種類繁多，連蒙古的馬奶酒都有。各位要喝甚麼？」

「大將軍就做主吧！」眾口一致。

不一會酒也上來了，大夥吃喝之餘都沒忘記大將軍的功勞，直讚美酒醇菜香，羊肉無騷味，大將軍得意的道：「好的還在後頭呢！」

跟著大將軍的話，出現六個蒙古裝束的男女，每人手上都有樂器，一進來就又吹又跳又唱，不留一刻閒歇。

爐火燃得正旺，美酒已飲下數杯，一張張年輕的臉泛著興奮的紅暈。

容若一邊看著就想：自己是否把日子過得太嚴肅了？彷彿讀書寫作偶爾練練武，便是生活的全部。確實太單調枯燥了些！何不也試著放鬆自己，學學人家的放浪形骸！他想著便頻頻和多位同學舉杯盡飲，頃刻之間頓覺頭重腳輕，飄飄然起來。

歌舞已畢，容若付了重賞，表演的男女稱謝而去。暖烘烘的蒙古包裡，純是這群年輕學子的天下，酒酣耳熱之際，說話也不顧及，題目集中在女人身上。

其中一個道：「像咱們這種讀書人，按道理應該娶有才學的女子為妻才對。可惜才女皆在風塵中，馬湘蘭、柳如是、李香君，各個才華出眾，論容貌、文采，哪一點不比咱們家裡給娶的那個大家閨秀強，可她們是甚麼命運！」說話的叫彭墨林，是個漢官之子，一年前成親時大辦婚禮，在座的全曾到場祝賀，此刻他說這樣的話未免令人意外。

隨即有人問：「怎麼，小倆口吵架了？」

「沒有，吵架須有共同話題。無話可說的人，吵甚麼？」

韓菼笑道：「這都要怪『女子無才便是德』的聖賢之言啊！」

吃喝大將軍舉著啃了一半的羊腿道：「我跟二老都明說了，娶妻娶德，醜點沒大關係，可非得找個認識字的。」

「哈哈！原來咱們大將軍想做諸葛亮。諸葛武侯的妻子是醜而賢的。」

「也不見得才女就一定醜，李清照、蔡大家、謝道韞，都是出身高貴、才貌雙全的。」說這話的是張純修。

「我看這些大家閨秀的才女，除了李清照，命都不算好，瞧蔡大家——」

韓菼話到一半曹寅忽然岔岔的衝口而出：「謝道韞最倒楣，嫁給蠢豬一般的王呆子，難怪她要感嘆：誰憐柳絮才呢！」

「要是曹寅老弟早生些年多好，索性把柳絮才娶回來。」不知是誰在打趣，引起哄堂大笑。

彭墨林苦笑著道：「這樣大家閨秀的才女，普天之下也數不出幾位，更不敢妄想娶回家。的確，風塵中有兼具才華容貌的清純人物，可敢娶嗎？」

張純修道：「一定要娶嗎？交朋友、做知音足夠了。」

「不夠。因為身分低而不敢娶，就是看不起，算不得真的情愛。」

張純修接著彭墨林話道：「你說的不能說沒道理。可是看看咱們的龔鼎孜老師吧！把秦淮八美之一的顧橫波娶做正室夫人的後果如何？」

「聽說常有人往他們院子裡扔石頭，還有人朝龔老師的轎子吐唾沫。他夫人都不敢出大門。」曹寅說著一轉臉見容若沉默的兀自喝酒，便推了他一下：「喂！才子，為何不言語？嫌我們說話沒詩意！」

「我在聽你們說話呢！」容若微笑著說。

席間婚姻、才女之類的談話題材，勾起容若的重重心事，加之喝了不少的酒，情緒竟有些不能自持的沉重起來。

「別打擾大才子，他一定在琢磨新的詩詞呢！來，咱們喝酒。」吃喝大將軍舉起杯，大夥紛紛響應，舉杯一乾而淨。

「聽說宮裡要選才女，不知是否真的？你們也聽說了嗎？」彭墨林忽然問。

韓菼道：「我也聽說過。」

跟著他的話，好幾個人都說聽過。

吃喝大將軍道：「這倒怪了，宮裡選秀女，不是向來選滿洲貴族品貌端莊的女孩兒嗎？怎麼這回指明要才女？難道嫌那些後宮佳麗太笨！」

曹寅急得直擺手，語氣認真：「你可別胡說，要選才女是真，但不是為皇上本身。」

容若不由得對他們的談話注意起來，立刻想到堂妹惠兒，進宮已好幾年，從未見過面。她父母索爾合夫婦曾去探望過幾次，說是一切良好，惠兒身體比以前壯實，很得皇上歡心。她閒來無事便勤練書畫：「進步非常大，總得皇上誇獎。」

容若還不及想完，便聽曹寅繼續道：「本來宮裡的事不應該拿出來講的。不過隨意猜測更不好。當今皇上英明，最重視文化，不單要皇子們念書習武，也要公主們學習琴棋書畫。教席就從大臣的家眷裡挑選。」

「聽說名單上十二個人，還聽說，有一個叫蕭雲縵，和一個叫盧涵瑛的，不單才高，也有沉魚落雁之容。這等人才，進了宮還出得來！皇上自己——」

「請不要再說下去。」曹寅表情嚴肅的止住那人：「你怎麼知道得如此詳細？我知道你有親戚在內務府當差。把這種話拿出來當故事講是不行的。」

曹寅稍停片刻又轉為冷靜：「我現在給大夥解釋一下，然後這件事就絕不可再提：選才女純粹是給公主們請教席。蕭雲縵是陳廷敬的外甥女，多半會進宮。盧涵瑛是已故兩廣總督盧興祖的獨生女，據她兄長鹽運史盧敬堯所報，說盧小姐已經訂婚。當今皇上英明仁慈，特別囑咐，有人家的不要選。」

容若一語不發，用心的聽著每一個字。多時以來他一直努力的管束自己：不說，不想，也避免聽到有關涵瑛的一切。但此刻他聽得如許用心，而且明顯的感到情緒在激動。

容若默默的喝著酒，一杯又一杯。遠遠的，有位穿著淡紫色長袍的女子在朝他走近，她坐下了，伸出纖纖玉指撥弄琴弦，正是他所熟悉的〈平沙落雁〉。他看清楚了，那女子是涵瑛，於是他笑了，想去打個招呼，卻不知是誰來搶走他的酒杯。

容若不知是怎樣回到家的，醒來時已是次日午後。

溫煦的陽光從窗紙上透進來，把屋子輝映得亮堂堂，彷彿比平時寬敞了許多，連牆壁也顯得白了些，就如同他此刻的心境，除了一片空曠的白，找不出別的甚麼。他努力的回憶，想找回昨晚的場景，酒，烤羊肉，蒙古歌舞，眾人的七嘴八舌，自己的沉鬱和默默獨飲。有人談起涵瑛的名字，說她可能進宮做伴讀，又說她已許配了人家，訂了親。當時的一切都清楚的再現了。

已很久聽不到有關涵瑛的事。容若明白，父母怕引起他的心事，連下人都被囑咐了，沒一個人敢提這個名字。可他還是聽到了，而且聽得那麼清清楚楚一字未漏。

涵瑛訂親了，對方是個甚麼樣的人？他捫心自問，不敢說沒有嫉妒，但更多的是酸楚和擔憂。他對涵瑛有最深的瞭解：終此一生她很難完全忘記他，就像他不能忘記她一樣。而擺在眼前的現實是，她必得去與別的男人共度一生，誰能容忍自己的妻子心裡裝著另個男人。他是多麼希望涵瑛的未來夫婿，不單人才和文才比他強，亦希望他至情至性，懂得體貼，日久能獲得涵瑛的心，夫妻倆和和美美的過一輩子。雖然涵瑛是他今生來世不變的至愛，可此刻能給她的，也就只有深心裡這點空洞的祝福了。

兩情相悅的人各自西東，永遠分離，是何等的痛！但只要她活得幸福，他寧願獨自承受折磨……

容若正想得出神，秀兒突然推門進來，她先放下端著的小沙鍋，再拿起火鉗挾些新炭加在火盆裡，然後把沙鍋放在火盆的鐵架上：「公子醒啦！夫人都問過兩次了。叫我把這潤胃的湯熱上，待公子醒來喝。」

「我的胃又怎麼了！」

「昨晚上公子酒喝太多，吐得好兇，胃要是不受傷才怪呢！」

容若差一點想發作，斥責秀兒不該闖進他的臥房。側目看過去，見她臉頰和手腕凍得泛紅，顯然剛從外面進來，再看端湯時那小心翼翼的樣子，終是有些不忍：「外面冷嗎？太陽很好嘛！」

「今天冷得很，地上全是冰。雪後的太陽天最冷。夫人本想過來看公子，因地面打滑怕摔著才不來了。」

「長歌呢？」

「在收拾書房。」

「去叫他來給我找衣服，我要起床。」

「我找不一樣！幹嘛非長歌不可。」容若正想說他的衣物一向由長歌管，她根本不知放在何處。話還沒出口，秀兒突然轉過身，定定的看著他。

「我已經是公子的人了，為甚麼還要對我見外。」

「你說甚麼？我沒聽懂。」

「昨夜的事公子全忘了嗎？還是根本不想承認！公子生來貴氣是沒話說，可我們小戶人家的姑娘也並不賤氣。公子就算對我一點情意也沒有，做下的事總得承擔。你就捫著良心想想吧！」

容若聽得一陣陣的吃驚，要起來問個究竟，剛要把被子掀開，猛的發現光溜溜的身子一絲未掛，便急忙倒下再蓋好。他只覺天旋地轉，知道自己極可能是做了無可挽回的蠢事。

秀兒已從五斗櫥裡拿出一疊內衣褲放在床上，又去打開大櫥，拿出件袍子：「天冷，穿這灰鼠的吧！你換衣服，我去打洗臉水。」

容若忙道：「進屋前要敲門。」

秀兒應了聲「知道了」便挺著腰桿子扭扭搭搭的出去了。

容若一邊穿衣一邊皺著眉回想：彷彿是張純修和韓菼陪他回家的。桂昌叔和吉順、長歌迎在大門口，扶著他穿過被冰雪染得淨白的幾重庭院，走上他最愛也最熟悉的迴廊。

這個彎彎長長的迴廊，盛著他多少難忘的回憶和美妙的夢！這兒的每一寸空間，任何一個角落都有涵瑛的影子……哦！涵瑛真的來了，從朦朧的光影中隱隱現身，淡紫色的絲袍，嬌豔嫵媚的一張俊臉，仍是不言不語的先調皮的一笑。他忙迎上去：「瑛表妹，你怎麼來了？你不是已經訂親了嗎？」

涵瑛並不答話，卻攙他進到屋裡，給他脫掉衣帽鞋子扶上床。

盆裡的炭火燒得通紅，屋內暖和如春，他躺在軟綿綿的床上，舒適得忘了外面的冰雪。

醉眼醺意中見涵瑛俯身給他覆蓋絲棉被，她的胸脯正對著他仰臥的臉，一股醇郁的異香，毫無遮攔的溢入他的鼻子。他立刻明白了，這氣味是少女身上發出的血肉之香。接著他看到一對美麗的眼睛，黑亮的眸子自然而淳樸，卻露出掩飾不住的狂野。他有點好笑的想：瑛表妹，是真的你嗎？你怎麼看上去像隻發春的小野貓。

他感到自己也在變，熊熊熱火在身體裡燃燒，便一下子抱住那具誘人的肉體。

他懂了，秀兒一點也沒冤枉他。

這事該怎麼了？他對她確實沒有絲毫的情，雖然他承認秀兒麗質天生，爽朗的性格和談吐也還讓人喜歡。

17

「昨天喝得醉醺醺，那麼晚才回來。你到甚麼地方去了？」晚飯桌上明珠沉著臉問。

「和同學朋友出去聚聚。」

「聚聚也得挑時候，殿試立刻就到，還有閒心出去逛！你應該把時間都用來念書。」明珠仍是神態嚴肅，對昨夜容若的酒醉他強烈不滿。

五格兒溫顏慈目的瞅著丈夫和兒子：「其實容若平時很少出去，男孩子嘛！多出去跑跑也是應該的。不過酒喝多了傷身，以後可別再喝過量了。」

明珠又道：「出去走也要等考過殿試。」

容若吃得不多，話說得尤其少，心事重重的表情想藏都藏不住，站起來說了句：「阿瑪和額娘的話都記住了，以後多念書少喝酒。」便轉身離去。

容若說要多念書少喝酒，卻只做到一樣。他除了偶爾去徐乾學處一趟，幾乎足不出戶，每天就在書房裡讀書。

令容若苦惱的是很難專心，常常讀著讀著便像失了神般的陷入沉思。以前思索的內容只是涵瑛，痛苦的根源在於必得掩埋心中頑強的愛。他不斷的鞭策自己，要學會遺忘，淡泊，認命。無奈常常是努力多時，稍見效果後，竟在一瞬間全付諸流水。他覺得自己是一個跌入深坑裡的人，用盡所有力氣往上攀爬，卻總在要到達洞口時，又跌了下去。反反覆覆、一次又一次的爬上跌下。一個「情」字竟是如此磨人。磨銼得、痛疼得他無力負荷。現在竟又加上一個秀兒。

秀兒這個難題更棘手，難在他對她生不出情，卻糊裡糊塗的佔有了她的身體。

他納蘭容若倒底是個甚麼人？他愧，他苦，他想問天：該怎樣解決問題，安置秀兒，怎樣把自己救起？蒼天默然以對，似乎無暇管紅塵間的雜事。他孤寂得像個在荒原上摸索的夜行者，茫茫天地間一片混沌，不知該走向何方？為求一時的解脫他會鬱鬱獨飲，雖不及醉亦能渾然忘我。

五格兒已不止一次聽到，午夜後迴廊上的腳步聲，和在被冰雪染白的庭院中，寒冷的月光之下，傳來淒涼的簫聲。

憂心的母親立刻意識到：容若懷深憂在心，夜不能寐，可不是要病了吧！她把憂慮告訴明珠。這位權力和野心正在膨脹的朝廷重臣，頓時軟弱起來。

明珠非常擔心容若的情況，怕他病倒無法參加殿試。每三年舉行一次的殿試，由皇上親身主持，是要步入仕途的學子們最重要，也必得通過的一項考試。如果容若真的病倒不能應試可怎生是好！在朝中，他解決過無數件軍國大事。在家裡，只這一個兒子，竟常使他苦於無力又無助。

令大家最擔心的事還是發生了，考試的前兩天，容若寒疾復犯，一開始就來勢洶洶，發高燒，呼吸困難，氣喘得幾要窒息的樣子。

納蘭府裡上下慌成一團。明珠憂心如焚，認為容若的前途已毀於一旦，焦慮之餘仍要怒罵，說容若之所以如此純為咎由自取：「放著好好的日子不過，喝酒，半夜三更不睡覺，在雪地裡走來走去，吹簫，不是故意跟自己過不去嗎！」

五格兒連忙阻止明珠說下去：「你看不出嗎？容若有很重的心事。看他那樣子我都快愁死了。你就別數叨他了。」

「我不是數叨他，是著急。通過科考才能入仕途，是人人知道的道理。他在這個節骨眼上，弄成這個樣子，我能不急嗎？」

「你急！誰不急啊！要是他有個好歹，再好的仕途有甚麼用。我擔心他的身子啊！」五格兒淚眼汪汪。

桂昌請來了專給容若診病的名醫侯大夫。結果說是由過份憂鬱而起。開過藥方後囑咐仍要用老方法，讓屋子裡有足夠的溫潤潮濕的空氣。預計至少十天才能痊癒。

殿試是絕對無法參加了，明珠固然失望，容若更是沮喪，每日靠在榻上一語不發，不睡覺的時候，總睜著兩隻深邃又憂傷的眼睛冥想。

伺候病人向來是長歌的任務，現在秀兒已主動的一肩挑起。五格兒的產期就在一兩天內，不便過來，她便儼然半個女主人，對屋裡的事務很是做主，間或吩咐長歌做這做那。

長歌心裡憋氣，嘴上卻不敢頂闖。

下人們都知道，秀兒是夫人花了一萬兩銀子的高價，買來給公子做妾的。只因公子脾氣怪，怕他不肯接納才沒明說。公子向來對秀兒很冷淡，不喜歡她進書房和臥房。這會兒是怎麼了？她挺著腰桿子滿處走，公子也不吱一聲。

容若把一切看在眼裡：秀兒以為有了這層關係，便是接受了她，她當然就有半個主人的身分。但在容若心裡，認為這是他在神智不清、酒醉的情況下，犯下的可怕錯誤。

身分、地位之類對容若來說，是沒有多少意義的名詞，他認為人只有善惡並無貴賤。重要的是他一點也不愛她，沒有興趣親近她。縱然跟她有了肉體關係，也並沒有認何異樣感覺。如果說有，只有歉意和罪惡感，一個女人的終身幸福因他而斷送了。秀兒已無法像一般女孩那樣出嫁，在整個中國大地上，沒有一個丈夫和公婆，能容忍娶回的媳婦不是處女，她將永遠在被羞辱和虐待中生活。這該怎麼辦？能怎麼辦？他懊惱已極，既羞又愧，委實想不出如何面對困境。一闋〈采桑子〉就在這樣的心情下完成了：

桃花羞作無情死，感激東風。吹落嬌紅，飛入窗間伴懊儂。
誰憐辛苦東陽瘦，也為春慵。不及芙蓉，一片幽情冷處濃。

錯過殿試已使容若沮喪到極點，如今又添了秀兒的事，他鬱卒得要崩潰了。

曹寅和韓菼來探望，勸些寬慰的話，鼓勵他提起精神，病體快快恢復。

「你的功底最扎實，歲數又輕，三年後再考就是了。」韓菼說。

這次殿試的考題是：「時務策」，韓菼在文章中強調：「三藩擁兵自重，意圖何為？」認應盡快削藩，預防後患。

前十名的卷子向來由皇帝親裁。康熙皇帝正要鏟除地方割據勢力，第一目標就是漢族王爺統治的三藩，此刻正在與群臣商議撤藩的事。韓菼的文筆原本出眾，言論又正合他的意，這「第一甲第一名」自然便非韓菼莫屬了。如今他已是大清第十四位狀元。

面對苦讀寒窗而今一身榮耀的新科狀元，正在鬱卒懊喪的容若絲毫沒有嫉妒之意：「大哥學富五車，考得狀元是預料中事。可惜我病著，否則應該找大夥一聚，給好好的慶祝一番。」他的語調和表情都那麼真摯誠懇。

韓菼拍著容若的肩膀，感動的道：「大哥我三十六七才考得功名。待你到我這歲數，不定有多大成就呢！老弟，快快好起來吧！」

曹寅也道：「考試對別人是難，對你是輕而易舉，晚點考有甚關係！哪值得如此氣悶。」

他們走後不久張純修也來了，這已是此次發病後，他第二度來探病：「容若，你看著真的很鬱卒。不過是個殿試，值得你如此想不開嗎？」

容若仍是神情黯然，沉吟著道：「兄長，我的苦惱不只因為錯過殿試。我做了錯事，心煩得很。」

「甚麼錯事？你說，或許我能給出出主意。」

容若先還難以啟齒似的，接著把與秀兒的事說了。

張純修道：「我還當是甚麼事，原來是這麼平常的一回事。就是剛才給倒茶的那個女子嗎？」

容若點點頭。

張純修道：「你不滿意她哪方面？那可是個鮮花一般的人。伯母原本就是要她來給你做妾的，你做的事錯甚麼？」

「錯在我對她談不到絲毫感情，也沒打算娶甚麼妾。這叫她怎麼出嫁啊！我對不起人。」

「我說兄弟，你是不是書讀得太多，把腦袋給讀呆了？怎麼看來很牛的樣子！你太認真了。所謂飲食男女，人之大慾，何必要求得那麼高！『情』字的份量何等貴重，可遇而不可求。像秀兒這樣姿色出眾，人也能幹，心地善良，已經很不錯了。滿洲人的標準婚姻結構，向來是一夫一妻一妾。你雖然還沒妻室，先納一房側室也是可行的。這樣做的人很多。」

容若默默聽著，似在思索。

張純修又道：「我知道你在很小的時候就訂了親，兩人青梅竹馬，對方不單門第好，人也才貌雙全。容若，你為何不早點完婚呢？」

容若沉默了好一會才苦笑著悠悠的輕嘆一聲：「兄長，這件事已經過去了，請不要再提起，我是今生今世都不會成婚的。」

張純修本想問他何故如此，但看他說話時痛苦的表情，和眼神裡流露出的絕望，就收住了話。

在沉悶的低氣壓中，五格兒以三十七八歲的高齡，生了一個十分壯實的男孩。整個納蘭府裡一片歡慶之聲，明珠和五格兒樂得合不攏嘴，他們渴望了多時的「再添一個男孩」的心願，終於成了事實，納蘭家的香火延續，不再是最讓他們焦慮的問題，容若的擔子自然減輕不少。

府中上下都為新小少爺的誕生，興奮得忙不過來。廚房裡徹夜忙著染紅蛋，烘喜餅，蒸桂花蓮子糕。這是桂昌嬸想出的花樣，說是桂花蓮子就是「連生貴子」的吉祥話。每種都要至少兩千四百枚。總不能像一般人家那樣，送兩個紅蛋就了事。桂昌已派人去訂製一千二百個精美禮盒，蛋、餅、糕，再加上福橘，每種每盒八枚。每家四種不同種類的四盒，分送三百家，三品以上的都要送，皇上和太皇太后的一份由明珠親自奉呈。

規模宏大的滿月酒宴正在籌劃中。冰雪嚴冬已過，春天正冉冉而來，樹發新芽，飛走的候鳥在晴空上成陣而過，停在豪宅的琉璃瓦上東眺西望，屋簷下有牠們的舊巢。總之，納蘭府裡一片喜氣，連花草鳥兒都來助陣。滿園春光華豔，憔悴落寞的唯容若一人。

連著好幾天，容若的房裡只有秀兒和長歌進出，其他人都去忙新出世的小弟弟的事去了。他這次病得不輕，時間也拖得夠長，現在雖已起來走動。但侯大夫說：「冬天北風緊，春天西風寒。」他對西風最敏感，仍禁止出房門，所以至今還沒看到那個比他小十九歲的幼弟。

容若每日就在書房的幾間屋子裡活動。他曾禁止過秀兒進入書房，可現在她進出書房如入無人之境，他卻一句話也說不出。只覺得慚愧，真正的感覺是希望不再看見她。他曾捫心自問：像秀兒那樣的，能讓男人感到緞襖底下有雪白柔軟的軀體，動態挑達，美麗的面孔足以令人側目的女人，為何竟不能讓他動心呢？難道他不是個真正的男人嗎？

答案立刻就有了：他是個很完全的男人。不僅因為有肩寬腰細的修長身段和精湛的武功，對於女性他也有絕對的感覺，甚至有想侵犯的野性。他清楚的記得，那次涵瑛來時，他心猿意馬不能告人的想頭可不止一次。那種感覺是由身心的最內裡產生的激動，纏綿又熾烈，像火燄，力量之大、感覺之深，足以主宰他的生死。

一次是在迴廊上看夕陽，涵瑛在前，他站在她的身後，並沒很緊的靠在一起，只觸碰到對方的衣裳，而隱約間她體溫的熱氣已冉冉襲來，傳遍他的全身。他不由自主的摟住她的纖腰。她沒說話也沒拒絕。於是他的雙手握住了她的雙手，那是他們長大後第一次肌膚觸碰，慌亂中只覺得她膚細如絲綢，握了好一陣，她才轉過兩頰泛紅的臉嫣然而笑：「被人看到不好。容表哥，往後的日子長著呢！」她輕輕的挪開他的手。

當時他想：是啊！日子長著呢！等把你娶回那天，我不會只輕輕摟你的腰、握你的手，我要緊緊的擁住你，親遍你全身的肌膚。這想頭使他面紅耳赤，心跳得彷彿要從喉管中蹦出來。涵瑛當然不知他在想甚麼，反安慰說：「容表哥，我沒怪你。」

再就是那次他舞罷了劍，站在涵瑛對面。月光下她那張輪廓分明的臉美得驚人，夜色之中她一點也不避諱的凝視著他，似在告知對他的情是何等深，何等綿長，他的心在她的愛撫中似要融化了。

夜空如洗，一輪明月靜靜的漫照著大地，惹得他忽發奇想：他們的新婚之夜將在月下結為一體，讓月亮為這永世不渝的至情做證。

但此時此刻一切都變了，經過這其間種種的變化他才悟出一個道理：情雖高潔貴重，卻也得在外力的干涉與摧殘下，變得自慚形穢，只能埋藏在深心一角，或是澈底的銷毀，甚至活生生的掐死。

如今他正面臨這樣的情境。涵瑛已註定是別人的女人，貞淑高貴的女子唯一有肌膚之親的人是她的夫婿，其他任何男人有非份的想頭都是褻瀆，包括他納蘭容若在內。他為先前那些自認淒美悱惻的回憶，和在回憶的過程中，身體的激動與反應而羞愧。他越來越感到事情的荒謬：兩情相悅渴望合而為一的要永世隔離，卻費盡心思找個不相干的女子，硬叫跟他同床共枕……

「公子，徐大人來了。」容若正想得出神，長歌急慌慌的一聲喚。他忙站起吩咐：「快請。」

容若與父親總找不出多少話說，和徐乾學倒是一說就沒完沒了，連著幾個時辰都不倦。他已看出，父親對此不是很舒坦，似乎有些嫉妒，曾用嘲諷的口氣說：「你這老師是拜對了，比親爹還親。」

他也檢討過，何以對父親沒話說？是因兩代人年齡有差距嗎？當然不是，徐乾學比明珠還年長呢！他關心父親，亦有心做孝子，對無話可說的現象卻無法改善。

徐乾學進來了，容若迎上施禮，徐乾學拍拍他肩膀道：「瘦了，臉上沒血色，這次病得不輕啊！現在已經在恢復，這就好了。」

兩人隔著紅木雕花高腳几坐下，秀兒端上新沏的茶，對徐乾學一邊施禮道：「徐大人請用茶，這是南方剛來的杭州毛尖。」

徐乾學端起茶杯，不由得抬起眼光掃了一下，客氣的讚道：「嗯！是不錯，很清香。」

容若正要開口說話，卻見長歌提個大食盒進來。「這是徐大人帶給公子的。」他說著已端出幾隻裝著食物的碟碗。

「你生病胃口差，師傅特別叫廚房給你做的。嚐嚐吧！」徐乾學溫和的笑容中隱約的有些得色，彷彿做了甚麼不凡的好事。

容若仔細看看那些食品，發現有一盤新鮮櫻桃，一粒粒圓潤晶瑩、紅豔欲滴。立時明白了老師賜食的義意。

原來自唐代起就有個習慣：科試放榜時正值櫻桃成熟，考中的新科進士們照例的用櫻桃來宴客，與眾人分享快樂。或接受長輩們賜櫻桃宴，以示被疼愛鼓勵。唐末進士，南昌人王定保在〈唐庶言〉裡就寫道：「新進士尤重櫻桃宴。」

容若當然懂得，徐乾學見很多遠不如他的士子都中了榜，處處擺櫻桃宴。獨他一人苦臥病榻，眼看功名擦肩而過，怕他過份憂傷，便弄了這桌不公開的櫻桃宴來哄他歡喜，兼帶鼓勵撫慰。

容若瞭解徐乾學的良苦用心，卻不贊成他的做法：「師傅，這又何苦！沒考就是沒考。我哪有資格享用櫻桃宴。」

徐乾學摸摸鬍子，顯得有些意興闌珊，只說了一句：「師傅只是心痛你。」

容若不忍再說甚麼，只好跟徐乾學吃那櫻桃宴。

接著師生倆便大聊起來，從這本書、那本書直談到將要彙編的《經解》。多半是徐乾學說，容若聽，只偶爾提一兩個問題。

徐乾學看出容若的心事沉重，連飲了幾口茶把杯放下，摸著下巴上的山羊鬍子：「容若啊！你是個靈性高潔的年輕人。你未來的成就和名聲，也不是眼前的成敗能評定的。你讀萬卷書，深知『日中則昃，月盈則食；天地盈虛，與時消息』的道理。那就是說事物的盛衰變化或行為的出入進退，要適時的調整因應：順遂時常因得意忘形以至於招致災難。相反的，困逆時或會因謙卑和反省轉為順遂。容若啊！錯過殿試三年後再考就是，沒甚麼可懊惱的，正可用這三年的時間編《經解》。一句話你切記：在著作方面的名聲你會震爍古今。其實師傅已經認為你是進士了，所以才賜你櫻桃宴。」

徐乾學的一番話，聽得容若既感動又無奈，眼眶都紅了。他讓自己鎮靜了一下，決意把所有的心事告訴師父。不料徐乾學倒先說了：「張純修把你的苦惱告訴我了。情最傷人，沒有指望的情傷人更深。可是不管甚麼樣的千古至情，也不管受了多重的傷，人總得活下去。既是非活下去不可，何不活得好一些，快活一些。你當然懂得甚麼叫隨遇而安。容若啊！師傅告訴你一句話：在『情』字上也要隨遇而安。」

「哦？」容若困惑的看著徐乾學，不知他何所指。

「你與盧家小姐的情已入絕境，絕即是空，無須再執著留戀。放下眼光，看看面前所有的。剛才那個姑娘，雖是小家碧玉，人才倒真是出眾。依師傅看，你不妨先收做偏房，等這陣子過去，師傅親自給你作伐，找位才貌雙全的貴小姐，來配玉樹臨風、文才蓋世的納蘭公子。」徐乾學說話的時候，兩眼笑咪咪，口氣輕鬆。

容若知道師父有意的在寬慰他，不過這樣的話從徐乾學的嘴裡說出來，他無法不感到失望。正如被賜櫻桃宴他非但不領情，還認為失去處世原則，不以為然一樣。

「師傅是為我好，希望我能順命，過上正常日子。其實我並非跟誰硬拗，也不道學，只不過有一點自己的原則。我認為『真』字非常重要，無論治學、寫作還是做人，都應本著真誠。說出來保不定師傅要笑。就說男歡女愛，如果沒有真情在先，就算真能產生點歡愛，也是很淺薄、很短暫的。那不是我想要的。」

徐乾學果然摸鬍子笑起來：「你要甚麼呢！天長地久、海枯石爛嗎？那是好夢，天下癡心男女多得是，得償的有幾人！孩子啊！要活得好，首先就要學著隨俗，否則便會更苦，這個紅塵世界本是用來容納俗人的。」

徐乾學走後，容若獨坐沉思，想著兩件事。一是櫻桃宴的事，再就是秀兒的事。

容若懂得師傅是多麼看重他，愛護他，想扶持他「重新站起」。也許以為他一蹶不振，從此頹廢下去了，所以用「櫻桃宴」的方式來給他勇氣。其實，他有信心也有力量再站起。就算退幾步想，真無再起的力量，作為一個有選士之權學者的徐乾學，也不該用這種方式袒護自己愛重的學生。這是失去原則，是徇私。若傳出去，對師父的的人望會有不利的影響。思來想去，他決定讓師傅知道自己的看法。隨即寫了一闕〈臨江仙‧謝餉櫻桃〉：

綠葉成陰春盡也，守宮偏護星星。留將顏色慰多情。分明千點淚，貯作玉壺冰。
獨臥文園方病渴，強拈紅豆酬卿，感卿珍重報流鶯：惜花須自愛，休只為花疼。

前面一段說的是師父對他的真心呵護。後一段說自身因病未能參加考試，還承老師仍如此珍惜愛重，感動之餘，他要真情報答兩句話：「惜花須自愛，休只為花疼。」提醒師父須愛惜自身清譽，不要只溺愛他這個學生。

在這首〈臨江仙〉裡，容若自比為花，把徐乾學比為惜花人，多處用典。認為學問淵博的師傅一看就會明白箇中含義，只盼師傅可別因此不悅。

容若寫完就叫長歌打發人送到徐府。

雖是好意諍言，學生勸老師，總是會讓徐乾學覺得丟面子。容若已準備等著挨罵。可徐乾學沒罵他，像沒事人似的，一字不提。只派人送信來，說身體不適，叫他暫時不要去上課。

容若訕訕的拿著那封短信，知道師傅是跟他生氣了。

容若思索的另一件事，不是徐乾學所說的「隨俗」，而是想找出個途徑，如何在不傷人的情況下，給秀兒一個妥善的安排。錯誤是他造成的，作為一個男子漢大丈夫，他必得負起責任來。

18

容若見秀兒在收拾几上的茶具，便喚她：「秀兒，你過來。」

秀兒轉過身，懷疑的看著容若。她來這屋裡已幾個月了，容若從來不主動叫她，凡事只喚長歌，對她是視而不見，有意冷淡。此刻叫她是何用意！

秀兒慢踱到書桌旁，容若說：「坐下，坐下說話。」

秀兒一聲不響的坐下，仍是懷疑的神情。容若沉吟著道：「秀兒，我要先跟你說聲對不起。雖然那天的事是神志不清的時候犯下的，對你的傷害和不良後果是一樣的。是樁不可饒恕的錯誤。但是這個爛攤子得收拾。我必得跟你商量，未來怎麼辦？」

秀兒睜大著眼睛，注視著容若那張確有慚愧意味的臉，帶點嘲諷的笑了：「一個貴公子，跟下人說抱歉的話，怪不怪啊！」

「不怪。對就是對，錯就是錯，對誰都一樣。秀兒，你多大了？」

「剛滿十八。」

「唉！你的生命才開始啊！這叫你以後怎麼過啊！」容若想了想又道：「你想不想回去和你祖母、你娘，和你弟弟妹妹一起呢？」

「原來公子想趕我走啊？」秀兒氣得臉都紅了，「弄到這個節骨眼上，你又想把我退回去！你們這些有財有勢的人，看我們窮人就這樣可欺！」

「秀兒你先別激動，我話還沒說完呢！我們家在海淀一帶有些宅子，都很寬敞，你們家住一棟，老少團聚在一起。府裡按月送去家用銀子。從此過平靜日子。不好嗎？」

秀兒怒氣消了些，仍冷著臉：「那時夫人到我家，把我從頭看到腳，還叫脫去外面大襖，說看骨架子長得好不好，連牙齒都瞧個仔細。就怕公子看不入眼。沒承想我在這屋裡待了四五個月，公子還是看不上。我真就那麼醜、那麼討人厭麼？為甚麼非要趕我走？」

秀兒伶牙俐齒的一番話，說得容若半天答不上來。

「你人生得很俊，也不惹人厭，問題出在我無意納妾，這件事全是我額娘的主意。」

「你的主意就不能改麼？」

「秀兒，我們之間一點感情也沒有。」

「為甚麼沒有？」

秀兒黑白分明的大眼睛釘著容若，弄得容若不知如何是好：「你的意思是要怎樣呢？」

「我來納蘭府是為給公子做妾。這個主意我死也不改。」

「假如你到海淀去跟你家人團聚，我可以給你這個名義。」

「不，我不要宅子，不要養家銀子，也不要甚麼空名義。我就待在納蘭府。」

容若被她弄得無可奈何，只有苦笑：「秀兒，你怎麼還不明白，我心裡早有人。我對你生不出情。」

「那是公子你的事，我對你可是第一眼就生了情。公子，我雖是奴才出身，心裡的情可並不賤。」

容若被感動了，不由自主的握住秀兒放在桌上的手，憐惜的看著她：「你既然這樣願意留在我身邊，你就留下吧！我怕你將來會很寂寞，很後悔。」

「公子，寂寞是一定的，後悔永遠不會。」

「我得稟明阿瑪和額娘，會有安排的。你先下去吧！我想靜一靜。」

容若的神態真的很疲憊，好像剛經過一場苦戰。整半個月沒出房門了，武功也沒練，確實覺得懊悶。外面天氣那麼好不如出去走走。

他想著便出來，尚未走出長廊，就聽到秀兒在後面叫：「公子等等。」

容若回身望去，見秀兒拿著圍巾和便帽快步趕來，「你病剛好，一定要小心。」她說著把圍巾給他搭在頸上。

容若也不說甚麼，繼續往前去。太陽正在落山，彩霞漫天。每見這樣景象，涵瑛的笑臉和身影，便清晰得如在眼前般，流進他的回憶裡。

與涵瑛共賞夕陽，同望明月，弄樂合鳴，是他人生中最美的回憶。回憶的同時他會默問：「涵瑛，你在哪裡？可還記得那些美好的時光？」惆悵低迴之餘，他也苛責自己：不該，不要。然而處處是回憶的火媒，小風稍吹便燎原，叫他如何抵抗！

容若在園裡繞了一圈便到父母處。正好明珠也在家，他和五格兒見容若都吃了一驚：「你怎麼就跑出來？」

「我已經好了，想看小弟弟。」容若抱著小嬰孩，摸了他的臉又摸小手，叫他的名字：「喂！揆敘，揆敘小弟。」心裡卻說著一句沒出聲的話：「可愛的小弟弟，如果你早來半年，也許額娘就不會找秀兒來家，哥哥也就不致如此煩惱。那多好啊！」

明珠和五格兒見容若真是復原了，顯得很高興。五格兒問這問那，說想吃甚麼叫廚房去做。明珠也沒像平常那樣，一開口就是教訓，反而安慰他說：錯過殿試不必著急，三年後再考便是。現在正可編《經解》等等。整個氣氛良好，充滿天倫之樂的溫馨。

容若見父母已把想說的話說完，便面色凝重、口氣認真的發言了：「阿瑪，額娘，兒子過來是有話要說。」

五格兒見他那嚴肅的樣子，不知發生甚麼事，已擔上一份心思：「甚麼事？你說。」

明珠開始板面孔，彷彿在準備隨時發怒。冷冷的瞅著這個總跟人家不一樣的兒子。

「我那天酒醉……」容若硬著頭皮，把事情說了一遍，明珠和五格兒互相掠了一眼。明珠的表情上已看不出怒意，五格兒笑著拉起容若一隻手連拍了幾下：「我的傻兒子，這才對了。額娘買秀兒來，就是給你做偏房的。先前怕你不願意，我們都不敢明說。現在好了，可以挑明了。」

明珠忍住了笑，故做淡然的：「男人都有這一天，很自然的。」

容若見父母的態度如此，知道他們又誤會了。

「阿瑪，額娘，我不是那意思，我是真的認為自己酒後失檢，錯了。最重要的是我對秀兒一點感情也沒有。她說甚麼都要留在我身邊。讓我很難。」

「你難甚麼？哪個男人不納妾！跟甚麼感情不感情的有哪門子關係？你怎麼跟誰都不一樣！」

「阿瑪不是也沒納妾。」

「放肆！」明珠沉下臉。

五格兒忙道：「容若，你把額娘弄糊塗了。既然你跟秀兒已經有了關係，收她為妾是順理成章的事，為甚麼你這麼不高興？」

明珠接著道：「說吧！你到底要你爹娘怎樣？」

容若知道無法溝通，便放棄的咧嘴笑笑：「我甚麼都不要，任憑阿瑪和額娘做主。唯一的要求是我和秀兒各住各的房子。」

他說完便怏怏不樂的走了。

納妾不須敲鑼打鼓或坐花轎，但亦是家裡的喜事，非常重要的一點，是得把秀兒在納蘭家裡的身分確定。

事情是桂昌按著五格兒的意思操辦的。僅擺兩桌酒席，沒有一個外人。

明珠的兄長振庫去世後的十幾年裡，嫂子塔珍和他們，只在相關家人的婚喪喜事上碰面，再就是逢年過節，兩房的兒女過府去給長輩磕頭請安。平日往還算不上熱絡。但這次塔珍帶著兒孫媳婦，來了七八口人。

明珠和五格兒見塔珍進來忙迎上去。

五格兒攙著頭髮已經花白的塔珍，明珠笑著作揖：「嫂子，你老可是咱們納蘭家的老祖宗啦！」

「老啦！我搬出去那年，容若還是個小毛孩子。唉！一晃眼孩子都這麼大了。唉唉！怎麼能不老啊！」

塔珍坐在正中主位上，容若帶著三個妹妹和秀兒過來磕頭。塔珍拉起秀兒一隻手，上下仔細打量，滿意的笑道：「新姨娘真俊，像朵剛開的牡丹花兒，多新鮮啊！」她把一個荷包塞給秀兒：「拿著吧！裡頭有好東西。」

秀兒笑得一臉春花似的，請安稱謝。塔珍指著明珠和五格兒教訓起來：「我說明珠弟弟和五格兒弟媳，你們這父母是怎麼當的？怎麼不給容若成親，倒先給娶偏房？盧家那姑娘還是我給做證訂下的呢！為甚麼不把親事給辦了？」

塔珍不明就裡，只顧嘮嘮叨叨的發揮老祖宗威風，全沒想到明珠一家聽了會是何種感受。

容若默默的走開了。明珠一臉尷尬，五格兒忙轉移話題：「嫂子入席吧！特別讓廚房做了你愛吃的虎皮凍子。」

一家人難得團聚，並未因塔珍不識時務的話受到影響，只是容若的臉上，絲毫看不出歡喜之氣，眼神和笑容彷彿更顯得憂鬱了。

五格兒對兒子向來縱容，這次也是按著容若的要求辦事：不設新房，沒有洞房花燭，以後他的房裡不可再弄「女人」進來。容若院裡的西廂房主傭七間，已打掃佈置妥當，雖不豪華，卻也舒適美觀，應有盡有。

桂昌派了一個丫鬟和一個中年女傭劉媽，專在「顏姨娘」房裡伺候。五格兒已交代：秀兒的名字不可再叫，正式稱呼是用她的娘家姓「顏」，容若的三個妹妹則叫她「秀嫂子」。

顏姨娘如今已是穿金戴銀，綾羅綢緞，缺的只是丈夫的熱情。兩三個月過去了，容若只到過她屋裡一次，坐了半個時辰，飲清茶一杯便起身離去，留給秀兒是迷惘和遐想。

閒來無事或夜半寂靜時，秀兒曾反覆尋思：為何得不到容若的歡心？答案是讀書太少，總共認識三五百個字，又不會琴棋書畫。於是她決心充實自己。大小姑子阿瑞極通文墨，能書能畫，她便常去向阿瑞請教。很多人讚她美得像怒放的牡丹，她便叫人在住屋的廊下，種植了成片的牡丹，並專學畫牡丹。她就不信，憑自己的姿容和伶俐聰明，得不到容若的歡心。

秀兒也知道，容若的心裡有個盧小姐，因得不到盧小姐寧願「終身不娶」，這句話對她來說，比仙樂還悅耳。當然，以她的出身，永遠做不了正室夫人，但沒有老大，最大的自然就是老二。

如今身分已定，名正言順便不怕沒機緣。

夫人五格兒那裡，她每天去請安，還幫忙逗小弟弟揆敘玩耍。

作為一個出身貧賤的豪門貴族的侍妾，她深知人和重於一切，「桂大叔」、「桂大嬸」、「吉爺」、「吉嫂」叫得親熱，對長歌也不再那麼呼來叫去。府裡的人都說顏姨娘為人厚道，對她很是友善。顏姨娘的日子雖有些寂寞，倒並不憂傷。

容若的全部精神都投注在《經解》上。他遵循徐乾學的指導，先做經書搜尋、閱讀，從先秦到唐、宋、元、明著手，第一批就找到一百多種，但他雖晝夜研讀，也不可能在短時期內讀完。徐乾學說這樣大的學術工程，絕非他師徒二人能夠完成。於是找朱彝尊、嚴繩孫、顧湄、陸元輔等知名學者來加入工作。

這幾位漢人學者，論年紀都可做容若的父親，但容若和他們談經論史，評詩詞歌賦和各家文章，不單一談就通，簡直就是滔滔不可終日，欲罷不能。這些孤高自賞，目中不太有人，特別是認為滿族子弟多不學無術的學者，不得不因為這位只有十九歲的滿族貴公子，改變自己的思想。他們驚嘆於容若儀表華豔，生於錦衣玉食的權勢之家，竟是如此思維脫俗，意境高遠，學養豐富。最讓他們欣賞的，是容若的誠懇和自然、不失赤子之心的待人態度。

容若和他們在一起，只覺心懷舒暢、輕鬆，動輒還要開開玩笑，稱他們為同志，說這部規模宏大的《經解》將是大家同心一志種出的「好果子」——為此還把自己的書房取名為「通志堂」。

人多收效快，第一批書稿很快的選定了，跟著來的是刻印問題。初步估計須兩百個刻印雕工，需時至少三四年，才能完成這部約一百三十種，可能超過一千六七百卷的《經解》。計劃很完善，但沒有一筆龐大的經費絕對辦不成。徐乾學首先拿出畢生積蓄四十萬兩銀子，作為第一筆資金；當然是遠遠不夠，容若去向明珠要求。明珠對編書的事原本十分贊成，現在聽說要兩百萬兩白銀，不由得猶疑起來。他略做考慮，說要跟徐乾學談次話再做決定。

徐乾學把整個計劃、步驟、內容，詳細的解釋一遍，最後道：「明大人，容若有的不是一般聰明，他是個天地精華型的特殊人物，是個天才。將來明大人和在下我，都會在歷史上留點名，不過不是因為我們本身。大人是因為生了個不平凡的兒子，我則因為收了個比我強出多多的高徒。」

「哦！徐先生這樣看重他？」

徐乾學摸著鬍子點點頭：「乾學還有個過份之請：大人最好少責備容若。別看他個子挺高，武功精練，其實這孩子心忒軟也忒多情。他受的打擊已經夠大。不要再刺激他。父子倆坐在一處說說聊聊，可是人生一大快事呢！」

明珠沉吟著黯然不語，突然想起容若童年時帶去打獵的事，野兔從面前經過他都不肯打，說是怕兔子的娘會哭。這樣心思細膩對萬物有情的孩子，居然是在他斥罵中長大的。

「謝謝徐先生點醒我。印書的事儘管去做，銀子不成問題。」

編書大事定籌，大家都放下了心，辛勤工作之餘，坐在淥水亭裡品茶談天。以前明珠總認為容若行為怪異：身為純粹的滿洲王族，卻對滿洲的王孫貝勒冷漠如冰，專跟一些落魄的半老漢族文人聚成一堆。自從徐乾學跟他說了那番話，他就學著去瞭解兒子。想容若的命運實在不幸，才華蓋世，心比天高，偏生出來就有痼疾，以致他很多事都不能做，連從小訂下的媳婦都得不到，何其悲慘！而他這個做父親的，不但沒有一點安慰，還見面就教訓，弄得父子之間越來越冷淡。他決心要改變這種局面。

整個納蘭府裡，只有容若、明珠和五格兒仍叫秀兒的名字。

「秀兒，你還沒有懷上嗎？」同樣的話五格兒已問了兩三次。秀兒除了搖搖頭之外，一句話也說不出。

能說甚麼呢？難道告訴夫人：雖已當了幾個月的顏姨娘，容若公子並沒一次碰過她！這話說出來不僅丟自己的面子，傳出去還會讓人當笑話講。以她的聰明伶俐，當然知道，在這個家庭裡，如不生出個能傳宗接代的男孩，地位只會越發的低。

不改變這情況絕對不行。她惴度著：唯有讓容若願意來親近她，才是解決問題的途徑。愁人的是，容若的全部精神和時間全用在編書上，終日往返於前院的編書場所和徐乾學家，每天清晨即出午夜方歸，連他的人影都難看到。偶爾和朋友坐到淥水亭裡吃喝，也是群來群去，想親近也難，何況容若根本拒絕與她親近。一向樂天的她為此憑添愁緒。

秋去冬來，連著下了幾場大雪，歲末將近各家忙著過年，刻印工人大半請假，編書的工作暫時鬆懈，容若亦多半留在書房裡，繼續預備《經解》的資料，又查又寫，總是工作到深夜。

這天，秀兒悶思了一整日。

瑞雪紛飛的寒夜，書房裡溫暖如春。容若像往常一樣，手握羊毫毛筆寫一陣，再丟下筆，拿起一堆書裡的一本翻前翻後的看一遍，然後托著腮幫子想一會，再提起筆，沒頭沒腦的寫個沒完。面色沉靜，眼光投在紙上，彷彿整個人間只有他那張大書桌——前明好做木工的天啟帝親手製做的雕花書桌，世間的其他一切全不存在。

秀兒已在房裡多時，先用火鉗捅過兩隻爐子，故意弄些響聲。再用木杓把小火上煨著的瓦鍋攪了幾下。用雞毛撢子拂了架上的盆景，又去牆上的名畫，說是一個叫甚麼米芾的人所畫，平常容若把它當成寶，不許隨便碰，現在她偏要多碰幾下。

秀兒連著把那畫一陣撢。偷眼看看容若，只見他微斂著烏黑的劍眉，抿著嘴唇，忘其所以的一個勁兒只顧寫，不抬頭，不出聲，不轉眼，壓根兒就沒注意到她的存在。

秀兒暗自思量，不主動出擊不行了。

秀兒盛上一碗蓮子銀耳羹，端到容若面前：「慢點喝，別燙著嘴。」

容若把埋在書裡的眼光抬起，停在她花一般燦爛的笑容上。「怎麼不叫長歌做？」

他端起碗一匙匙的慢慢喝著，讚了一聲：「好喝。」

「長歌起得早，我叫他先去睡了。」

「外面那麼冷，你還過來！」

「因為冷我才過來給你煨點熱湯。再說我還有事要求你呢！」

「求我？甚麼事啊？」

秀兒從旁邊拿起一卷紙，笑得有點不好意思似的：「公子看了可別笑啊！」容若把紙卷打開，原來是幾張工筆牡丹和幾張書法練習：「這是誰做的？」

「公子猜不著。」秀兒的粉臉笑得如春花怒放

「哦？是你？真不知道你還有這一手！」

「我剛跟阿瑞小姐學的，才幾個月。」

「哦？阿瑞都當老師了！」容若出聲的笑起來，一邊喝湯。

「公子別笑。這是剛開頭，我會一直學下去。」

「要是阿瑞出嫁了呢？」

「大小姐出嫁我就跟二小姐學。」

「二小姐也要出嫁的。」

「二小姐出嫁就跟三小姐學。三小姐出嫁就跟你學。公子總不會出嫁吧！」

「哈哈……」容若放聲大笑，秀兒也笑得花枝亂抖的，濃睫毛擁著的漂亮眼睛睨著他。

「秀兒，才幾個月就有這樣的成績，很不錯了。不過你的字墨不足。」

「哪裡不足？」秀兒已來到容若背後，一隻手指在紙上：「哪裡呀？」

容若半天不出聲。秀兒身上的花香和肉香味，逼得他喘不過氣，而肩膀和背脊上，一個軟綿綿的肉體已經靠過來。

「你說呀！哪裡？」

容若感到自己的身體在起變化，像有一股烈火在熊熊燃燒，熱得他似要爆裂。於是他開始問自己：我到底是在抵抗甚麼呢？這個活生生的女人不是屬於我的麼……

他還來不及想完，便牽起秀兒一陣風似的奔向臥房。

19

容若在心理上和行動上都接受了秀兒。她豐腴軟潤的肉體，給了他以前所不知道的快樂。此刻他才懂了，為何一個男人可以妻妾成群，難道情可以平均分配！

親身體驗後他終於明白，情和慾原來是能夠分開的。

當他與秀兒進行肉體之歡的一刻，涵瑛的影子會暫時變得黯淡，但事過境遷後，又明朗的顯現出來。

其實他是多麼希望能夠遺忘。曾多次告誡自己，為一個毫無希望的愛情而痛苦是愚蠢，是自討苦吃。糟的是人的心並不總服從意志的指揮，情海恰似無垠無岸的汪洋大海，掉下去便很難上來。怪的是那彷彿並不妨礙與別的女人交歡，雖然那種歡愉中像少了些甚麼，像一閃即逝的雷電，或在發癢的皮膚上搔幾下那樣表面化。

但有一點他可確定：如果涵瑛與他的關係沒有終結，他斷不會與別的女人發生肉體之親。

他認為真正的至情，已使兩人親暱得沒有縫隙容納別的異性侵入。如果有，便是那情的真純和濃烈度都不夠，更是對真情的褻瀆。

如今涵瑛已在他的生命中消失，他的心靈和肉體已從無所依附的疼痛中流離四散。而他們硬把秀兒塞給他，她的人生反成了他的責任。正如秀兒在枕邊說的：「公子，我是你的女人，你是我的天，我到府裡來是專為侍奉你的。公子，別冷落我，跟我這樣親熱不好嗎？不高興嗎？」

是啊！事實已無可改變，秀兒歸在他的名下，將終身跟隨他。她的日子過得好或壞端看他的態度，何必要讓她成為一個閨中怨婦，雖然她給他的快樂短暫而單薄，離他所期待的幸福是那樣遙遠。

容若和秀兒仍是各住各的房。與以前不同的是，有時容若會主動的到秀兒房裡過夜。

容若刻意要保持生活的獨立性，他閱讀，深思，創作詩詞，編《經解》，這是完全屬於他個人的世界。秀兒進不去，他也不歡迎她進去打擾。

日子平靜無波，半年來容若犯過兩次寒疾，病勢不重，復原得也很快，蒼白的臉色泛著紅潤的健康色。

張純修和曹寅、韓菼一干朋友，開玩笑說他看來是「陰陽調和」了。

明珠和五格兒對這情況自是欣愉。

從那次和徐乾學談過話後，明珠思索良久，多有反省，覺得他這個做父親的，似乎只看到容若的缺點，譬如一些出格的作風，看這也庸俗、那也功利的古怪觀念。對他的優點：文才，博學，敦厚純良，非但從不讚美，根本就像視而不見。每次碰面都挑剌，不給好臉色，確實過份了些。他已在改，每見容若必表現父親的慈祥，問這問那，誇讚他編《經解》的成績。如今父子關係十分融洽。

最讓全家振奮的，莫過於秀兒懷了身孕。五格兒吩咐下去：要把顏姨娘照顧好，不得有閃失，想吃甚麼廚房要給做。

秀兒的身分驟然間重要起來。她並沒像一些淺薄女子那樣，藉勢張狂，恃寵而驕。態度上她跟平常沒多大分別，只是心情益發寬敞，默唸著上天保佑，一定要生個男孩。有了兒子，她在納蘭家的地位便只會往上，不會往下。

容若彷彿也很快活，但沒像父母那麼興奮，反而有一種複雜的異樣感覺：兩個不相干的男女交歡，竟能創造出一個新的生命，何等玄妙啊！他納蘭容若要做父親了，他的孩子會是甚麼樣子呢！他想著竟兀自笑起來。

徐乾學要暫回江南，容若一早起來就去給師傅送行。

納蘭府裡來了個不速之客，盧興祖的長子盧敬堯來了。

自從上次文瑾帶著涵瑛和敬周離去後，兩家就斷了往還。

「盧家大奶奶忘恩負義」的話，連下人都會說。

吉順進來報告盧家大公子來訪時，明珠和五格兒都想不起是誰，待吉順解釋是做鹽運使的盧敬堯時，兩人幾乎不約而同的問：「他來做甚麼？」

吉順道：「來意不明。我也沒給他好臉子看。我說：等回了老爺夫人再講吧！沒準兒不想見。他在外頭等著哪！」

明珠沉著臉不說話。五格兒想了想道：「叫他進來，我倒想聽聽他說甚麼。」

片刻之後，穿著官服的盧敬堯跟隨吉順走進堂屋：「敬堯給表姨和表姨父請安。」他說著就跪在地上給磕了個頭。

「這不折殺我們，哪受得了，快請起。」五格兒擺著一張無表情的面孔，聲音冷冰冰的。

「請起，請起。哪股風把鹽運使大人吹到寒舍來？很出我們的意外哦！」明珠的面孔也夠冷。

盧敬堯雖被諷刺得尷尬已極，臉上仍陪著笑：「表姨和姨父生我們的氣是應該的。我娘的確做得不對，我是特別來給賠罪的。表姨和姨父氣色都健旺。府上也都好吧？」

「我們過得滿好，並沒嘔死。你來，是文瑾的意思嗎？」五格兒發了福的團團圓臉上寒意凜冽。

「回表姨，是我娘的意思，也是我們全家的意思。」

五格兒冷笑道：「文瑾這個忘恩負義的東西，何必假惺惺。」

「表姨，我娘是誠意的。她有重要的事要我跟表姨和姨父說。我這不到部裡交代過事情，衣服都沒換就來了。沒想到姨父也在。」

「為了削藩的事朝裡忙成一團。我連著幾天沒回家。皇上體貼，免我早朝，叫下午去覲見。」明珠口氣中掩不住驕傲，態度卻仍然冷漠。

「是啊！我一回朝就聽說，表姨父力主削藩，可朝中有人反對。其實現在那幾個藩王，尤其是吳三桂，張狂得太厲害了。表姨父看得遠，主張削藩是正確的。」敬堯還是陪笑討好的順著說。

「哦！輪到鹽運使大人誇我正確，不容易啊！你當然也聽到了，索額圖說我想陷害朝廷，請皇上取我項上人頭呢！呵呵！納蘭家可是更危險啦！」明珠冷言諷語一陣，終於正色道：「敬堯，你有話就快說吧！我要出門了。」

「是。我就直說了，表姨，姨父，我是為容若和我妹妹涵瑛的婚事來的。」

盧敬堯的話太出人意外，明珠夫妻對望一眼，都不做聲。

「為了涵瑛的婚事，我們全家都過不好。表姨知道的，我娘的腦子一時轉不過來，曾經反對這門親事。」

「豈止是反對，根本是做得太絕。」五格兒忿然打斷敬堯的話。

敬堯並不辯解，繼續道：「我們家是很開通的，有話都可明說。涵瑛說除了容若她誰也不嫁，假如硬逼，母親會為後果悔之不及。我那妹妹，外表看著秀氣嫻雅，內裡可是剛烈非常。她跟我娘說：她不是那種一投水、二上吊、三吞砒霜的小女子。假設娘堅持，她就出走，自己來找容若。我三弟敬周最有趣，來做媒的全讓他給擋駕，說妹妹早有人家了。對方問是哪家？敬周說：『是納蘭容若，他們是訂的娃娃親。』來人聽這話就沒得可說了。敬周還說由他送涵瑛進京，為了路上方便，涵瑛還做了兩套男裝。我娘看他們真要行動，嚇壞了，這時才說：其實她早已改變了主意。」

五格兒的臉色和緩了許多，明珠道：「聽說你妹妹跟人家訂婚了？」

「是啊！那『人家』就是容若。前一陣子，內務府徵才女的名單上有涵瑛，皇上說有人家的免徵，並不問是哪家。我們說涵瑛有人家也不算欺君。」敬堯恭謹回答明珠的話。

「既是如此，你娘本人怎麼不給我寫信？」五格兒怒氣已消失了大半，語調不自覺的轉為平和。

「我娘覺得沒面子，又怕表姨不原諒，所以叫我先來。我們全家都回來了。他們正在路上，這一兩天就到。表姨，涵瑛要我直接見容若，她有話也有東西帶給他。」

五格兒告訴敬堯：容若要午後才回家。這兩年他受的各種打擊太大，突如其來的又添上一樁，雖是喜事，卻不知他是甚樣感受。她要敬堯晚間再來一趟，容她先向容若透露一點端倪，讓他心裡有些準備。最後嚴肅的道：「容若現在已經有一房側室，正懷著身孕。你們知道嗎？」

「聽到一些。那跟海誓山盟的感情是兩回事。再說誰家沒有三妻四妾呢！」敬堯坦然的笑了。

午後容若歸來，五格兒便把與盧敬堯的談話，詳細的向他敘述一遍。容若在聆聽的過程中，反應強烈，面色時喜時悲，憂鬱的眼神裡幾度閃耀出狂喜的神采，接著卻又現出深沉的憂愁：「不成，額娘，我不能接受這門親事。」

「不能接受？為甚麼？你不是因為娶不到涵瑛，傷心得連小命都差點搭上嗎？怎麼又不願意了？」

「不是不願意，是沒臉，沒資格。涵瑛為了我，跟她母親鬧成那個樣子，甚至想獨自闖到北京來找我。像她那樣的弱女子有這樣的決心和勇氣。可我……我居然跟別的女人生孩子。」

「兒子啊！你怎麼總跟人家不一樣！娶妾有甚麼不對？哪家不是妻妾成群。」

「我跟涵瑛的情況不一樣。」

「唉！娘太笨了，聽不懂你的話。晚上你敬堯大哥來，你跟他去說吧！」五格兒苦笑著走了。

盧敬堯依約而來，直接到容若書房裡：「容若弟弟，涵瑛叫我一定要見到你。」

兩人隔著茶几坐下，容若沉默了一會才問：「涵瑛她還好嗎？」

「她還可以。不過比以前瘦很多，常常晚上睡不著，打開窗子對著月光彈琴。白天有時候坐在院中的亭子裡看太陽下山，看五彩雲，一看就是好久。哦！這是她讓我交給你的東西。」

容若接過敬堯遞過來的紙包，小心翼翼打開來，一層又一層，直剝了三層作畫用的棉紙，才看到裡面的東西：幾片用書夾扁的乾葉乾花、兩枝柳條、兩顆紅豆，都是昔日兩人一起採的。一撮黑絲繡線，那是他們在迴廊上表演《李白》時的鬍鬚，一隻小得不起眼的翠翹，是那次董老師生日猜燈謎他贏來的。最後是幾張紙，打開來看，只寫了幾個字：「換我心，為你心，始知相憶深。」

容若撫摸著那些東西，眼眶裡忍著淚喃喃：「我對不起她。」

「千百年來男人都是這樣過來的，說甚麼對不對得起！容若弟弟，你實在是我一生裡所見的，最多情、重情的男人。涵瑛能嫁給你是她的福氣。」

「嫁我！表姨不是嫌我有病麼！」

「曾經嫌。不過涵瑛堅持說：哪怕跟相愛的人過一天，也勝過跟不愛的人過一生。」

容若低迴無語，敬堯以為他還在猶疑，正想再說甚麼，卻見兩行清淚沿著容若的鼻旁流下：「大哥，請告訴涵瑛，我在等她。今生來世，永遠等她。」過了好一會他才哽咽著說。

明珠夫婦和敬堯幾度商量，有關婚禮的一切都訂定了。迎親大典在五月上旬，那時正值暖意柔柔的盛春，百花初綻，園裡一片清豔顏色。預計一百桌酒席就開在園子中間，客人可一邊品嚐美食美酒，一邊欣賞園裡的樓台山水。

如今的納蘭府是北京城裡最豪華的名園之一，都知園中亭台樓閣雕樑畫棟，考究到極點。聽說碧波淼淼的湖心有個淥水亭，是相國公子納蘭容若與文友們詩詞酬唱之處。很多皇親國戚的子弟都想來見識見識，跟這位文武兼備、相貌出眾的納蘭公子相識，一塊兒吃吃聊聊，出遊尋樂，交個朋友。

那些王孫公子透過他們的父兄，向明珠提出此要求。明珠覺得很有面子，回來跟容若商量，容若卻說：「不是曾有甚麼貝勒爺之類的來過嗎？我跟他們哪有話說！反而尷尬。我編《經解》還忙不過來，哪有功夫去敷衍這些人。不必見。」口氣篤定，顯然無商量餘地。

明珠自覺權傾朝野，偏偏在兒子面前連這樣一件小事都說不通，心中不無懊惱，曾數次對著五格兒發牢騷：「咱們這個兒子，思想怪異，凡事都有他的怪主張，對爹娘的話一句也不聽。為了他，我在朝中得罪人。」

五格兒最明白容若的脾氣，知道他不想做的事誰也勉強不得，只好寬慰明珠：「容若外表溫文，骨子裡可是牛得很，犯不上為這點事嘔氣。那些甚麼王公貝勒得罪了又怎樣？我把他們放在眼裡麼！他們想見我兒子，怕沒那麼容易。不過總有一天叫他們好好的見一見。」五格兒每說到她昔日的親戚，那些皇室宗親，最後總免不了充滿怨懟。

五格兒覺得容若的婚禮，是她與舊關係割斷二十年之後，重新收拾起的最佳時機。

明珠也有心要大辦一場。他想不僅自己為朝廷高官，兵部尚書，兒子容若也文名廣傳，娶的又是萬方矚目的大家閨秀，正好趁這機會給大家看看，他這個年紀未滿二十的兒子，是何等的華秀超逸，人才出眾：葉赫汗王的後人就是不同凡響。也正好把那些向他打聽過容若，渴望與他一見的權貴子弟，一古腦兒全請來，還了這個人情願。

五格兒非常贊成明珠的想法。回想她和明珠結婚時，沒有迎親，沒坐花轎，沒請一個客人，像做賊一般遮遮蓋蓋的成了親。如今回憶起來何等淒涼！說到底她終是太祖爺努爾哈赤的親孫女。他們要在兒子身上得到補償。出名的納蘭府，鋪張豪華些也不算過份。

依容若的意思，婚禮隆重溫馨就很好，無須奢侈。但此刻沒人聽他的。成婚大典，是這個家庭娶媳婦進門，添人進口，父母給兒子所辦的生平最重大的事。為了盧涵瑛他聲言終身不娶，父母並未逼他娶別人，是父母對他體諒。現在終於等到了涵瑛，他實在不能再違背父母的意願了。

明珠和五格兒定調：納蘭府長公子的成親大典，將美輪美奐，貴氣豪華，讓北京城永難忘懷。

大計既定，整個納蘭府裡的人就忙了起來。

這是吉順接任總管以來，操辦的第一件大事，他認真又求好心切，召集所有下人宣示：「大公子成親，少夫人就要進門。王公貴客要到四五百，這是何等熱鬧的喜慶大事，大夥得盡心，誰要出了錯我可不依。」

吉順同時把舅舅桂昌夫婦請出來幫助拿主意。應找哪家飯館的大廚來幫忙掌杓，哪家繡莊的工最細。總之，越忙越喜，園子裡的氣氛空前熱活。

盧家已到北京，仍住在他們以前的宅子裡。

文瑾如今是三對兒子媳婦、六個孫輩和一個待嫁女兒的大家長。五格兒正算計著哪天抽空去造訪，文瑾倒由一個丫頭陪著先來了。她看上去枯瘦而蒼老，頭髮白了一大半。

五格兒見她進屋忙迎上去笑著擁住：「歡迎盧大奶奶衣錦榮歸。」

文瑾不但沒笑，說了句：「五格兒，我對不住你。」便哭泣起來。

五格兒輕輕拍著她的背：「可真沒出息，瞧瞧，都成老太婆了，還好意思哭！來，坐著聊。」

「五格兒，我是真有愧——」

「你再說那些陳年爛穀子的臭事，我可要轟人了。咱們辦喜事，樂都樂不過來，提那些幹嘛！喂！怎麼沒把我兒媳婦帶來？」

文瑾看出五格兒真的不記恨她，情緒便好轉，兩人像往昔一樣的聊著：「涵瑛說這兩三年坎坷多，大夥的心緒都不穩。最好平靜一陣，將息將息。說婚期已近，先就不必見了。」

「她說得很對。容若和她，見面免不了辛酸。何必呢！大喜之日已在眼前。」

「五格兒，那時候明珠騎著他那匹老白馬來接你。」文瑾笑起來。

「是啊！我家破人亡，走投無路，幸虧明珠去接我。那時我十四，他十六，唉！日子過得好快！」兩人一聊就沒完，太陽偏西文瑾才回去。

容若的情緒顯得空前良好。容光煥發的臉上總浮著笑容，有時看著書會忽然像走了神，兩眼直直的不知在想甚麼，然後便兀自抿著嘴角笑了。

自盧敬堯來過以後，他的心已完全被涵瑛佔據，無論坐、站、走路，或夜裡躺在床上，想的都是涵瑛。幾乎想不到其他別的甚麼人，包括曾以為他真要「永遠不娶」的秀兒。直到那天消瘦了的秀兒，站在書桌前用憂怨的眼神盯著他。

「哦？秀兒，你怎麼來了？」

「有些天沒看到公子了。過來照個面，連帶著給公子道喜。」

容若看出秀兒眉眼間掩不住的愁意，立刻明白了她的心思：「秀兒啊！你在擔心甚麼？」

「公子以前跟我說的話還算不算數？」

「我說的話？」

「你說把海淀那邊的房子給我一棟，讓我和我的家人一起住。」

容若懷疑的看著她：「你想搬出去？」

秀兒不說話，只點點頭。

「不行，你不能搬出去。你已經有身孕，傷著孩子怎麼辦！秀兒，你不要胡思亂想。盧家小姐為人慈祥寬厚，一定對你很好的，別擔心了。」

「對，我就不要胡思亂想了。」秀兒甩了下頭，扭扭搭搭的走了。到院子裡，才靠在一棵樹上，讓眼淚流下來。

秀兒已為容若娶親的事，暗中流過多次眼淚。她知道容若應該娶正室，也明白自己沒有資格嫉妒，但她確為此心神不寧，容顏憔悴，每天反覆回想那些令她心顫的、最美好的記憶。她曾是他唯一接觸過的女人。儘管他從未說過愛她的話。可他們有肌膚之親，而且有了孩子。她已習慣了容若是她專屬的男人，相信他「終身不娶」的話。

他不娶是因為娶不著盧涵瑛，可如今盧涵瑛小姐以主人的姿態，強勢而尊貴的來了。瞧容若那欣喜若狂的樣子，府裡上下興奮的氣氛，她無法不感到受傷和心痛。她恨自己家貧，也怪母親狠心把她賣給納蘭府。她想如果嫁給一個開小店，或給衙門做小事的，一夫一妻的過日子，雖窮也比在這豪門裡快活。

20

那一天終於到了。別的不說，只迎親隊伍就令人震撼。

依次是，十六個穿著一式藍緞褲褂的青壯漢子，各舉一面繡幛在前開道。接著是紅、黃、綠，三組不同顏色服裝的吹鼓樂隊，每隊三十三人。排列整齊，步伐一致，但並不像一般樂隊那樣同時敲敲打打，而是三組緊接著輪流。待各自奏完後，再三組同時合奏。這是樂隊領班特別想出的新方式，據說在全北京都是第一遭。

跟上來的是幾十擔用紅絲帶子綑著的綵禮。接著是今天的主角人物：新郎納蘭容若。他由八名年紀相仿的朋友陪伴：張純修、曹寅、韓菼、吃喝大將軍，和另四個在國子監讀書時的同學。韓菼直說自己比其他幾個人都大上十來歲，早已是三個孩子的爹，怕伴在一起不相宜。

「有何不相宜？大哥生得面嫩，看著比小弟我還少年呢！」曹寅是這一群中年齡最幼的，比容若還小，他是有意玩笑。

張純修道：「怎能少了狀元郎！正要借你喜氣。」

吃喝大將軍立刻接上：「對！喜氣。你生了三個，容若也許想加倍，至少生六個，特別要借老爹的吉祥喜氣。」

韓菼眼看推不掉，便換上錦袍歡喜上陣。

八位青年俊彥騎著大馬在前，容若如眾星拱月般跟隨在後。他穿著一襲軟緞大紅袍，上罩墨黑底子暗紅團花馬褂，胸前繫著紅綢綵球，黑緞皂靴，頭戴著黑緞八角帽，帽簷正中鑲著一塊比鴿蛋還大上一圈的透水綠翡翠。整個人看上去可真是豐神秀爽，恍如明月下墜人間。

花轎的簾幃是著名的湘繡，每扇簾幃的花樣各異，有的是鴛鴦戲水，有的是並蒂蓮開。轎上的頂子是個飯碗大小的真金圓球。轎後是一隊去伺候的丫頭、小子，最後是幾抬糖果，預備接到新娘子回程時，沿途分給看熱鬧的群眾。

浩浩蕩蕩，路人為之側目。

到達盧府，老遠就看到大門被裝飾得鮮豔奪目，一片喜氣。盧氏三兄弟敬堯、敬舜、敬周，早已盛裝來到門外，迎接這個把他們盧家弄得人仰馬翻，讓嫺雅文秀的妹妹差點出走，想去為愛走天涯的未來妹夫。

容若下了馬，給盧家兄弟恭敬作揖：「哥哥們，我來接涵瑛了。」

盧敬堯道：「把涵瑛交給你，我們很放心。」

「大哥，我和涵瑛，我們會很好，很好。」容若笑得滿面春風，再連連作揖。

一陣繁文縟節的折騰，蒙著紅緞蓋頭的涵瑛終於出來了，婀娜的身段穿著紅色喜袍，被一群女人擁著上了花轎。

樂隊嗚嗚哇哇的吹打起，大隊人馬立刻上路。回程的隊伍比來時又長了一大節：新娘的嫁妝六十五抬，送親的人除盧氏三兄弟和幾位男性親戚騎馬外，女眷們乘的車二十多輛。經過之處擠滿看熱鬧的男女老少。

「納蘭公子真是一表人才！」

「納蘭容若文名那麼大，人還這樣年輕！」

「聽說那盧家小姐是個才女。也只有這樣的姑娘才能配上納蘭公子。」

「看哪！轎頂是真金的，嫁妝少說也有六七十抬吧！」

「豪門對豪門嘛！」

……

嘰嘰喳喳，品頭論足，興奮之情彷彿是他們自己家辦喜事，有人索性高聲大叫：「納蘭公子！」

「瞧，納蘭公子在向咱們施禮呢！」

容若意氣風發的騎在馬上，不時向路旁的群眾拱手行禮。

隊尾的下人連連往人堆裡撒糖果，另兩個中年男傭身上揹著包袱，見到衣衫襤褸的老幼之輩便塞幾個碎銀子。

容若的內心仍反對如此張揚，覺得太過份，但父母親堅持要風風光光的大辦一場，他也不能掃他們的興，只有懷著不安努力配合。他娶的是涵瑛啊！太多的興奮和快樂正須與人分享，有這樣多的平常百姓為他們祝福，是何等充滿人情溫暖的美事！他自是衷心感謝並願接納。愉快的心情使容若無法停止臉上的微笑，騎在馬上如浮騰在雲端，飄飄然的依稀遊蕩在夢幻之中，心中唸叨著：「涵瑛，我的妻，我接你回家了。刻骨的相思，情殤的眼淚，深宵不寐的苦徘徊，一切一切的愁和痛，都永遠的過去了。讓我牽著你的手，共度我們的人生，直到髮白齒掉，你變成了老太婆，我變成了糟老頭。」

此刻的容若心裡沒有詩，沒有長短句，也沒有《經解》，有的只是涵瑛，和他們美得炫目的未來。

涵瑛和容若的情況一樣，不願鋪張，拒絕那麼多嫁妝。但母親堅持一抬都不能少，理由是：嫁到納蘭那樣的人家絕不能寒酸，要擺出門當戶對的大家氣派。何況她曾受五格兒娘家愛新覺羅氏，和納蘭氏兩家的大恩，正好趁這機會表示報答。

三個哥哥都贊同母親的意見：「我們盧家世代清官，雖不富有，給妹妹置辦些嫁妝還是綽綽有餘。不然人家怎麼看你的哥哥！」大哥敬堯說。

二哥、三哥意見相同。涵瑛便不再爭，就連梳妝穿戴也任由嫂子們打扮。她想這些都是無關緊要的枝節小事，終於能與容若一生相守，才是最重要的大事。他們那麼相愛，只要兩人在一起，別的甚麼都可妥協。想想立刻就要見面，而且永遠不再分離，她幸福得心都顫抖起來。

納蘭府的五扇紅漆大門全部打開，張燈結彩極盡富麗氣象。園子裡人聲沸騰，寬廣的天井上席開八十桌。隔著一道矮牆的小天井是女眷席，擺了三十來桌，其中不乏王爺、福晉和格格之流，論關係不是五格兒的堂表姐妹，就是姪女和外甥女。

主桌坐上位的幾位老貴婦，是五格兒的伯母和嬸嬸，愛新覺羅家的老關係好像又回來了。五格兒又說又笑，叫了伯母又呼姑媽，熱情殷勤的招待她們，心裡卻是悲喜交集，百味雜陳。她想：論貴，你們誰貴得過我！我五格兒是太祖努爾哈赤的親孫女。當時我家破人亡，你們是怎樣對我的！你們落井下石，不認我，躲得遠遠的。現在看我過得好又來攀親了。就叫你們來仔細的看清楚：看我五格兒的丈夫、兒子、媳婦、園子都是甚麼樣，比你們家的色鬼老爺和蠢驢一般的兒子如何！

明珠在男客之間穿梭應酬，跟這位大臣拉過手又去拍那位的肩膀，見著王爺就作揖，噓寒問暖：「你老的氣色越發好啦！怎麼看著比去年更年輕了呢！」之類的話不離口，把那些鬚髮花白的皇親國戚逗得滿心歡喜，當面、背後都說他為人最誠懇，說話最實在。

自從康熙皇帝親政，明珠的官運之旺、升遷之快，便如同秋風裡的風箏，直沖雲霄。十年前他才升到內務府大臣，如今已是兵部尚書。誰都看得出，他的官位還沒到頭，還會更上層樓，官場的嗅覺靈敏，納蘭明珠已是當今朝臣逢迎投注的最大目標。他的有才子之名的兒子成婚喜宴，誰不想藉機輸誠建立關係！有些沒被邀請的，竟然輾轉託人弄張請帖，攜厚禮來恭逢盛事。原訂的八十桌已超出許多，此刻仍在加桌。

一片談笑喧譁中，忽聽得外面樂聲大作，原來是新郎接花轎回來了。明珠和五格兒忙到佈置得富麗堂煌的正廳，並坐在供著祖宗牌位的長案旁，另一邊坐著盛裝的文瑾。

廳裡廳外擠滿觀禮的賓客。拜過天地、祖宗和高堂之後，是夫妻對拜，兩人對著磕過頭便儀式完成。接著是新人入洞房。容若按傳統習俗，用大紅綢帶牽著他的妻子，走到屬於他們自己的天地。此刻他才真實的感覺到，涵瑛已是他的終身伴侶，兩人將攜手並肩走過漫長的人生路。想到這兒他感到自己太幸福了，不覺咧嘴微微一笑。

新房是一片暖烘烘的紅，紅燭、紅紗床帳、紅緞桌巾椅墊、紅色繡枕被子和床罩。容若看這鮮活喜氣的紅色，像一團火，正能配和他熾熱的心情。他扶涵瑛到床邊坐下，俯在她耳畔輕聲說：「你等著，我很快就回來。」

「你去吧！」涵瑛低聲答。容若立刻輕鬆愉悅的出去了。

新郎的最大任務是敬酒，就算每桌只飲一口，一百多桌下來也足以讓人醉倒，何況會有人不顧死活的鬧酒。對這一點，他的那夥哥們早有因應措施，張純修、曹寅和韓菼陪同給緩頰，實在搪不過去就幫忙喝一杯。吃喝大將軍給端著酒壺，裡面裝著他特意去找來的「淡酒」，據他形容：「哪怕喝上三五壺也沒事。」

結果容若果然逃過「酒劫」，僅達到微醺程度的飄飄然。

哥兒們都催他離去：「趁著沒人注意趕快開溜。」曹寅一句話點醒了容若，連忙故做不經意的閃開了。

容若回到洞房，見他的新娘仍蒙著紅緞蓋頭坐在那兒，旁邊站著她的陪嫁丫頭秋晴，和府裡新買來伺候少夫人的小丫頭幼菊。他向她們揮揮手，兩人立刻知趣的出去了。

容若站在床前對著他剛進門的妻子說：「涵瑛，我現在你面前，掀開這塊紅蓋頭，我們就見面了。」他說著輕輕掀起紅緞，露出涵瑛嬌豔的臉。

涵瑛喜悅的望著他，嫵媚的的眼睛裡卻汪著淚水。容若握住她的雙手拉站起來，擁入懷中。兩人都不說話，就擁在一起默默的流著淚。過了好一會，容若才把涵瑛推開一點距離：「涵瑛啊！到現在我都不敢相信，真的是你嗎？我們真的會有這樣大的幸運嗎？」

「是我啊！容表哥，唔，現在得叫你容若了。容若，想念的日子太難過，我再也不離開你了。」她用香巾替容若抹乾淚痕，他臉上痙攣的深情讓她感動得心都要融化了。

「涵瑛，我太想你了。」

「我也是啊！有時想得心都發痛。」

他們的洞房花燭夜，沒有像一般所說的顛鸞倒鳳，而是兩人相擁著靠在床上，傾訴別後的刻骨相思，因感情絕望所受的折磨，以及對未來生活美好的期待，和說不完的知心話中度過的。

「我對不起你。你為了維護我們的情，那麼勇敢的反抗。而我，終於還是低頭了。不過秀兒是無辜的，也很可憐。」

「是很可憐，一個好好的女孩子，賣給人家做妾，她心裡會好受嗎！你也不要因為這件事覺得對不起我。從咱們老祖宗就這麼活過來的。要怪只能怪這個習慣。你的武功再高強，也打不過老祖宗留下的習慣吧！」她說著笑起來。

容若摟得她更緊些，親吻過她的鼻尖又親臉頰：「經你這麼一說，我心安了不少。瑛，你是真聰明，對甚麼事你都有自己的看法。像你這樣的女子，我配得過嗎？」

她輕輕打了一下他摟在身上的手：「你是不是想不配我啦？」

容若嘻嘻的笑了：「我逗你的。不過，我沒能去考殿試，身無功名，不能入仕途，總是遺憾。」

「下次去考就是。其實對你來說，在詩詞和著書方面下功夫，也許比入官場更適合。以前我看我爹，現在看我哥哥，把大半的精力和時間都耗在應付人事上。好沒意思。」

「假如我真沒功名，就在家著書、寫詩詞，你不嫌你嫁的這個男人沒出息嗎？」

「容若，跟你做夫妻是我此生唯一心願，別的全不重要。再說，李白、杜甫，誰是科舉出身！溫飛卿屢試不第，他們沒出息嗎？」

「涵瑛，你把我跟這些大文豪比在一起？太抬舉我了。」

「容若，是真的，我真這樣看你，你的才華不是世俗的功名利祿限制得了的。」

容若把涵瑛抱在懷裡，傾著全身心的柔情去吻她，涵瑛摟著他赤裸的頸脖，他感到她纖柔的手掌上傳來的溫熱。

「瑛……瑛……」他摸索著找尋她睡衣的鈕扣。

涵瑛輕聲道：「我們太睏倦了，應該睡了。」

「是太睏倦了。昨夜我太興奮，一刻都沒睡著。」

「我也一樣。你瞧，天都快亮了，合一下眼吧！」

兩人這一合眼就合到日上三竿。

涵瑛見身邊的容若還沉睡著，便推醒他：「快起來，誤了事啦！」

容若揉揉眼睛笑道：「我從來就沒睡過這麼好的覺，太舒服了。」

秋晴進來伺候梳妝，涵瑛忍不住埋怨：「你應該叫醒我。第一天就起晚，成何體統！」

「是夫人不讓。夫人聽說小姐跟姑爺聊了一夜，說千萬別叫醒，姑爺睡個好覺不容易。」秋晴說完便到外面的衣帽間給涵瑛找長袍和鞋子。

容若見無人在旁，就俯在涵瑛的耳邊壓低聲音：「他們一定以為我把你——」

「才兩年多不見，怎麼都變得壞成這個樣子了！」涵瑛咧咧嘴斜睨著他，容若得意的嘻嘻直笑。

兩人穿戴完畢，連忙往明珠夫婦的院裡去。

天氣又晴又暖，園裡百花開得正豔，樹也綠，山也青，彷彿樣樣事物都能挑起人的好心緒。容若和涵瑛走在長長的迴廊上，他不能克制的把深情的目光，投向走在身旁的美麗新娘，輕輕牽起她的手，唸叨著：「死生契闊，與子成說，執子之手，與子偕老。」涵瑛動情的回握了容若一下，便掙脫了他。

「在自己家裡怕甚麼！我阿瑪和額娘有時候還拉著手呢！」

「阿瑪和額娘可以，我們不可以。」

「哦！為甚麼？」

「你想，秀兒看了會多難受。」容若怔了一怔，便彷彿很不情願似的鬆開了。

明珠和五格兒一早起來，就等著新婚的兒子媳婦來行大禮，終於把他們等來了。

容若和涵瑛磕完頭便坐在一邊，接著秀兒過來見禮。她今天也著意打扮過，月白底子繡大朵牡丹花的緞袍，烏黑油亮的髮髻上插著珠翠簪子，吹彈得破的臉蛋上抹了胭脂。她對涵瑛請安道：「見過少夫人。」

涵瑛忙站起拉著她的手道：「別那麼客氣。你就叫我一聲姐姐吧！其實你還比我大一歲呢！」

秀兒笑道：「姐姐人真好。」

這時阿瑞帶著兩個妹妹，奶媽抱著揆敘，和一大群有頭有臉的下人也來了。孩子們站成一排叫「嫂子」，吉順帶領下人行禮叫「少夫人」。

站在涵瑛身旁的秋晴，連忙把一隻用紅布蓋著的托盤，交到吉順手上，說：「這是我們小姐賞的喜錢，人人有份，麻煩吉總管給分一下。」

眾人歡喜的去了。接下來的是全家吃團圓飯。

裡間的花廳比平常多了幾盆鮮花，中間的大圓桌面鋪著紅布。

明珠夫婦上坐，女孩們歡天喜地的坐下低聲品頭論足，說新嫂嫂可真美，或許是月裡嫦娥下凡了。

涵瑛和秀兒分坐在容若的兩旁，他看上去可真是滿面春風。

五格兒坐在對面，看兒子有嬌妻美妾而無病容，高興的笑得合不攏嘴。

新夫婦給父母敬過酒後，明珠先哼了一聲：「容若，你親也成了。編印《經解》的事不能鬆懈。」

「是，阿瑪。」

「聖人云：齊家治國平天下……」

明珠講了一大段宜室宜家、忠心報國的道理。容若卻一句也沒聽進去。此刻他的心裡只有一個願望，就是單獨和他的新娘在一起。

21

康熙十三年五月皇后赫舍理生下一個男孩，康熙給取名為「保成」，當即立為太子。讓人意想不到的是，皇后因難產流血不止而死亡。宮中一片縞素，大小臣工皆著孝服。年輕的皇帝十分傷心，為此輟朝五日，親自送皇后靈柩到北沙河鞏華城殯宮。

明珠從葬禮回來，五格兒忙替他脫去白布袍：「在家可別穿這種霉氣衣服。咱們剛娶了新媳婦，要的是喜興。」

明珠道：「幸虧容若的婚禮趕先辦了，不然就得拖段時候。可是他的名字一定要改。」

「誰的名字要改？」

「自然是容若。你想，太子的小名叫保成，咱容若叫成德，這個『成』字犯沖啊！」

五格兒大不以為然：「容若一下地就叫成德。他們生了個毛孩子，人家就得改名！」

「這是規矩，也是禮數，宮裡的事你比我還清楚。明天你跟容若說說吧！」

第二天當容若和涵瑛來請安時，五格兒便把改名的事說了，容若果然不悅：「這名字我已叫了二十年，人人知道我是納蘭成德，忽然改了算怎麼回事？我不改。」

「你不改！你非改不可。別說你那名字叫了二十年，就算叫了八十年也得改。這是規矩。你不知道太子是誰麼？是未來的皇帝，你能跟他犯沖麼？」明珠已板上面孔，準備發脾氣。

五格兒忙用眼光止住他，再對容若好言：「兒子，改個名字有啥關係。都娶媳婦的人了，還那麼牛。」

涵瑛見五格兒對她使眼色，立刻會意的道：「誰也拗不過規矩。我看應該聽阿瑪的話。名字是人取的，文字本可以活用，改動一下又何妨。犯不上為這事傷神。容若，你說對嗎？」

容若想了想，不再堅持，說了句：「那就勞阿瑪賜給我個新名吧！」

明珠道：「我已經想好，改一個字就行，把『成』字改為『性』字，不是很不錯？」

五格兒和涵瑛都說：「不錯。」

容若悶不做聲，走出來後冷笑著對涵瑛道：「進屋時你男人是納蘭成德，出屋時就變了納蘭性德。不覺得怪麼？」

涵瑛笑著拉起容若的手：「是覺得怪，怪在才知道你拗起來真像額娘說的：很牛。」

「不是我牛。是我納悶，人活在世上，到底是為了甚麼？一個人，真就那麼微不足道！譬如我，連叫名字的自由都沒有麼？」

涵瑛用一個手指，在他手心上輕撓了兩下：「看重個人絕對是應該的。譬如我們，拚了命也要求得兩人在一起，因為那對我們太重要，不堅持就會兩人終生痛苦，而且那純粹是我們自己的事，不影響別人。但是改名字是遵循習慣，守制度，對你本身並沒傷害。要是你不改，叫阿瑪在朝中怎麼做人！」

容若回味著涵瑛的話，更握緊她的手：「你是對的，以後我要盡量少『牛』。不過既是改名字不要緊，納蘭性德給夫人你改個芳名如何？」

「給我改名？」涵瑛狐疑的瞅著容若。

「是，改個名，譬如叫『小膽』！」

「啊！你壞，笑我膽子小。」

「可不是麼，說起大道理來頭頭是道，一個人待在空屋子裡就害怕。不過請瑛表妹別害怕，哥哥我永遠陪在你身邊。」

涵瑛被他逗得嘻嘻直笑：「瞧你，哪有正經的！」

容若知道自己的很多想法，會被人認為「狂」，說不定還要加上一個「瘋」字。那些不合時宜的怪想頭，在他所處的社會裡，沒有幾個人會認同。在紅塵濁世的茫茫人海間，只會讓自己更寂寞孤單，日子過得越發黯淡。這一點他心中十分明白。但自從跟涵瑛共同生活，他發現並不像自己所以為的那麼孤絕。他的想法和做法，涵瑛不見得全同意，但他們一說就通，兩人之間總有瞭解和默契，他只覺越來越愛她。

青梅竹馬的玩伴，變成青春初始的少年夫妻，又是才子佳人的絕配，他們的愛情是萬般纏綿、濃烈火熱的。

目前容若唯一的工作是編彙《經解》，為了能和涵瑛在一起，他多半在自己的書房裡工作，只每天到前院去打個轉，查看一下刻字匠人的工作情形。徐乾學那裡也是有必要時才去一次。

當容若在書房工作時，喜歡涵瑛常在一旁陪伴。「有你在身邊，我特別安心，做起事來更暢快。」他深情的說。

於是，不管容若是閱讀還是振筆揮毫，涵瑛總坐在書桌邊做女紅。不是繡花就是縫製甚麼。進納蘭家三四個月，她已給五格兒繡了一對枕套，給揆敘做了一雙虎頭鞋，現在手上的活，是在淨面緞子上繡花。要把梅、蘭、菊繡在三種不同的緞面上，叫裁縫做成襖子給小姑們過年穿。

「你又繡又做的，不累嗎？不煩嗎？」容若有次笑著問。

「要是又累又煩，那我何必做？我喜歡手上做著手工，心裡想著事情，才叫有趣呢！」

容若發現涵瑛對很多事物都覺得「有趣」。

原以為一個能譜出優美曲調，又會撫琴的才女，對一些平常婦女所做的凡俗小技，甚麼繡花、裁衣、做鞋襪之類的，會不屑一顧，沒想到她不單有興趣，而且都做得很精巧。她那白嫩的纖纖十指，似乎總不得閒，有時兩人聊著天，她會拿起一張紙，七摺八摺的拿起剪刀一陣剪，待打開來，那紙可能變成了一棵枝葉扶疏的樹、一隻正張嘴唱歌的畫眉鳥，或是一個穿著簑笠的老魚翁。

有次她剪了個頭上翹著一條小辮子、兩手叉腰、瞪著大眼的頑童，然後指指他的鼻尖：「這是你。」

「啊！我就這副德性！」

涵瑛忍住笑點頭。

「好哇！你拿我尋開心。」他過來假裝要呵她癢，結果是兩人擁抱在一起，親來吻去的鬧了半天。

納蘭府廣大的庭園，彷彿是專為容若和涵瑛談情說愛而造的。荷塘邊，樹下，小橋上，總有他們的身影閃過。

他們最喜留連的地方是迴廊。無論是把幾棟大屋大院連成一氣，彎彎曲曲的簷下長廊，還是由淥水亭通往湖岸，八腳魚般伸展到園子裡，紅柱青瓦的迴廊，他們都喜歡。最愛也最常做的，是兩人倚偎著憑欄而立，同賞夕陽西下漫天彩霞的美景。

成婚之後，容若停止了早晨練武，改為拉著涵瑛散步。他一手牽著她，另隻手比比劃劃，邊走邊說。說著還要停下腳問：「你怎麼想？」

涵瑛準有回應，雖然意見不盡相同。有次容若發現自己走得太快，步子又大，抱歉的道：「對不起！我走得太快了。你行嗎？腳痛不痛？」

「我跟得上，腳還沒痛。你看——」涵瑛翹起一隻腳，「借秋晴的平底布鞋。」

「你應該多買幾雙這樣子的鞋，專為散步。」

「已經去買了。」

「瑛啊，我看除了你，大清朝沒有哪個大小姐肯跟我這麼傻走。」容若說著就笑，涵瑛把頭靠在他的膀子上，笑得嘻嘻的。

他們今天走西，明天走北，數十畝大的園子，每個角落都給走遍了。在這方面容若覺得涵瑛跟他完全一樣，是個自然人。

容若越來越喜歡輕鬆簡明，在家總是穿著舒適的布長袍。涵瑛的家居服是一件寬腰的半長衫，同質長褲，腦後低低的梳著一個小髻，除了他在婚前送她的那枚小小翠翹外，通常是冬天插一朵自做的絨花，春夏季則是園中採下的鮮花。除了一對耳環外，別無飾物，看上去那麼優雅隨意。

但是涵瑛一方面陪著丈夫瀟灑浪漫，另方面也得照顧到婆婆的心情。五格兒自娘家發生變故後，整整二十年低調生活，昔日的關係全部斷絕。如今明珠做了高官，兒子容若是名滿京城的才子，那些親王、貝勒又紛紛來攀親示好，請去做客。明珠公務太忙，無暇總陪她去，容若是壓根兒就懶於搭理那些人，就算有空也不肯去。但五格兒是非去不可：偏要他們看看英親王阿濟格的女兒，今天是多麼風光。經常陪她去的，是她那才貌雙全、進退得體的媳婦涵瑛。

涵瑛太懂得婆婆想炫耀一下、出口惡氣的心情，所以每次都把自己收拾得濃淡相宜，華麗高貴。有次正妝扮得珠瑩翠綠的要出去，被從外面回來的容若迎面碰到。他定定的盯著她：「瑛，你怎麼這樣美！你讓你的男人驚豔了。我都不想讓你出去了，想要你留下來陪我。」

涵瑛笑著輕撫他的臉：「我也想留下來陪你，可也不能不管額娘啊！先去弄你的《經解》吧！我很快就會回來，有話要跟我男人說呢！」

「瑛，我有好多話要跟你說。」

他們的確總有話要說。但是在看夕陽或看月亮的時候，往往又一句話都不說，就是說，也只是呢呢喃喃的幾句。

府裡上下都知道大公子和少夫人愛逛園子，淥水亭附近和西花園的的大草坪上，時常傳來他們隱約的玩笑聲，或看到他們攜手並肩的漫步徜徉，再不就站在迴廊上看太陽落山。大家都想不通，太陽每天都要升降，有何稀罕，哪值得一看老半天。有時晚飯桌都擺齊了，獨不見他倆的身影。五格兒只好叫小丫頭或小子們滿園子裡去找。

在容若和涵瑛說不完的話中，反覆唸叨沒完沒了的，當然是海誓山盟、生死不渝之類的愛情語言，其次就是兩人都迷戀的詩詞和元曲。涵瑛在這方面常常有十分高妙、令容若嘆服的見解。

容若曾和她討論過自己的作品，說雖然在詞壇已佔了一席位置，卻自覺仍是不足。譬如有人就批評，說他的詞風很像南唐後主李煜，但是「用典用韻甚至平仄，都不盡合古人規律」。這一點令他很困惑，自己也說不上這是缺點還是優點。

「是優點。」涵瑛的語氣肯定，「甚麼都跟著古人，做得再好也不過是模仿得好，是『像某人』而不是『是某人』。詩詞也好，書畫也好，泥古便無新意。容若，你的詞情切意真，用字靈活優美，另具風姿，說不定將來詞壇會有個『納蘭體』就一直寫下去，不要懷疑。」

「唔！瑛，涵瑛。」容若感動得說不出話來，只連連叫著嬌妻的名子，驚奇於兩人的想法怎會如此相同。他把涵瑛拉在懷裡，頭靠著頭手握著手：「瑛啊，你不僅是我的愛妻，也是我的知己。你全說到我心裡去了。」

「我本是你的知己。你想啊！兩個人的身子靠得那樣近，心也要靠得一樣近才好，否則這個情就不夠圓滿了。」涵瑛無限嬌柔的貼著他的臉。容若不再說話，兩人便那麼默默的貼了好一會。

婚後的容若把整個的心、所有的眼光，都投注在涵瑛身上，連他最喜愛的詞也寫得少了。幾個月來成篇的七八首，盡是記述他們新婚的燕爾之悅，和風月浪漫似水柔情的生活的。為了紀念新婚之夜的繾綣纏綿，曾寫下「獸錦還餘昨夜溫」、「自把紅窗開一扇，放他明月枕邊看」的香豔句子。涵瑛看了雙手摀著緋紅的面孔：「瞧你，把甚麼都寫出來！」

「就是要寫出來。叫天下人都知道，納蘭容若是怎樣的愛他老婆，他們的日子是多麼的和諧美好、浪漫無邊。」

他們的新婚之夜是在成親大典的次日。

五月盛春氣候溫潤，晴朗的夜空蔚藍如寧靜的海洋，巧的是正逢月圓，幽輝脈脈湧入窗牖，照在新婚夫婦的床上。容若摟著他的妻子，涵瑛把她嫵媚含情的臉，貼著她丈夫溫暖的胸膛。他們剛從極度的親密和激情中靜下來。兩人都被那種充滿愛意的、肉身和靈魂的整個交換和佔有，而感動得心魂欲碎。此刻已無法出聲，便那麼沉默的相擁著，任由月亮用她皎潔的光華，將兩具赤裸的軀體浸染得如剛洗濯過般淨白。

次晨醒來，容若寫了一首剖開胸懷、誓言生生世世此情永不移的定情詩，這首詩他不擬發表，只屬於涵瑛和他。涵瑛則在容若和自己的頭上，各扯了幾根頭髮，摻著紅絲繩打成同心結。都是一式雙份，各存一份。涵瑛還把她結婚戴的一對鑲翠金鈿，從頭上拿下，也各存一份。兩人鄭重相約：有生之日將長相廝守，快樂生活。到幾十年後離開塵世時，這三樣東西必得隨身帶到地下，以便在陰間或來世當做證物來相認。

五格兒見兒子婚後過得如此甜蜜，絲毫沒有犯病的跡象，心裡十分欣慰，背地裡對明珠說：「沒承想容若婚後過得這樣和美，你瞧他氣色多好，整天笑嘻嘻的。看來涵瑛比神醫還靈。」

「這樣當然很好。不過一個男人，也不能總沉醉在溫柔鄉裡。」明珠非常注意《經解》的進度。他慷慨的拿出銀子，自有他的目地：一石二鳥。當今聖上推崇儒學，這樣一套有規模亦有系統、具儒學代表性的大書刻印出來，意義可謂非凡，定會得到嘉許。這件事是他有才子美名的兒子領銜，他出巨資支持才完成，而別人絕對做不到的。那麼自己將更得到信任，容若的前途一片光明燦爛，就是必然的。但是目前容若太過兒女情長，少年夫妻沉溺於新婚的情愛本屬尋常，他不擬干預，待過了這段時間，便要給他提個「醒」。

當容若和涵瑛享受愛情歡愉的同時，秀兒卻在默默的憔悴，一向活潑愛笑、話也不少的她，變得異常沉靜。除了越來越鼓的肚子惹人注意外，彷彿顯不出甚麼能吸引人的光彩。與涵瑛成婚後，容若便沒去過她的房裡，每天只在飯桌上見面，卻是找不出合適的話來說。

「你身子好嗎？吃侯大夫給的安胎藥嗎？」

「身子沒毛病。總吃安胎藥。謝公子關心。」

「你還在學書畫嗎？」

「早就不學了。」

「秀兒妹妹，我可以教你畫。」涵瑛誠懇的笑著

「多謝姐姐。別費心了，缺天份，不想學了。」

這便是他們之間的談話方式。

涵瑛知道她心裡不舒坦，有被遺棄的感覺。為此她和容若曾努力克制親暱舉動，避免刺激秀兒。但容若控制不住奔放的熱情，兩人走在一起時總要牽著手。黃昏看殘霞、入夜賞月或數漫天繁星，認為旁邊無人時就會吻她，吻得那麼長，那麼柔情綿綿，讓她動情得心要融化，只得任由深情像決堤的洪水般澎湃奔流。她也曾勸容若去秀兒處過夜。

「不要。別逼我。」容若總是面現愁苦。

涵瑛做些小棉襖，和白兔、梅花鹿之類的玩具給秀兒送去：「秀兒妹妹，你摸摸看，這些玩藝兒都是軟的，裡面是棉花，孩子拿了玩不會傷著。」

秀兒拿起摸了摸，淡淡笑著：「姐姐的手可真巧，做得多好啊！謝謝費心。」

涵瑛說：「自家姐妹，無須客氣。」兩人便聊起天來。秀兒對涵瑛在南方生活多年很是好奇，問了些南方人說甚麼話、女人穿甚樣衣裝等等問題。

涵瑛有耐心的作答。她原本口才好，出語又幽默，秀兒聽得很有興趣，間或綻出點笑容。涵瑛告辭時，她起身送到門口，訕訕的笑說：「姐姐見過大世面，人又靈巧俊俏，心眼也真好。難怪公子這樣疼愛。公子眼光高，只有姐姐這樣的人才能順他的心。」

涵瑛看出秀兒的寂寞和憂怨，只覺心中惻然，卻找不出合適的話來安慰，只說：「你好好保重，我會常來看你。」

回程的路上，她感到心上像壓了塊石頭般沉重。她想男人和女人的關係何等無奈，數個女人共事一夫彷彿天經地義，哪裡談得到甚麼情和愛！不過是供給男人洩慾傳宗接代罷了。可容若不是那樣的人，他心性高華，慈悲重情，他與秀兒之間原本是個錯誤。這種錯誤在別處也是說不通的：女人出嫁後的日子是否稱心，從來就不是話題，何況像秀兒那樣買來做妾的女子！她的腦子裡縈迴著這些問題，想怎樣能幫助秀兒過得好些。

納蘭府裡的年節總是豪華熱鬧，賀客盈門，禮物堆滿一屋子，但從沒有像今年這樣溫馨歡悅、喜氣洋洋過。其中非常重要的原因，是容若成了親，家裡有了少夫人，他夫妻倆鶼鰈情深，容若心緒好，婚後就沒犯過病。小兒子揆敘已會走路，明珠也越發得皇上信任，權威更盛，至於金銀就更是如流水般，源源湧入。日子過得真是興旺。

大年初二，五格兒請文瑾帶著媳婦和孫子們來吃飯，涵瑛一家團圓自是欣喜，文瑾仔細看過涵瑛再端詳容若：「你們倆都胖了，氣色也好。」在飯桌上，她總往容若的碟子裡挾菜。大夥湊趣說：「丈母娘可真疼女婿。」

臘月剛過，又逢另件大喜事：五格兒和明珠終於圓了抱孫子的心願，秀兒生下一個健康的男孩。生產過程很是順利，可秀兒也足足嚎叫了兩個時辰。

五格兒和涵瑛在一旁照看。涵瑛是第一遭目睹女人生產。

以前在家中，嫂嫂們生產，她亦聽到痛苦的呻吟和呼叫，因是待字閨中的姑娘，母親從不讓她進入產房。但秀兒不管生男生女她必得親眼目睹：依照習俗和規矩，她才是孩子的嫡母，新生的嬰兒將稱她為額娘，稱他的親生之母為「姨娘」。看過秀兒經過那麼大的痛苦，涵瑛才懂得，原來生命的誕生是這樣不易，一個女人要經過最尖銳的痛楚，冒著生命的危險，方能成為母親。她為此已感動得、震撼得不能自持到幾乎流淚。

容若等在外間，不安的來回踱著，問忙碌進出的女傭：「她怎麼這樣叫啊！不順利嗎？」

「挺順利的，女人生孩子就是這樣，公子就耐心等著吧！」

當他聽到嬰兒的哭聲，不覺倏然一驚，心裡唸叨：「我做爹了！」充滿異樣感覺。

容若進去，五格兒眉開眼笑的把嬰兒抱到他的面前：「瞧，這是你的兒子，你是阿瑪了。他跟你小時候長得一樣。」

容若用心的看著自己的兒子。一個紅冬冬的小嬰孩，就這麼來到人間，他的生命是他給的。多麼玄妙不可解啊！

他到床前，見秀兒面色蒼白、精神疲憊，不禁心生憐惜：「你受苦了，要好好的保養。」他坐到床上，握起秀兒一隻手。

秀兒的眼光在他臉上搜尋著，過了好一會含淚慢聲道：「公子，我已經盡了所有的力。」

容若點點頭，心中一陣痛楚。

22

容若的兒子叫富格，標準的滿洲名字，爺爺明珠給取的。迷戀大漢文化的容若，原擬為自己的第一個孩子取個像乾學、純修之類的漢族意味的名。可爺爺奶奶都說不能忘本，容若也不堅持，明珠便命府中專管辦文書雜務的師爺，給他朝中的同僚下屬們發帖子，通知他得了長孫納蘭富格的消息。

趁著富格降生的喜悅，涵瑛把在心中盤算好了的想法，去請求五格兒：「額娘，男孩子長大要考科舉，要入官場，叫自己的親娘為姨娘，我看不太合適。不如就叫娘。還有，裡外上下口口聲聲的『顏姨娘』也不好，孩子聽了多不舒服。既然我是少夫人，稱秀兒為『顏夫人』也很合理。」

「把買來的小妾稱『夫人』真太新鮮了，我長這麼大也沒聽說過。」

「凡事都有個開頭，從咱們開始不更好！人家會說家風寬厚。額娘也知道的，容若對秀兒不是很熱活，她也挺可憐，就算給她點安慰。額娘就答應了吧！」

「你這孩子心眼兒真好。人家都是大娘壓小妾，你倒替小妾求好處。行，我就答應了你吧！」五格兒在涵瑛粉嫩的臉蛋上，輕輕拍了兩下。

五格兒把涵瑛的話學給明珠聽，明珠道：「這孩子心思細密，說得有道理。你想，納蘭家的子孫能不參加科考嗎？到那時祖宗八代都要亮出來，生身之母被大夥稱姨娘總不是光彩。」

從此秀兒變成了「顏夫人」。涵瑛還要容若每隔幾天，定要到秀兒房中過一夜。容若總是面現尷尬之色，有次說：「我對她找不出話來說，去她那裡真覺得好難。」

「我懂得你的難。可無論怎麼說，你總是她的丈夫，她這一生過得好不好，就看你如何對待。」

「唉！害人害己！」容若感到秀兒是他的一項負擔。

不須明珠本人開口，一群官員已在醞釀著，要給「明相」的長孫做「百歲」。現在朝中很多人當面就稱明珠為「明相」。

自從三藩的事鬧起來後，明珠力排眾議主張「削藩」恰合康熙皇帝的心意，寵信更隆。任誰都能看出他的官運將達頂尖，因此向「明相」諂媚逢迎已成風氣，所用的方式，靈動得超出明珠本人的想像。譬如為容若舉辦成婚大典時，送的賀禮不是金玉珠寶，就是珍奇古玩，唯有一個南方來的官員，居然提來一筒茶葉，還彷彿挺神祕的滿臉堆笑：「這是杭州極品，清香得很。」

明珠當時已不太高興，心想：你把我納蘭明珠當了甚麼人！我兒子結婚，居然送一筒茶葉，豈不等於罵我。

一個月後，五格兒說：「嚐嚐這杭州茶葉，到底怎麼個清香法！」

打開筒子只見滿滿的茶葉中露出一個紙角，抽出來看，竟是一張十萬兩的銀票。夫妻倆不由得愣住了。

「十萬兩不是小數啊！你要怎麼辦？」五格兒很為難的口氣。

明珠對著銀票沉吟了一會，淡笑著道：「想升官！這個忙我可以幫，可也不能白幫。他孝敬一點是應該的。」

「別人知道咱們受不了。」

「咱們自己不說誰會知道？」

「要是那送禮的人自己說呢？」

「他說，他敢嗎！假如他說送了茶葉，咱們就說從沒見過甚麼茶葉筒不就得了。」

明珠為得長孫富格大辦宴席，叫「過百歲」，其實就是過一百天。春天風光正好，園子裡一片新綠，湖畔水涯處處奪人眼目。

賀客一來就是兩三百，奉承的話讓明珠聽不過來，銀票也不再是僅僅茶葉筒式的一張。

明珠對於收錢一道，越來越有心得，知道如何做得天衣無縫，明明是得了好處，那送錢的還得像欠了天大人情似的，打躬作揖的連說感謝之詞。回想在內務府總管任上，正逢皇上大婚和宮裡修園子，他只是順便派了些雕匠工人之類，不須另花銀子，把自己的庭園也一併修了，心中還著實不安好一陣子。

那時怎知官場有這許多花樣。如今本身已攀上寶山，方知箇中滋味。他納蘭明珠當然還要往上爬，攀爬到一人之下、萬萬人之上的頂尖位子，他絕對相信自己具備足夠的機智和能力。

納蘭府像滿洲一般的貴胄人家一樣，母親不餵奶，孩子一生下就由奶媽和帶媽負責生活。奶媽供給乳汁，帶媽擔任一切漿洗清理等雜務，孩子的娘只在一旁監督，而這娘也未見得是生身之母，多半是孩子的嫡母領了去養。

關於這一點，五格兒問過容若和涵瑛的意思。涵瑛說願把富格留在秀兒身邊，理由是：不應剝奪秀兒母子親近的天倫關係。再就是自己沒有育兒經驗，擔不起這份責任。

五格兒卻說：「你們知道為啥要把孩子交給嫡母養？因為那些小妾們都是小家子出身，怕她們教不好孩子。」

涵瑛堅持親娘的愛重於一切，何況「秀兒為人明理，可以把富格教得很好」。容若認為涵瑛的話句句有理，完全同意。於是富格得以留在秀兒身邊。

納蘭府裡氣氛祥和，做了母親的秀兒，把一顆心全放在富格身上。面孔上多了笑容，少了憂怨，生育之後的少婦風情，像園裡盛開的牡丹，鮮麗、濃郁，體態撩人，膨起的胸脯連肥大的衫子也掩不住。

容若幾乎每天都要去看兒子一眼，雖然只是短短的一刻，秀兒已覺得非常滿足。兩人站在搖籃邊，看躺在裡面的富格手舞足蹈，談些「你看他多叫人愛」之類的話。容若總算找到一個與秀兒的共同話題，糟的是這個話題三言兩語足以說完，隨即又陷入無言的尷尬。

富格的誕生，容若每隔六七天到秀兒房裡過夜一次，絲毫不妨礙容若與涵瑛的談情說愛。容若早已恢復了婚前的作息時間：每天到前院參加編《經解》的工作，抽空便預備應考的事，有時到徐乾學家裡查資料或請教老師。康熙十二年他因犯寒疾沒能參加殿試，如今只好重新來過。三年一試耐人等待，明年的春試他必得考中。

涵瑛的話說到了他的心裡：「作詞編書是文章千古事，可對你仍是不夠的。你有報國之心，圓不了這個願你不會快活。考過功名才會有機會奉獻，還是準備應考吧！」

世上沒有任何人比涵瑛更瞭解他。不錯，他昂藏七尺男兒，練就一身武功，讀遍經史子集，就是對西方人弄的算學、天文、曆法之類也下過功夫。這一切不只是自娛閒玩而已。

容若說不清是否因身為貴冑之後，還是因讀了些書，繼承了讀書人憂國憂時的習慣，對身處的時代，他確有抱負和責任感。童年時已讀過《左傳》、《春秋》和《史記》之類的巨著，先賢們的胸懷天下和豐功偉業令他激動，暗中也曾立志，長大後要為社稷做番大事。

滿族入關取代漢人一千數百年的統治，如今華夏大地朝氣蓬勃，人民生活應該過得更好。他在詞章裡曾寫下「吾本憂時人，志欲吞鯨鯢」的豪情壯志。對儒家思想他甚尊崇，「修身齊家平天下」是他的人生理想。一句話，為朝廷奉獻、給人民造福也是他的志向。

要讓理想和志向有實現的可能，第一步就是要金榜題名。中舉才能入仕，入仕才有伸展的機會，乃最簡單的道理。

他不怕考試，擔心的是老戲重演，要命的寒疾又來搗亂。這個毫無來由的痼疾，惡鬼一般的死纏著他，從童年到今天，總是突然出現，扮演破壞的角色。幾乎毀掉涵瑛與他的姻緣，又害他不能去參加考試，冥冥間要操弄他的命運。

這個可怕、強有力的惡魔使他無法防範也無力抵抗，只能暗自憂慮。涵瑛倒並不如此想，她說要想「招」來打敗寒疾：「寒疾並沒那麼可怕，今年春天不是沒犯嗎！」每年二三月必犯的寒疾，今年確實沒來報到，別的月份也不見影蹤。涵瑛過門後只犯過一次，不到兩天就痊癒了。涵瑛說她已在這次經驗中，悟得了對付寒疾的策略。

到底是甚樣策略，容若並不完全清楚，只知每天清晨穿得暖暖和和，頸上圍巾一條，跟著涵瑛散步一個時辰。回來的早餐桌上，必有一碗滾熱的蓮子銀耳羹等著，吃的時候要加自家農場出產的新鮮蜂蜜，攪拌勻了才可入口。

涵瑛叫吉順命人去訂製一隻巨大的桶狀木質浴缸，每隔一天讓容若用溫熱水泡一次浴。容若不聽還不依，到時盆火生得暖烘烘的，水已打好，非洗不可。

容若忍不住嘻嘻直笑：「你怎麼想出這種怪招來折騰我？叫我泡在大木桶裡！我懷疑你是想看貴妃出浴。」

「胡扯也沒用，你是非泡一泡不可。以前我爹總說：『氣道不順，血脈不通，是百病根源。』你早上散步氣已順，經常用熱水泡澡血脈就通暢，再加上好心緒，注意冷暖，飲食得當，這寒疾也就慢慢的溜走了。」

「好吧！聽你的。不過我還是懷疑你是想看貴妃出浴。」容若對涵瑛的想法真的很順從，覺得凡是她想做的事定有道理。最重要的是兩人互信，她做一切都是為他好。

為了前途容若不得不投入工作，在忙碌的同時，他會情不自禁的想起涵瑛。想起她的知情知意，聰慧靈敏，把生活調理得那麼好，卻絲毫不沾一般女子的凡庸俗氣。最可愛可貴的是她仍嬌憨率性，不失天真。每當想起涵瑛，他會從書上抬起頭來，臉上兀自飄過一抹幸福的笑容。在想念涵瑛的同時，他知道涵瑛也正在想著他，他們互相依戀，恨不得時時刻刻膩在一起。

整日忙碌後，回到涵瑛身邊已近黃昏。雖僅小別一天，他們已覺相思難忍而不肯浪費片刻時光。兩人急忙攜手並肩的走出他們華美精緻的甜蜜香巢，到園子裡徜徉。如果不是依偎在迴廊上看殘陽落照，就是到湖邊漫步。

夏季多好天，晴朗的夜晚，他們總留連在淥水亭裡，享受夏夜帶有熱氣的暖暖薰風，和月光星輝賞賜的浪漫。一個吹簫，一個撫琴，仍是他們最大的樂趣。涵瑛拿著一柄容若給畫了花鳥的小團扇，給容若搧幾下，再給自己搧幾下，容若閉上眼睛道：「我福氣真不小啊！有美人給搧扇子——」話沒說完，他驚覺那給搧扇子的人溜走了。睜眼一看，原來涵瑛跑到亭子外面撲螢火蟲去了。她穿著月白薄衫的婀娜體態，在夜色中一搧一動的，可真是飄灑如嫦娥下凡。

容若靜靜的看了片刻，默默走過去，一言不發的拉起涵瑛回到亭裡坐下。

「壞人！我要捉螢火蟲，你幹嘛搗亂——」

容若不待涵瑛說完，已吻住她的嘴，傾情吻了好久才放開。兩人在夜的朦朧中四目凝視剎那，便都不再說話，只依偎著看天，看星，看在夜色下幽光粼粼的湖水。

容若一闋被後世評為「香豔」的，著名的〈蝶戀花・夏夜〉就在那樣的情調中完成了：

露下庭柯蟬響歇。紗碧如煙，煙裡玲瓏月。並著香肩無可說，櫻桃暗吐丁香結。
笑卷輕衫魚子纈，試撲流熒，驚起雙棲蝶。瘦斷玉腰沾粉葉，人生那不相思絕。

夏盡秋來，景色已是另番面目，春夏季開滿園子的百花，一株株的枯萎凋零，落瓣歸於泥土。如果還原到兩三年前，與涵瑛婚姻受阻的階段，這景象必然引起容若深沉感慨。加之中舉後無端的被朝廷冷凍擱置，準會嘆息眼前一片傷心色，不定寫多麼愁苦的句子。但他此刻確實不覺得自己的情況很糟，因為她有涵瑛。她不僅是他美麗賢惠的妻子，更是知他懂他、心靈相通的知音。人生得一知己死而無憾。有涵瑛在身邊，他就能承受一切逆境。

他們的生活調子依舊，如詩如畫的愛意永不冷卻，有情的眼眸觀景看物都覺有情。荷塘裡的荷花也過了盛茂期，一朵朵的都垂著腦袋，怪的是唯有一朵粉紅色的並蒂蓮，從花葉叢間直挺挺的伸出頭來。這使容若和涵瑛欣喜莫名，說這花何其多情！容若說他一定要作一闋詞，獻給那朵雙宿鴛鴦般的蓮花。當晚回到書房，涵瑛就替他研墨，容若已在一邊鋪紙一邊構思。

書房和臥房是供給他們抒發愛情的私密天地。容若在他的書房「通志堂」裡，多次懷著溫柔的情意，寫下他們纏綿無盡的快樂生活，創作出許多令人難忘的愛情名句。

墨已研好，容若用他那筆漂亮的褚遂良體的書法，寫下一闋〈一叢花・詠並蒂蓮〉：

闌珊玉佩罷霓裳，相對綰紅妝。藕絲風送凌波去，又低頭、軟語商量。
一種情深，十分心苦，脈脈背斜陽。

色香空盡轉生香，明月小銀塘。桃根桃葉終相守，伴殷勤、雙宿鴛鴦。菰米漂殘，沉雲乍黑，同夢寄瀟湘。

兩人還許願：如果來生投胎為花，必定要生為並蒂蓮。可巧第二天他們就在塘邊拾得一枚乾枯的蓮蒂，兩人商量一番連忙丟回到塘裡，因希望來年能生出個並蒂蓮，作為他們許願的見證。容若為此寫了兩首〈無題詩〉：

水榭同攜喚莫愁，一天涼雨晚來收。戲將蓮菂拋池裡，種出花枝是並頭。
追涼池上晚偏宜，菱角雞頭散綠漪。偏是玉人憐雪藕，為他心裡一絲絲。

這一首詩道出兩人的心意相通，細密體貼和有情人的心心相印。

秋冬夜的臥房，盆裡的炭火豔紅欲滴，架上桌上燃得正旺的蠟燭光影搖曳。一壺新沏的好茶冉冉飄浮著幽香，涵瑛靠在床柱上做針線，容若拿著一本書與她比肩而坐。兩人做著、看著會相對一笑：那種調皮逗鬧的笑。他問她：「為何發笑？」她抿嘴笑著瞟他一眼：「我笑你看書不專心。瞧那副若有所思的神氣，也不知咱們納蘭公子的心裡想些甚麼！」

容若笑得嘻嘻的，冷不防的抱住她親吻一陣：「我想的就是這個。我看你也在想事情，該不是跟我想的一樣吧！」

「瞧，臉皮越發的變厚了。」

「你縫甚麼那麼用心？茶也不喝，純修畫的仕女圖也不看！」張純修的畫藝益發精進，朋友們紛紛向他求畫。容若還沒來得及開口，張純修便主動的畫了一幅美女賞梅圖送他，如今這幅畫就掛在臥房的牆上。

「我縫的東西很重要，沒工夫喝茶看畫。」涵瑛仍然一個勁的低著腦袋一針針的縫：「我在給你做——嗯，就叫『護頸』吧！」她騰出手來摸摸容若的頸子，「其實應該叫『護喉』，我看你的寒疾就從喉嚨起。冬天北風緊，春天西風寒，所以每到開春你就喉嚨痛。一痛就發燒，發燒便喘氣困難。是一串連起來的，首先就是不許喉嚨痛。」

「哦！成女郎中了！」

「本郎中只會給一個人治病，就是你。」

「那便多謝啦！請郎中連帶著把我的相思病也治一治。我讀書、做事都想著嬌妻，怎麼辦啊！」

容若說著又湊過來。

「別胡扯。你看，給你做得多漂亮。要做很多條。冬天用毛皮、絲棉，春秋是絨布和綢緞。顏色質料都不同。配衣服圍在領子上，看不出來是圍上去的。人家還以為是時新流行，就像獨孤信把帽子戴歪，反而被人效仿，說不定北京的男子都圍個護頸。」

「把我比做獨孤信，我很是飄飄然呢！我看你還是先歇歇，喝杯茶。」容若倒杯茶端到她嘴邊。

涵瑛輕酌了一小口：「好燙，等我把這點縫完再喝吧！」

容若見涵瑛一直縫個不停，很是心疼，立刻心生一計：「你說錯了，那個帽子被風吹歪了的人，不叫獨孤信，叫孤獨信。」

「哪有姓孤獨的，當然是叫獨孤信。」

「不，準定是你錯了。」

「怎麼會錯！這個故事還是我們小時候，你講給我聽的。你說北周時候，有個叫做孤獨信的秦州刺史，儀表非常俊秀，風度又高雅，美名遠播四方。有次他出城打獵，天晚了才回來，騎馬進城時，風把帽子吹歪了，結果被人認為是時尚。第二天所有戴帽子的人，都學他把帽子斜戴在頭上。」涵瑛果然中計，放下針線認真的說。

「一定叫孤獨信。要不要賭啊？」容若語氣堅定。

「你要賭？我奉陪就是。」

容若和涵瑛，讀宋代女詞人李清照在〈金石錄後序〉一文中：「予性偶強記，每飯罷，坐歸來堂，烹茶，指堆積書史，言某事在某書、某卷、第幾頁、第幾行，以中否，角勝負，為飲茶先後。中，既舉杯大笑，至茶傾覆懷中，反不得飲而起。甘心老是鄉矣！」那一段，對他們夫婦閨房生活的情趣，十分羨慕。

最初是模仿，兩人亦隨手翻開一頁書，考問對方某一問題。答對可連喝三口茶，依容若的形容是：答不出只好「乾瞪眼」。久而久之他們有了自己的玩法，範圍也不僅限於書，哪一幅畫、某一首曲記憶不同時，都可賭個誰輸誰贏。當輸者看著贏者喝茶「乾瞪眼」時，兩人就會哈哈大笑。

到底是「獨孤信」還是「孤獨信」必得以書為證。

容若翻開《周書・獨孤信傳》，涵瑛把下巴搭在他肩膀上一起看：「（獨孤）信在秦州，嘗因獵日暮，馳馬入城，其帽微側。詰旦，而吏民有戴帽者，咸慕信而側帽焉。其為鄰境及士庶所重如此。」

「果然是『獨孤側帽』，我認輸。可敬的贏家請用茶。」

涵瑛真是渴了，把容若端來的茶連喝了好幾口。睞著她美麗的鳳眼得意的笑：「怎樣？納蘭公子還想賭嗎？」

「納蘭公子不怕賭。就賭這幅畫。」他指著張純修的仕女圖：「這個人物很生動，我想《松窗雜記》裡那個『真真』也就是這副模樣。」

「這女子很有神采，就算她是真真，你說我們喚一百天她會下來嗎？」

「一百天不行，要一百零八天。」容若仍然語氣堅定。

「不對。一百天。」

涵瑛記得清楚：唐朝人杜荀鶴在《松窗雜記》中敘述：進士趙顏，由畫工處買得一幅畫有女像的軟屏。趙顏為那女子的美麗和神韻深深迷戀，動了真情，於是問那畫工：如何可以令畫中女子復活，回到人間？他想娶她為妻終身廝守。畫工為他的深情所感動，便告訴：這名女子名喚真真，若是夜以繼日的呼喚她的名字一百天，她就會有回應，這時餵她喝下「百家彩灰酒」她就能活生生的從畫中走下來。趙顏依照畫工告訴的方法去做，那女子果然復活，兩人海誓山盟，過著幸福快樂的居家日子。

但幾年後趙顏聽信朋友的話，說真真是妖精所變，如喝下符水，將喝下的百家彩灰酒吐出，便會現原形。趙顏居然按朋友說的做了，真真發現丈夫的懷疑，傷痛心碎之餘，帶著一雙兒女和滿腹哀怨，又回到了畫中。趙顏後悔已極，但無論怎樣呼喚，真真也不理睬了。

兩人又把腦袋靠在一起看《松窗雜記》，當然容若是輸家。他給涵瑛換了熱茶，哄著她把整杯喝光，隨後就嘻嘻的笑。

「你笑甚麼？啊！原來你是故意的。」

「要不是我耍點小花樣，說不定到現在你還垂著腦袋縫針線呢！那麼久不喝水怎麼行。」

「可你也沒喝甚麼啊！」涵瑛連忙把火上煨著的蓮子銀耳羹，盛了一碗給容若：「滾熱的，別燙著你那張能說會道的嘴。」

「別擔心，燙不著我。」他每舀一匙便吹一吹，一口餵給自己一口餵涵瑛。

兩人靜靜的享受著溫馨暖和，都不說話，直到碗空了，容若才說：「我要找人畫幅像，留給你將來叫真真。」

「你說甚麼？我沒懂。」

「涵瑛，還記得那句『誰嫁給容若都會做寡婦』的話嗎？」

「你對我娘那句話還在耿耿於懷！」

「從開始我就沒怪過她老人家。可她說的是真話。目前我雖然看著不錯，到底還是個身有痼疾的人。」他把涵瑛摟在懷裡，聲音那麼溫柔：「我最希望的事是與你偕老，一塊兒活到七八十歲。不過生老病死無法逃避。其實我早想問你：要是我真的先你而去，你要怎麼過呢？」

「容若，你的話叫我好怕，沒有你我怎麼過日子呢！」她眼眶裡汪著淚水。

「記得你說過一句話：與相愛的人過一天勝過與不愛的人過一生。」

「我是說過這句話。」

「所以你要好好的活著。無論有沒有我。」

涵瑛已經不流淚了：「若真有那一天，我就把你寫的詞全譜上曲子。教育你的孩子，照顧額娘和阿瑪。」

「這我就放心了。」容若微笑的輕吻著她的前額。

「容若，我也想有張畫像留給你。」涵瑛極認真的。

「你留給我！用得著嗎？」

「誰知道，生死有命啊！生死簿子又不在我們手裡。」

他們又發了一次生死不渝的誓，雖然已發過好幾次了。

兩人太相愛了，有時竟會心虛的懼怕起來，擔憂命運會不會伸出冰冷的手，不讓他們的情愛長存！容若寫下：「一樹紅梅傍鏡台，含英次第曉風催。深將錦幄重重護，為怕花殘卻怕開」的詩句。是啊！花無常紅，月無常圓，雖渴望好花繽紛怒放，但想到她將凋零殘落，一種懼怕傷逝之情，竟會無端的凜然心悸起來。他們的情，可經受不住那樣的命運啊！

23

康熙十五年的正月，容若在徐乾學家遇到一位操江南口音的瘦長男子，這人自我介紹說：「顧貞觀，號梁汾，一個無錫來的不合時宜者。」

容若少年時就聽過顧貞觀的文名，後來又讀過他的詩詞，十分欣賞，倒沒承想他是如此瀟灑痛快。兩人一談就投緣，滔滔不絕如懸河，對文學、歷史、世情、國家大事，種種面面的看法都接近。顧貞觀說是相見恨晚，容若亦有同感。

容若覺得，顧貞觀是他所遇到的朋友中最相得的一個，唯一讓他不喜歡之處，是口口聲聲稱他為「納蘭公子」。

如此意氣相投的朋友，竟然看他是個豪門公子，令他非常不自在。於是他回去就以詞代信，寫了一首〈金縷曲・贈梁汾〉命長歌給送去。內容是：

德也狂生耳。偶然間、緇塵京國，烏衣門第。有酒惟澆趙州土，誰會成生此意？不信道、遂成知己。青眼高歌俱未老，向尊前、拭盡英雄淚。君不見，月如水。

共君此夜須沉醉。且由他、蛾眉謠諑，古今同忌。身世悠悠何足問，冷笑置之而已。尋思起、從頭翻悔。一日心期千劫在，後身緣、恐結他生裡。然諾重，君須記。

住在小旅館裡的顧貞觀，聽店小二叫「顧先生有信」心中很是狐疑，不知何人寫信給他。打開一看，不由得一陣眼熱，被這位相國公子披肝瀝膽的奔放真情感動，激動得想立刻找到容若，告訴他兩人將出自肺腑義氣相交，永遠珍惜至誠的友情。但他不能真的去找容若：納蘭明珠的府邸，豈可以隨便闖了去！何況與容若終究是初交。

不能去找容若，他就去找那幾位相熟的文友，嚴繩孫、朱彝尊、陳維崧、姜宸英等等。一是要大家分享他獲得友情的愉悅，而更重要的是，容若這闋〈金縷曲〉寫得太好，意境、用字、功力、內容，在在直逼古人。佳文屬於天下，顧貞觀不能獨享。他想著就直奔徐乾學的宅邸。

徐氏的「傳是樓」是京中漢族文人的集聚之地，碰巧可能容若也在。

到了徐府果見群賢俱在，唯缺容若。原來容若正在為幾天之後的殿試做準備工作呢！

徐乾學道：「三年前容若因為犯了寒疾沒能考，很是可惜。希望這次順利。」

朱彝尊道：「相信這次能順利，容若這兩年像換了個人，看著意氣風發的。」

「豈止意氣風發，敢說是才華豔發。給你們看看這位翩翩佳公子的奇文。」

顧貞觀從袖管裡掏出那張紙鋪在桌上。

姜宸英道：「只這筆褚遂良體的字便叫人欣喜。」

「德也狂生耳——」陳維崧讀一句便停住了，眾人亦陡然一驚，覺得起句如瀑布自天而降，來得奇兀。

「他是權傾朝野的明珠大人的愛兒啊！為何自稱憤世嫉俗的『狂生』！」嚴繩蓀說著再往下看，「『偶然間、緇塵京國，烏衣門第。』——啊！他認為生長在豪華權貴世家，不過是偶然的事。『有酒惟澆趙州土』，引用了唐朝李賀的典，表示茫茫紅塵間，唯愛惜人才的平原君讓他景仰。這是表示一切願與朋友分享。『蛾眉謠琢，古今同忌。』這位貴公子，居然懂得有才的人難逃遭受排擠的厄運，而懷悲憤。『不信道、遂成知己。』原來他心情如此抑鬱孤單，幸虧遇到顧貞觀這個知己：『身世悠悠何足問，冷笑置之而已。』是希望朋友們不要把他看成是貴公子。『後身緣、恐結他生裡。然諾重，君須記。』他叮嚀貞觀，不要忘了諾言，兩人要世世為友。」

讀完了〈金縷曲〉幾個人沉默了半晌，才紛紛議論起來：「容若確是才子，不過剛滿二十一歲，就寫出這樣的作品！」

「『青眼高歌俱未老，向尊前、拭盡英雄淚。君不見，月如水。』豪邁，多情，蒼勁。」

「容若不僅才高，為人也真是好。他是權傾朝野宰輔的兒子，本人又風華正茂，文武雙全，面前是條榮華富貴的大道，可他竟自稱『狂生』視名利如糞土。王公貝勒他不交，專交我們這種漢族的布衣朋友。」

「性情中人啊！」……眾人七嘴八舌的議論一番後，一直沒做聲的徐乾學發話了：「這闋〈金縷曲〉論奔放豪邁不輸蘇東坡，蒼涼哀憤直逼李後主。我估量，憑這首詞，容若已在文壇奠定地位。我教了納蘭性德這樣一個學生，也算不虛此生了。」

徐乾學果然說中，這首〈金縷曲・贈梁汾〉一夕之間震驚北京詞壇，立刻有人譜了曲子彈唱起來，連街頭巷尾的凡夫走卒都會吟唱：「……共君此夜須沉醉，且由他、蛾眉謠諑……」

張純修讀過這闕詞，亦是激賞不已，連忙拿去跟曹寅共賞。

曹寅吟讀著細細品味，說：「容若確實才高八斗。咱們遠遠不及。」

有天康熙皇帝見曹寅手裡拿著一張紙唸唸有詞，好奇的問：「你在看甚麼妙文，叨叨咕咕的？」

「皇上，真是妙文呢！您請御覽。」康熙接過一邊看著道：「納蘭性德，不是明珠的兒子嗎？朕早就聽說明珠的兒子有才氣。嗯，東西寫得是不錯，很豪放也很有情，可他怎麼像裝了一肚子的怨呢！」

曹寅被皇上的話嚇了一跳，謹慎的道：「文人嘛！總是愛強說愁。」

「他也有愁可以強說嗎？聽說他十八歲那年，明珠就拿出幾百萬兩白銀，供他領著一群學者編《經解》，說是已經刻印出很多本了。有這樣的父親加意培植，哪來的愁？」康熙面帶笑容，曹寅也不敢再回話了。

明珠也看到了容若的這首佳作，反應是大不以為然：「看這口氣，好像你生在納蘭家是很倒楣也很痛苦的事？」

「我沒那意思。只是宣洩一些情感而已。同時希望這位布衣的漢族朋友，不要因為我的身分而有所顧忌。」

「唉！你的這些漢族朋友！他們的共同特點是又老又窮，年歲有的比我還大。該交的朋友你不交，上個月崑貝勒登門拜訪，你居然叫吉順說不在家。可有的是精神來交這些無聊的窮文人。」

「阿瑪，他們各個滿腹才學，一點也不無聊。我跟甚麼崑貝勒、裕郡王之流的，確實沒話說，是勉強不來的。」

「是，你是才子，專交文人雅士，我這個當爹的也管不了，隨你吧！」

「阿瑪，有件事還沒來得及稟報：我已經聘請顧貞觀到咱家任西席，教三妹和揆敘弟弟讀書。」

「你三妹已經八歲，是可以學點文墨了。可揆敘才三歲，能學甚麼？是啊！你得照應顧貞觀的生活嘛！這些事跟你額娘去商量吧！」明珠皺著眉說。

容若見顧貞觀住在小旅館裡，又無固定收入，就請他來家做教師，以便名正言順的接他來家裡住。如今顧貞觀住在前面跨院中的廂房裡，一日三餐與那些編《經解》的朋友，嚴繩孫、朱彝尊、陳維崧、姜宸英等同桌。

南方來京的漢族文人，多願投奔納蘭容若，一是敬重他的才華，二是放眼整個京華，除了容若，誰會如此真心相待！他們看容若賽過平原君和孟嘗君，認為他有先賢的慷慨和豪邁，也有他們所沒有的蓋世無雙的才情。

明珠說得不錯，容若的這些漢族文人朋友，年齡多半可以做他的父親。顧貞觀是其中最年輕的，也比他大了十七歲。

容若這次順利的參加了殿試。雖然沒有犯病的跡象，涵瑛還是在他的袋子裡放了預防和診治的藥品，並給他圍上絲棉「護頸」。容若跟她逗笑說：「你做那麼多條毛皮的都不給我用。」「應考的很多清寒子弟，叫人看著太不一樣也不好。」涵瑛直陪容若到大門外，說了一堆祝福的話，才目送他遠去。

容若春風滿面的自「春闈」考場歸來。明珠和涵瑛的大哥敬堯，從宮裡帶回的都是令人振奮的消息，說是所有考官一致認為容若的文章最好。

但納蘭家人心裡都有準備，容若的文章無論好到甚麼程度，也不可能點狀元。因為「旗人不佔鼎甲」是朝廷的政策。殿試一甲只有三名，第一名狀元，第二名榜眼，第三名探花，賜號為「進士及第」，這頭三名習慣於只授予漢人，以鼓勵漢人藉科舉進入仕途。二甲取的人多名，賜號「進士出身」，三甲則賜「同進士出身」，人數更多。

為了突顯科考的鄭重，也為了遵循前朝的慣制，殿試由皇帝親身出題，主持考場，前十名的排序也由皇帝欽定。明珠認為既然頭三名全歸漢人，那麼理所當然的，二甲第一名便是非容若莫屬。但「金榜」開出來，使明珠和容若本人都覺意外：容若得中二甲第七名。

父子倆雖都有些失望，倒無一句怨言。明珠心知兒子受了委屈，給予好言安慰：「第幾名都一樣，能進前十名就不錯，皇上欽點的。考中的人立刻就會派給職務，你就安心等著入朝做官吧！」

涵瑛也很不經意的樣子笑說：「容若啊！你可真棒，一考就中，多不容易！你想，那麼多人落榜，他們該多難過。」

涵瑛的話倒提醒了容若，那些不被青睞的落第者，不也是苦捱寒窗的讀書人，他們該是何等失望。「瑛，你說得對，我該覺得幸運才是。像我那朋友姜宸英，確實算得滿腹經綸，學富五車，可考了好多次都不中。我真為他難過。我如今試也考過了，算是報效有門，只看給我甚麼差事了。」

於是，容若靜心的等待指派職位，一個月、兩個月過去了，與他同榜考取的人都有了名目，唯有他沒著落。明珠說推薦的官吏都認為他應該進翰林院：「進翰林院不像安插別的差事那麼簡單，要有耐心。」

如能進翰林院則能發揮他文墨方面的所長，自然是上選。好事急不來，只得耐心等。

又是兩三個月過去了。這期間納蘭家辦了兩件喜事，一是大妹阿端出閣，與溫郡王的次子怡貝勒完婚。再就是二妹阿繡，與一等伯的長子小伯爺李天寶定了親。五格兒說：「兩個大丫頭都有了好人家，我也放心了。」

彷彿人人在發展，唯有容若仍看不到一點端倪。就連相關的消息或傳言也聽不到了。到底是發生了甚麼事呢？他在哪兒做錯了？犯了忌？闖了禍？他捫心自問並沒有啊！

等待的日子過得慢，可也熬到了炎熱的夏季，朝廷似乎真的把他忘了。容若看清了這事不單純，國家開科取士的政策和步奏，給考中的進士工作安排，都有慣例和程序。除非特殊情況，應該是沒有人會例外的。而且若非康熙皇帝授意，絕對無人敢這樣做。那麼，到底是何種緣故！他迷惘，失望，沮喪。

「朝廷不肯給我派差事。你能說出原因何在嗎？」容若深宵不寐，和涵瑛躺在枕上談心事。涵瑛靠在他的懷裡，靜靜的聽著。思索了一會才有些憂心的緩聲道：「我想這事跟你本人只有一點關係，多半還是家裡的原因。」

「哦？你說。」

「你想，咱們那個皇上何等精明，是個耳聽八方的人。咱倆的婚禮、給揆敘做滿月、富格做百歲兒，那種排場，他準定聽人形容過，也許認為咱納蘭家太招搖。你的文名他當然早就聽說了。阿瑪拿出二三百萬兩銀子，支持你編《經解》，他哪會不知道。」

「你這一說我完全明白了。阿瑪目前權勢正旺，唉！聽天由命罷了。」他把涵瑛摟緊些，鄭重的囑咐：「你剛才的話不能向別人吐半個字。」

「這我懂得，你放心。」容若不單視涵瑛為唯一至愛的女人，也視她為唯一的知音和知己。他對她就像對他本身，他的一切所思所為全可向她坦誠道出。她能瞭解也能包容。特別在情況如此刻，他的人生正走得不順，心緒陷入灰暗絕谷的時候。

容若正氣悶得心裡發慌，忽然聽說一個蘇杭知名戲班到京來，演出湯顯祖的《牡丹亭》全本，一連表演三天。

他立時便覺非去觀賞不可，而且要帶涵瑛同往。她對元曲太有心得了，懂得比他都多。有次他們「賭書」，他有意出難題，問她：「『畫闌風擺竹橫斜，驚鴉閃落殘紅榭。』是哪本書裡的？」涵瑛稍稍一想便道：「是湯顯祖的《牡丹亭》裡，第三十二齣〈冥誓〉中，柳夢梅唱的。曲牌是〈懶畫眉〉對不對呀？我的納蘭公子。」

「佩服！我這娘子確非等閒之輩。罷了，為夫我給才貌雙全的娘子獻茶便是。」他端著茶，涵瑛喝了一口便接過杯子叫他喝：「你是『陪喝』，不陪就不是真認輸。」

涵瑛聽說容若要帶她去看《牡丹亭》興奮得在他頰上親了一下，接著就蹙起眉頭：「女人哪有進戲院的！我去合適嗎？」

「所以要想法子啊！」

「想起來了。那時候我嚇唬我娘，說到北京來找你，做的兩套男裝總算能派上用場了。」

秋晴打開涵瑛的髮髻，梳成一條烏黑油亮的大辮子。穿上月白色緞袍、水藍滾邊雙排扣坎肩，黑絨小帽往頭上一扣，花容月貌的美嬌娘，剎時變成了玉質蘭心的翩翩公子。容若親自去叫備車，特別吩咐不可張揚，免得老爺夫人不高興。兩人不聲不響，依在車裡懷著不安又興奮的心，歡喜無限的走了。

《牡丹亭》演得太好，兩人感動得哭紅了眼。回程中相擁著淚珠漣漣的討論著生死之謎：「你真的相信世上有這樣生死相通的情嗎？」涵瑛把頭依在容若的膀子上，像隻溫順的貓。

「我信。情是天地間的靈氣凝聚成的最美的精神，真的情就是像杜麗娘和柳夢梅那樣，生可以死，死可以生，是超越生死界限的。」容若說罷托起涵瑛的臉，輕輕吻去她的眼淚。

「容若，我怕將來我們死了在陰間碰不到面。」

「當然我們倆一定有一個先走。那就等著，到另一個也下去了，就拿著三樣信物，上天入地的去找，一定可以找到的。」

涵瑛沉默了半晌道：「一定是我先死。假如真有那天，你可怎麼辦啊？我怕你受不了那傷心啊！」

「我的乖丫頭啊！你今天是怎麼了！平常你不是這樣的呀！以後不帶你看戲了，免惹你傷心。」

兩人晚飯之前已回到家，進門一路上也沒被誰闖見。

涵瑛回到屋裡換了衣裝、梳起髮髻便去吃飯，卻被五格兒一眼識破：「你們吵架了？怎麼兩個人都哭紅了眼？」

容若與涵瑛互看了一眼，容若笑道：「是啊！我罵了她，她揍了我。」

深秋時光，園子裡遍地落瓣，樹上只剩枯枝，湖裡的荷葉垂著扁大的頭，貼在看來有點荒涼的水面上。容若覺得自己就像這天色節令，正暮氣沉沉的走向敗破。

他像以前一樣，編《經解》，寫詩文，和朋友酬唱詩詞。無論做甚麼，心裡都像堵著塊石頭般沉重。他怨朝廷待他太不公平。他是通過開科考試的人才，朝廷有明白的規制，凡是考取的都要安排職位，讓有能力的人有為社稷服務的機會。歷朝歷代都是如此，到大清朝也沒改變，為何到他納蘭性德這裡就變了！他服不下這口氣。

父親已囑咐他數次：「千萬不可發牢騷，朝廷的事不許批評。」

和容若同科考取的，很多派到外省當差，一個個的來辭行。容若便在淥水亭裡美酒佳餚招待。席間談笑甚歡，偏巧就沒有一個人提到這件事。

在容若鬱悶的生活中，總算有件吉祥的事給他帶來快樂：涵瑛懷孕了，預計明年五月，嬰兒將降臨塵間。

容若已有兒子富格，而且秀兒已又有身孕，但在容若心裡，那跟涵瑛懷孕的意義不一樣。他想：涵瑛腹中的孩子，跟甚麼家族延續、傳宗接代之類的字眼，都搭不上關係。它的意義是，一對相悅的男女愛到極致的奇妙憑證。他清楚的看透自己的心，秀兒與涵瑛在他心裡的份量不一樣，連帶著她們的孩子的份量也不一樣。

涵瑛懷孕給容若的興奮與快樂，是秀兒永遠達不到也無力給的。

在臥房中容若有時要摸摸涵瑛逐漸隆起的肚皮，說：「哄哄我們的孩子！」有時會把耳朵貼在她的肚皮上，說：「想聽聽小東西在說甚麼？」這些動作對他是自然又充滿欣愉的。但對秀兒便生不出這樣的興趣，更不會有這樣的動作。

回想乍聽秀兒懷了身孕時，他彷彿只有尷尬沒有興奮，除了覺得「給家庭盡了責任，向父母有了交代」之外，另個感覺就是「怪異」：兩個毫無情愛的男女，居然也能創造出另一個人。

鬱悶的日子，讓容若以前那些齊家治國平天下的思想越來越淡，而對人的生命本體，特別是男人和女人的問題，卻想得很多。他看出生而為人的無奈與無力，一個赤裸得一絲不掛的乾淨又自由的生命，從落地為人的一刻起，立時枷鎖重重，四面八方的壓力向你撲來，汙濁的世氣要將你浸染。權力在手的人要逼迫你做些不願做的事，甚至去傷害人。

就說秀兒，他原本不想去傷害她，可終是被他傷害了。這一波波的想頭令他心緒懊悵，原本憂鬱的眼神越發的深沉了。

康熙十六年十二月十二日，賦閒的容若過二十二歲的生日，他為自己自獻了一闕「祝壽詞」：〈瑞鶴仙・丙辰生日自壽，起用彈指詞句，並呈見陽〉：

馬齒加長矣，枉碌碌乾坤，問汝何事。浮名總如水。拚尊前杯酒，一生長醉。殘陽影裡，問歸鴻、歸來也未。且隨緣、去住無心，冷眼華亭鶴唳。無寐。宿酲猶在，小玉來言，日高花睡。明月闌干，曾說與，應須記。是蛾眉便自、供人嫉妒，風雨飄殘花蕊。嘆光陰、老我無能，長歌而已。

容若狠狠的發了一頓牢騷，寫完特別拿去給張純修看。

張純修讀了兩遍，很為容若著急難過。但他甚麼忙也幫不上，只好安慰道：「兄弟呀！世間處處有不平之事，不能如此沮喪。你人才錦繡，風華正茂，前程遠著哪！怎可這樣老氣橫秋的，還是耐些心吧！」

24

到康熙十六年的初春，容若中舉已一整年，仍無指派令下來，反倒是他父親明珠又升了官：由兵部尚書調吏部尚書，授武英殿大學士，累加太子太師。

朝臣背後都說：明珠如今可真是官居內閣，掌儀天下之政，名副其實的權傾朝野了。於是，四面八方喊「明相」的聲音也就更頻繁響亮起來。

容若嘴上不說，心裡受失望與苦悶的折磨卻日重一日。幸虧有兩股強勁的力量支撐著他：涵瑛給他最深的愛和知心，顧貞觀給他純真的友誼和瞭解。如果沒有這兩股力量，他的日子不知會艱難到何種地步。

自從顧貞觀被聘為納蘭府的教席，住在園中，容若幾乎每天都到他房裡小坐，或論詩書或談士林滄桑、紅塵悲歡。他稱顧貞觀為「哥哥」，顧貞觀叫他「賢弟」、「容若」，有時竟呼「吾哥」，兩人可以無話不談。

有次容若帶顧貞觀去桑榆墅，貞觀激賞不已，直說這園子林青水綠，一派田野風光，很像他故鄉無錫。容若道：「那你就把這兒當故鄉好了。我還有更美的景致給你看。」

他帶顧貞觀爬上小樓，到頂層的陽台倚欄外望，顧貞觀果然叫好：「大地蒼茫，遺世獨立。如果沒有上樓的梯子，我們就上不著天、下不著地的懸空了。」

「好啊！就請哥哥嘗一嘗懸空的滋味。」容若叫撤去梯子，兩人坐在畫堂裡飲酒閒聊，竟然談了個通宵。

顧貞觀談到他在江南的生活，說他一度因找不到職業，只好接受一個歌坊的雇用，教那些流落風塵的小女孩作詩填詞。

「她們各有各的悲涼身世。其中還真有驚才絕豔的柳如是、顧橫波之流，出汙泥而不染的曠世紅顏。可惜哦！人爭不過命。掉在苦海裡就此生此世永無上岸之日。」顧貞觀不勝唏噓的。

「她們如何會走到這一步呢？」

「多半因為家貧，被親人給賣了。也有的是被人販子拐騙來賣的。我教過一個叫沈宛的，靈慧穎悟已極，十歲就能寫詩詞。人生得絕對可稱沉魚落雁。可她那身世！她有次告訴我，說她家原是經商的，因為打仗逃難產業盡失。六歲那年歿了父親，懷孕的母親帶著她和兩個弟弟，實在沒辦法生活，就把她賣給歌坊。後來我才知道，原來她的姓名、籍貫全是假的，和家裡澈底一刀兩斷，從不回去。我問她為何如此，她說：『犧牲我一個，換來全家的安生，也算值得。如今我的弟弟妹妹都過得很好，完全清白，這是我的安慰，絕不去破壞。』沈宛今年不過十五六歲，詩詞已寫得很好，是有名的才女，拜倒裙下的風流名士如過江之鯽，可連見她面都難。紅得發紫啊！」

「真是不平凡的奇女子，令人惋惜。哥哥，你的生活經驗堪稱豐富。」

「不豐富怎麼會坎坷呢！」顧貞觀說罷哈哈大笑。

顧貞觀也說起他的童年好友吳兆騫。吳兆騫字漢槎，號季子，是文壇尊崇的「江左三鳳凰」之一。他狂傲不羈，常得罪人，終因仇人誣陷獲罪，全家老少發配黑龍江的寧古塔。充軍邊塞的人很難生還：「日久之後文友們也便慢慢把他淡忘了。唯一不忘他的，也許只有我。」

顧貞觀說著從袖管裡拿出一卷紙，是他以詞代信的底稿〈金縷曲〉。

容若讀道：

季子平安否？便歸來，平生萬事，那堪回首。行路悠悠誰慰藉，母老家貧子幼。記不起、從前杯酒。魑魅搏人應見慣，總輸他、覆雨翻雲手。冰與雪，周旋久。淚痕莫滴牛衣透，數天涯、依然骨肉，幾家能夠？比似紅顏多命薄，更不如今還有。只絕塞、苦寒難受，廿載包胥承一諾，盼烏頭馬角終相救。置此劄，君懷袖。

我亦飄零久。十年來，深恩負盡，死生師友。宿昔齊名非忝竊，試看杜陵消瘦，曾不減、夜郎潺愁。薄命長辭知己別，問人生、到此淒涼否？千萬恨，為兄剖。兄生辛未吾丁丑，共此時，冰霜摧折。早衰蒲柳。詞賦從今須少作，留取心魂相守。但願得、河清人壽。歸日急翻行戍稿，把空名料理傳身後。言不盡，觀頓首。

容若看著字字泣血，一陣眼酸，淚盈於睫：「哥哥的這兩闋〈金縷曲〉做得太好，堪與西漢時候蘇武和李陵的贈答詩比美。這件事我會想辦法，當日日不忘為他奔走。給我十年時間。」

「十年？容若，人壽幾何？他比我還大好幾歲，在冰天雪地裡已熬了二十年。哪等得了十年！以五年為期可好？」

容若聽罷默然無語，尋思著該如何著手。事情擺得很明白，這是一宗極端麻煩的文化政治事件，斡旋要克服重重阻力。單靠他連工作都撈不到的納蘭性德，怕是跑到頭髮白了也無結果。勢必拜託位極權重、身為武英殿大學士的父親才有希望。但是父親向來討厭寫文章的人，說「憑著手上那隻筆胡言亂語」、「多嘴多舌」、「自以為是」。總之父親一方面要借助文人，另方面又厭惡他們，並已多次表示反對他與這群，「年齡足可以當爹」的漢族文人密切交往。如今怎能因這件文壇冤獄向他開口！

他把問題帶回去跟涵瑛商量。

涵瑛再過兩個月就要生產，大腹便便的她，正在以愉快的心情做各種準備，以迎接她的第一個孩子的降生。

秀兒也拿過來一些衣物。年初她生了個女兒，取名靜純。身邊有一兒一女，容若隔上六七天定會到她屋裡一次，涵瑛對她和善而照顧，她的許多福利都是涵瑛替她爭來的。在諾大的納蘭府裡被叫一聲「夫人」豈是容易的！雖然前面有個「顏」字。

上個月秀兒帶著兒女和丫頭老媽子回娘家，鄰居們一片羨慕之聲。她不是忘恩負義的人，對涵瑛一直衷心感激。涵瑛就要做母親，她非但不嫉妒還為她高興，告訴了她許多經驗：「痛是要痛的。別怕，咱女人總要過這一關的。」

容若回屋的時候，秀兒剛走不久，涵瑛整理她拿來的小帽、小襖之類。容若笑道：「小東西再兩個月就要報到了。他今天怎麼樣？還老實嗎？」

「老實甚麼！拳打腳踢的。像你。準是男的。」

「我就拳打腳踢！瑛啊，今晚月色好，給我靈感，小東西的名字已經有了：男孩叫海亮，女孩叫靜月。反正得與月亮相關。」

「月亮！」涵瑛立刻會過意來，只無言的抿嘴微笑。

容若擠在她身邊坐下，用下巴摩擦著她的鬢角：「你說這名字好不好呢？跟月亮相關。」

「你真調皮。」涵瑛伸出一個指頭，在他的腦門上點了一下。

容若調皮的笑了：「跟你在一起過日子真好，真美。我們倆就這麼天地浪漫的過到八十歲。」

「八十歲的老翁老奶凍著怎麼辦！」說著兩人都嘻嘻的笑。

原來他們雖然已結婚兩年餘，「自把紅窗開一扇，放他明月枕邊看」風月旖旎的情調一直保持。暖和的月明之夜開著窗子，讓潔淨姣好的幽光灑在床上，融入兩人合而為一最癡迷纏綿的一刻。容若斷定他們的孩子，就是在那樣美妙神奇的溫馨中，選擇來到這個世界上的：名字自然要跟月亮相關。

他知道自己的許多作風和想法，會被絕大多數的人視為異端，怪的是涵瑛不單能欣賞還能同行，想來所謂的「神仙伴侶」也許尚不及此，他給自己的婚姻定格為「銷魂侶」。

容若在談情之餘並沒忘記說顧貞觀託付的事，他把整個事情說了一遍。

涵瑛想了想道：「自古以來文人就容易惹事。可我看這事不能袖手旁觀，你本人自然沒這個力量，還是求求阿瑪吧！阿瑪就算不肯管，你總是盡了力，否則你會心裡不安。」

容若笑道：「知我者吾妻也。這麼沒道理的文人冤獄我怎能不管。拚著一頓罵，硬了頭皮求阿瑪去。」

次日容若見明珠，先把顧貞觀那兩闋〈金縷曲〉呈上，再委婉的說出請託的事，還沒說完便被明珠止住：「你交的這些朋友，很能製造麻煩。這個案子當時震動朝野，是順治皇帝欽定的大案。你知道要翻過來是何等困難，要經過多少門檻嗎？以我的身分怎麼好管這種事！這個顧貞觀也確不識相。請他來家裡做教習已經勉強，又提出如此過份的要求。」

「阿瑪，顧貞觀是我最相知的朋友，吳兆騫又是冤案……」容若說了許多懇求的話。

明珠默不吱聲的聽著，心裡就在想：兒子長到二十多歲，從來沒用這樣的態度求過他。容若外表儒雅溫和，內裡是一副剛強的牛脾氣，如今為了朋友竟肯如此，可見他對營救吳兆騫態度的堅決。再說朝廷至今不派容若差事，對他的打擊已夠大，絕不能讓他再難過失望：「你叫顧貞觀來見我吧！」

容若連忙去叫顧貞觀，囑咐：「我父親總說文人恃才傲物，驕狂討厭，你跟他說話要謹慎些。」

「你儘管放心，明珠大人肯出手相救，我千恩萬謝都不足以表達心裡的感激，何來驕狂！」明珠和容若都沒想到，顧貞觀進屋就下跪：「江南布衣顧貞觀拜見明相大人。」明珠終於答應了顧貞觀的求助。

五月暮春，氣候柔暖，園子裡百花盛開，樹上的枝葉勃發得到了極致，翡翠般綠得滴出水來。涵瑛挺著圓溜溜的肚子，和容若攜手並肩的徜徉在淥水亭畔，他們仍保持著晨間漫步的習慣，差別只在走的距離較近，時間亦較短。

「瑛，我們兩個真是相得，你是我的生平第一知己。」同樣的話容若已說過多次，每次都是那麼動情、真摯。成婚已三年，他們只覺情愛越發的深濃。

涵瑛的美麗嫻雅、大家氣韻、待人對事的寬厚，乃至性格的爽朗風趣，是跟她接觸過的人都知道的。但對他來說，涵瑛的好絕不僅僅如此。他太瞭解自己：一個女子要獲得他全部的心魂相許，首先就要懂他，懂了才能欣賞而靈犀相通，激起最深的柔情。

他和涵瑛不僅心與靈早已合而為一，就是血與肉亦有最甜蜜的交融。他們的閨房生活銷魂蝕骨，兩情相悅，是一般世俗夫婦領會不到的。正因如此，在外界的打擊和失望的磨折下，他仍能以溫柔的心情，在自己小天地裡過完美的居家日子，夫妻一心的等待兩人合鑄的新生命的到來。

好春季節，園子裡一片粉紅黛綠，空氣裡飄散著植物的清新氣味。秋晴見容若和涵瑛在長椅上坐著聊天，就叫小丫頭叫搬來個小茶几，端來一壺淡茶和幾盤小點心。小丫頭按吩咐把東西送到，卻回秋晴說：「公子和少夫人不是坐著，是站著。兩個人都垂著腦袋在找甚麼。」

秋晴被小丫頭說得一頭煙霧，忙過去看個究竟。

兩人果然垂著腦袋在尋找。原來涵瑛髮髻上的一枚翠翹，掉在草坪上就沒了影：「它掉到哪兒去啦！土遁了嗎？」涵瑛用手撥弄著草叢。

「翠翹是綠的，掉在碧綠的草地上，就難辨認。別找了，它跑不了。待明兒我來慢慢找找。」秋晴說著轉身走了。

涵瑛還在垂著腦袋找。

「別找了，它不會跑的，說不定哪天忽的冒出來。」容若看涵瑛很抱歉的樣子，便安慰她，拉她坐在長椅上。

涵瑛道：「那翠翹是我們成親前，那次你送我的，怎麼可以丟！」

容若笑道：「原來就是那個小玩藝呀？那是我在董老師家元宵猜燈謎贏來的。不值錢，丟了再買就是。」

「不要買。你知道的，我對金銀珠寶之類的沒大興趣。那隻翠翹的價值在於有紀念性。一般首飾，說穿了身外物罷了。跟裡頭的心沒啥關係。快活的人不戴珠寶照樣挺快活，不快活的人戴再貴的也未見得快活。就算得到點快活也是短暫的，不會在心裡生根的。」

「哦？大道理又來了。不過這話有學問，我挺佩服，像才女的話——」容若原本口氣很輕鬆，頓了一頓卻有些自嘲的道：「這麼說，你真不在乎嫁個閒在家裡，賺不來俸銀，買不起珠寶的男子囉！」

涵瑛知道容若又想起考過進士一年多，朝廷仍沒給派官職的事。她心中著實不忍，拉起他的手輕輕撫摸著：「都怪我說話沒心，又惹你想起這樁惱人的事。容若，別去想他。我不是跟你說了嗎？事情的根源不在你。」

「我也相信不在我。可我有頭腦，有武功，有報效之心，偏就是不給機會。甚麼用意！」容若想了想又道：「瑛，幸虧我有你，你瞭解我，體諒我，不然也不知這日子可怎麼過下去！」

「容若，人到世間本是孤單的。調子越高，知音越少。我們倆在一起，我雖不會吟詩填詞，可還能懂得你。你的心，你的神，還能摸著一點邊。是不是啊？」

「瑛啊！你不是摸著一點邊，你是太瞭解我，是我生平第一知己。有你在，哪怕這世間再荒涼我也不覺孤單。」

涵瑛轉過臉瞅著容若，見他又是那麼深情款款的，便也動情的道：「那就對了。只要我們在一起就自然有情，熱活，喜樂。」

「瑛啊！說句丟臉的真話，有時我都自覺羞愧。譬如你過生日，我是多想用自己賺的俸銀給你買件首飾。可我一兩銀子也賺不來，只能用家裡的錢。我心裡好愧！」容若有點羞澀的，表情像個大孩子。

涵瑛情不自禁的又握住他的手：「容若啊！這些小節哪值得你這樣的文豪去計較！說句真心話，就算你今天不是相國公子，是個窮書生，我們在一起也會一樣和美——」

「假如我連窮書生也不是，而是個牧牛郎，你可怎麼辦啊！」容若又開始促狹逗趣了。

「牧牛郎又怎樣！只要那牛郎是納蘭性德，我就對他像現在一樣的有敬有愛，反正我就認準了這個人。」

「是嗎？沒銀子打油打醋怎麼辦哪！」

「討厭，故意逗我。你那嘴怎麼那樣饞，非要吃油喝醋嗎？……」

兩人談情說愛調情逗趣沒個完，只聽得小丫頭提高嗓子漸漸走近：「大公子，少夫人，太陽都在落山了，夫人叫你們去吃晚飯……」

這是吉順媳婦教的：到園子裡找大公子和少夫人，不可愣頭愣腦的一下子跑到跟前。要由遠而近的叫喚。因為大公子和少夫人太新派，散步要牽手，看太陽落山總一前一後的依偎，坐在長椅上公子必定摟著少夫人的肩膀。這些動作都讓丫頭小子們看了臉紅。所以必得先叫幾聲，警告他們：有人來了。

五月中一個天空藍得如靜海之水，不見一絲浮雲的月明午夜，涵瑛生下了一個尊貴的小生命。是個俊美的男孩。早取好的名字「海亮」恰好符合他出生的天色。祖父明珠另給取了學名「富爾敦」，說這才更具葉赫貴冑的高貴莊嚴。

富爾敦尊貴的不僅是名字，他的一切都顯得比他的異母兄姐出生時被看重。當然是因他母親的身分尊貴。除雇了三個產婆之外，侯大夫也被請來坐陣，以備萬一遇到特殊情況隨時請教。

五格兒、秀兒、涵瑛的母親和大嫂也來了，都在屋裡看顧照料。

容若是從一開始就在床邊陪伴，到孩子生下地，禁止男人在旁時才到外面守候。

「大夫，她不要緊吧？」聽到涵瑛呻吟，容若便問睏得直打哈欠的侯大夫。

「沒事兒，少夫人常散步，準能順利的生。別擔心。」

老大夫果然有經驗，雖有些驚險，幸喜終於母子平安。

「瑛，瑛，你受苦了。」容若坐在床邊，握起涵瑛一隻手連連親著。

「你瞧過咱們的兒子了嗎？」涵瑛有氣無力的、幸福的笑著。

「看到了。瑛，他真好，只有你才能生出這樣好的孩子。可是你的臉色蒼白，嘴唇也沒血色。快睡覺吧！」

「容若，你高興嗎？」

「瑛，我是多麼高興啊！海亮是你我的孩子啊！」

「是啊！可我是太累了……」涵瑛說著已倦極的睡去。

海亮的誕生使容若和涵瑛更覺親愛，明珠和五格兒也極感快慰：富格雖是長孫但非嫡出，學名富爾敦的海亮，才是流著貴胄血液的葉赫正黃旗子孫的典型。

這是納蘭府的大事，滿月酒就算自家不想辦都不行，朝中已有人在為「明相又得金孫」張羅慶賀了。一片樂陶陶的歡喜聲中，大夫宣佈涵瑛病重的消息，猶如晴天霹靂。

開始的幾天涵瑛與一般的產婦沒有分別，無非是疲倦，無力，下體像來月信一樣排些汙血。但接下來的情形卻不得不令人擔心：本應該減少的汙血反是逐日增多，而且顏色殷紅，顯然是新鮮血液。涵瑛自承感到神暈目眩，周身發冷。容若摸她額頭卻是滾熱，分明是病了，連忙把侯大夫請來。

侯大夫仔細的按了脈，面色凝重的拉著容若到外間說話：「公子，少夫人的情形可不好。」

容若愣了剎那才悟出這句話的嚴重性：「怎麼說？」

「少夫人產後受了風寒。」

「五月天氣暖和，有甚麼風寒？生過以後她根本就沒出過屋子，風寒從哪兒來？這……這怎麼可能！」容若慌亂得有點語無輪次。

「公子，地氣寒，在屋裡一樣會受寒。不過，少夫人的病，最叫人沒辦法的是出血。她是裡邊有傷口了，血越流越多，身子哪能吃得住！」

「侯大夫，你是位有經驗的好醫生，救人無數，總有辦法止住血的，是不是？」

侯大夫無奈的搖搖頭：「身體裡面的傷口碰不著、看不著，不能包紮抹藥，吃藥又沒甚麼用。人哪扛得住不停的流血！公子，還是準備一下吧。」

容若蹌蹌踉踉的跌走了出來，佇立在迴廊上，失神的面對著漫天彩霞。心境慌亂得像站在絕壁上等待山崩地裂，四顧茫茫不知所措。

涵瑛真要離他永去了嗎？她才二十一歲，寬厚真誠的對待每一個人，那麼活潑樂天、熱愛生活，這樣的人怎會突然消逝！她若是一旦真的走了，叫他可怎麼活，怎麼辦！這擺在眼前的塵寰長路，如何走啊！他想：不能放棄，侯大夫認為已無藥可治，不代表所有的大夫的看法。

容若到父母房裡，把侯大夫的話轉述了，明珠夫婦吃了一驚，意見與容若一樣，亦說得找別的名醫診治。北京城裡最有名的醫生便是侯大夫，納蘭家特派專車接來天津的馮大夫，他的話與侯大夫說的無啥分別。

容若急得火烤一般，聲言絕不就此歇手。他請父親設法去請宮中的御醫。明珠懂得涵瑛對容若何等重要，即時答應去設法，直接去求皇上。

康熙帝知道涵瑛不僅是納蘭明珠的兒媳，也是曾任兩廣總督的盧興祖的女兒，現任朝廷二品大員盧敬堯的妹妹。立刻就叫太監傳御醫去納蘭府。

令容若絕望的是，那位專給妃嬪、公主診病的鬚髮灰白的老御醫，說了和侯，馮兩位大夫同樣的話。

容若終於明白，他很快的就要失去涵瑛了。他這一生傾著整個的心，唯一真愛的女人、第一知己，就要像一朵枯花歸於泥土那樣，永遠棄他而去了。

他心碎傷痛，強顏歡笑的面對涵瑛。

涵瑛明顯的一天天衰弱，原本就不胖的她，已瘦了一大圈，氣若游絲的躺在枕上，臉色白得像從未著過顏色的淨紙。容若日夜不離的守在床邊，她醒時必拉著一隻手，餵水餵藥都是親自來，並囑咐傭人，不經呼叫不要進來。他是多麼珍惜這最後的獨處時光。

涵瑛總想跟容若說話。他叫她睡覺、休息，她卻說很快便要永遠的休息，跟他說話的機會可不多了。

「我有千言萬語要對你說。容若啊！我對你比對海亮還不放心。秀兒和額娘會把他扶養得很好。可你怎麼辦啊！我不在誰會懂你，誰跟你說心事解愁悶，你不更寂寞了！你——」她幾次說著就睡著了。

容若坐在旁邊凝視著沉睡的她，默默流淚。

涵瑛醒來又開始說：「你哦，要多和朋友在一起。顧貞觀最懂你，張純修也是個能談心的，多跟他們在一起。」她的聲音越來越低弱。

一天她精神稍好，便叫容若喚秋晴和長歌到跟前來，有話要說：「秋晴跟我從南方到北京，不把她安置妥，我心難安。長歌，你說句實話，心裡有沒有秋晴？」

長歌看了秋晴一眼，篤定的道：「有。」

「那就好，秋晴心裡也有你。我和公子做主，你們倆立刻成婚。」涵瑛說出的語句斷斷續續。

長歌流淚，秋晴伏在床邊哭得摧肝裂肺。

那天，涵瑛忽然說想到迴廊上看夕陽，容若便抱起她輕了許多的身體。到迴廊上靠著柱子坐在矮欄上。

她倚在他的懷抱裡，他用臉頰貼著她披散的長髮，無言的遙望著脈脈斜輝和漫天彩霞。

半個時辰後涵瑛說：「多美哦！進去吧！」容若便依順的抱她進去。

入夜以後，涵瑛一覺醒來，又說她想看夜色。

容若溫柔的道：「外面有風，冷哦！別看了。」

「這是我對人間最後的一個願望，好容若，成全我吧！」

容若不忍拂逆，忙從櫃中找出自己的棉袍給她穿上。

「你的袍子真肥大！」涵瑛無力的吃吃的笑著。

「就是要肥大，好把你整個人包住。」

像看夕陽一樣，容若抱著他的愛妻坐在矮欄上。

好晴朗的暮春之夜，碧藍的天空上一彎新月點點繁星，颯颯的小風送過花香。這樣浪漫可愛的夜色是他們所熟悉的。

「容若，你瞧這世界多麼美啊！我實在是不該走的，應該跟你一起看星星看月亮，可沒辦法啊！容若啊！那三樣東西別忘了給我帶去。」

「我會的，詩、同心結，一樣都不會忘記。我那一份將來也會帶走。」

「是啊！你也要帶著，免得幾十年後你變了樣，不認識了。」

「將來我會拿著那些東西，上天下地的去找你，不找到誓不罷休。」

「哦！那我就放心了。容若啊！你要注意將息，不要因我離去太愁苦。春天西風寒，別忘了戴『護頸』在立櫃的第二個抽屜裡……」她喃喃的，吐字有些不清。

「瑛，你睏了，咱們進去吧！」

涵瑛不做聲。

「瑛，你冷嗎？」

仍不做聲。

容若知道她真的走了。

他便那麼摟抱著她，默默的對著融融夜色流淚。

涵瑛走完了她短短的二十一個春秋。那天是康熙十六年五月三十日。

25

事情來得太兀突，厄運似一隻巨大的魔掌，以迅雷般的速度，澈底改變了容若的人生。

涵瑛永遠的離開了他和才出生半個月的海亮，孤零零的走入幽冥世界。

那個世界究竟是甚麼樣子？寒冷嗎？黑暗嗎？容若無法想像，膽子小得連一個人待在空房裡都害怕的她，會是何等的悽惶，寂寞，恐懼。

容若不知該去問誰：浮世塵緣怎會如此匆匆！他們倆是多麼相得、多麼要好的一對！只要兩人在一起，日子便隨時有樂趣，處處見情。

半個月前剛產後三天，涵瑛說有個「護頸」還沒縫完，便靠在床上一針針的縫起來，他想阻止都不行。醫生說涵瑛的病因是受了風寒，是否就是那時做下的病呢？

想到此處容若又轉為自責，恨當時為何不強禁她做女紅！他悔，他恨，他痛，更百思不得其解：剛滿二十一歲，如花初綻的年齡，美玉般清明透剔的性情，誰也不能否認她是位善良真純、美慧多情的女子，為何偏偏要受命運如此殘酷的對待？

容若的世界整個破碎了，悲傷似自天而降的洪水，將他沖到滔滔急流之中淹沒。

當年明珠父親倪迓韓隨多爾袞進京時，所得的上莊皂甲屯的大片封地，除造了面積廣闊，種著不少奇花異卉，亭台樓閣也修得精緻考究，有山有水的花園外，還蓋了幾棟頗富詩情畫意的別墅，其他的土地都由五格兒經營農莊了。留出來建祖塋的四十畝地，至今擱置著未動工。

明珠的父親倪迓韓、繼母墨爾齊和哥哥振庫的墳墓都是暫時的。如今媳婦突然病故，兒子哀傷鬱卒到那個程度，做父母的看著痛心卻無力相助。五格兒說不如趁這時把墓地修了，讓涵瑛的靈柩直接入祖墳，顯示公婆對她的重視，或許可稍稍撫慰一下容若。

明珠認為這個意見甚好。問過容若他也點頭贊同。於是五格兒立刻命吉順去找專人設計策劃，大興土木。

修建時間需要一年，涵瑛的靈柩不能下葬，暫停放在郊外的雙林禪院裡。於是容若吩咐長歌收拾一些衣物和書籍筆墨，要搬到禪院裡去住。

明珠和五格兒聽了心中焦急，認為情緒低沉到他那個程度，實在不應到廟裡去守著棺材。便以那兒偏僻寒冷，吃住也太簡素而表示反對。

容若誰的話也不聽，執意要去給涵瑛守靈，說她生前就膽子小，何忍她一個人孤魂似的停在寺廟裡！他必得去陪伴。明珠夫婦見阻止不了，只好除長歌外再加派一個中年傭人跟去照應。

禪院給容若主僕預備了三間廂房，容若就把那兒當成了家，無分晝夜的留在禪院裡。

雙林禪院是座建築古樸莊嚴的著名大廟，院裡院外老樹參天，大小佛殿十數個。容若穿著件淡灰色的長衫，蒼白著面孔，終日無言無語，便那麼獨自在樹林裡徜徉。夜晚臨睡前，必到停放靈柩的廳堂，去看看棺木，有時要摸來撫去的停留好一陣子，用心在跟她講話：

「瑛，你冷嗎？別怕哦！我在這兒呢！」

「瑛，那三樣信物全在你枕頭下，收好。將來我會拿著我那份去找你，安心的等著吧！」

「涵瑛啊！我的心已被你帶進幽冥，剩下的只是一個軀殼，滿腔惆悵。」

容若渴望著涵瑛來入夢，自身卻又經常難以入睡。在無眠的長夜中，回憶往昔與涵瑛的種種，太圓滿諧美的日子，反襯出眼前的悽絕荒涼。

容若在憔悴，清亮深邃的眼光裡盛著深不見底的悲愁。

長歌忙回去向五格兒報告情況。

沒過兩天張純修就來了：「容若，你好像正在摧毀自己，這樣子是不對的，你妻子泉下有知多麼憂心。」

「兄長，我亡婦不單是妻子，更是通心解意的知音。沒了她，我像是死了一半，做甚麼都沒力量了。」

「那活著的一半還是能使些力的。容若，提起你的筆，寫吧！文人比一般人有個好處：可以借筆發洩情感。對你的妻子傾訴，對你自己傾訴，那會讓你好受些。」

容若低迴無語，忽然想起涵瑛曾說過「寫作是你第二個命」的話。他記得清楚，她說這話的時候笑得好嫵媚，還伸出一個手指在他額頭戳了一下。

那晚上容若重拿起他荒廢了半月餘的筆，跟亡妻，跟自身，也跟命運對話。

他只是想宣洩、傾訴，想讓胸腔裡那顆被傷痛堵得要窒息的心，有個出口透透氣。並不知道他蘸著至情與眼淚的生花妙筆，譜出的發自肺腑的斷腸之句，正悄然的帶他衝越時間大限，奔向文學殿堂的永恆。

這一夜，他創作出第一闕「悼亡」詞。

在文學的天空裡，早有四位大家：西晉的美男子潘安、宋朝的蘇東坡、元積和賀方回，都寫過至情至性的「悼亡」詩詞，並稱「四大悼亡詩詞」，像明亮的星星般，閃爍了多少個百年直到今天。其中賀方回正名叫賀鑄，因妻子死去太過傷情，灰心之餘，把詞牌〈鷓鴣天〉改成〈半死桐〉以示悲怨。

容若想了想，亦覺得諸多的詞牌中，沒有一個足夠形容他此刻悲愴悽惻的心情。便也自創個詞牌：〈青衫濕遍・悼亡〉。

他一字字的邊寫邊思量，涵瑛臨終前訣別的情景，清晰的再現：涵瑛囑咐他不要因她的離去愁傷，叫他這個命運不順的書生，要自知保重將息。可是他怎能接受這猛然間的陰陽兩隔！將她相忘！他真想領著她的芳魂認路返家，回到那盛著他們歡與夢的迴廊。更恨不得用淚水把她滴醒。而現在最怕的是，涵瑛在黃泉之下為他擔心。想起這些悽哀情景，及相許的來生誓約，他不禁柔腸寸斷了。於是，他寫道：

青衫濕遍，憑伊慰我，忍便相忘。半月前頭扶病，翦刀聲，猶共銀釭。憶生來，小膽怯空房。到而今，獨伴梨花影，冷冥冥，儘意淒涼。願指魂兮識路，教尋夢也迴廊。

咫尺玉鉤協路，一般消受，蔓草斜陽。判把長眠滴醒，和清淚攪入椒漿。怕幽泉，還為我神傷。道書生，薄命宜將息，再休耽怨粉愁香。料得重圓密誓，難禁寸裂柔腸。

完成了〈青衫濕遍〉，容若工整的抄了一遍，到涵瑛的靈前朗讀，頓覺和躺在棺木裡的愛妻已對過話，心上積壓的愁鬱多少紓解一些。

從此刻起他便以源源湧出的哀思，連續創作悼亡詩詞，述說生死纏綿、淒迷如夢的柔情。但僅靠文字的傾吐，仍遏制不住折磨人的刻骨相思，他是多麼的想看到她啊！容若將這個願望寄託於夢，希望在夢中見到涵瑛。那一夜她果然來了，像平日一樣無限深情，帶幾分調皮的笑，問道：

「要不是看我如此淒涼，你會來麼？」

他驚喜之餘正待與她依偎，忽被鐘聲驚醒，睜開眼睛，只見桌上一星燈火熒熒。心中悽楚難忍，他爬起來寫了一闋〈尋芳草〉：

客夜怎生過？夢相伴、倚窗吟和。薄嗔佯笑到，若不是恁淒涼，肯來麼？

來去苦匆匆，準擬待、曉鐘敲破。乍偎人，一閃燈花墮，卻對著琉璃火。

有時他會懷疑，涵瑛已永遠離去的事實，而情願相信那只是一場噩夢。多少個漫漫無眠長夜，他便在雙林寺悸人的死寂中，又是回憶又是等待的枯坐到天明。一闋〈望江南・宿雙林禪院有感〉就是在那種情況下寫成的：

挑燈坐，坐久憶年時，薄霧籠花嬌欲泣，夜深微月下楊枝，催道太眠遲。
憔悴去，此恨有誰知，天上人間俱悵望，經聲佛火兩淒迷，未夢已先疑。

容若實在忍受不了思念的苦，想見到涵瑛的渴望熾烈至極。但涵瑛確實已經死去，要在夢裡相見亦不可得，怎麼辦啊？

他突的想起：可以畫。他不是會畫山水人物嗎？涵瑛的模樣早已清晰的刻在他的心上，只要稍一凝神，便活生生的來到眼前，還是那麼嬌美穎慧、風姿楚楚。他攤出顏料、紙張，滿懷柔情的提起筆，要把思念中的恩愛女子畫出生命。

容若認真的畫起來。誰料才勾勒出面貌的輪廓，奪眶而出的淚就模糊了視線，淚水滴在紙上。他頹喪的丟下筆，無聲的叫著：「瑛，你可記得那個姓趙的書生，朝畫上的女子呼喊一百天，她便走下來的故事？我想你想得心已碎成片片，也想把你呼叫回來，但我竟是畫不成。瑛，我該怎麼辦啊！」──他想著不禁哀哀垂泣。

空屋荒涼如被遺忘的深山之谷，唯聽得窗外淅淅雨聲。一闋令人讀之斷腸的傳世佳品，便在那樣的氛圍中問世了——〈南鄉子・為亡婦題照〉：

> 淚咽卻無聲，只向從前毀薄情。憑仗丹青重省識，盈盈。一片傷心畫不成。
> 別語忒分明，午夜鶼鶼夢早醒。卿自早醒儂自夢，更更。泣盡風簷夜雨鈴。

容若夢不到又畫不成，鬱卒的情緒仍若磐石堵在心頭。

他已在禪寺裡住了三個月，這期間那幾位相熟的文友，嚴繩孫、朱彝尊、陳維崧、姜宸英等以及徐乾學都來訪看過，明珠夫婦也來過，一致勸容若回家，他卻憂愁而頑固的表示，涵瑛尚未入土，孤零寂寞的停在寺院裡，怎能忍心的拋下她獨自回去。他也表示，在院裡常與禪師談話，看了許多佛經，已預備皈依佛門，自取的法號為楞迦山人。

明珠和五格兒聽了極為憂心，直怕他心一橫，拋下父母兒女出家做和尚去。

容若曾幾次回家做短暫停留，隨後又一言不發的騎馬直奔雙林禪寺。

也許是上天垂憐，懷念愛妻幾乎到肝腸寸斷的容若，終算圓了願：重陽節前與涵瑛在夢中相見了。在夢中涵瑛拉著他的手哭泣，叮囑了太多話他已記不清，只記得其中的兩句詩。為這兩句詩他想了又想，不懂一向不作詩的她，怎會說出那麼好的詩來！他特別把這點疑惑注在所作的〈沁園春〉前面：

丁巳重陽前三日，夢亡婦澹裝素服，執手哽咽，語多不復能記。但臨別有云：「銜恨願為天上月，年年猶得向郎圓。」婦素未工詩，不知何以得此也。覺後感賦長調：

瞬息浮生，薄命如斯，低迴怎忘。記繡床倚偏，竝吹紅雨；雕闌曲處，同倚斜陽。夢好難留，詩殘莫續，贏得更深哭一場。遺容在，只靈飆一轉，未許端詳。重尋碧落茫茫。料短髮，朝來定有霜。便人間天上，塵緣未斷；春花秋葉，觸緒還傷。欲結綢繆，翻驚搖落，減盡荀衣昨日香。真無奈，倩聲聲鄰笛，譜出迴腸。

第二天張純修來訪。他每隔六七天便來探望容若，是到雙林禪院最多次的朋友，容若著實感念。張純修上次是與曹寅同來的，這次是獨自一個。正值晚飯時候，容若命長歌關照禪院廚房，燒幾樣精緻的素菜，兩人一同進餐。容若已久無胃口，因昨夜夢見涵瑛，此刻心情仍按捺不住激動，把剛寫就的〈沁園春〉給張純修看。道：

「總算見了她一面，雖然夢裡朦朧，多少解了一些相思苦。可我想不通，涵瑛從沒作過詩，怎麼現在作起詩來了？」

「容若，那是夢啊！日有所思，夜有所夢，你是太想念她了。」張純修讀過那闋新詞，動容的繼續道：「至情至性，一字一淚，少年夫妻的兩情相悅，說不盡的美好回憶相對今日的愁苦。『瞬息浮生，薄命如斯，低迴怎忘。』一開始就以痛憐的語言，感慨亡妻的命薄。人悲易老，鬢添霜色。春花秋月，無處不觸刺心中之悲。真是好詞啊！不過，容若，你不能總把自己關在情的牢籠裡，要走出來。」

「兄長，我苦就苦在走不出來。涵瑛和我不是一般夫妻。」

「這我知道。容若，弟媳雖命薄，你雖傷痛，還是讓人羨慕的。我們這種酸文人，得一知己何等不易！在夫妻之間求知己就更難了。像你和弟妹，火熱的情，通犀的心，相知相愛，真是羨煞天下才華男子。別再自苦了。聽曹寅說，朝廷真要給你旨令。說所有相關的官員都主張你進翰林院，等皇上御筆一批就成事。還是過新的生活吧！」

容若沉默良久才嘲諷的道：「難為朝廷還記得這檔子事，我倒忘得挺乾淨。」

「別說氣話。我知你胸懷大志，進翰林院正可一展抱負，紓解情緒。」

「兄長知道我現在最想做甚麼？我想做軍人上戰場，橫刀躍馬，馬革裹屍。跟我阿瑪說，他不同意。」

「罷了，你無非是想發洩。誰不知道納蘭公子文武全才，不過你這百年不遇的大才子，還是發揮文才吧！」

容若與愛妻在夢中相會過，把兄張純修又來寬慰談心事，自覺情緒鬆快了些。

離科考中舉足足一年半，朝廷的指派令終於下來了。既非進翰林院，也不入甚麼部、館，而是「乾清門三等侍衛」，就是守在宮門口的護衛武士。

容若拿了那張旨令，默默無語的看著，一臉的落寞與無奈。

其實容若確然並不一定要做文職，對於自己的武功他有和文才一樣的自信。曾想過去從軍，在疆場上立功建業捍衛國家。亦有過做個一代瀟灑儒將，右手寫文章，左手執干戈，躍馬馳騁於大漠黃沙的浪漫理想。但如今他這樣的人卻要做值宿宮門的侍衛。說真的，他真弄不懂，那位只比他大半歲的年輕皇帝，葫蘆裡裝了甚麼藥！

明珠看出兒子的失望。

皇帝決定的事豈可置喙，他唯一能做的是柔聲開導：「咱滿洲子弟，誰不是從侍衛做出來的！你阿瑪我不也是！而且一做九年半。每天極早出、最晚歸，還要值夜班。是夠苦的。可我今天呢？你看今天有誰比你阿瑪更風光嗎？所以呀！兒子，不要洩氣，耐心的好好幹，在皇帝身邊是難得的。憑你的才智不怕沒有出人頭地的一天。」

五格兒也說：「不會一開始就有合意的職位，將來一定有好機會的。」

這時容若想起涵瑛的話：「皇上應有識人之明，以你的人品才能，只要有機會接近，總會被賞識的。而且你和別人不同，別人不走仕途就沒路走，你的前面可有條更寬的路在等著。別忘了，你是納蘭性德啊！」

「好吧！我就去當那個侍衛。」

容若的心裡仍有自信和嚮往，雖然涵瑛的死令他悲傷已極，但豪情壯志並未完全耗損。此時想想，指派令晚來一年半，對他和涵瑛未嘗不是變相的成全。

回憶婚後三年，和涵瑛一天也沒真正的分離過，三年的一千餘個長宵，除了每隔六七天，涵瑛就把他往秀兒屋裡趕，餘下的那麼多個夜晚幾乎都是兩人相依相守。他們不僅擁有過最美好和諧的居家日子，也曾傾著整個的心和熱，毫無保留的愛戀過。他們之間無可彌補的遺憾是涵瑛早逝，帶走了他的心，他的情，他的青春。

容若清楚的知道，涵瑛將在他心裡永世長存，這蒼茫大地滾滾紅塵間，沒有任何女子能夠代替涵瑛。他今後的生活內容是工作，盡忠職守，孝敬雙親，教養兒女和幼弟。他將用餘生之力創造事業，展鴻鵠之志，往名臣之路邁進。至於男歡女愛、兒女情長，已經不是他的題目了。

他上朝的前一天去為涵瑛祭靈，跟她說話：「瑛，明天我要去上朝了。給皇上做侍衛，我非常不喜歡這個差事，差不多認為是對讀書人的折磨。你知道的，我不是沒志氣的人，但至少目前看不出希望在哪裡，先走著再說吧！你膽子小，怕一個人待在屋裡，我是多麼不放心哦！你的話我都記住了。出門要戴『護頸』瑛啊！我一得空就來陪你，永生不忘和你的誓約。」

他也到秀兒那邊去了一趟。「你近來好麼？」

「謝公子關心，挺好的。看看孩子吧！」容若跟到裡間。

四歲的富格正在逗一歲的妹妹，幾個奶媽在一起照顧著。富格見容若進來便咧嘴笑著叫「阿瑪」，拉著他去看搖籃裡的弟弟。

海亮已經五個月，眉眼間依稀有些涵瑛的模樣，容若看了百感交集。

「孩子們都好吧？」

「都挺好，能吃能睡。富格已經認字了。海亮能一夜睡到天亮，奶也吃得多，臉都胖圓了。」

「你也挺辛苦的，就靠你費心了。」

「公子說話這樣見外！」

「不是見外，是真謝謝你。」

秀兒看出他真是憔悴了許多，精神也萎靡，彷彿連說話都嫌麻煩。見他那樣子她只覺心裡發疼，恨不得撲上去抱住他。但她不敢，兩人之間沒那交情。

她倒覺得他們越來越像對待客人，可真是相敬如賓了。

26

康熙十六年的秋冬季，容若以乾清門三等侍衛的身分，第一次走進皇宮。

御前衛士的職務主要是保護皇上的安全，看守好皇帝的門，或偶爾給皇上傳傳話。總之，這份工作會被很多人羨慕，視為風光，因有接近皇上的機會，被稱為是皇帝身邊的人。

進宮的的第一天，內務府總管就向他訓話：「帶刀侍衛多光榮啊！只有咱滿族貴冑子弟才能輪到這美差事。像你，一開始就是五品。那些漢人侍衛，做同樣的事就低兩級，還不許帶刀。納蘭衛士，你就好好做。記住，御前衛士的第一信條是：凡事只有皇上，沒有自己。」

總管始終面帶笑容，因為這小小衛士的父親是「明相」。

容若開始執行他的任務，他穿上衛士制服，頭戴有纓子的制帽，腳蹬厚底軍靴，腰間掛著一把寶刀，雄糾糾的站在宮門口。

總管說得對，做這個工作必要忘記自己。除軀殼之外彷彿真的不再需要甚麼，不要思想，不要言語、文墨、意見，甚麼都不要，只要像一個板著滿面正氣的的木偶便已足夠。

容若立刻看出，這是絲毫不具創造性的呆板工作。單調枯燥尚且不論，每隔幾天就要值次夜班，時至深秋，氣溫漸低，對他這個有寒疾老毛病的人真是苦不堪言。但能說甚麼！就這個職位還是等了一年多才等到的。

容若平日是早出晚歸，天剛毛亮就到宮裡，歸程時則暮色已濃。他並不一定回到納蘭府，常常到雙林禪寺陪伴亡妻。特別是月白風清之夜，在無人的郊野驅馬，噠噠的蹄聲伴著孤寂的心，能享受一些在皇宮中所沒有的天籟之美。

入夜後的禪院一片死寂，容若總坐在書桌前，不是讀經就是寫作，周遭一派荒涼，陪著他的是那幽淡得近於悽慘的燈火。他寂寞得直想嚎叫。

這時顧貞觀回南探親歸來了，放下行李立刻直奔雙林禪院。

容若悲喜交集的著迎他苦笑：「跟我談心的人終於回來了。哥哥，離開不過半年，容若的人生調子整個變了。」

「我知道。你的一些悼亡詞作已傳到江南。杜鵑泣血，鴛鴦獨棲，怎不叫人『泣盡風簷夜雨鈴』！說真的，你的悼亡詞淒切哀絕，寫盡了文人寂寞的心，我幾次沒讀完就涕淚橫流，不忍讀下去了。容若弟呀！弟媳早亡確是你的致命之痛，但古往今來得圓滿者能有幾人！能達到你與涵瑛這樣感情的夫妻，怕是百年也難找到一對。你道為甚麼文人雅士多愛去風月場合，找甚麼柳如是、李香君、董小宛之流！你當錢謙益、侯方域、冒辟疆這些自命風流的書呆子，天生就有嫖妓癖麼！非也，他們也需要家裡那個肌膚相親的女人，能談天說話、心魂相通。可他們求不到，家裡那口子只會噓寒問暖，端來一碗蓮子湯之類的，對咱們這號人不夠啊！所以甚麼錢先生、侯公子的，只好到外面去求了。容若，誰有你這樣的幸運……」

顧貞觀正如他自己所言：「對某種人一言難有，對某種人滔滔不絕。」用他濃重江浙口音的北京話，說了一大篇，才好不容易的閉上嘴。

「我就愛聽哥哥說話。聽你這番話我心裡舒坦了許多。」容若露出難得的欣悅之色。

「你心裡舒坦，哥哥我的嘴可不太舒坦。沒有酒嗎？」

「酒？哥哥不是不喝酒的嗎？」

「那是從前。現在我可愛喝兩杯了。微醺的滋味太奇妙。」

容若被他逗笑了：「在禪院裡你還要喝酒！」

「禪院跟喝酒有何相干？不要盯在小節上，心最貴重。」

容若忙問長歌可有酒，長歌答說顏夫人怕萬一有需要，特別叫他帶來了兩罈上好淡酒。

顧貞觀手持酒杯，連酌兩口：「先前說到哪兒啦？」

「你說沒誰有我一樣的幸運。」

「對，就是這句話：『人生得一知己死而無憾。』『問世間，情為何物？叫人生死相許。』如果那個生死相許的人恰好就是知己，該是甚麼境界呢？太美也太難，根本是常人無從想像的奇妙境界。可是你竟然有過，體會過，還不幸運麼？」

「哥哥說得是。可涵瑛那麼年輕，那麼好，她不該死。」容若已又是一臉落寞，停了停繼續說：「我想她，想得心都碎了，魂也丟了。真不知這以後的日子怎麼過！」

「涵瑛當然不該死，可人之生死由不得我們。你想她，就寫出來。最近有新作嗎？」

「這是最近作的兩闋，還沒拿出去呢！」

顧貞觀打開容若遞過來的一張紙，朗聲詠讀：

誰念西風獨自涼，蕭蕭黃葉閉疏窗。沉思往事立殘陽。
被酒莫驚春睡重，賭書消得潑茶香。當時只道是尋常。

顧貞觀一邊讀一邊讚嘆：「真好！真美！是啊！當時學李清照和她丈夫賭書，還以為是尋常事呢！哪料到，如今獨在西風殘陽裡沉思回憶！」他說著再讀下面的一闋〈荷葉杯〉：

知己一人誰是？已矣。贏得誤他生。有情終古似無情，別語悔分明。
莫道芳時易度，朝暮。珍重好花天。為伊指點再來緣，疏雨洗遺鈿。

顧貞觀再反覆的唸了兩遍：「容若，你前後寫了兩百來首詞了，其中確有足以傳世的傑作。譬如悼亡的幾闋，比蘇東坡、元稹他們一點都不差，而且比他們更清新，純粹從『情』字本身出發，別具一格。應該出個集子。我看你去當那個甚麼御前侍衛，也沒功夫管自己的事，編集子的事就我來吧！」

「哥哥這樣顧念我，容若不知怎麼說謝才好。」

「謝甚麼？誰讓你我是生死兄弟。」

那天容若正站在乾清宮門上值班，腦子裡琢磨著一闋新詞的內容，另一個三等侍衛，也就是他的朋友曹寅來傳，說皇上叫去問話。他有點納悶的跟著去了。進宮一月餘，還沒清楚的看過皇上一眼。實在想不出尊貴的萬歲爺要問小侍衛甚麼！不過他這人從不怯場，並不在乎誰問甚麼，哪怕是皇上。

容若進屋跪拜自稱奴才，康熙皇帝卻叫他起來回話。容若謝恩站起，和皇上隔著桌子相望。

他終於看清了這位十六歲制服鼇拜，二十歲決定平三藩，天文地理無所不知的愛新覺羅後裔。從長相上看不出他的雄才大略。瘦長身材，尖尖的臉上有疏稀的麻子，確實貌不驚人。他的智慧和魄力全蘊積在眼光裡。威嚴、深邃、剛毅，和藏而不露的隱隱殺氣。這是一雙能夠征服天下的帝王之目。

容若感到自己在激動，對這個只大他半歲的年輕皇上，他將效忠並尊敬。

情況恰好相反，康熙為容若的儀表「驚豔」，在這以前還不曾見過如此俊逸瀟灑的男人，連侍衛制服都遮不住玉樹臨風的才子氣。

這樣的人十八歲就馳名詞壇，就領著一群人編一千多卷的大書《經解》，這樣的人居然還有一身武功，有權傾朝野人稱「明相」的父親。那明相可不是等閒人物，久聞他斂財賣官，在京已有三處豪華宅園還嫌不夠，要在海淀地區再造個「自怡園」。據說從南方請專家來設計，工程浩大，亭台樓閣、山光湖色二十六景，有些裝飾比皇宮還講究。將費時七八年建成。總之，這位漂亮公子不簡單，要是父子攜手就更難預料會有甚麼結果。

「朕看過你寫的詞，意境很好，用字也美，很有才氣嘛！朕也喜歡詩詞，興致來了也寫寫。好玩嘛！不能跟你比。等有空了，朕跟你琢磨琢磨，你看看我的毛病在哪兒。」皇上笑咪咪的，口氣很是友善。

「皇上這樣誇獎，是奴才天大的光榮——」

「聽說你善騎射，還獵過老虎？」康熙不待容若說完，只顧接著問。

「那是幾年前的事了，射死過一隻虎。咱滿洲人多少都懂些騎射，家父在奴才小時候就叫注意武功。」

「那就對了。你知道嗎？朕最愛打獵。打過九隻老虎，三隻豹子，六隻狼，野豬七頭。朕射哨鹿和野兔就像撿豆子一樣順手。」康熙說罷得意的哈哈大笑：「朕有個心願：這輩子非打死一百隻老虎不可。」

「皇上的獵術精湛無比，準定可以圓心願的。」

盡是康熙與容若對談，曹寅只在一邊聽著。

話已說了不少，容若以為應該跪安了，沒想到皇上談興甚濃，忽然把勇武的行獵題目，轉到道貌岸然的理學。

容若早聽說康熙帝對宋明理學，尤其是朱熹的思想和學說，最有研究並極為推崇，便問一句、答一句的小心應對。

「看來傳言果然不假，你真是個才子，你也不過朕這個歲數吧？已經學富五車了。不平凡啊！跟你談話挺有意思。往後你就多在朕的左右轉轉，朕的身邊就缺這樣一個人。」

「謝皇上看重，奴才隨時聽候差遣。」

自這次之後，容若常被皇上喚去，不談諸子百家就品論詩詞，也談書畫和音樂。有時還會說到西方學術，天文學、數學，特別是幾何學、物理學、化學、藥學。

這位年輕的皇帝的興趣太廣，也都有不淺的造詣。有次他談興超常濃厚，到晚飯時仍不願停，特命伺候的太監在旁邊擺張桌子，拿幾盤菜過去，叫容若一起邊吃邊聊。一直談到月亮上升，才叫容若離去：「能跟朕交談的人，你是第一個。別人嘛！總是懂這個就不懂那個，讓朕沒法說痛快。」

容若亦有同感，皇上懂的東西他都懂，這一點使他有些知己感，也使他對侍衛的職位不再那麼生厭了。他相信以康熙皇帝的聖明博學，會認識他的價值在哪裡，預料也會很快的給他安排個適合的職務。他注意過，周遭沒有任何人得到與他同樣的恩寵。

一年又盡，為了迎接新歲，宮中家裡忙得一片喜氣。

三個孩子都在長大，容若隔三五日必過去看一眼，海亮已經開始認人，一見他就咧著長了兩顆牙的小嘴笑。容若總抱過來又拍又搖的逗上一刻。

秀兒每次都淡淡的解說，報告有關海亮的近況。她是多麼渴望容若留下來，哪怕只是說說話也是好的。

秀兒想念他，想看到他，聽到他，給端茶、倒水、幫換衣服，把他照顧得舒舒服服。涵瑛病重時曾向她託孤：「秀兒妹妹，現在讓我叫你一聲姐姐吧！海亮交給你我放心，你是個慈祥的人，會把他當成自己的孩子。還有容若，他那個性是書呆子加才子，太率性，不懂照顧自己。你要多擔待，他那老病根寒疾……」

當時她流著淚說：「少夫人，你是我活了這麼大，遇到的最好的人。你的話我全記住了，準定做到。」

現在看來，只能做到照顧海亮，容若根本近身不得。涵瑛已過世七個多月，他一次都沒來她房裡過夜。

容若離去時，面孔上總浮著一抹無奈又歉意的淺笑。他確實有些抱歉，覺得不該如此冷落秀兒。涵瑛臨終前也這樣答應的。現在竟是難以做到。直至如今，他的思想裡仍是只有涵瑛一個女人，她帶走了他全部的心魂與對女子的興味，他甚至懷疑自己還是不是個真正的男人。

年三十的晚上，容若和一家人吃過年夜飯，就吩咐備馬，要去雙林禪院陪伴亡靈。五格兒和明珠都擋不住，爭講一番，還是帶著長歌去了。

容若一是怕涵瑛太孤獨寂寞，二是自己在家裡待不下去：書房，臥房，園裡，亭畔，特別是迴廊上，處處是涵瑛的影子，真要觸碰時卻不可及。不像在禪院裡，雖是陰陽兩隔，不過隔著一層厚厚的棺木，他能撫摸或對她傾訴，感覺上近了許多。

五格兒懂得容若的心意，為此很是憂慮，對明珠道：「祖塋到底哪天修好？看到嗎？媳婦一天不入土，容若就守在廟裡，沾一身陰氣。」

「咱們是甚麼人家，祖塋當然要有氣勢，四十畝大的土地，要做的物件多，東西總得一樣樣的造。」

「你這個人啊！年輕時候挺實在，歲數越大越愛擺排場。你怎麼變了？」

「這不叫變，叫此一時彼一時。年輕時候低著腦袋過日子，盼望的就是今天揚眉吐氣。」明珠摸著鬍子笑容頗是得意。

容若一進宮就聽說，皇上每年都要出去遊走幾次。康熙十七年的春天三月，要到畿南霸州、趙北口一帶出巡。容若和曹寅都在扈從名單之內。

事情一經底定，容若多少有些興奮。從前年春天科考後的無端被閒置，到後來涵瑛驟然病故，他的一顆心懊悶得已經要霉爛了。走出北京城去透透氣，對他是情緒的放鬆和撫慰。

曹寅曾警告：「沿途睡帳篷，吃喝也粗糙，跟相爺府的日子天地之差，你受不受得了啊！」

「皇上都受得了，我倒受不了！你把我想得未免太嬌貴。別忘了滿洲男人是馬背上長大的。」容若被曹寅的話說得笑起來。

這是容若初次隨皇上出巡，心中充滿好奇，只那旗幡飄揚的長龍似的隊伍，就夠他震撼的。三月初三至十七，不過十四天，竟要帶那多人和箱籠行李。

康熙對容若顯然另眼看待，他掀起車輦的窗簾，向騎著馬跟在旁邊的容若招手：「納蘭侍衛你走近一點。」

容若以為皇上命他做甚麼服務，連忙勒住馬韁靠近。

「西洋人硬說咱們住著的這塊地是圓的，說是個球。聽著是有點玄。跟魏師傅說，他說是無稽之談，不能相信。可朕認為這是有道理的，相當可信。你怎麼看？」

「奴才是相信的。聽著玄，是因為一般人只能看到目光所及的地方。沒法想像到更遠的地方是甚麼樣子。奴才常想，這世間的一切事物都有根源，細究起來都會有讓人耳目一新的道理。」

在一旁聽了半天的曹寅道：「我就想這事兒玄。假若地是個大圓球，咱們不滾下去了。」

車裡的康熙哈哈大笑：「朕打小就說，你那腦子是不開縫的石頭蛋，說中了吧！你想一隻小螞蟻趴在西瓜上會掉下去嗎？人在這個大地球上，比螞蟻對西瓜小了萬萬倍，掉哪兒去啊？」

一路說說笑笑，天高地闊，初春的陽光柔和的照在身上，容若覺得麻木了一冬的筋骨都甦醒了。臉上浮著不自覺的笑意，自涵瑛去世後，他第一次感到些許發自心底的愉悅。

霸州離京城不算很遠，但要當天到達就過份的趕，人和馬都會累倒。途中勢必要過一夜。晨間離京，到下午已感人睏馬乏，在經過一個河邊時，康熙命令就地紮營。於是專管搭帳篷的一隊人便動作起來，容若和曹寅也跟著幫忙。不到兩個時辰，一個四五十個帳篷組成的營村已經成形。

皇上的帳篷是黃色皮質，與眾不同，其他的人都是數人一個篷帳。容若與曹寅及另外兩個侍衛同住，帳子緊挨著皇帳。住的問題安頓下來，炊事隊開始起火做飯。黃昏薄暮，清爽的空氣中有菜肉香味撲鼻。

夜色漸濃，數十隻火炬把營地照得暖烘烘，滿洲男兒用膳豈能無酒，一個粗獷的漢子蹲在兩罈酒的旁邊嚷著：「宮裡帶來的好酒，要喝多少自己來舀。皇上說了，誰也不許喝醉。」

只有康熙坐在椅上，面前擺了一張鋪著黃色枱布的圓桌，上面擺了幾盤菜。其他的人全席地而坐，吃大鍋飯。

餓得發慌的容若和曹寅，正坐在一塊大石上，吃豬肉燉粉條和大饅頭，康熙的隨身太監梁九功忽然來叫，說皇上叫他們過去。

「天色這麼好，朕一個人吃喝好沒意思。」康熙說著又吩咐梁九功去搬兩個凳子，添一對酒杯。「朕一邊吃著就想，漢族的文化確實了不起。只說文學吧，從《詩經》到現在，出了多少好東西。唐詩宋詞朕很偏愛，可是在前明時候就不流行了。想不到現在，咱滿人統治天下，詩詞，特別是詞，反倒興盛起來。納蘭，你對這有何看法？」

「以奴才看，像詩詞這樣美的文學，不會被時間淘汰。加之皇上文學素養高，提倡漢文化，作詞的人就多了。」

「你跟那些漢族詞人甚麼朱彝尊、陳維崧，都很熟吧！」

曹寅道：「他們都是鴛鴦詞社的，容若還是社長呢！」

「這樣活躍啊！古往今來的詞家裡，朕最中意蘇東坡，豪邁！說說看，你喜歡誰？」

「奴才比較傾向南唐後主李煜。覺得『花間派』的詞如精巧的古玩玉器，富貴重之美，缺點是不講適用。宋詞則重適用，卻又少了些貴氣。李後主可說是兼有其長，最具繚繞煙水迷離之美。」

「說得透澈，說得好。納蘭，你是個天生的詞家。」

容若笑道：「其實奴才極有用實際行動報效君國之心。曾想從軍，上戰場平三藩。因家父不准而作罷。」

「朕也不准。你上戰場，誰跟朕聊天說話呢！哈哈……」康熙的笑聲震盪著曠野的夜空。容若也說不清為甚麼，只覺得脊背發冷。

三個年輕人天上地下無所不談，投機得像朋友而不像君臣，直聊到午夜方回帳歇息。

次日清晨拔營，繼續前進，此行的目地是到趙北口看「十二連橋」和霸州的諸多古蹟名勝。

27

容若怕別離。不僅是涵瑛的永別，朋友的別離也會令他黯然神傷。

顧貞觀又回南方了，容若問他為何總要來來去去，不覺旅途勞頓嗎？他卻說情願受舟車顛簸，也不能整年待在北京，因為：「這地方人情淡薄，舉頭就是官老爺的嘴臉，連房子也是那麼冷硬，朱門紅柱高牆！讓人看了不耐煩。故鄉的茅屋住著多舒服。」

「北京的人都那麼惹你厭！看到我也不耐煩嗎？」

「要不是因為北京有你，我根本就不來。」顧貞觀一本正經的，聲容懇切。

「這話叫我感動至極。哥哥下次來京定有茅屋可住。」

顧貞觀帶走了容若的全部詞作，要在南方編彙刻印，為了給書取名兩人頗有商量。

顧貞觀說：「上本叫《側帽集》，這本叫《再側帽》如何？」容若深不以為然，說：「『當花側帽』是形容西晉的美男子獨孤信的蓋世風儀，連帽子遭風吹歪，都被目為瀟灑而群起效之。自己連稱『側帽』是否太張狂了些！」顧貞觀卻說：「環視整個文壇，納蘭容若是唯一配用這個書名的人。」

論了半晌，容若說：「寒天飲冰水，冷暖自知。叫《飲水集》怎樣？」顧貞觀說：「甚好，就以此為書名吧！」臨走時容若送他上車，千叮萬囑秋後歸來。馬車漸行漸遠，終在視線中消失。

容若回到院裡就去找管家吉順，吩咐即刻找人設計，在能看到湖水和淥水亭的小樹林間，造江南風味的茅屋三楹。

曹寅告訴容若：「皇上說以後出巡都要帶著納蘭，他在身邊能使旅途變得有趣。」

五月中旬康熙去南苑圍場打獵，容若的名字是隨扈的第一個。

南苑圍場有千年歷史。自契丹族建立遼，得燕雲十六州，便升其中幽州為陪都，命名南京，並設南海幽都府。以供契丹的貴族們進行狩獵取樂。往後到金、元、明，直到現今的大清朝，這塊地方都是皇家和貴族們的行獵之處。差別只在名稱不同。元稱「飛放泊」，明朝先叫「南海子」，後來叫「南苑」。

到清朝進關定鼎北京。精於狩獵騎射的滿族貴族，就相中森林茂密豐美、山巒起伏、草原廣闊，藏有各種珍禽異獸的南苑，作為行獵之所。從順治元年便著手開發，投入大量人力物力，把已荒蕪了的圍場重加修葺。如今的南苑圍場規模雄偉龐大，苑內景致多處，並建了新的行宮，皇上每年都會到這兒打獵。

行獵有一定的規則和名目：春獵為搜，夏獵為苗，秋獵為獮，冬獵為狩。搜的意思就是要選擇沒有懷孕的禽獸行獵。苗是指要滅殺有損莊稼的獸類，獮便是殺，以殺命名正是要順應秋天的肅殺之氣，冬季稱狩乃圍攻之意，是說冬天打獵見獸便可撲殺，不必有所顧及。相比之下，以春獵最無趣，這時多種獸類在懷孕，必要小心辨識，免造成錯誤獵殺，自然便受了許多拘束。所以這次康熙春獵規模很小，只帶了六七十個隨從人員，時間也只五天。

自兩年前考中進士賦閒在家，他就覺得心裡有股怨氣需要發洩。騎著馬在莽林裡飛奔追逐，卯足了力拉弓放箭，把一隻兇猛的野獸射倒在地，是最好的發洩。但那時有涵瑛，不忍心丟下她獨個兒去冒險。後來沒了涵瑛，他需要發洩的心更熾烈，可悲的是，竟憂傷得連去行獵的興趣和力量也沒有了。

如今跟著皇上去南苑圍場行獵，倒是恰合心意的需要，雖然只是短短五天的春獵。

南苑圍場離京城只二十里，晨間出發午時即到，方圓一百六十里的圍場，不單景色如世外桃源，食宿設備也好。

容若和曹寅為康熙的近身侍衛，就住在皇上寢宮隔壁。兩人佔著一間寬大的臥室，每頓飯換著樣吃野味。白天陪著康熙在林裡馳騁，入夜後君臣各回其所。京中每天有快馬送奏摺來，皇上是打獵不廢朝政。

回想童年時，父親嫌他體弱，非要把他訓練成滿洲的巴圖魯不可。帶他去山裡打獵，因一隻野兔經過眼前他不忍射殺，父親失望至極，斷定他「沒出息」，後來從民間找來一位騎射教練，專管帶他去打獵。

那位劉師傅是個漢人，山裡的獵戶出身，彷彿也不知他父親是朝廷高官，便那麼帶著他到處跑。十五歲那年他也不懂自己為何那麼鬱悶，就想撒野。劉師傅便帶著去古北口外打獵，他居然把箭射進一隻張嘴吼叫的老虎喉中。

劉師傅讚他是技術最佳的獵手。父親肯定他的勇敢。他本身也從那天開始，對打獵產生了真正的興趣，進而想做一名保衛國家、馳騁疆場的將軍。可文才絕不能荒廢，特別是他所熱愛的詩詞，要永遠寫下去。那時年少心比天高，並不瞭解世事如此多艱，竟一廂情願的給自己定了個目標：做一名文武全才的儒將。還為此寫過一闋詞〈風流子・秋郊射獵〉：

平原草枯矣，重陽後，黃葉樹騷騷。記玉勒青絲，落花時節，曾逢拾翠，忽聽吹簫。今來是、燒痕殘碧盡，霜影亂紅凋。秋水映空，寒煙如織，皂雕飛處，天慘雲高。

人生須行樂，君知否。容易兩鬢蕭蕭。自與東君作別，剗地無聊。算功名何許，此身博得，短衣射虎，沽酒西郊。便向夕陽影裡，倚馬揮毫。

寫〈風流子〉的當時，自覺很有壯志干雲的氣概。如今看來，也許那僅是一個永遠不會實現的夢想罷了。

南苑圍場的春獵，容若沒有驕人的收穫。五天下來，只打了兇猛的皂鵰和虎斑鵰各一隻。他嘴上雖不說，心裡卻有原則：兔子、鴻雁之類的弱勢小動物，永不是他射殺的目標，他的弓箭，只對準欺侮小動物的兇猛獸類。

康熙倒是興高采烈的，拉了兩車獵物回京。此外，他發現容若的騎術精湛已極，似乎在眼前的一些人裡，還想不出有誰比他更強。

納蘭家在上莊皂莢屯的封地上，加緊趕建的祖塋終於完工。耗時整整一年，造得氣派而考究。四十畝地的墓園內有家廟、各樣石刻、亭台，一叢叢的綠樹參差其間，遍種奇花異卉，走進去倒像在逛一個風致優美的大花園。墓園內有辦公室，雇了二十個員工專司管理。墓門旁邊的一個別院內有小橋流水、假山和一棟雕工精美紅柱綠瓦的樓閣，是預備家人去墓園時休息的。

至康熙十七年七月，涵瑛的靈柩在雙林禪院已停了一年零一個月，這時終要進祖墳入土為安了。

容若感到真正的天人永隔，今後想看一眼或觸碰一下她的棺木也不可能了。他萬分不捨，連著幾夜住在雙林禪院做最後相守，寫下淒豔絕美的詞句，還想親自給涵瑛寫墓誌銘。五格兒覺得不妥，忙問明珠可使得？

明珠道：「荒唐！我到這個歲數，還沒聽說過哪個男人親自給妻子寫墓誌銘。他怎麼又發奇想，甚麼都跟人家不一樣。把他叫來！」

五格兒忙好言相勸：「你可不能用重話說他。媳婦一下葬，他們就真是天人永隔了。他的心能好受嗎？不能再給他添懊惱。」

明珠覺得五格兒的話有道理，並未責備容若，只說凡都應遵守習俗禮法，還是託外人寫吧！容若鬱鬱的道：「涵瑛不是一般女子。她的好有誰知道！我怕別人寫不好。」

「候補內閣中書、賜進士出身的葉舒崇，來自書香世家。他文筆漂亮，寫墓誌銘是出了名的。他不也是你的朋友嗎？你把想說的意思告訴他，寫出來還會有錯嗎？」明珠和顏悅色，語調充滿體恤。容若無言的點頭同意。

葉舒崇所作的〈盧氏墓誌銘〉中，對涵瑛本人及她與容若的夫妻之情，都有中肯的描寫：

夫人盧氏，奉天人……父興祖，總督兩廣、兵部右侍郎、都察院右副都御史。……夫人生而婉孌，性本端莊，貞氣天情，恭容禮典。明璫珮月，即如淑女之章；曉鏡臨春，自有夫人之法。幼承母訓，嫻彼七襄；長讀父書，佐其四德。高門妙揀，首聞敬仲之占；快婿難求，獨坦右軍之腹。年十八，歸余同年生成德，姓納臘氏，字容若。烏衣門巷，百兩迎歸；龍藻文章，三星並詠。……容若身居華閥，……於其歿也，悼亡之吟不少，知己之恨尤深……。

葉舒崇寫得洋洋灑灑，言詞典麗，後面的「銘」上，還用「秀外惠中……有婉其容……閨房知己，琴瑟嘉通……」之類的字句描繪他們的生活。

即將到來的葬禮令容若心緒黯然，鬱卒中他給張純修寫了一封短信：「亡婦柩決於十二日行矣，生死殊途，一別如雨，此後但以濁酒澆墳土，灑酸淚，以當一面耳。嗟夫！澹庵畫冊附去，宋人小說明晨望送來。成德頓首。」

太子已改名為胤礽，容若便也不和父母商量，自動的就把名字改回來，作詩詞或給朋友寫信全用「成德」。

葬禮堪稱隆重。那天容若身著素袍，腰間束著孝帶，面色蒼白，形容憔悴，當棺木要放入墓穴時，他忽然叫說：「等一等……」接著就蹌蹌踉踉的奔過去，雙手扶在棺蓋上，摸來摸去的不肯放開。一旁的張純修道：「容若，放開吧！讓弟媳入土為安吧！」

「她這一去就真去了……」容若悽愴的說。這時顧貞觀、葉舒崇、朱彝尊、姜宸英等也上來又勸又拉。

容若終於被拉開了，他喃喃著：「等我……瑛，等我……」

納蘭家的祖塋造得太豪華壯觀，不久後便馳名北京，人稱「京西小十三陵」還說新下葬的少夫人墳裡，埋藏了許多金銀珠玉。

當容若從朱彝尊、陳維崧等人處聽到這話時，只覺啼笑皆非：「我是擺那種無聊排場的人嗎？而且我亡妻根本不喜歡珠寶。」

朱彝尊道：「你當然不。認識你的人誰不知道你對別人慷慨，對自己節儉。哪個富家公子不是狐裘緞袍的，只有你夏天一件竹布長衫，春秋一襲嗶嘰袍子。不知底細的還以為跟我們一樣，是布衣呢！」

江宸英搖頭笑了：「容若就是穿布衣，也跟我們不一樣。他那一身瀟灑的貴氣我們哪有。」

陳維崧也道：「容若確是人品貴重，對朋友慷慨重義，對自身儉若寒素。可是人看人不一定在他本身。」

大夥都聽出這句話的言外之意。「明相」的奢侈豪華和好擺排場，早已傳遍朝野，輿論已經做成。至於容若的方式如何，一般人並不瞭解也不認為有必要去研究。

容若當然知道自己出身貴胄，家道富有，至於財源從哪兒來，自小聽來、看來的印象是：祖上留下龐大遺產，朝廷賞過封地，母親善於理財，在她策化領導下，經營的兩家參茸行、田莊農園和入股的錢莊票號，統統一本萬利。加之父親為當朝能臣，得到皇上寵信，升遷快速，奉祿豐厚，皇帝又屢加賞賜，因此財產越積越多，博得豪富之名。

但進宮當差後，他的這個印象開始改觀。他隱約聽朝廷內外的傳聞：父親明珠被認為不僅貪汙納賄、賣官鬻爵，還廣結朋黨，獨攬朝政。聲名可謂狼藉，與他一向認知的，形象高大尊榮的父親差距太大。這件事已造成他精神困擾，想找個適當機會父子敞開心胸討論，並勸父親停止如此下去。但把這話說出口需要勇氣，至今他對父親仍有尊敬。

「你在皇上跟前當差也一年多了，皇上對你還滿意吧？」一次晚飯後，明珠一邊喝著茶問。

「應該還滿意，不然怎會每天要我隨侍左右，出巡總要帶著。」

「那表示皇上對你很喜歡，離不開。你好好幹就是了。」

「可是阿瑪，我對做侍衛早已厭煩，這樣的工作不適合我。」

「哦！要甚麼樣的工作才適合你？」明珠眼光炯炯，笑容全無。

「侍衛的工作就是鞍前馬後的跟著皇上。完全不需要思想和學問，阿瑪，我想真的做點事，願從基層做起，有所表現，往上爬升。將來能有機會為朝廷經營大事，出謀劃策。」

容若把他憋了很久的話說了出來。在擔任侍衛的初期，他雖覺得這個工作枯燥乏味，但偶爾能和康熙談談詩詞和西方科學玩藝，或隨著出行打獵，日子還可忍受。一年多下來，他終於真正清楚的看出：原來給皇上看門守衛，按著皇上的興之所至，陪著聊天出遊打獵，偶爾給傳傳旨，就是他全部工作的內容。這就無法不讓他苦惱了。

「你的心倒挺大，想一步登天，有志氣。可你得慢慢熬，我做了九年半侍衛，夠長吧！現在不是在為朝廷經營大事、出謀劃策麼！你要有耐性。」

明珠的話使容若反感而激動：「阿瑪，假如這樣不用腦子的工作要繼續九年半，我受不了。這是糟蹋人才，愚蠢的陋習。我每天一放亮就去當班，常常深更半夜才離開，一點看書寫作的時間也沒有。這絕對不行。如果非要這樣，我就只好選擇不走仕途，情願以著書立說、創作詩詞了此一生。」

明珠霍的站起，指著容若半天說不出話：「你說甚麼？要辭職，你是皇上欽選的，叫你做啥你就做啥。你要辭，辭得了嗎？你想害全家，你還批評朝廷，你是活膩了。」明珠氣得語無倫次的，把容若痛罵一番。

「朝廷這樣腐敗，貪瀆成風，賣官鬻爵，不能批評麼？」容若青著臉，不知不覺的又露出了那股叛逆勁兒。

明珠愣住了，他新近升為武英殿大學士，已是名副其實的「明相」，滿朝文武誰不奉承？反倒是自己的兒子潑冷水：「你說誰呢？」他上前一步，逼視著容若。

「我說的是普遍現象。不過，進宮一年多，有關阿瑪的傳言我的確聽了不少。阿瑪，歇手吧！難道我們家還不夠富貴嗎？要那麼多金銀財寶有何用處！結朋黨尤其是大忌，皇上那麼精明不會不知道。他是頂恨結黨營私的。阿瑪，這樣下去會出事的。」

容若已經不那麼激動，憂鬱的眼神中有深情，聲調中有關懷。

明珠的表情複雜，先是盛怒，隨即慢慢放鬆了緊蹙著的眉頭，後來便默默沉思了好一刻：「我的事你不用操心。那些放話的人都是索額圖的黨羽。官場的事你不懂，人家拉幫結黨，我不結行嗎？按規矩，三等侍衛只能守宮門。你在皇上左右伺候，是特別的恩典，將來會被重用的，有點耐心吧！」

他拍拍容若的肩膀便逕自出去了。

容若與父親的意見很少一致，但並不影響心中對他的愛。他琢磨著明珠的話，感到父親的人生確實不易。小小年紀父母雙亡，幸虧繼母對他慈愛，可繼母也去世了，以後就靠兄嫂，十七歲進宮做侍衛，一做九年半。身世灰暗：愛新覺羅家死敵金台石的孫兒，只這一項缺陷已足夠讓人歧視，又娶了當時皇上順治爺恨之入骨、冠以叛逆罪名的多爾袞的親姪女，賜死欽犯阿濟格的女兒。父親能走進皇宮已是異數，那些年的侍衛生涯不定何等艱困。

想到此處容若不禁辛酸，覺得可憐的父親奮鬥到今天這等境地，不知吃了多少苦，受了多少委屈。他想以後再也別和父親針鋒相對的頂嘴了，有話慢慢講，慢慢勸。

這年，多變的吳三桂妄自稱帝後不久便死亡，原來處於被動地位的清軍士氣大振，展開全面反攻，朝廷裡的氣氛也因之顯得和緩，臣工們都說全面剷平三藩是指日可待了。康熙心情一好便又出巡，到碧雲寺和石景山看風景，又兩次到遵化探皇陵，到灤河閱兵。不論去何處，容若總在扈從名單上。令那些輪不到跟隨的侍衛羨妒不已，容若卻暗中深以為苦，一出去就是十多天，他不能看書，不能寫作，大好的寶貴時間，便那麼消磨在毫無靈性亦不須思想的雜務中。

於是，他決心設法，要在「無我」的侍衛生活中，讓自己仍能讀書寫作。

在京的日子，無論何時下班，哪怕是時過午夜，他也要到書房裡或讀或寫，待上一兩個時辰。若是隨駕出巡，便把一隻裝好的的口袋掛在馬背上，那裡面有紙墨筆硯和想讀的書。

行旅之中的空山寒夜，同僚們好夢正濃，帳篷裡孤燈一盞，對著那孤零零的一星燈火，回憶常似春江潮水般陣陣湧來。涵瑛的身影便那麼時隱時明的出現在思維中，有幾次竟清晰得如在眼前。想起夫妻間的纏綿恩愛，彼此的欣賞與深情，他會悠然神往，恍如回到往昔。他知道，如果她還在，必定也在想著她至愛的丈夫，她一定數著日子等我回去吧！他想著涵瑛坐在燭光前做女紅的樣子，多麼嫻美可愛啊！於是一闋〈蝶戀花〉便在思緒綿綿中成形了：

碎蟲寒葉共秋聲，訴出龍沙萬里情。遙想碧窗紅燭畔，玉纖時為數歸程。

想起在他總得不到朝廷派令，連自己都懷疑是否有能力闖出前程的那段日子，她卻告訴他：納蘭性德是她心中最優秀的男人，她唯一的願望就是與他終身相守，至於他是相國公子還是窮書生，或只是個沒錢打油打醋的牧牛郎，對她都是一樣。她說這話時嫵媚的眼光真摯的望著他，動人又可愛。記得就是在她去世前不久，兩人坐在淥水亭畔說的。容若想著已經淚眼模糊，寫下〈畫堂春〉：

一生一代一雙人，爭教兩處銷魂。相思相望不相親，天為誰春？
漿向藍橋易乞，藥成碧海難奔。若容相訪飲牛津，相對忘貧。

但在隨扈的行旅中，容若並不是總能寫作。那幾位辛勞了一天的同僚，鼾聲此伏彼起，對他的文思造成打擾，他便只好想法子來抵抗。既不能寫作便只好閱讀，出聲朗誦，讓鼻鼾聲伴著讀書聲，分不出高低。而且他告誡並將訓練自己，不管四周有無噪音，也要強迫那顆心靜下來，必得寫作。他很明白，不把胸中的壘塊寫出，是永遠不會快活的。

這樣一來，他仍可擁有一點讀和寫的樂趣，對原本厭膩的侍衛之職，覺得適意了許多。

他也跟皇上說過：「奴才一天不讀不寫日子便過不舒坦，像少了甚麼似的。」沒想到皇上說：「朕也有這習慣。咱們都是好學的人。」容若聽著深受感動，至高無上的君王，竟把自己和他比在一起，是何等的榮耀和寵眷！

但從容若的身上仍看不出歡愉的跡象，他清亮的眼珠裡藏著睿智，但更多的是深不見底的愁鬱。

慘淡的一年正滔滔流去，唯一讓他感到欣慰的事，是顧貞觀已在南方把他的《飲水詞》刻印出版，書中共收了百餘闋詞，內容是悼亡、傷別離、男女情思愛恨、與朋友人贈答酬唱之類。多是傾吐個人內心感情的小令。

顧貞觀的信上說：《飲水詞》一上市就暢銷，其中多首被譜了曲為歌，在各處詠唱。還說他給千千百百個有情殤在心的人，挖了一條供他們可對之傾訴，隨之哭和笑的幽泉，因為：「凡夫俗子亦可懷至情，情乃人性也。」

28

康熙十八年初春，朝廷要舉辦「博學鴻儒科」考試，目地是要改善與江南士子們的關係。

康熙二年起於浙江烏程的「明史」案，是大清開國後第一宗文字獄。牽連上千人，被充軍發配邊疆的幾百人，誅殺七十餘人。嚇破了江南知識分子的膽，也傷透了他們的心，從此誰也不再提起「明史」二字。

手無縛雞之力的讀書人，唯一的抵抗方法就是冷漠以對，無論朝廷弄甚麼新措施，都不予理睬。雖然當今朝廷聲稱沿襲明制，開科取仕，康熙皇帝雖一再說：「滿漢一體，眾卿皆是朕的臣子。」諭令：「滿漢官員職掌相同，品級有異，應行劃一。」收到的效果仍是有限。

如今宣佈開考博學鴻儒科，容若就鼓動朱彝尊、陳維崧、秦松齡、嚴繩孫、姜宸英去參加應試。唯有姜宸英爽朗地道：「我姜某準定去應試。」其他幾個人吞吞吐吐的悶不吭聲，彷彿拿不定主意。

容若玩笑的道：「猶疑甚麼？還想恢復大明嗎？」

嚴繩孫冷笑道：「恢復甚麼？那姓朱的皇帝一家，盡是無能不長進的。就算又活回來，怕也沒人擁護他們做皇帝了。」

陳維崧也道：「清朝入關已經三十七八年了。現在四海承平，百姓生活比以前好得多。又有容若老弟這樣披肝瀝膽的好朋友。我是很感謝的。」

「既是如此，你們幾位老哥，幹嘛不爽不快的，有點『猶抱琵琶半遮面』的樣子？」容若的話把幾個人逗得出聲的笑起來。

朱彝尊道：「不是不爽快，是懷疑這種考試是否公平？朝廷裡漢官還是遭受歧視，這讓我不太放心去試。」

「滿漢官員不合由來已久，正在改善中。現今的皇帝有理想也有魄力……」容若說了一串康熙要富國強民，和求才若渴的決心：「有你們參與進步才會快。考試不會不公平。這是朝廷給布衣讀書人特造的進身階，要把握才是。我後天又隨皇上出巡，希望回來聽到各位高中的佳音。」

容若的這群漢族朋友雖各個滿腹經論，卻都是無固定職業的失意文人，生活主要靠他供給，幫助找合適出路是責任也是必要。

三月間容若隨駕出巡歸來，考試結果已揭曉：朱彝尊、陳維崧、秦松齡考中一等。嚴繩孫因臨時拒考，做了一首小詩就擲筆離去而至榜上無名。康熙回來聽到此事，說：「朕知嚴繩孫有學問，史局中不可無此人。」而取為二等榜末。五月間朝廷旨令下來，授四個人為「檢討」參加著述、編纂、考據，及修正《明史》的工作。

朱、陳、秦、嚴學以致用，成了朝廷官員，生活也得安定，先後從納蘭府遷出。唯獨剩下落榜的姜宸英一人。容若心中老大不忍。他一方面邀請文友們在淥水亭享美酒佳餚，詩詞吟哦，為朱、陳、秦、嚴等慶賀，另方面還得安置無處落腳的姜宸英。

姜宸英號西溟，比他父親明珠還年長數歲，功名之心亦超強，從二十幾歲就有試必考，直到今天仍不見榜上有名，容若很是為他難過，命下人打掃出來一個小別院，供姜宸英長期居住。

姜宸英本住在徐乾學藏書樓旁的一間小屋裡，徐家上下對之早已不耐。這時便帶著簡單的衣物和兩大箱書，由納蘭府的馬車迎進來。

容若特別寫了一闋詞為他紓解情緒，內容主要說：有真才實學而又不屑逢迎的人最易招妒，其實無功名更可活得瀟灑無牽掛，哪值得為此傷懷。這闋詞是〈金縷曲・慰西溟〉：

何事添淒咽？但由他、天公簸弄，莫教磨涅。失意每多如意少，終古幾人稱屈？
須知道福因才折。獨臥藜床看北斗，背高城、玉笛吹成血。聽譙鼓，二更徹。
丈夫未肯因人熱，且乘閑，五湖料理，扁舟一葉。淚似秋霖揮不盡，灑向野田黃蝶。
須不羨承明班列。馬跡車塵忙未了，任西風、吹冷長安月。又蕭寺，花如雪。

姜宸英讀了兩遍，拍拍容若的臂膀，揚頭笑道：「好兄弟，謝謝你的體恤，費神寫這麼好的詞安慰老哥我。不過姜宸英不是一摔就碎的泥娃娃，我要繼續應試，至死方休。」

容若沒料到姜宸英的反應如此，著實吃了一驚。

張純修因常跟容若在一起，便也和朱彝尊、陳維崧、秦松齡、嚴繩孫等交往得很熟，深知依靠容若生活的漢族文士，遠不只這幾個人。亦知容若的父親為此對容若不滿，父子倆曾因這問題意見相左。他也勸過容若：「你經常把十幾，甚至幾十個人養在家裡，不能怪明相大人不高興。倒不是花多少錢的問題，是麻煩。再說一家有一家的日子，弄一堆外人住在家裡，久了總不是回事吧！」

容若嘆著著氣道：「這些人都有才學。不得志，是朝廷對不住他們。我伸伸援手是應該的。」

張純修向來有分寸，並不與容若辯論。可嘴上不說，心裡卻為這位有俠氣的把弟著急，如今見朱、陳、秦、嚴和另外幾個漢族文士考過博學鴻儒科，要搬出納蘭府，他不單為他們找到出路而欣悅，更為容若減輕負擔而歡喜。說大夥還沒到過他座落在北京西郊的「見陽山莊」，這次定要請各位「鴻儒」到他寒舍去嚐嚐山野小村的粗茶淡飯，吟哦一番。

一干人按時去了，容若給朱彝尊等備了車，自己和幾個年輕的騎馬。西山路遠，都凍得嘶嘶哈哈的。到見陽山莊時，穿著大棉袍的張純修已等在院裡。「數九寒天，把列位才子鴻儒折騰到我這荒郊野外來，真對不起呀！」他笑著說。

容若也笑道：「我懷疑哥哥有意要鍛鍊我的體魄筋骨，才這樣折騰人。你有甚麼原汁原味的好吃喝，快亮出來。再像前兩次那樣，把我當貴客，叫廚房做些山珍海味，我可要跟你生氣。」

張純修道：「你放心，今天絕對原汁原味，鄉下人本色。其實前兩次也不是我的意思。是廚子老刁，聽說相國公子要來吃飯，認為是天下大事，就連我的話也不聽了，自作主張，把他的看家本事全亮出來。不過今天可真是鄉下粗食，蔬菜是自家種了，窖裡保存的，豬是自家飼養的。總之，農村風味。」

「老刁為何今天肯聽你的？」容若笑問。

「戰術——激將法。我說那相國公子打生下來就吃山珍海味，都吃膩了，到咱家就想吃點農村口味。誰知來兩次都沒吃到，他以為你不會做呢！老刁一聽急了，把袖子一捲，說：看俺的……」

大夥說笑著走進堂屋，只見寬敞的暖炕上擺了張矮腳的大圓桌面，杯盤齊備，兩罈酒已放在炕上。屋裡溫煦如春，張純修叫大夥脫去厚袍，坐到暖炕上，打趣道：「隨意坐，不分上下。今天炕可燒得熱，坐到棉墊子上，可別燙著屁股。」

大夥又是一陣譁笑，都脫去長袍，圍繞著圓桌，短裝坐在炕上。這時兩個小廝已忙著往上端東西，首先上來的是一個炭火燒得殷紅的鍋。張純修道：「酸菜白肉血腸，夠鄉土吧？先喝湯進酒暖暖肚子，待會還有別的土玩藝。」

眾人吃喝一陣，頓覺身體內外都暖和舒適。幾杯酒下了肚，微醺之餘文思隨之泉湧，緊接著便開始唱和。朱彝尊和姜宸英推舉容若開題。

容若道：「那就以純修哥這個山居為主題。但季節不限制。我今年秋天來，看周圍風光那麼幽靜出塵，柿子林一片紅，就打心裡羨慕，覺得我哥哥才叫真懂風雅。想寫幾句表表心情，還沒動筆呢！今兒就還了願吧！」他稍想了想，就吟了一闋〈菩薩蠻・過張見陽山居賦贈〉：

車塵馬跡紛如織，羨君築處真幽僻。柿葉一林紅，蕭蕭四面風。
功名應看鏡，明月秋河影。安得此山間，與君高臥閑。

容若吟完，其他人一個個跟上，酒意亦漸加濃，氣氛甚是熱烈。張純修道：「儘管敞開喝，醉倒今晚就住下。」

「我可不能住下，明天宮裡有事呢！」容若說著酒也不喝了。張純修忙叫上麵食。小廝們先端上四個大碟，容若問是何物？張純修一一指著道：「這種粗菜你準定沒吃過。肉絲拉皮、熗土豆絲、涼拌茄子，這盤麼？叫炒地三鮮。」

「我們家也吃拉皮的。可地三鮮是甚麼？」容若果然沒見過。

「是茄子、土豆和青椒。嚐嚐！」

容若把每樣嚐一口，說：「好吃。」就真的吃起來。最後上炸醬麵，他又把一碗吃個精光。

張純修欣愉的笑道：「你們看，容若吃我這粗茶淡飯這樣可口！」

到家時天已起了薄幕，容若直到父母房裡。五格兒見他就笑：「我算著你該回來了。今晚上有好菜，南方來的大螃蟹。」

「我是一口也吃不下了，晌午吃得太飽。」容若笑著拍拍肚子。把在張純修家吃飯的事說了。

五格兒聽了道：「還當你吃了甚麼大菜，原來是吃了炸醬麵。你不是不愛吃炸醬麵嗎？今兒怎麼傻子似的，吃那麼多？」

容若頓了剎那道：「張家的比咱家的好吃。醬裡的肉丁好大粒，咱家把肉剁成得像爛泥。人家的麵條也粗，咬起來有勁。」

五格兒忍住笑問：「他們廚房用幾個人？」

「好像只有老刁和一個助手。」

「這就是了。他們沒人手，肉丁怎麼會不大！咱家廚房用二十多個人，只切剁工就五個。咱們吃頓炸醬麵光是切切剁剁就得幾個時辰，淨瘦的肉要細嫩得筷子挾不起來，十種拌麵的菜要細得比頭髮粗不了多少——」

「你就別嘮叨了。容若是有心叫張純修高興。容若，誰交上你這個朋友都是福氣。」坐在一邊半天沒做聲的明珠，打斷了五格兒的話淡笑著說。

容若對父親的話並不辯解，第二天卻寫一封信，差人給送給張純修。信的內容是：

> 廳聯書上，甚愧不堪，昨竟大飽而歸。又承吾哥不以貴遊對待，而以朋友待之，真不啻既飽以往也。謝謝。此真知我者也。當圖一知己之報，於吾哥之前，然不得以尋常酬答目之，一人知己，可以無恨，余與張子有同心矣。此啟，不一。成德頓首。十二月歲除前二日。因無大圖章竟不曾用。

張純修看了自是感動，甚至無法瞭解，這爾虞我詐、齷齪不堪的世間，何以會有像納蘭容若這樣純潔善良的人。

盛夏之前，容若在納蘭府裡給顧貞觀蓋的三楹茅屋完成，取名為「花間草堂」。草黃色的屋頂，淡灰色的泥牆，幾間房佈置得雅緻清爽，寬敞明亮。屋後靠著一片蓊蓊鬱鬱的松樹林，左旁幾株臘梅，右邊是如彩雲湧動的海棠和牡丹，由茅屋的正前方望去，隔著一片綠茸茸的廣大草坪，與紅柱青瓦的淥水亭遙遙相望，湖中水影波光，粉瀲瀲的荷花，朦朧得如在夢中，隱約可見。

茅屋雖然座落在納蘭府裡，卻另成隔局，孤立在一角。顧貞觀說過：「看書或寫作時最怕打擾，也怕聽不相干的人說話。」

容若給顧貞觀寫了一封信，說分別已年餘，十分懷念，茅屋已在等待它的主人。顧貞觀回信言道：「愚哥亦想念吾弟，造茅屋之舉何等感人，弟待人至情至性，世間少見，真視朋友為肺腑也。」最後說：「此刻在福州吳興祚處做幕僚，動彈不得，明秋桂子飄香時，定回京與弟剪燭夜談。」

顧貞觀的信令容若悃然若失。他要一年後才能返京，而把兄張純修新近被任命為湖南江華縣令，日內就要起程。這一去遙遙數千里，何日再見渺不可測。

離別對容若是另種傷情，涵瑛去世後淒冷悲涼的日子，全靠友情的寬慰和溫暖助他走過。住在雙林禪院陪靈半年，張純修隔個幾日必去探望，陪他吃淡素的菜飯，無所顧忌的談心，多可貴的友誼！據知江華地處邊陲山區，全縣一大半是森林，居民以傜族為主，特產乃是木材。交通進出艱難，七品芝麻官的小縣令，不可能有回京述職的機會，也許張純修要長期待在南方了。

容若想起江淹那句著名的文學話：「黯然消魂者，唯別而已。」益發依依不捨。他很能體會張純修的感受，被派到這樣的窮鄉僻野，唯一的理由是朝中無人給說話。他這個身為相國公子的把弟，一點忙也沒幫上。但話又說回來，他本身不也在無奈的做不喜歡的工作！人生在世竟是如此的身不由己！他心情蕭瑟卻不想讓把兄發覺，臨別前夕招集了一群昔日同窗和文友，在京城裡最雅緻的餐館散花樓，為張純修餞行。

除朱彝尊等一幫文壇老將外，曹寅和久未見面的吃喝大將軍等都到了。大夥都說著惜別的話，酒酣耳熱之餘，容若發話：在座每人做贈別詩詞一首，給張純修留做紀念。說罷他便即席吟了一闋〈蝶戀花・散花樓送客〉：

城上清笳城下杵。秋盡離人，此際心偏苦。刀尺又催天又暮。一聲吹冷蒹葭浦。
把酒留君君不住。莫被寒雲，遮斷君行處。行宿黃茅山店路。夕陽村社迎神鼓。

接著大夥跟上，你一首我一闋的，把氣氛哄得熱絡歡喜，離愁別緒在不覺中悠然隱遁，淡了許多。

道別時容若執著張純修的手道：「兄長，明天我入值不能出來送你，現在就把道別的話說了吧！兄長這一去，翻山越水數千里，再見不知何時。江華是很閉塞的，你先待著，我會想辦法給調換個地方。」

張純修一臉的別情離緒：「容若，你知道的，愚兄我是個淡泊的人，長處是不怕吃苦。你別為我擔心，江華那地方山高林密，一片自然風光。我帶了不少作畫用的紙筆顏料，閒時正好畫山水。倒是你，叫我不很放心。你是個十足的詩人，細緻多情，心太純良又好打抱不平。成年累月打雜的侍衛工作對你確不適合，可你不要太以此自苦。以皇上的英明能看出這一點，會有改善的。」

「但願有那一天。」

「會有的。忍字最重要。唉！好端端的，韓菼也回南方了，能跟你談天說地的人更少了。」張純修沉吟了一會又道：「容若啊！前幾天我去府上向伯母辭行，老人家談了些事情。」

「哦！甚麼事？挺神祕似的。」

「不神祕，只是你聽了準不順耳。伯母叫我勸你續弦。」張純修微笑著。

「唉！怎麼還提這個話？我早表示得很明白，不會再娶。我心已死，對女子沒興味。」容若蹙起眉頭，就是張純修形容的很「牛」的樣子。

「容若啊！你對涵瑛弟媳的情有多深，我是最瞭解的。可人生在世免不了過平常日子。像咱們男人，在外面闖進闖出的也不容易，受氣吃虧是免不了的。回到家裡有個屬於自己的女人噓寒問暖，不是很好嗎？何必拒絕。伯母說來提親的太多了，盡是王公大臣人家，說她都要搪不住了。」

容若淡淡的苦笑著，沒往下談這問題，他滿心裡只裝著別情離緒。張純修自京出發後，他又寫了〈送張見陽令江華〉和〈菊花新・送見陽〉兩闋詞。摯友的離去，直讓他更覺塵靄蒼茫，此身何其孤涼！

三藩之亂已平，康熙心情大好，聲言今年非痛快的打次獵不可。

容若得此消息心中頗是竊喜，長久以來他就覺得身體裡有股火，燒得他神焦氣躁，需要好好的發洩一番。他想騎著快馬在荒野裡狂奔，一飆向前，不必有目的地。西方人不是說地是一個球，是圓的嗎？也許無垠的前方是個完全陌生的世界，那豈不正好！他不僅想狂奔，也想放開嗓子嘶喊，甚至找隻兇猛的野獸搏鬥，廝殺。痛快的放開手打次獵正是他此刻最渴望的。

原定去盛京圍場狩獵。但康熙考慮到，這場兩三年來規模最大的行獵活動，朝中高品級的大臣也要參加。如今三藩雖平，台灣問題又浮上枱面，其他要處理的事情也多。去盛京打獵雖然有趣又刺激，但要出山海關，路途遙遠，一旦朝中有急務，豈不給耽誤了。因此決定還是去南苑圍場。這使想去盛京圍場打虎獵熊的容若，多少有些失望。

容若多次隨駕去南苑，每次不出三五天，跟隨不過幾十人。這次的陣勢可不一樣。自大清立國後，圍獵活動已成為滿洲王族最重視的：不忘馬上得天下的騎射傳統，和展示民族精神的神聖象徵。早在入關之前，皇家就在建立了數處圍場，當年皇太極經常率領八旗兵將到圍場狩獵，作為給軍隊的一種特別訓練。

這次的南苑狩獵，是十二月六日出發，要在圍場住上十幾天，讓大夥兒獵個夠。

那天冬陽高照，氣候雖冷卻不酷寒，一里多長的隊伍午前就出永定門。黃龍幡和八旗軍的紅黃藍白數百面旌旗迎風飄蕩。跟上來的是笙鼓樂隊，一路吹吹打打，接著是一串車輦，最前的一輛金頂黃緞轎簾，是皇上乘座的，後面的幾輛是幾位妃子，和王爺們的福晉。男人都騎馬，皇子、王公、貝勒大臣等足有上百人，最後是列隊的八旗將士，一路上浩浩蕩蕩興高采烈。當天到達後，皇上和后妃、阿哥們住進行宮正殿，親王、貝勒住旁邊的房子。其他人則分住在大營內的百餘個帳篷內。

第二天一早狩獵儀式開始，身著繡龍獵裝的康熙皇帝，在年輕俊朗，獵裝一式，坐騎一致白色，包括容若在內的八個侍衛簇擁下，騎著一匹棗紅的駿馬，遠遠走近。站在兩旁人牆一般的親王國公、文武大臣，及外圍的上千名八旗兵士，刷的一響齊聲跪下，三呼萬歲，聲震原野，傳來一波波的迴音。

騎在馬上的康熙話未開口先露笑容，叫都站起來說話：「這幾年盡忙著打仗，朕勻不出來時間，也沒心情跟大夥同樂。現在三藩平了，咱們的日子也恢復常態。咱大清要以文化治國，但也絕不能忘記祖宗的尚武精神。朕每天看奏摺，思考國事，還要看書，一晚睡五個時辰。可朕從不生病。就因為朕不忘練武，好打獵，體格壯實。咱們這次要打十幾天。南苑圍場難見到虎豹，可獵物也不少，鷹雕、狼、狐、麋鹿，也就是『四不像』，夠你們打的。這裡狼最可惡，總出來欺侮別的動物，咱們這回就『打狼圍』，誰打得狼一隻賞銀五兩。獵場上不分君臣，大夥拿出真本事來。」

康熙說幾句便如雷般響起一聲「萬歲」。在數千人的歡呼聲中，康熙皇帝引弓躍馬，射出第一箭，又激起一陣震天歡呼。接著善獵的王公、貝勒大臣及各級將士，也緊隨其後。縱馬馳騁的鐵蹄聲、獵犬的吼咻聲，一霎時如狂濤巨浪湧入森林。

康熙預先吩咐過：行獵時只須四個侍衛隨駕保護，其他的可去自由射獵，特別對容若道：「朕知道你想試試身手，這回就叫你玩個夠。」

有康熙的允諾容若便沒了顧忌，一開始就揚鞭飛馬，離群往林海的最深處奔去。人人知道納蘭性德是著名詞家，卻很少人知道他手中的箭百發百中，而馬術的精良更是無人能及。

容若騎著他的大白馬飛奔了一陣，只覺意氣昂揚，壓抑在胸中的鬱悶之氣漸漸紓解。環顧四周才知道，他已跑出太遠，澈底的掛了單，此刻所站立的位置，是在一個敞亮的山岡上。應是圍場的至高點。冬季葉落凋零，樹枝一片光禿禿，居高臨下，山下的村莊、田疇清晰寧靜，他安詳的遙遙觀望，兀自享受著孤獨的欣悅和悲涼，同時琢磨著一闋新詞。轉目間卻發現不遠處的林間有個小潭，水清如鏡，旁邊彷彿還殘留著幾堆未融的積雪，幽淡空靈的氣韻似在濁世之外。

美景令他心動，正想下馬步行走近，忽然發現那一堆堆的白雪在動。再定睛注視，才看出那不是積雪而是白狼群，牠們正在向他逼近。於是他射出第一箭，一隻領軍的碩大白狼中箭倒地，憤怒的餓狼群開始全力進攻。容若揚弓策馬沉著應戰，箭出必中。直到最後一隻逃走，才轉移陣地，去找別的獵物。方圓一百六十里的廣大皇家獵苑，夠他馳騁。

太陽偏西之前，疲倦的狩獵人紛紛歸來，有人帶回獵物，大多數人空著手。每天獵後，有幾隊士兵分頭整理圍場，計算誰打了多少獵物：箭上都有個人的名字，不會弄錯。

圍場的夜晚是不會寂寞的，行獵的十多天裡，幾乎夜夜舉行營火會，但規模最大，人到得最全的，總是開獵的第一個夜晚。這次也不例外，康熙還特別關照辦事的官員：明珠和索額圖領銜的一群大臣，明天一早就要趕回朝中處理政務，趁著今晚人到得齊全，這個營火會既是狩獵的慶功宴，也是為他們的告別宴，必得盛大而富於趣味，讓大夥都歡暢盡興。

十二月的北方夜晚嚴寒，營地上一團團的篝火卻烘照出明亮和溫暖。鐵架上正烤著今天打來的新鮮獵物：麋鹿、獐、雉、兔……肉香隨風飄散在無垠的曠野中，處處迴蕩著健兒們的笑聲。

前面的「晾鷹台」是自先皇順治爺起始，專為檢閱軍隊之用的。當今皇上康熙爺，每次進行大規模狩獵都兼帶閱兵，就站在晾鷹台上訓話，第一句話總是：「朕平時事情忙，沒工夫去看你們。出來行獵，就是朕跟你們親近的時候。」接著便是檢閱兵士操演，看雄壯威武排列整齊的八旗勇士，一隊隊的從台下經過。朝廷認為皇上藉閱兵的時機，與兵士們一同狩獵，君軍同樂，頗收一石二鳥之效，是好傳統，這次當然也不會改變。

但那是今晚以後的事。此刻的晾鷹台上燈光如晝，擺著許多長桌椅，中間的一張鋪著黃緞桌面，是給皇上和妃子們坐的。待一切準備妥，他們就會出來。

一陣鑼鼓喧天、笙管齊奏，康熙在兩個扈從的護衛下，出現在晾鷹台上，後面跟著一群嬪妃、阿哥和親王、貝勒們。

廣大的營地上已響起雷霆般的「萬歲」聲。康熙笑著連連揮手：「今兒朕跟大夥同樂，誰也別拘束，咱們大碗喝酒，放開胃口吃新鮮野味兒。」台下又是一陣歡呼。

皇上雖然處處表示親民，隨扈侍衛卻是比平時更為謹慎。此刻除了台上守在左右的兩個，另外的六個侍衛一致面孔朝外站在台前，容若也在其中。他一手摸著戒刀，挺得筆直的望著夜空。白天一個人在林裡打獵，一箭一隻狼給了他發洩的痛快，此刻見藍天如洗，繁星點點，原野漫漫無涯，真的感到這世間情景太美。以景寄情，含情觀景，剎那間胸中壘塊湧動，正在思索用甚麼字彙來詠頌這冷豔的初冬之夜，卻聽到有人大聲喊著他的名字。

「納蘭衛士打得白狼十一隻，黃狼五隻，狐狸四隻，獐子三隻，麋鹿九隻，皂雕、虎斑雕、芝麻雕各十多隻。是今天的第一名，狩獵巴圖魯。獎品是皇上賜貢酒一罈，另賞銀三百兩。納蘭衛士，你可是今天的大贏家，快上台領獎吧！」說話的是個粗壯的軍官。

容若早忘了比賽的事，一下子回不過神來，愣了愣才弄明白，原來自己是今天的打獵冠軍。

容若從康熙手上接過酒和銀子。康熙笑道：「納蘭，你好厲害，比朕還多打了兩隻狼呢！你先別忙下台，過來看看這是誰？」

容若順著康熙的手勢看過去，認出是堂妹惠兒。

容若並不知同來的嬪妃中有惠兒。康熙八年惠兒進宮，至今整整十年過去了。多少的人事滄桑，當日玩在一處的涵瑛已不在人間，曾與惠兒若有情意的盧敬周已是三個孩子的父親，而他，應是變得最多的一個。

「聽說堂兄這些年過得很好，有兒有女。瑛表妹歿了堂兄難免傷心，可日子是往前走的，堂兄應該好好續個弦才是。」

「謝謝惠主子關心。」容若並未多言，臨下台時朝坐在一旁的明珠撩了一眼，發現父親彷彿有點不以為然似的，冷眼瞅著他。

那一夜，對容若是無眠而漫長。他想起十年前的往事，涵瑛、敬周、惠兒和他，都是十幾歲，多好的年齡啊！那時的惠兒很清秀，也還算有靈氣，可現今看上去怎是一張滾圓的俗面孔，說出的話也叫人不愛聽。他是多麼懷念涵瑛啊！那樣貼心，靈慧脫俗，美豔絕倫，假若她還活著，此刻該是甚麼情況呢？她一定也睡不著，正坐在深宵的燭影中，算計著他何時回到她的身邊。他想著不禁潸然淚下。

次日清晨明珠動身返京前，特別把容若叫到一邊，放低聲音不悅的道：「你怎麼越活越不懂事？你為啥要射死那許多狼？比皇上還多兩隻。真混！要注意，下次不可。」明珠說罷匆匆而去。容若只覺哭笑不得。

29

為續弦的事引起與父母爭論，是容若未曾料到的。

涵瑛去世的第二年，五格兒就催著容若在求親的人家中，選一門條件合適的媳婦。被容若沉默而頑固的拒絕。

隨著歲月前奔，催促的聲浪越發高漲，他感到窮於應付，內心裡更是感慨萬端：涵瑛對人何等寬厚真誠，死後短短時間竟被忘得這樣乾淨，他真是不得不為人世的無情嘆喟了。

涵瑛是康熙十六年五月三十日病故的，今年是三週年。

忌日這天，容若帶著長歌、秋晴夫妻倆，和唯一沒出嫁的小妹阿慎、六歲的兒子富格，到皂甲屯去給涵瑛上墳。

容若像每次來時一樣，上香獻酒，回憶往事，對著墳頭默念良久。

回程時剛一出塋門，就看到敬堯和敬周騎著馬迎面而來。「大哥，三哥。」容若忙下馬招呼。

盧家兩兄弟也跳下馬，敬堯道：「時間過得真快，妹妹去世都三年了。我們來看看她。我娘也想來，我們給擋住了。她老人家這會兒在府上呢！」

容若嘴角上牽著點勉強的淡笑：「太快了，三年！唉！我有時候就忍不住懷疑，她是真死了嗎？怎麼可能……」他一臉鬱鬱的愁容，欲言又止的。

敬周摟住容若的肩膀，先嘆一口氣：「容若表弟，涵瑛走了以後你就打不起精神，看著挺讓人著急。涵瑛去世誰不傷心，可日子總得過，你不能再這樣下去。」

敬堯也道：「人死不能復生，別把自己給折磨壞了。打起精神好好過日子。你這樣子，涵瑛地下有知也不放心的。」

容若沉吟著道：「大哥、三哥的話都對，我也總在喚醒自己。問題是『放下』『淡忘』是這樣難！我當然知道涵瑛是永遠的去了，唉！想在夢裡見個面都不行……大哥、三哥別擔心，我會好的。」

容若到家時已近黃昏，下人告訴盧家老太太正在夫人屋裡說話。他便直接到父母的院裡。枯瘦的文瑾一頭蒼蒼白髮，五十出頭的人看著倒像七十。她正在和五格兒說話，見容若進來便轉對他：「容若回來啦！要不是為了要看看你我早就回家了。」

「去皂甲屯路遠了點，讓娘久等了。」

文瑾問了些有關涵瑛「墳邊上的夜合歡樹，和臘梅樹可長高了？前面的花圃都種了些甚麼花，可都盛開了？」之類的話。容若一一做答。文瑾聽著眼泛淚光，唏噓著道：「瞧容若對她的這番情意！涵瑛這孩子沒福氣。」她把眼光投在容若的臉上端詳著：「你瘦了，人也看著不樂，要小心啊！別又犯了寒疾。容若啊！聽說你不肯續弦，這可就不對了。你和涵瑛千般恩愛，她終是去了。就算不為你自己，為了這個家和孩子們，你也該再娶。」文瑾說了許多勸他續弦的話。

容若對這個題目實在感到窮於應付，只好又是一臉苦笑：「娘，眼前我沒那個心。秀兒很會帶孩子，也能幫額娘持家。」

「說是你該續弦，管秀兒啥事！你瞧哪家的公子沒有正室夫人？再說提親的那麼多，叫我怎麼應付！」在一邊忍耐著半天沒出聲的五格兒，不以為然的。

這晚上容若輾轉反側無法入眠，索性披衣起來到迴廊上去。

五月末已是初夏天氣，日暖夜涼，雨後初晴，夜空上一枚彎彎的小月牙伴著幾點疏星，隱隱的潮濕味浮散在深宵爽淨的空氣裡，一切是如此熟悉。

這樣的夜應是他和涵瑛共有的，就是在這個迴廊上的這個立足點，涵瑛和他曾看雨聽風，望月亮數星星，曾認真的計劃著共同的未來，好長遠的未來：不僅是今生的偕老，還有數不盡的代代相守。

他也想起童年時兩個小人兒玩在一起，他把著她的手教寫字，依稀就在昨天。那麼活活潑潑的一個小姑娘，怎麼會竟如此匆匆的走完了人生路！

美好的往事更令他看出眼前的淒涼。

人亡如花落，悠悠已三年。他在心底頻頻呼喚著涵瑛的名字，渴望她能聽到他的聲音：瑛，你是真的棄絕塵寰了嗎？還僅是噩夢一場！如果是夢也該醒了！我倆信誓旦旦，說好要永不分離的，你怎能竟突然拋下我呢！沒有你的人間何等無味！能寫封信來，告訴我你在另個世界可過得好？可有依靠？我想你想得心碎片片，大夥卻逼著我續弦，我絕不忍心那樣做，我要等著跟你做來生知己呢！……

容若心中悲切，無助的噙著淚，緩步回到房中，立刻攤開紙，字字含情，寫下最真實的語言，〈金縷曲・亡婦忌日有感〉：

此恨何時已？滴空階、寒更雨歇，葬花天氣。三載悠悠魂夢杳，是夢久應醒矣。料也覺、人間無味。不及夜台塵土隔，冷清清、一片埋愁地。釵鈿約，竟拋棄！

重泉若有雙魚寄，好知他、年來苦樂，與誰相倚？我自終宵成轉側，忍聽湘弦重理？待結個、他生知己。還怕兩人俱薄命，再緣慳、剩月零風裡。清淚盡，紙灰起。

一闋寫完他仍悲悽難忍，從抽屜底層找出涵瑛寫的字，反覆的看了又看，覺得心裡還堵著一堆話沒說出來，於是再提筆寫道：

〈臨江仙〉

點滴芭蕉心欲碎，聲聲催憶當初。欲眠還展舊時書。鴛鴦小字，猶記手生疏。

倦眼乍低緗帙亂，重看一半模糊。幽窗冷雨一燈孤。料應情盡，還道有情無？

容若用生命和真情血淚寫下他所熱愛的詞章。那些淒美空靈、至情至性的文字，清純得像嬰兒的眼珠般未經汙染，用潔淨透剔的人性匯聚成的美文，正將他的生命帶入文學的永恆殿堂。

南苑狩獵之後，容若令那些王公大臣更是另眼相看。誰也沒料到，以文才著名的納蘭公子，竟還是騎術出神入化的馬上英雄、百發百中的傑出弓箭手。

康熙也看出了這一點，回朝沒幾天就傳他去覲見。

「你已當了三年侍衛，八成想挪個窩了。」康熙和顏悅色的笑著。

容若忍不住有些興奮，以為皇上終於認識到他的文才和學識，要派給他「正式」工作了。不料康熙繼續道：「你的騎術精得很啊！朕最愛打獵，常要出去巡幸，有時候還要跟敵人打仗，馬的重要性可想而知。這上駟苑的馬政事務就由你主理了。」

容若無言以對，只有叩首謝恩。容若從一開始就對侍衛工作缺乏興趣。三年「金殿寒鴉，玉階春草」在皇帝左右的「忘我」生活夠他受的。現在總算換了個份工作，卻仍幹替皇上選馬、馴馬之類的粗活。他就想不明白，為何精明睿智的皇上，不肯用他的頭腦，是故意還是無意？這話自然不能向外人說，可悶在心裡又堵得難過，他便忍不住向父親把牢騷發出。明珠聽得直冒冷汗：「你怎麼可以有這樣的想法！咱們做臣子的是奴才，伺候主子是福份，不知多少人羨慕你呢！皇上叫做甚麼就做甚麼，絕不能心存不滿，更不能批評。」

「這是一種折磨，長久下去我受不了。我情願辭去公職，專心寫作。」

「又是你們酸文人那一套。皇上要用你，辭得了嗎？你別害了全家。」

容若無言以對，只好繼續做他引以為苦的工作。

容若雖然相當厭惡他的工作，但他是個生性負責的人，對於康熙派給的「馬政」職務。仍是盡心而為，不讓產生絲毫差錯。凡是皇上要用的馬匹，必親身試過。譬如康熙明天要騎馬去玉泉山，他便選了一匹蒙古親王新進貢的精種馬，先在四野寂寂的月明星稀之夜，獨自沿著河堤反覆馳騁，還寫下「平堤夜試桃花馬、明日君王幸玉泉」的詩句。

除了康熙親用馬匹他要負全責外，御用馬匹的分類、選種、交配、飼養、訓練等等一干問題，都在他的職責之內。他必得常到昌平、延慶、懷柔、古北口等，設有牧馬場的的外縣「督牧」，經常是帶著幾名隨從，在牧場裡住上幾天。

牧場的夜越顯淒清，他總隨身帶著書籍和紙張筆墨，以讀書和寫作度過寂靜深宵。在京裡的日子，每天到上駟苑上班，工作更是瑣碎煩累，他雖引以為苦，卻能不畏寒暑任勞任怨的勞動。有次康熙看到，不禁道：「一個富家子能這樣子苦幹，難得！」不過也只是說說，仍叫他繼續做「馬政」。

容若日日與馬為伍，謹守規矩，從不觸碰朝政的事。但心裡委屈太多，亟需一吐為快。正不知該向誰去吐，竟意外的收到張純修的信。

張純修去湖南後即無消息，如今有信來，容若著實的歡喜，連忙打開來。想不到向來少有怨言的張純修，也是一肚子牢騷。說江華地處荒僻，與其說他是去做縣令，還不如說是被發配充軍，苦不堪言。要容若在京裡給想辦法，調到一個較有「人煙」的地方去。

容若想把兄獨自遠行天涯，無親無友，更無詩詞吟詠，度日如年的情況可想而知。除盡快給想辦法調職外，得快快回信去安慰，當然也絕不能忘了給他勇氣和鼓勵。他寫道：

成德曰。淥水一樽，黯然言別，漸行漸遠，執手何期？心逐去帆，與江流俱轉，諒知己同此眷切也。衡陽無雁，音問久疏。忽捧長箋，正如身過臨邛，與我故人琴酒相對，鄉心旅況，備極淒其。人生有情，能不惆悵？念古來名士多以百里起家者，願足下勿薄一官，他日循吏傳中，籍君姓名，增我兄寵。種種自當留意，乃勞諄囑耶？鄙性愛閑，近苦鹿鹿。東華軟紅塵，只應埋沒慧男子錦心繡腸。僕本疏慵，那能堪此？家大人以下仗庇安和，承念並謝。沅湘以南，古稱清絕，美人香草，猶有存焉者乎？長短句固騷之苗裔也，暇日當制小詞奉寄，煩呼三閭弟子為成生薦一瓣香，甚幸。郵便率泐，不盡依馳。成德頓首。

容若本寫了一些向張純修訴苦的話，後來思量張純修本身已夠煩悶，怎好再給他添心病，就把那信撕掉，重新寫成這一封。

那天容若從外地處理了「馬政」回來，明珠著傭人喚他即刻去談話。容若不知何事，衣服也來不及換，一身風塵的忙著去了。

「咱家要辦喜事了，我和你額娘還有吉順已商量過，日子也定了。你準備一下。」容若進門還來不及請安，明珠就口氣嚴峻的說。聽得容若如墜霧中，弄不清此話由何說起。

五格兒看出容若的疑惑，笑著道：「兒子，這回可由不得你任性子了。太皇太后把我和你阿瑪叫去，說要給你賜婚。門第很相當，漢姓關，就是老姓瓜爾佳氏。這可是咱滿清八大貴族的前三個大姓。一等公樸爾普的閨女。他們的老祖宗費英東，是當初和我爺爺努爾哈赤一起打天下的兄弟，咱大清的開國元勳，太祖爺最器重的五大臣之一。她祖父圖賴跟我阿瑪是好哥兒們……」

五格兒說得很興奮，容若想打斷都不可能。但他還是鑽個空子插嘴問：「太皇太后怎麼想起來給我賜婚？」他確實無法瞭解，何以出差四五天回來，竟有這樣的事發生！

五格兒笑道：「那還不是因為我兒子爭氣。上次你跟皇上去南苑打獵，樸爾普不是也去了嗎？他看中你了。他們家跟太皇太后走得近，直接稟明說想選你做女婿。太皇太后很高興。她老人家歲數大了，喜歡成全人，立刻就把我和你阿瑪叫去，說賜婚。我們當然是答應。回想小時候，這位伯母和十四叔最疼我，唉！誰承想後來鬧成那個樣子！好在這會子老關係又恢復了。」五格兒顯然心情暢快，津津樂道的說著。

明珠注意到容若有所思的沉默，臉上不但無絲毫的喜悅之情，甚至還流露出惆悵或為難的神色。

「你不高興賜婚麼？這是榮耀。關家姑娘才十八歲，你都二十六了。論身分，人家是一等公的千金，配得過你，有甚麼不滿意的！」明珠口氣不悅。

「不是滿不滿意的問題。是我沒有續弦的打算。」

「續弦是天經地義，並不需要甚麼打算。再說皇家賜婚，我們只能謝恩接受。」

「你阿瑪說得對，皇家賜婚，我們只能謝恩接受。其實這也是幫我們解決難題。提親的人家那麼多，拒絕誰都是得罪。現在就好了。」四十四歲的五格兒已懷上第六胎。她挺著鼓隆隆的肚子，過來拉起容若的手：「兒子，不要老是愁眉苦臉的，要歡喜起來。」

「我知道。額娘要好好保重。」

「別擔心額娘，你把日子過好額娘就高興。」五格兒見容若已不再拒絕續弦的事，便轉對明珠道：「這婚禮的場面不能小，對咱們是續弦，對關家可是姑娘出閣的大事。」

「場面絕對要隆重，咱納蘭家豈是等閒！對方又是世襲的公爺，不能叫人小看了。」明珠胸有成竹的口氣。

接著夫妻倆就商量起喜宴的菜譜和請客的名單，還問容若的意見如何？容若說一切憑父母做主，他並無意見。便告辭出來。

容若邁著沉重的腳步，穿過彎曲漫長的迴廊，走到花園裡。正在落山的殘陽斜輝脈脈，染濃一園秋色。樹上枯葉已開始凋落，百花也見衰態。他漫無目地的蕩蕩悠悠的走著。這些踩著的地，眼前的景，往日都曾與涵瑛共享，那時只覺處處含情有意，怎麼此刻竟變得滿目一片無情色，景觀人物全走了樣！

這一夜又是長宵無眠。翻開書本也靜不下心去讀，想寫點甚麼思力卻無法集中。更深寂寂，連長歌也去睡了。這世間似乎只有他孤零無靠的孑然一身，站在漫漫無垠的荒原上。找不著路，看不見方向，一個血肉之軀的人，怎會孤絕到如此程度！

窗紗上透過月影，應該是個有月亮的晴空之夜吧！月亮，是屬於有情人的，他和涵瑛曾有過多少永生難忘的月夜啊！

容若想著已披衣踱到廊上，果然碧空如洗，一彎新月掛在天角。曲闌悠長的迴廊伸延得好遠，遠得看不到盡頭。一切多麼熟悉啊！這樣的夜，本是他與涵瑛共有的，可是，涵瑛，你在哪裡，在哪裡啊？……他幻想著涵瑛在另一頭等他，竟一口氣沿著迴廊走出好遠。但那兒並沒涵瑛……沒有涵瑛的迴廊怎顯得如此空曠！他開始流淚，依稀的覺得涵瑛在和他一起流淚，他給她拭去淚痕，述說著別後相思，他問她可還記得往昔的日子？她含淚說怎能相忘……

容若就那麼似幻似真的，又回到書房。回憶像走馬燈，在眼前轉個不停：

第一次看到涵瑛，她還是個躺在搖籃裡的小嬰孩。童年期兩人是好玩伴，不是唱戲就是奏樂，把繡花線沾在嘴唇上，一個扮李白，一個扮白居易，劇目叫《李白》……

……少年期兩人都有男女之情的感覺，也都認為將來必定相屬，她竟任他用柳條蘸著花葉的漿，在她裙上畫梨花……心緒萬分悽惘，回憶似水，他寫下一闋〈虞美人〉：

曲闌深處重相見，勻淚偎人顫。淒涼別後兩應同，最是不勝清怨月明中。
半生已分孤眠過，山枕檀痕涴。憶來何事最銷魂，第一折枝花樣畫羅裙。

容若把情況看得很清楚，續弦已成鐵定。而且也不是他個人的事，後面牽動著皇權的威嚴，和兩個家族的顏面與和睦，絕無更改的可能。對方是個甚麼樣的人對他並不很重要。自涵瑛離世後，他頹然看出人間是何等無常和多變，錦繡燦爛可在一瞬間淡白得無味無色，而自己是如此的渺小無力，別說留不住所愛的女人多依偎片刻，就是想做隻獨自啼血的杜鵑都不可能。

容若想了兩天，決心暫把過去畫上句點，開始過凡俗人生的平常日子。為此他去給涵瑛上墳：「瑛，往後的日子我勢必要和另個女人共度了。我與她不相識，但那不重要，我會寬容而盡責。至於你和我，瑛，誓約不可忘，不管多少生生世世，我都會拿著那個裝著信物的盒子，在約定的地方等你。真情可通生死越古今，容若的心永屬於你。」

他在心中絮絮叨叨的與涵瑛纏綿對話，彷彿她就隱藏在周邊的空氣中靜靜聆聽。

這晚上，容若去到秀兒房裡。

涵瑛在世時他每去秀兒處總覺勉強，她去世後，刻骨的相思和悲痛，使他失去了對女性的興味。他並不討厭秀兒，認為她善良忠厚，是一位非常能幹的賢妻良母。從未像一般老爺對侍妾那樣蔑視過她，而是尊重，客氣的。但在涵瑛離去的三年裡，只在最近去過夜一次，雖然常過去探望孩子。

為此他深感歉意。今天當他踩著落葉獨自行走，心中跟涵瑛對話時，也給自己做出了決定：既然非續娶不可，就要打起精神，負起責任，做一個稱職的丈夫，與妻妾共度俗世生活。

秀兒像每次一樣，見容若到來不自覺的面露喜色，但幾乎是立刻的就控制住情緒，變得無啥表情：「公子請喝茶。」

容若接過杯子品了一口：「好茶，很清香。」

「嗯，是新茶。」

「我這些天都在古北口，今天才回家。」

「公子辛苦，要注意身體。」

「孩子們都好？」

「嗯，都好。你去看看嗎？他們都睡了。」

「叫他們睡吧，明天再看。」容若端起杯子慢慢飲啜：「秀兒，我是專來看你的。」

「哦！有事嗎？」

「有點事。我要續弦了。」

「哦！」秀兒早料到遲早會有這一天，但還是顯得有些焦慮：這位未進門的少夫人對她是有權柄的，她是個甚麼樣的人、作風如何，直接關係到她的處境，她無法不關心這問題：「公子大喜。是哪家的千金小姐？」

容若把賜婚、父母的態度略微說了一些：「你也知道，我是不肯續弦的，可如今只能接受。這是命。」

「公子續弦是好事，家裡應該有位少夫人。」

容若沉默了半晌，握起秀兒的手：「這些年我太冷落你。秀兒，你是個聰明良善的好女子。」

「我這樣魯鈍，還聰明！」那一夜容若就留在秀兒身邊。

顧貞觀回京了，一見容若便道：「要不是因為你我才不回來。北京這地方官氣重，人情薄。我不喜歡。」

「哥哥這樣討厭北京，必是江南太好。小弟我將來非去見識一下不可。」

「你一定要去，哥哥我帶你去遊西湖。」顧貞觀從行囊裡拿出兩個盒子和一罈酒：「這是你喜歡的杭州新茶和紹興老窖的酒，你慢慢享用吧！」

「不必慢慢，我現在就享用。今晚上咱們就剪燭西窗徹夜長談。哥哥看這茅屋可還合意？」

「好。缺點是太考究了。」

「哥哥應該住得舒適些。你這一去快兩年，想得我好苦。你不在，純修也不在，沒有能談心的人，日子真悶。」

「專陪公子談心的人這不已經回來了嗎？」顧貞觀笑著拍拍胸脯，又問張純修在湖南如何。

容若形容了些，說明珠正在給設法，希望不久能調到揚州：「純修的事我阿瑪還願意管。」他說著笑了，「我父母都喜歡純修，說他為人平實本份。總叫我學他，我卻學不像。」

「納蘭公子是天地精華，怎能學別人……」

兩人輕斟小酌，秉燭夜談，天南地北，人事興衰、朝中官場的腐敗、文壇動態、個人生活全是談話題材：「真不知康熙打的是哪種算盤。讓你這樣的人管馬政，明擺著是糟蹋人才。另一方面卻藉著太皇太后的手搞甚麼賜婚。」

顧貞觀的語氣裡透著強烈不滿，尋思了一會又語重心長的：「我看這事不是偶然的，是康熙有意的安排。容若兄弟，哥哥知道你有鴻鵠之志和經天緯地之才，不過碰著這樣一位心眼多的皇帝，有那樣一位權傾朝野的父親，難免要成為攻防之間的犧牲品。依我看，你的仕途不見得很順遂。兄弟，這一點你一定要看開。你的價值在文學，不在做官。看你，才二十多歲，已經文名滿天下，你是個天生的文學家。」

容若久久不能言語，他太感動了。除了顧貞觀這樣的朋友，誰會，誰敢說這樣露骨的話：「哥哥的話，只有涵瑛以前說過。這是發自肺腑的知己之言，兄弟懂得。」

顧貞觀繼續道：「賜婚的事也不壞。你當然要續弦的。外面不得意，就更需要一個暖和的，能遮風、避避雨的家。你也不要把標準定得像涵瑛那麼高，能有一點瞭解，互相關懷，能和睦過日子就不錯了。」

30

一等公瓜爾佳氏與葉赫納蘭氏結親，是北京官場和權貴世族間的大事，正如明珠所言：想不隆重都不可能。

首先是明珠夫婦到女方家中，做禮貌性的拜訪，認識新親家。

一等公普樸爾普夫婦非常客氣的接待，言詞中極力拉近兩家的關係，強調當年在白山黑水間，樸爾普的祖父費英東，如何忠勇的追隨五格兒的祖父努爾哈赤打天下。又說兩人的父親阿濟格和圖海是童年玩伴，「老哥倆好哦！」樸爾普說。

五格兒心中百感交集，回想父親阿濟格被賜死抄家時，沒有一個親友肯來相認。事隔三十年，這些人又回頭攀交情，求做兒女親家了。當然是因為自己嫁了個好丈夫，如今的「明相」權傾朝野，一人之下，萬萬人之上，誰不想巴結？

樸爾普的福晉是一位郡王的外孫女，五格兒注意到她穿戴考究，一身披金戴銀，神情談吐中有貴氣也有傲氣，一派滿洲權勢之家的貴婦風範。心想母女的形態總是相近，這樣的人品給納蘭家做兒媳也算合適。雖沒見到未來媳婦，心裡卻還踏實。

樸爾普福晉一副福相，銀盆大面上生著一張薄薄的小嘴。那小嘴很能說，她的話比樸爾普本人多。五格兒在他們的談話中聽出一種意思：他們十八歲的掌珠嫁到納蘭府做續弦夫人，多少覺得有些委屈。為了讓新人快樂進門和諧相處，五格兒決心鏟除任何可以引起不悅的緣由。

五格兒特別到容若的住處查看了一遍。

容若的兩層樓造型典雅，雕工和木料也細緻。樓下進門的大廳和後面的花廳裡，不單架上擺的、牆上掛的是古董，連家具也是古董，其中一隻文書櫃是酷愛木工的前明天啟帝親手製造的。可說件件有來歷，無引起不快的理由，不必搬動。左手進去上下幾間都是書房，為容若專用，也是是無須搬動的。如說有問題就是樓下右方的一間暖閣，和樓上的三間閨房。

這幾間屋子是以前容若和涵瑛每日留連的地方，裡面的家具和擺飾與涵瑛在世時絲毫沒有改變。五格兒認為保留這些舊物，會令新娘不樂，影響夫妻感情，何況死人用過的東西放在新房裡，原本就犯忌諱，便叫長歌帶著幾個粗使傭人，把幾間房屋騰空，貴重家具存入倉庫，普通的索性丟掉。另方面已令吉順到專給皇室做家私的精品店，購置全套的新房所需。

長歌看那幾個粗工準備動手，連忙擋住，氣急敗壞的道：「夫人，使不得。公子回來看屋子空了會氣瘋的。他看這些東西寶貝一樣，每天都來轉轉，常就睡在這裡。還是等公子回來再搬吧！」

「等他回來還搬得了嗎？一個大男人想用個情字把自已給勒死，沒出息！不能再由著他的性子。先把那幅畫拿下來。」

五格兒指著那幅容若所繪，叫「真真」的涵瑛畫像。長歌趕忙叫著：「我來！」踩著梯子上去，小心翼翼的拿下捲起。

正在這時容若回來了。他定定的站在門口，面色鐵青的看著：「這是幹甚麼？誰叫你們來動我的東西？」

「是我叫他們搬的。容若，你大喜的日子就要到了。得佈置新房。不能擺一屋子舊東西。人家是公爺家的千金，歲數又小，嫁到咱家來不容易。咱不能委屈人家。」

「我根本不想接受這門親事，是你們非叫我娶她的。現在又弄得這樣驚天動地。」

「這種話就別說了，你能拒絕賜婚嗎？再說你也不能打一輩子光棍。人家願意跟咱攀親總是好意。以前的事已過去了，新的日子要過好。」五格兒舉起手，在容若的臉上憐愛的輕拍幾下。

容若沉默著，眉宇間鎖著悽寂與無奈，心想涵瑛在世時，大夥都喜歡她。可她死去了，有關她的一切便要隨著她軀殼的消失而消失。一個陌生的女子要來取代她的位置了，她的一切要連根拔去，彷彿從未存在過。他為人世的寡情而心痛。

「任憑所有的人遺忘，容若也要把你永擁在心。」他默默的對自己說。接著便對五格兒道：「別的東西任由額娘處理。那張大床、那個小圓桌和有軟墊的靠背椅，非保留不可。」

五格兒正為難的猶疑著，長歌已有主意：「我看不如把書房的暖閣騰空，公子想留的東西不就有地方放了。」

五格兒鬆了一口氣，吩咐照辦。這樣一來，差不多整個臥室都搬了過去。只剩下嵌在壁上的兩個大衣櫥動彈不得。五格兒命秋晴帶著丫頭們，把裡面涵瑛的衣物全部掏出，裝箱放進儲藏庫。

女方多次派人來商量有關婚禮的一應事項，連當年盧家涵瑛嫁過來時，送了多少抬陪嫁也在打聽之列。納蘭家先還不解問這做啥，到迎親那天才明白，是怕被比下去。

盧家六十五抬陪嫁，瓜爾佳氏八十五抬。迎親的樂隊，花轎也是經過詳細設計，富麗而豪華。唯一不肯接受設計，顯得不太合作的，是新郎本人。

那時迎娶涵瑛，身邊有曹寅、韓菼、張純修等八個伴郎陪同。因此女家要求，這次至少應該有四位甚至六位伴郎。當五格兒把這話傳給容若時，他淡漠的道：「現在大夥都忙，不能去麻煩人家。而且張純修和韓菼已不在北京。」

「女方說可以由他們來辦這事，在王侯家的子弟中找。」

「不要。我不想演戲，更不需要不相干的人陪著演。」

五格兒心中明鏡一般：兒子肯接受續娶已是十分勉強，實在不能再要求他做不情願的事了。這新親家的各種要求也忒多了些，連她都感到窮於應付。但為求和諧圓滿，只有耐著性子跟他們協商。

在貴客如雲的恭賀聲中，容若把他的新娘迎了回來。他照樣的穿著新郎禮服，繫著紅綢彩帶，與六年前迎娶涵瑛時相比，依稀仍是玉樹臨風的那個人。不同的是彷彿再看不到那種豪情逸揚、想掩飾都不可能的歡喜之氣。一路上他告訴自己：今天是另一段人生的開始，一個無辜而高貴的女孩子，已把終身的命運交給了他。他必得負起責任來，做個稱職的丈夫。

一天的慶賀節目完畢，賓客離去，夜色闌珊，容若回到裝飾得一片豔紅、喜氣洋洋的洞房。穿了一身鑲著金絲珠玉大紅繡緞襖、同色宮鞋的新娘坐在床沿上。他沒見過她的容顏，也不知她的名字，只知她漢姓關，滿姓瓜爾佳，芳齡十八。他們之間只隔了一層她蒙著的紅蓋頭，掀起蓋頭她就是他的女人了，她的身心將全部屬於他。可她知道他是甚麼樣的人嗎？知道他有一顆被愁苦浸泡著的心，和未老先衰的滄桑靈魂麼？她當然甚麼都不知道，也許她天真的夢全在他的身上呢！容若默唸著：「瑛，這不是背叛，只是世間生活，我已聽到你祝福的聲音。來生他世，容若永不忘記你我的誓約。」

他懷著歉意和憐愛，小心翼翼的掀開了蓋頭。

新娘有張圓圓的面孔，尖下巴，膚色光潤，五官清晰，一對黑白分明的杏眼，直挺的鼻子對那張小臉似乎稍嫌大，薄薄的嘴唇一看便知屬於伶牙俐齒輩。姿色雖不能和涵瑛那樣清靈豔麗兼具的佳人相比，卻也夠得上美女的標準。

「你幹嘛盯著我，我不漂亮嗎？」新娘子發話了，聲音有點尖銳，語氣中聽得出隱隱的諷意，兩眼溜溜的在容若臉上打量。

「因為你漂亮我才盯著看啊！」容若挨著她身邊坐下，笑嘻嘻的把她一隻手握在掌中：「你叫甚麼名字我還不知道呢！只聽說你是關氏。」他把聲音放得好柔和，開始身體力行的做好丈夫。

「不知道為甚麼不叫人打聽？人都入了洞房才問。」她一扭身把手抽回，眼珠瞪得老大，微翹著唇，一臉嬌嗔。

容若出聲的笑了，再拉起她那隻抽去的手：「我看你像個小孩子。幹嘛叫人去打聽你名字，我問你本人不更好嗎？」

新娘子想了想終於露出她進門來的第一個笑容：「我叫秀淳。」

「秀淳是個好名字，我就叫你淳吧？」

「淳！為啥只叫一個字，不兩個字全叫？」

「叫一個字不是顯得更親嗎？」容若溫柔的把秀淳摟在懷裡，她卻撥開他的臂膀正色的道：「我才十八，你都二十六了，足大我八歲。你得讓著我。」

容若怔了一下便好脾氣的道：「其實就是不比你大八歲我也會讓你的。」

「那你去給我倒杯茶來，我渴了。」

容若又怔了怔，就去倒了一杯茶端到她的面前：「今兒忙了一天，你一定累了，喝口茶吧！」

「放到那兒，」她用下巴朝旁邊的高腳桌翹了一下，示意把茶杯放在上面，卻並不去喝：「你這人是不錯，挺聽話的。」

「在你們家，有很多人聽你話嗎？」

「不聽行嗎？我們七個姐妹，就我一個人是嫡出。我額娘是大福晉，生我哥和我兩個，我們當然身分高。譬如我大姐、二姐歲數是比我大，還不是得聽我的，誰讓她們是側福晉生的。」

「你阿瑪有幾個側福晉？」

「四個，她們全怕我額娘。我們家連男帶女一共十二個孩子。」

「淳，你愛讀些甚麼書？」

「我阿瑪請了個老夫子，來教我們四書五經甚麼的。那些書可真沒意思，我是讀不下去。」

「淳，讀書是最有趣的事。」

「哼！沒趣。」

「那你平常都做些甚麼？」

「打打紙牌，逛親戚家，看綢緞首飾，或甚麼也不想幹。我常常發悶，不知道怎麼打發日子。」

經過一番交談，容若對他的新婚妻子總算有了些認識。

她是典型的，滿洲奕世簪纓的貴族家庭裡出來的，那種沒有多少文化和做人修養，只有驕傲自大的女孩。這樣的一個女子，要讓他為之動情，怕是根本不可能。

不過他對這樁婚姻原本就沒抱大的希望。那種心靈與肉身化而為一、銷魂蝕骨、你中有我、我中有你的婚姻經驗他已有過，那樣的深情，不會因生死的界限而淡漠或斷絕。顧貞觀形容他的情形是：「悼亡之吟不少，知己之恨尤深。」是最真切的。對愛妻的永恆深情是他綿綿不絕的創作源泉，而失去知己的苦澀，使他有靈魂被掏空的虛幻迷茫。

這樣的人其實不應再進入新的婚姻生活，但他沒有選擇。於是他只有違背自己的追求和認知，走上世間男女都會走的婚嫁之路：兩個陌生男女合成一體，相攜著在濁塵俗世中，生兒育女，過居家日子，能夠和諧相處便算成功，何況這個婚姻是在不得已的情況下接受的。他願意付出最大的耐心，影響她，感動她，使日子過得好些，此外沒有更多的奢望。他想著竟感到身心格外疲累，便過去摟著秀淳的肩溫言道：「淳，折騰了一整天，咱們都疲倦了，快休息吧！」

「唔！」秀淳輕呼著朝後退了一步，容若被她這動作驚了一下，但立時便回味過來：一個從來沒接觸過異性的閨中女孩，對新婚之夜是可能心存恐懼的。溫和的說了聲：「我到對間去睡，你好好的歇了吧！」便逕自到被稱做「對間」的，對面的臥房去安歇。

第二天清晨回屋時，只見秀淳的兩個陪嫁丫頭翠紅和翠綠，正大掃除似的，挪桌搬椅的又擦又洗，秋晴也在一邊幫忙。

翠紅換過桌圍接著就去換床上的被褥，秋晴道：「床上的東西全是新的，你瞧，都是訂製的喜被、喜褥，不能換的。」

胖嘟嘟的翠紅忙使眼色叫她別說下去，放低聲音道：「我們小姐特愛乾淨，床單天天換洗，永遠不用別人家的鋪蓋。我得把帶來的陪嫁被褥換上。」

秋晴驚得呆了一下：「大家的東西也算別人家的？」

「不要問了，是她叫換的。我還告訴你，叫你男人服侍公子洗個澡。昨晚上她不願跟公子同床，就是他沒洗澡。」

「昨天是大喜的日子，公子早上起來就洗了。」

「她沒親見就不放心，不會肯的。」

「公子天生有寒疾，怕著涼。熱天是天天洗，像這樣冷的秋冬季，就兩三天才沐浴一次。」

「不要說了，沒得商量，不然老也別想圓房。」

秋晴聽得直咋舌，正要出去把這話告訴長歌，被正在牆櫃裡亂翻的容若叫住：「秋晴，這抽屜裡的『護頸』怎麼不見了？」

「我來找。」秋晴把櫃裡的幾個抽屜都拉開來看，涵瑛做的那十多條「護頸」果然不見了，急忙去問翠紅：「公子離不了『護頸』，那是前個少夫人特別給做的。你沒給扔了吧？」

「小姐說沒用的廢物看著髒亂，叫我扔掉。幸虧你說得早，快拿走收好。」翠紅耳語般的說著交給秋晴一隻口袋。

秋晴驚得直拍胸口，拉著容若的袖子就走：「找到『護頸』了。我看還是放到書房去，用的時候方便拿。」

秋晴將容若先安置了，便匆匆的去找長歌，把翠紅的話學了一遍。

長歌聽得直吐舌頭：「愛乾淨到這個份上，真還是第一遭聽到。行，我伺候公子洗澡就是了。」

交代完事情，秋晴再回去幫翠紅料理床鋪。

床帳已整理得很就序，翠紅正在給一堆枕頭套上緞套。

秋晴一邊幫忙道：「少夫人的嫁妝可真講究，瞧這被褥、枕套，這繡工！可怎麼要這樣多枕頭？」

「每天要換嘛！」

兩人正說著，秀淳已沐浴完畢，從裡間披散著及腰的長髮出來，翠綠抱著一堆衣服浴巾之類的跟在後面。秀淳朝床上撩了一眼：「翠紅，你是在過年還是在幹活？床還沒整理好！秋晴，你放下。床上的東西和我的衣服、鞋襪你不要插手。你把家具擦洗得亮堂就成了。我這個人最怕髒亂，要是沒弄乾淨我可不依。」

「少夫人，這屋裡有幾個專管清洗的婆子，她們會做得比我好。」

「那些粗手粗腳的髒婆子別進我的門。還有，你們公子的東西要隨時收到他的櫃子裡，不許亂放，整齊最重要。」

「是，少夫人，奴才都記住了。」秋晴恭謹的低頭應著出去了，只聽秀淳尖銳的聲音高叫：「翠綠，你洗洗手來給我梳頭。」

秋晴的心中不禁添上一層憂慮，回去對長歌道：「我看往後咱們的日子不好過，麻煩著呢！」她把秀淳的言行形容一番。長歌亦只能搖頭嘆氣：「咱們做奴才的，遇到了刻薄主子，就忍著些吧！她跟公子恩愛就成了。」

秋晴紅著眼眶道：「但願她能對公子體諒些。自從我們小姐歿了，公子就沒暢快過。要是再有磨難他真撐不住了。」

「那位少奶奶真箇太厚道，總是為人著想，別的不說，就說對咱們下人都放在心窩上，唉！要不是她把你許配給我，你今天的處境更難了。」

長歌的話越發引起秋晴對涵瑛的懷念，竟淚如泉湧的哭泣起來。

「瞧我這笨嘴，倒把你給惹哭了。少夫人不是把公子交給咱倆照料麼！咱盡心盡力就是。你別傷心了。」

雖然容若本人和整個納蘭府上下，都體貼秀淳新來乍到，怕她不習慣府裡的日子，對她的言行舉止萬般忍耐，竟還是出了大事。

事由起自顏夫人秀兒。

新娘進門的第二天全家見禮，秀兒口稱「少夫人吉祥」給她請安。秀淳卻道：「在我們王爺府側福晉進門得給我額娘磕頭。這是規矩。」她說罷朝明珠和五格兒各掃一眼，最後把目光停在容若臉上。眾人還沒從驚愕中回過神來，秀兒已跪在地上叩頭如儀，再次稱「少夫人吉祥」。大廳裡靜若絕谷，老少上下百來口人，沒有一個出聲。

隔天午後容若到秀兒屋裡去，見她正靠在貴妃榻上出神，顯然正尋思甚麼。見容若進來坐直了身子道：「孩子被他們奶媽帶到外面去玩了。」

「我是來看你的。你受委屈了。這位新來的主兒太年輕，實在不懂事。你別難過，我會慢慢的影響她。」

「瞧公子說的！我還難過？輪到我難過！做小妾的本來就該磕頭嘛！又磕不死。」秀兒冷笑著。容若好言安慰了一陣才離去。

秀淳會騎馬。說想跟容若賽馬，看誰快，跑得慢的那個要自稱奴才，並自打嘴巴三掌。容若說騎馬漫遊確是很有趣的事，但何必比賽，更無須自稱奴才掌嘴。秀淳嘟著薄嘴唇道：「我偏要比，我就是喜歡比別人強。看人一邊打嘴一邊自稱奴才，可有趣哪！」

容若不覺失笑：「你是想看我自稱奴才打嘴巴嗎？」

「也許自稱奴才打嘴巴的那個是我呢！」秀淳摟著容若的頸子。

「我看你就是個小孩子。」他想吻她，秀淳卻認真的止住：「別動。我正在看你這隻耳朵洗得夠不夠乾淨。」

容若沒忘秀淳要騎馬的事，因從宮中回來總是太晚，又常要隨同皇上出巡，一直沒有機會前去。那天下朝時康熙說容若這陣子一直沒休息，特別放他三天假。容若十分高興，預備帶秀淳去騎馬，如果她一定要比賽，就陪著玩一次。不料一進屋見她躺在床上，臉上蒙著一塊巾子，哭得肩膀一聳一聳的。

容若驚得半天做不得聲，看看一邊站著的翠紅和翠綠，兩人低著腦袋不言語。他做手勢要她們出去。坐到床邊拿起秀淳臉上的巾子，替她擦去淚痕：「淳，你怎麼了？甚麼事這樣不開心？」

「你休了我吧！這日子我沒法兒過了，我已經變成奴才了。」她說著又哭。

「到底怎麼回事？」他把她摟在懷中。

秀淳終於止住了眼淚：「現在我明白了，原來你是故意騙我！」

「我騙你！」容若再度吃驚，鬆開了摟著的手。

「怪不得要叫我淳，不肯叫秀淳。原來你們家已經有個小老婆叫秀兒，怕我沖闖了她，就用計給我改了名字。」

「叫你淳，是因夫妻親近。沒有沖闖的問題。」

「有。你從前叫『成德』，後來改成叫『性德』，不是怕沖闖太子麼？」秀淳睜著兩隻傻大的眼珠，小臉板得鐵緊，彷彿受了天大委屈。

「跟太子同名是忌諱，普通人並沒這個問題，那麼多漢字，名字隨便取。你不喜歡我叫淳，以後就叫秀淳好了。」容若仍努力控制著情緒，和顏悅色的。

「原來你把我跟買來的妾看成一樣的人哪？不行。秀兒不能跟我叫同個字，她一定要改名。」

容若站起身，良久無語。蹙著的眉峰和目光中的冷漠，說明他的耐力已達頂點。秀淳卻還在喋喋不休的叫囂：「今兒索性一總把話挑明了。以後誰也不許叫她『顏夫人』。我長這麼大，還沒聽過哪家把小妾叫夫人的。容若，我的話你聽見了嗎？」

「聽見了。淳，我們不能那麼做。秀兒雖然是側室的身分，可已來納蘭家這許多年，孩子都生了三個，沒有功勞有苦勞。」

「啊？你站在她一邊！生三個孩子又怎樣！有本領再去生啊！去啊！」秀淳從床上跳起，死命的把容若往外推，推出後砰的一聲將門關上。

容若到對間愣站著還沒緩過神來，秀淳又忽的把門打開，嘴上嚷著：「我一個公爺家金枝玉葉的小姐，受這樣的氣，日子沒法過了。翠紅，去叫套車。翠綠，收拾東西，咱們回公爺府去。」

秀淳已翻箱倒櫃的收拾東西。容若看她那陣勢，不處置秀兒是絕不會罷休，便去找五格兒商量對策，剛匆匆出門就見長歌迎面而來：「公子，夫人叫你去。」

「我這就去。你看住她，不能讓走。」容若說著連忙到父母處。

明珠也在座。二老都憂形於色，顯然長歌已稟報過一切。五格兒道：「想不到樸爾普的閨女這樣沒教養！」

明珠道：「樸爾普本人是一介武夫，胸無點墨。他的女兒缺家教也是意料中的。」

容若道：「她正收拾東西要回娘家。」

「可不能讓她走，一走事情就鬧大了。」五格兒說。

「那怎麼辦？秀兒已進我們家七八年，生兒育女的，絕不能又改名又叫回姨奶奶，那是侮辱。」

容若表示他的堅持。

正在抽著旱煙沉思的明珠道：「我看這樣，叫秀兒暫時到桑榆墅那邊去住幾天。等那個蠢蛋不胡攪蠻纏了，再接她回來。」

五格兒立刻贊同：「這個辦法好。靜純、靜芬她帶著。富格和富爾敦搬到我這兒，和他揆敘叔一起住。容若，你趕快去跟秀兒說這件事。免得那位公爺千金越鬧越歡勢。唉！真也難懂，你的命怎麼會這樣苦！」

容若一臉愁雲悶不做聲，邁著沉重的腳步走了。明知任務艱難亦不得不去。

自秀淳進門，為了避免引起事端，他極少來秀兒屋裡。這時突然現身，秀兒掩不住欣愉的表情，忙著倒茶端點心。待聽明容若的來意後，她面色悲憤的靜立了片刻，說了句：「公子放心，今兒太晚了，明天我一準走。」便扭身進裡間，關門整裡箱籠，任容若如何敲門也不理會。

次日容若再去時，人已走遠。

31

秀兒原本是整個納蘭府裡最無聲音的人，她的生活範圍彷彿就在自己的院子裡，內容更簡單，除了每天過來給公婆請安，就是帶那幾個孩子，接觸的人極少。她搬出納蘭府，如一瓢水倒在湖裡，只聽到一響微弱的聲音，別說沒引起波浪，連水花也沒濺起。

但人心不像水面那麼裸露在外，而可以把對一個人的厭惡藏得很深。

容若變得越發沉默，也不像以前那樣凡事哄著秀淳，當她向他主動表示親近時，他卻熱絡不起來。如果她又發生甚麼奇想或要求時，他多半是漠然以對。

譬如有次她發表議論，說雖然瓜爾佳氏的漢姓是「關」，可她姓的可不是這個「山海關」的關，而是「做官」的官。他聽了就像沒聽到一樣，依舊看他的書。

「跟你說話聽到沒有，怎麼不做聲？」秀淳過來推他，想搶下他的書。

容若卻把書拿得鐵緊：「你姓哪個官憑你高興，我要看書呢！」

秀淳對他本來就沒有吸引力，現在更加上一層厭惡，覺得她愚蠢跋扈，心地也不善良，習慣又古怪。

容若每進臥房都要洗手，如果一個時辰內進去五次就得洗五次。他手上的摺扇只能放在門邊的小几上。要是一時忘記帶了進去，她會氣急敗壞的叫：「怎麼帶進來啦！」

秀淳說出的話十有九句都叫容若聽不下去。她比他所拒絕交往的那些王公、貝勒之流的人糟得多。如今這樣的人來到他身邊，與他同床共枕，將佔據他整個的餘生，這日子可怎麼過下去！他悲哀得心快凍結了。

容若曾帶富格和富爾敦到桑榆墅去看秀兒。

秀兒冷著面孔，總共和他沒說幾句話，跟兩個男孩則是噓寒問暖，關照廚房給做愛吃的食物，十分的歡喜親熱。

容若說待事態平靜些便來接她回去，秀兒笑得露出一口編貝白齒：「唉喲！要接我回府啦？我快謝天謝地吧！公子請聽明白：我雖出身微寒，也不能受人召來喚去的隨便糟蹋。既然出來了，斷無再回去的道理。而且——」她特別加重語氣：「不管誰來接我都不會回去。」

容若無言以對。秀兒的性格如何剛烈和愛恨分明，他非常瞭解。她說的是真心話。把兩個男孩留在那兒，他便無精打采的獨自離去。

趕走了秀兒，秀淳的情緒明顯的比以前好，自認地位受到納蘭府的肯定，她的言行喜怒沒人敢不重視。

秀淳從進府的第一天，就打扮得像要到皇宮做客似的，繡花鑲珠的緞袍每天一件，梳著高高的雙瓣頭，金銀玉翠也是經常換戴。下人們都紛紛驚嘆，說新的少夫人不愧是公爺家的小姐，真有派頭，帶來多少嫁妝啊！翠紅、翠綠把這話傳給秀淳。秀淳聽著撇了下薄嘴唇：「叫他們開開眼！」她走路時向來下巴朝上翹，此刻翹得更高。

有天飯吃到一半秀淳忽然要嘔吐，呼天喚地的陣勢大得驚人，五格兒忙差人去找侯大夫。侯大夫摸過脈連說：「恭喜！」原來她懷孕了。

這當然是大事，第二天，樸爾普的大福晉便率領四個側福晉和幾個丫頭，帶著一大堆補品來了。秀淳靠在她母親懷裡淚眼汪汪，說身體不舒服，心裡很害怕。於是霸氣旺盛的岳母向站在中間發呆的容若道：

「我說容若，秀淳是我的心尖兒寶貝。我們挑上你做女婿可不容易，你要特別上心才成……」

容若沉默的聽著她嘮嘮叨叨，只覺得身體和精神都倦得難以負苛。

糟的是容若又增加了新的任務：秀淳靠在榻上一會要湯一會要水，指著他的鼻子道：「都是你害人。我不要丫頭伺候，我要你給端來。」

容若不想又惹出不悅，便聽話的去端。自小養尊處優的他沒做過這種工作，不是弄灑就是打翻，秀淳便沉下臉來，說他「不上心」。

納蘭公子本不是憑白受氣的人，但他悲哀得連辯解爭吵的力量也沒有了，於是他躲。而這時他才得知，秀兒搬出去時已有身孕。他為此自責而後悔。

眼前的一切，格外引起容若對亡妻的懷念，想涵瑛在世時，兩人何等知心知意，親密得如同一人，所有的苦樂都能坦然分享，那樣相互疼惜，就怕心愛的人吃苦，恨不得自己去代他承受。再看看現在，日子怎會如此不堪！他痛楚得彷彿是赤足走在冰雪的荒郊裡，不知該怎樣向前去。

容若找出給涵瑛畫的那幅像，掛在書房暖閣的牆上。心裡準備著如果秀淳不悅或來干涉，也不予理睬。對她，他已心死而完全放棄。在對涵瑛想念得難以忍受時，他會打開那個存放信物的盒子，拿出當年寫有定情詩句的紙箋，再拿出同心結和涵瑛戴過的翠鈿，摸摸看看，心裡唸著：「瑛，看到我嗎？聽到我嗎？我太想你，如人死後真有魂魄，歸來一次讓我看一眼，以減這磨折我的相思之苦。」

長歌和秋晴確能做到把容若照料得無微不至，但也很快的就看出他眉眼間流露出的愁苦和寂寞，比以前更深更重。容若有時睡在大臥房的「對間」，更常在書房中寫作到深宵。

「公子，天已太晚，你該回房休息了。」當長歌端上秋晴煨的銀耳蓮子羹時，總試探著提醒。

「我就在暖閣裡過夜，不回去了。」

「公子，那好嗎？少夫人老是一個人！」

「有些時候，一個人比兩個人還好。長歌，這些事不許告訴我額娘。」

「不會跟誰說的。公子啊！以前你心裡不樂總去跟顧老爺談心說話，現在怎麼不去了呢？」

「談心，首先得有心才行啊！連心都沒了，還談個啥！」

每聽到類似的話，長歌便有想哭出來的感覺：「那我今兒晚上也住這邊。」

「我不用你陪，你回去，別讓秋晴空等。」

「不，我留在這兒照顧。公子，明兒還是找顧老爺談談心吧！」

有時容若見長歌堅絕不肯離去，便苦笑著站起身：「真把你沒辦法。好吧！我就回房去。」

容若回去睡了。但第二天秋晴收拾屋子，才知道公子睡在「對間」。

長歌瞞著容若，到花間草堂去找顧貞觀：「顧老爺，你邀我們公子來說說聊聊吧！公子那樣子真讓人著急。從朝裡回來總是青著一張臉，不說話也不笑，在書齋裡又讀又寫的弄到大半夜。常常就睡在那兒。」

「你是說你們公子夫婦不和？」

「不光是不和。顧老爺，我們這位少夫人的脾氣很怪的。公子先是忍著讓著，可也沒用。現在她懷了身孕，就鬧得更兇。公子心裡悶啊！近來已犯了兩次寒疾，這樣下去會生大病的。顧老爺找公子來聊聊，叫他吐吐苦水吧！」

顧貞觀面色凝重的坐到書桌前，快筆寫了個條子交給長歌：「就說是我叫人送去的吧！」

長歌拿著紙條千恩萬謝的去了。

容若從上駟苑到家時，月亮已經快升到中天，他拖著一身的疲乏回到書房。看到桌上擺著顧貞觀邀他去喝酒談天的條子，不禁暗自慚愧。同住在園子裡，竟兩三個月沒過去看看，縱然是因心緒太低潮，也不該那麼冷落至友。他想著便踏著月色去了。

顧貞觀正拿著筆在批改甚麼，見他進來立刻笑咪咪的站起：「好難得的貴客，我還以為請你不動呢！」

「我才從上駟苑回來，累哥哥久等了。」容若神情落寞，絲毫不見平常的風趣。

顧貞觀倒是有說有笑：「我說你是怎麼回事？造了這麼雅緻的茅屋，連著寫信，催我來跟你共剪西窗燭，我趕忙來了。可我每天就被府上雞鴨魚肉的養著，唯一的正事就是教你們家那幾個小蘿蔔頭念書。你嘛！從娶了新夫人就難見面了。好像兩個多月沒過來了吧？」

「最近太忙，上更時候才從上駟苑回來。夜裡得趕寫東西，前天才把《通志堂經解》的總序寫出來。《經解》已在一批批的出版——」容若說著停下了，沉吟了片刻：「哥哥，我不應該對你隱瞞甚麼。日子過得實在是毫無生趣，外面不愉快，家裡更不愉快，哀莫大於心死。心死了，沒力氣說話，眼前一片灰茫茫，不想見人。」

「何至於如此？」

「我這賜婚續娶是天外飛來的橫禍，不知以後的日子如何過下去。」

容若極無奈的，約略吐露了一點他的婚後生活。

顧貞觀一陣陣的現驚愕之色。

容若繼續道：「我真想不通，為甚麼皇上看我只配當侍衛或馴馬師！別的事都不能做？哦，也許他看我除了會生孩子別的甚麼都不會。哥哥，兩個我不愛的女人都要給我生孩子了。能說納蘭性德的特長不是生殖力強嗎？」他自嘲的笑起來。

「不要胡扯，到底怎麼回事？」

「那天皇上問我喜不喜歡做馬政？我就老實說不是最喜歡。」

「結果把皇上惹怒了？」

「沒有怒，還是和顏悅色的。他說：『馴馬馴得那麼好，怎會不喜歡管馬政！不過既然如此，將來還是回宮來做侍衛。』說給升等。看樣子我是只能在皇帝身邊打雜了。」容若又自嘲的笑笑，便轉成嚴肅的語調：「這是有意的貶壓。我要設法退下來。」

「容若，我還是那句話，你在朝廷裡不見得有伸展志向的機會。確是被有意的貶壓。可是也別那樣灰心。世間不知有多少受苦的人，一輩子在苦海裡沉浮，上不了岸。他們不知怎樣羨慕你呢！你看——」顧貞觀拿起桌上一個翻開的簿子，遞給容若：「你看這個人。論品貌才華，只怕在整個大清也找不出幾個，可偏是命苦——」

容若並沒太注意顧貞觀的話，只顧讀簿子上的詞〈臨江仙・春去〉：

難駐青皇歸去駕，飄零粉白脂紅。今朝不比錦香叢。畫梁雙燕子，應也恨匆匆。
遲日紗窗人自靜，簷前鐵馬丁冬。無情芳草喚愁濃，閑吟佳句，怪殺雨兼風。

容若讀完把簿子交還給顧貞觀：「你看這人才高八斗，居然全大清都找不出幾個！我可看他缺少男人氣概。一筆蠅頭小楷倒不錯。總的來說，韻味和用字還算大雅自然，缺點是太像個閨閣女子。」

「她本來就是女人嘛！」

「哦！是女的！」容若拿過來再看，「是誰家的女眷？你這老夫子怎麼會認識？」

「她是我學生沈宛。我不是說過：早年因為找不到差事，曾教過樂戶的小女孩。那時候就看出她特殊聰慧，不單詩詞寫得好，畫也好，尤其是那一手琵琶，真會令人聞之淚下。她現在是名滿江南的大才女。文人雅士，達官顯貴，花上千兩銀子也難一睹芳容。」

「這樣的才女流落風塵也是可惜啊！」

「誰說不是呢！歲月蹉跎，青春易過，我勸她找個合適的人嫁了。她卻說不會為了找個歸宿去嫁人。還說像她們這種女子雖說賣藝不賣身，仍免不了受人歧視，到誰家都是受苦。她想獨身過一輩子。」

容若聽得嘖嘖稱奇，不以為然的道：「一個女人終生獨身！在咱們這個社會裡辦得到嗎？做夢罷了。」

「她真的在這麼準備呢！她最信任我內人，口口聲聲『師母』，有錢交給師母存起來。預備存夠了用來贖身。然後買棟小房子，雇兩個傭人，以賞讀書畫、寫作、彈琴自娛度過人生。唯一的希望是跟我們這些文人交朋友，並且要求大家不要把她當成女人，要當成寫作的文人。她把這本手稿交給我，就是要我給看看，評斷一下，夠不夠資格刻印出版。她的心不小，想做個女詞人。」

「哦？志向倒真不小，你看她行麼？」

「我看她不錯。待我看完你也給看看，給點指教。」

「看來這個沈宛很不尋常。以她的處境還這樣掙扎向上，令人感動。待你看完我就翻翻吧！」

「所以我說，你的處境絕不是最壞的。家裡不愉快，就多跟朋友在一起。淥水亭裡品酒吟唱多美哦！公事嘛！老弟，你就再熬他兩三年，要是情況總這樣子，再退下來也不遲。」

顧貞觀半哄半逗的說著，從櫃裡拿隻小酒罈出來：「我這兒還有沒露的寶，前幾天居然在街上找到山西汾酒。來，嚐嚐。」

兩人輕品淺酌，隨意的天南地北一陣閒聊，容若的心緒果然鬆快了許多：「跟你談天可以三天三夜不倦。哥哥為甚麼總要回南方呢？是想念嫂子嗎？為何不把她接過來團聚呢？」

「容若，你說到我心裡去了。這些天我就在想，這次來京要多住些時候，暫時沒有回南的打算。你嫂子來不了，她得在家陪我老母親。」

顧貞觀的話令容若聽得舒暢。

張純修去湖南後，顧貞觀便是他唯一能盡情傾談，可以交心的人。他們交談起來最有知己之感。而且肝膽相照，可不須設防，有話盡談。顧貞觀允諾暫不回南，他確實感到欣慰。

雖然對現實生活太不滿意，對工作和家庭澈底失望，容若亦不想就這樣沉淪下去，他要努力的將自己救起。顧貞觀的話極有道理，家中待不下去，就多和朋友相聚。於是他便強迫自己不去想家裡的事，任秀淳怎樣吵叫，都聾子一般充耳不聞。

容若原以為秀淳會到他書房的暖閣去檢查，說不定會因涵瑛的畫像大鬧一場。沒想到秀淳根本就拒絕走進他的書房，理由是怕髒：因書總是被多人觸碰過，而且是男人，怎會不髒！再就是書都有一股難聞的味道，她稱為「書臭味」，幾千本書在一起，豈不要臭死人！她避之唯恐不及，怎會鑽到裡面去！

這樣一來，容若便保住了他的一方淨土，擁有一個能夠躲躲藏藏的孤獨而自由的世界。

皇上出巡頻繁，多半指定要容若跟從隨扈，他總鞍前馬後的小心伺候，服勞維謹，任勞任怨，做得比別人更多更好，從未發生過半點閃失。

容若這樣做，不是因為喜愛那工作，而是因為敬重皇帝。對這位精明絕頂、雄才大略的君王，他只有怨而無絲毫的恨。在皇上的面前他納蘭性德永遠是最忠心的臣子。強把自我意志壓了下去。強壓下去的東西總不久長，他也不甘心讓自己的一生就這樣過去。顧貞觀說得對：再等兩三年，如果到時仍無變化，便設法退下。

這個冬天，容若休假在家時，常招集朱彝尊、陳維崧、嚴繩孫、姜宸英等到顧貞觀的「花間草堂」飲酒吟詩吃涮羊肉。

言談說笑間日子過得快，轉眼間已是新春，愛遊山玩水的皇帝又頻頻出巡，容若照例隨駕。只一個遵化就去了三次，每次都待上十天半月的，那兒的行宮舒適，溫泉水暖。宮裡派人快馬送奏摺，皇上享受泡湯之樂並不耽擱政事。

容若陪著洗溫泉，閒下來便讀書寫作，他的「書包」永遠隨侍在側，好像是戰士們的刀箭，一聲出發令下，立刻提著隨身上馬。

暮春之際，秀兒和秀淳先後各生一個女兒。容若給秀兒生的三女取名靜芳，秀淳生的四女為靜馨。但遭秀淳拒絕，理由是：她的孩子不能和奴才生的排同一個字為名，自己給取了個名叫貴嬌。

容若是兩個女人的丈夫，兩個兒子和四個女兒的父親。可他像個鰥夫般孤處獨棲，陪伴他的是蔚蔚書海，和由小跟他到大的長歌，再就是那群好朋友，特別是最相知的顧貞觀。

但聲言暫不回南的顧貞觀突然得到母親病故的消息，即刻返去奔喪，臨行前把沈宛的手稿交給容若：「你得便給看看，我下次來再帶回去。」

「哥哥何時再來？伯母仙逝，你得守孝三年啊！」

「把喪事辦完我先回京一趟料理雜務。同時和二十多年沒見的吳季子碰個面，他不是要回來了麼！然後再回家守孝。」

顧貞觀就這樣突然走了。

32

容若入夜自宮中歸家，看到徐乾學差人送來的短箋，說吳兆騫已到北京，暫住在他的家裡。邀容若明天下班後前去一聚。

容若讀罷是既欣喜又慨嘆。

回想康熙十五年，讀到顧貞觀那兩闋以詞代信的〈金縷曲〉感動得熱淚直流，隨即答應懇求父親幫忙使力，在五年內救回被流放到寧古塔的吳兆騫。

這五年的生活變化之大，遠遠超出了他的預料。

經過人生最哀痛的生離死別，結了一個無可奈何的婚姻，由中舉後賦閒一年半到御前侍衛。但無論日子是苦是樂，他都沒忘營救吳兆騫的事。不只求了父親，就是自己，也曾向皇上祈求降恩。並前後拿出打點費用數萬兩銀，加上徐乾學老師也在朝中斡旋。吳兆騫本人很配合的做了篇〈長白山賦〉獻給康熙帝博取歡心。這位本該老死於冰天雪地絕域的筆墨文人，才又回到人間。

容若對吳兆騫的印象，除了是一個傑出的文人外，還聽說他是一位狂放不羈的富家公子。但見了面只見眼前站著一位鬚髮花白、滿臉滄桑的半老男人。

吳兆騫很誠懇的向容若道謝，說在有生之年得以生還，全仗公子大力相助，這在流放人中，是空前的幸事。容若說自己年輕，本屬晚輩，承大夥以朋友相待，實感快慰，千萬不要再稱公子。

朱彝尊、陳維崧、姜宸英、嚴繩孫、梁佩蘭、秦松齡等人都在座。這些人原是吳兆騫的舊識，把酒言歡自是欣樂，但都說美中不足的是顧貞觀不在。

談話之中容若聽出，吳家五六口人都住在徐乾學家，他想如長此下去，將對師傅造成負擔。吳兆騫身無分文，昔日龐大的家業被抄得片瓦不留，一個絕域歸來的流放犯，亦不可能找到差事。於是他當場便聘請吳兆騫為塾師，教大弟揆敘和兒子富格讀書，並說園子裡有足夠房屋，請吳家大小都到納蘭府裡去住。最後道：「貞觀哥年內必會回京一行，正好隨時相聚。」

吳兆騫感動得握住他的手：「容若老弟，你的豪爽俠義之名，我在塞外都耳聞。今天親身領受，除了謝謝，說別的都多餘了。」

容若回去就吩咐把前面的一個側院打掃出來，過幾天派車去接客人。他也忙把這事稟報父母，明珠微笑道：「看樣子，那些漢族的落魄文人早晚都會住進來。咱們這宅子大概是專給他們造的。」

五格兒對這件事不予評論，只望著兒子縱容的笑笑。望了一會才挺憂心的說道：「多跟朋友在一起也好。額娘知道你心裡不好過，可夫妻總是夫妻，聽說你總睡在書房裡，久了也不是一回事。」五格兒說了些勸慰的話。容若卻甚麼也不說，只管把兩歲大的小弟弟揆方抱著逗玩。

吳兆騫一家搬進了納蘭府。

歲暮時節，身戴重孝的顧貞觀果然回到京城，見到闊別二十幾年的至友吳兆騫，忍不住悲喜交集。但他這次來京甚是匆匆，短暫相聚後就要回南繼續丁憂。

容若在過年時已請眾人來聚過。正月十五上元節，又把這些鴛鴦詞社的人找來，在花間草堂品酒吟哦，給顧貞觀踐行。

正題開始前，容若先把顧貞觀上回留給他的簿子交還：「你這女學生的詞稿我看了，寫得不錯。難得的是沒有庸俗之氣，亦不造作，詞風很自然。我看比時下一些詩人、詞人之流還強呢！這本詞集絕對可以刻印。」

顧貞觀道：「有大詞人的這番評語，她一定是引以為榮的，可以放心的刻印出版了。」

「一個女的！還要出版詞集？誰呀？」曹寅好奇的問。他在宮裡一向忙，平時不太參加這種場合，但今晚卻滿面春風的來了。

「她是一個有才氣沒福氣的女子。」顧貞觀把沈宛的經歷講了一些，最後是一聲嘆息：「我教她們的時候，都是不到十歲的小女孩，一個個很天真純良的，可她們的命運——唉！世道不公平啊！這些孩子裡我就教出個沈宛。」

「沈宛，不是江南的大才女嗎？」朱彝尊插嘴問。

陳維崧摸著鬍子笑道：「除了她還有誰！她是我們南香詩社的一員呢！」

「一個風塵女子也能進詩社？」曹寅問。

「為甚麼不能？還是我介紹她進去的。流落風塵是她的命壞，詩詞寫得好是她的文才。遭遇如此不幸，還努力寫作，是很叫人感動的。我做過她老師，當然要幫助她。」顧貞觀說得激昂慷慨的。

嚴繩孫笑道：「她用得著你幫嗎？我看她風頭比你大得多。平常詩社聚會到場不過十幾人，有次聽說沈宛要來，五十多個社員都來了，連走不動路的都叫人扶著來了。一睹美人芳姿嘛！」

「那你是看到了。果然是個美人！嚴老動心了吧？」曹寅有意調侃。

沒想到在座年紀最長的嚴繩孫道：「我動心？是個男人都會動心。她動人處不光因為沉魚落雁之容，難得的是那種出汙泥而不染的清靈之氣，最讓咱們這種文人著迷。」

朱彝尊也認真的道：「是這樣。我見過沈宛兩三次，她舉止穩重，談吐大雅，看得出有才學。既無一般大家閨秀的刻板，也沒有小家碧玉的扭扭捏捏，更沒有歡場女子的輕浮和脂粉氣——」

「歡場二字在這裡不能用，」顧貞觀突然打斷朱彝尊的話，「沈宛雖墜入風塵，可只賣文、賣藝不賣身。她的排場有多大想必朱兄也知道，一般傖俗之人出萬金也見不著她一面。總之『歡場』兩字不能用。」

「我說『歡場』並沒指甚麼特別行為，不過是對風月場合的統稱——」

「『歡場』不能用，『風月』更不能用。沈宛至少也是柳如是、李香君之流的不凡女子。比咱們這些自覺不錯的半老頭還強呢！別拿這種輕薄口氣議論人。」顧貞觀固執得不容商量。

在一邊飲酒旁觀的容若哈哈大笑：「有趣。幾杯酒下肚真言畢吐，原來幾位老哥哥對女性的眼力這樣高，真沒瞧出來。罰酒！」他舉杯自飲。

曹寅又說些逗趣的話，拿幾位年長的開心。

姜宸英道：「好啊！兩個年輕小子拿老頭們尋開心。明天貞觀要南歸，不是說要作詩詞給他送行麼？」

容若道：「對。明天貞觀哥哥南歸，今夜又恰逢月蝕，諸位就按著這兩個題目即席作詩詞吧！」

容若多喝了些酒，心中塊壘翻江倒海的動盪起來——想起顧貞觀一去三年，張純修又在南方，另個好朋友韓菼在朝廷惹了氣，請假南歸，說是回家改葬父母，已走了兩三年，至今無意回京。能談心的朋友都離得好遠。他本來就覺得自己寂寞孤單，此時此刻，真感到茫茫天地之間，就剩下他一隻孤雁單飛了。

容若的情緒恍如外面漆黑的夜，沉鬱陰霾，淒迷慘淡，提起筆來勾畫幾下，竟給顧貞觀畫了一幅小像。舉座觀之動容。

容若飲酒向不上臉，與顧貞觀那樣杯酒下肚便滿面通紅，彷彿關雲長再世一般的情狀恰恰相反。他原本顯得有些蒼白的臉，在酒後竟隱約的有些泛青，清亮的眸子裡埋藏的憂愁，便像寫在臉上的字，在座者皆可讀出，也都無法不真心的關懷。他們愛他如愛自己的親兄弟。

「容若，你酒已喝得夠多，打住吧！」

「暴飲傷身，不要再喝了。」

「容若，有甚麼不快就跟哥們發發牢騷，別自己喝悶酒。」

……

容若聽到很多聲音，分不清是誰在說話。只記得長歌來扶他回去。走在昏黑的園子裡，寒冷的冬夜勁風，刀子般颳在臉上。

顧貞觀急著回鄉守孝，上元節第二天就起程。

容若像每次一樣，送他到大門外的馬車上。顧貞觀登車前拍拍他的肩膀，面露強笑：「兄弟，這次為兄我一去三年。看你這愁鬱的樣子我是真不放心。一個人老是把苦悶在心裡，總有天會撐不住。你一定要讓自己把日子過好。如果哥哥能為你做點甚麼叫你快活的事，要不客氣的儘管說，哥哥我就是上刀山、下火海也要辦到。」

「哪有那麼嚴重。只希望哥哥保重身體，三年後快回來。」容若緊握著顧貞觀的手，一陣眼酸。

像每次一樣，直到車子沒了影蹤，他才返身回府。不同的是，以前送朋友從不曾流過淚，這次竟不能控制的淚眼淋淋。也不僅僅因三年的離別太久，而是一種難以承受的孤寂之感，正如泰山壓頂般將他罩住。傷懷之中，頓時靈感泉湧。回到書房便振筆疾書，寫下一闋〈於中好•送梁汾南還，時方為題小影〉：

握手西風淚不乾，年來多在別離間。遙知獨聽燈前雨，轉憶同看雪後山。
憑寄語，勸加餐，桂花時節約重還。分明小像沉香縷，一片傷心欲畫難。

是啊！這些年經歷的不是生離就是死別。他想不通這紅塵人世是怎麼安排的：相愛的人要幽冥永隔，知心的朋友總要離別。張純修已調到揚州任同知，信卻更少了。也難怪，誰像他這樣需要朋友！人家都有一個雖不優雅如詩，卻可安度世間生活的家庭。追求一份俗人的居家日子竟是如此難麼？為何偏偏他就辦不到！顧貞觀的走令他連著數日懊悶惆悵。

康熙皇帝要到山海關外巡幸，足足兩個半月。容若像以前一樣扈從隨侍。

皇上常誇讚容若做得盡責稱職，已賞賜過金牌、弧矢、佩刀、駿馬、書法和詩抄等等，以示特殊寵眷。

但容若並未因此感到振奮。侍衛一做五六年，實在令他厭倦疲憊已極。更糟的是，他的本來已漸好的老毛病「寒疾」這兩年又犯得頻繁起來。正像他在詞作〈臨江仙‧永平道中〉的句子：

獨客單衾誰念我？曉來涼雨颼颼。緘書欲寄又還休。箇儂憔悴，禁得更添愁！

曾記年年三月病，而今病向深秋。盧龍風景白人頭。藥鑪煙裡，支枕聽河流。

多次在隨駕出巡時犯過病，行囊裡的藥越帶越多，涵瑛為他做的那些「護頸」必得隨身攜帶，起風時圍在侍衛制服下面。「箇儂憔悴」！誰是「箇儂」？真是在騙自己，涵瑛去世後還有誰在關懷他嗎？也怪，至今他還常常覺得涵瑛並沒真死，而且就圍繞在他左右。

皇上對他這毛病略知一二，曾賜藥，還派過太醫給診治，卻是沒說過一句給換個職位，免去他辛勞的鞍前馬後，以辦雜事為主的侍衛生涯。

動身前夕，明珠對容若囑咐：到吉林要把景物看得仔細，樹林還是那麼茂密、綠油油的嗎？松花江的水還是那麼清，江畔的鵝卵石還是那麼白花花的一片嗎？樹上的小麻雀叫得還那麼好聽嗎？

「咱葉赫老家的景致最美，你爺爺帶我和你振庫伯父去過一次，水綠山清，讓人難忘啊！你替阿瑪好好的看一看。唉！九歲離開就是永別。」容若發現父親的眼眶裡忍著淚，著實吃了一驚，長到二十七八歲，只見父親會訓人、罵人，從沒見父親哭過。提到原籍的老家，他竟會動情至此！

「阿瑪懷鄉了。將來我陪阿瑪回去看看就是了。」

「不，我永遠不回去。」明珠整頓一下情緒，已恢復到一向的莊嚴：「假若六十年前那場戰爭失敗的不是我們葉赫——」

「阿瑪，歷史是不能假設的。」

「是不能假設，可重要的事實永遠不可忘記。容若，你要記住：你是血統最純、身分最高的王族子弟。」

「我最純最高？那麼那些親王、貝勒怎麼算？」容若非常不解，父親今天是怎麼了！說話竟是如此的不著邊際。

明珠嘴角牽著一抹冷笑：「那些王公、貝勒固然是愛新覺羅子孫，可你看他們母親的出身，有的真是微賤到見不得人。可你不一樣。咱納蘭這邊就不用提了，世代國王。不幸到你曾祖父金台石這一輩，跟努爾哈赤爭天下，敗給他罷了。可甚麼都改得了，王者的高貴血液是永遠不會變的。你額娘這邊，她的父親阿濟格，是努爾哈赤和他的大妃，也就是後來追封的孝烈皇后的親生兒子。你額娘是清太祖的親孫女。你父母雙方都是帝王家嫡出的子孫，世上還有比這更貴更純的血統麼？」明珠說得很是傲然自得，思索了一下又道：「你畫張圖來給我看看，就畫松花江邊一帶。」

容若自知他與父親之間，各方各面存在著許多差異，似乎從未完全融洽過，瞭解過。父親這次的言談、表情使他明白了：「降國之後」既是皇親又是敵人的複雜身分，讓權臣納蘭明珠不安，他要有龐大的勢力和人脈才能得到皇上的重視，也許這是他結集朋黨的主要原因。作為葉赫國主的嫡傳後代，他必須活得輝煌光耀，顯示出比愛新覺羅氏更強的優秀性。雖然戰爭已過去六十年，兩族早已融合在一起，葉赫慘遭滅亡的悲情，仍頑石般盤踞在父親心頭。他是個懷鄉的葉赫人。

起程時是嚴寒二月。

容若騎馬踏上塞外的冰雪道，心中想的是每次外出很少想起的秀淳。與她共同生活了近三年，可說盡是在忍氣受難。以前從未曾料到，一對不和諧的夫妻在一起，可以孤絕痛苦到這等程度。

母親已說過多次：「日子總得過下去。她歲數小，又沒甚麼好家教，你就多擔當著點，湊合著過吧！倆口子老像冷面鬥雞似的，可怎麼是個了啊！」

母親的話沒錯，冷面鬥雞似的日子不好過。如果這樣過一輩子，堪謂生不如死。非想辦法改善不可。

為了把日子過得好些，容若做了所能達到的，最大極限的改變和配合。諸如每從書房進臥房要先洗手。不可帶書和扇子進屋。每次隨扈出差歸來，當天不可進門，為了避免把外面的汙氣帶入，至早也要次日再從頭到腳洗透，更衣換上新鞋襪後，才能入她的閨房。

近兩年他總在隨駕出巡，旅途越走越遠，在外停留的時間亦較長。鞍馬奔馳的勞頓，打雜性質的工作，加上時時出其不意的，來折磨他的寒疾，都促使他更渴望家庭的溫暖。靜夜荒郊的帳篷裡，同僚們各個睡得鼾聲如雷，只有他在一盞孤燈之下或寫或讀，這時來到他思緒中的，常常是他遠在北京的家。父母、兒女都讓他掛心，但他更渴望有個知情解意的妻子容他思念。

這當兒他便會情不由己的想起涵瑛，想起她的美慧嫻雅、活潑熱情的個性、兩人說不盡的纏綿恩愛。想到心痛處他會流下淚來。

從摧肝裂肺的思念中回到冷靜後，自責便像一面鏡子般立在眼前，迫他看清今天的自己。今天的納蘭容若仍是有妻室的男人，他的妻子是一等公的女兒官秀淳。她雖然性格驕橫古怪了些，但作為丈夫的他，不該因此就捨棄她。應該站在她的立場，替她著想：一個被慣壞了的糊塗女孩，有甚麼罪過！他該用愛心和耐心去感動她，影響她。何況，涵瑛再完美，與他再恩愛，也是逝去的往事了。遺忘不可能，劃一條陰陽界線是必須的。

對啊！日子總得過下去！不能再任痛苦來折磨。

有那麼一段時間，他細心、小心又耐心的努力做好丈夫。

容若認為夫妻應有些共同興趣，想跟秀淳一塊兒做點甚麼，到真的著手做才知這事不容易。因為她彷彿除了愛玩玩紙牌，喜歡新款綢緞，經常訂製新裝，買貴重首飾外，對別的甚麼都沒多少興趣。

年輕女子喜愛時裝和首飾，容若認為十分正常，他也負擔得起，便提議陪她去逛街逛店，沒想到被秀淳一口拒絕。理由是街頭店裡是三教九流盤桓之處，太髒，她不敢也不屑於去：「我們公爺府有特定的商號，有新貨準定送來，哪勞我親自去。」她揚著尖下巴頦，大剌剌的。

逛街不成，容若決心抱著學習的態度陪玩紙牌。他生平第一次摸這玩藝兒，並無絲毫興趣，難免出錯。

「你怎麼這樣笨啊！哪有這麼打的。跟你玩有啥意思！」秀淳氣得把紙牌甩在地上。容若陪笑的撿起紙牌，連著罵自己：「我是笨。從現在起加倍用心。」

但他仍是偶然出錯，每錯必惹來冷諷熱嘲。到後來他的耐心已盡，啪的一聲將牌丟在桌上：「我再也不會碰這無聊的東西，你找別人去玩吧！」

「誰稀罕跟你玩！是你自個兒要來的。」

這些吵吵鬧鬧的事容若並未放在心上，但有兩件事真正的傷了他，讓他看出，與秀淳之間，永遠不可能有產生感情的可能。

今年春天，秀淳的父親樸爾普做壽，公爺府中大擺宴席，相關人士都忙著登門恭賀。秀淳異常興奮，直吵著要容若跟她一起回去道喜。容若說：「岳父大人做壽哪有不去的道理？」

秀淳叫他要穿上最華貴的衣服，容若順從的照辦。一向講究舒適，在家總是一件布袍的他，穿上一襲玄色團花緞袍，水藍色巴圖魯背心，青絨便帽。提著禮物去給老丈人拜壽。

容若夫婦坐的一桌，全是秀淳的堂表姐妹和她們的丈夫。

秀淳回到娘家，顯得十分雀躍，與在納蘭府裡判若兩人。和姐妹們說起紙牌經，眉飛色舞的不時發笑。她那幾個姐夫、妹夫都是軍官。

公爺府的親友，以滿洲軍職將領為多，大多能征善戰孔武有力，論起文墨來卻是所知有限——這幾位年輕軍官也不例外。其中有人知道納蘭公子會寫「長短句」，是個才子，但更多人只知他是皇上跟前的納蘭侍衛。於是大夥就以侍衛的題目說起來。

這樣的話題對容若來說，是沒有甚麼趣味的。在座的軍官有兩位是侍衛出身，其中一位已是正二品的副都統。

「表姐夫，你做幾年侍衛調到軍隊去的？」

「三年多，不到四年。」

「哦？」秀淳收起笑容，冷冷的掠容若一眼，不再說笑了。

回程時一上馬車秀淳便開始發作：「你真讓我丟臉。」

容若被她弄呆了，答不出話。

秀淳繼續氣沖沖的：「我表姐夫做侍衛三年多就給官職，今兒都升到副都統了。為甚麼你做了六七年還不動窩？別以為給皇上牽馬奉茶的是有面子，說穿了不過是包衣奴才的活兒。你寫那長短句有啥用！幾個人看——」秀淳冷嘲熱諷的說了許多。

容若青著臉一語不發。他的心像浸在冰水裡，冷得直發抖。悲哀的想：兩個肌膚相親相伴一生的人，心怎會離得這樣遠！難道她真的一點也不懂得，這看不到盡頭的侍衛生涯，給他多大的痛苦！何忍如此傷他！

從那一刻起，容若不主動和秀淳說話。如果她問甚麼，他便還以最簡單的答覆，或者壓根兒不睬不理。

他冷，秀淳豈在乎！她隔幾天就出去一趟，不是回娘家就是到堂姐家玩紙牌。去的時候必是三輛馬車，貴嬌、奶媽、翠紅、翠綠，她專用的被子、枕頭都帶著，雖然只住一兩天。她過得像以前所有的日子一樣，彷彿這個婆家有沒有都是一樣。

那天秀淳帶著眾人歸來，見容若在對間收拾行囊，站在門外看了半晌才進來：「你又要去哪裡？」

容若頭也不抬只顧包東西。

「問你去哪裡？你聾啦？」

容若繼續做啞巴。

「你幹甚麼？你要氣死我？」秀淳突然把他收拾好的東西摔在地上，接著就撲上去，用拳頭把容若一陣亂搥。

容若愣了一下，雙手抓住她的兩個拳頭笑道：「原來你也有這麼一套啊！我還真以為你是冰做的美人呢！」

「你壞，你說你比我大，要讓著我的……」秀淳伏在容若的胸口上，抽抽搭搭的，一邊哭著唸叨。

「是，我又大又壞，是個壞大哥。我這就讓著你，讓你搥個夠。」容若放開手，秀淳搏著拳頭一陣用力猛打，終於破涕為笑。

那晚上容若大動作沐浴，叫長歌給預備熱水和香精。長歌對這項工作早歷練出足夠經驗，大呼小叫的要這要那，唯恐秀淳聽不到。

那一夜，容若過得很溫馨，心也越發的柔軟。他認為秀淳仍是個有情有義的好女子，脾氣稍怪一點也無妨，他多擔待些便是，人心都是肉做的，日久後定會有所改變。次日清晨起程時，秀淳睡得正甜。為了怕驚醒她，容若抱著衣服，輕手輕腳的去到對間。

這就是容若到黑龍江執行特殊任務那次，是與秀淳婚後，去得最遠、離得最久的一次。

成婚三年，兩人總是各說各話、各過各的日子，生活像一座荒蕪的死墳，嗅不到絲毫生氣。想不到絕處逢生，兩人的感情開始由嚴冬走向春天。

容若經常隨駕出巡，憑心而論，以前很少想念過她。但這次不同了，他知道會想她、念她，渴望見到她，可他並不妄想與秀淳之間，能有與涵瑛那樣的深情和瞭解。那個境界的夫妻原是可遇而不可求的，何況涵瑛與秀淳是根本不同類型的女人。

容若如今的標準，只是要過一般人家的平靜日子。現在看來有望。他積在心頭的愁苦情緒逐漸被喜悅填滿：秀淳此刻亦同樣在想著她的男人吧！她一定數著日子等我回去吧！經過那樣親暱的離別夜，怎會不想念！於是他不由得想起初做侍衛時，總幻想著涵瑛並沒有死，而是在家等他回去，曾寫下一闋〈蝶戀花〉有這樣的柔情句子：

碎蟲寒葉共秋聲，訴出龍沙萬里情。遙想碧窗紅燭畔，玉纖時為數歸程。

如今在他身邊的人是秀淳，關山遠隔，他沒忘她。

隨康熙到奉天祭拜過皇陵，又在盛京圍場狩獵打老虎，到吉林葉赫故地時已是初春季節。終於站在故園的泥土上，遙想先祖的挫敗，葉赫故國的淪亡，易感的容若愁緒如雲，連寫下多首詞作。這種作品是不能給皇上看的。他只是悄悄抒發心中的感慨，而更重要的一個心願，是要帶回去給父親看。

兩個半月的離別，容若懷著綿綿相思和美好的期待返家。

秀淳曾稱讚過長白山出產的銀狐斗篷。容若記住了這句話，找了又找，到底買到一件極品，毛柔質軟，雪般淨白，不見絲毫雜色。他想她看了定會有出乎意料的驚喜。於是一進家門還沒顧得給父母請安，提著斗篷包袱就逕去臥房。

秀淳正坐在桌前攞紙牌，容若說了聲：「淳，我回來了。」已在提腿跨門檻。

秀淳猛一抬頭，見容若正在邁步要進來，驚得尖叫一聲：「不要！可不要進來。你從那種荒郊野地回來，髒死了。別說沒洗澡、換衣服，就算洗了、換了今天也不能進這門。哎喲！瞧你出去兩個多月，弄得乾枯黑瘦，猛眼一看倒像個囚犯。」

秀淳尖尖的嗓子，滿嘴滑溜溜的京腔，毫無笑容的翹著下巴頦。

在她整個說話的過程中，容若一語未發，他先是驚愕，接著轉為冷漠，最後把手裡的斗篷包袱丟給站在門邊的翠紅，就轉身離去。

雖然同住在一個屋簷下，容若是真的離去了。他決定永遠不再走進秀淳與他的臥房。甚至連樓也不上，每夜都睡在書房的暖閣裡。

多少個無眠的長宵，他獨自在夜色中漫步。有時竟覺得有點不太像在人間行走。人間哪會這樣靜，靜得沒有絲毫聲息。他長到這麼大還沒看過海，但能想像到海底的絕靜和幽冷。他想這個園子多半已經沉在海底，不然怎會如此死寂！

人在孤獨中最易回憶，往事海濤陣陣的湧來。涵瑛的身影便那麼出現在思維中，有時竟清晰得如在眼前。

那次，他實在耐不住思念，竟不知不覺的走到東邊的側院，那是涵瑛一家住過的地方。那年他十六，涵瑛比他還小，兩個少年人已有男女之情的感覺，也都認為將來必定相屬，曾大膽的表示情意。當時涵瑛的母親堅絕反對……歷歷往事如夢如幻，他寫下一闋〈采桑子〉：

謝家庭院殘更立，燕宿雕梁。月度銀牆，不辨花叢那辨香？

此情已自成追憶，零落鴛鴦。雨歇微涼，十一年前夢一場。

往昔的美好，更襯出今日生活的醜陋。絕望之餘，容若把對秀淳的不滿發洩在詞作裡。在一闋〈點絳唇〉中，他感嘆道：

一種蛾眉，下弦不似初弦好。庚郎未老，何事傷心早？
素壁斜輝，竹影橫窗掃。空房悄，烏啼欲曉，又下西樓了。

喻意含蓄而分明：「下弦」是新續的秀淳，「初弦」是早先的涵瑛。下弦當然比初弦差得太遠，他這個「庚郎又怎能不傷心！」空房獨眠，靜悄悄中忽聞烏啼，方知長夜已過，天要亮了。

在另一首「代悼亡」的〈沁園春〉裡，就說得更露骨：

夢冷蘅蕪，卻望姍姍，是耶非耶？悵蘭膏漬粉，尚留犀合；金泥蹙繡，空掩蟬紗。
影弱難持，緣深暫隔，只當離愁滯海涯。歸來也，趁星前月底，魂在梨花。
鸞膠縱續琵琶。問可及當年萼綠華？但無端摧折，惡經風浪；不如零落，判委塵沙。
最憶相看，嬌訛道字，手翦銀燈自潑茶。今已矣，便帳中重見，那似伊家。

意思是：雖然又續了「琵琶」，若問「可及」「當年萼綠華」？是根本無法比在一起的。那種「手翦銀燈自潑茶」的諧美境界，豈是缺乏靈性如秀淳者可瞭解的！

對於秀淳，容若已失去了一切興趣，越離越遠。

33

容若把畫的一疊風景圖，和幾闋詞作交給父親。

明珠專注而仔細的翻著，反反覆覆。容若從未見過父親，那麼當成甚麼大事似的，賞讀自己的作品。

平時父親看他不單不鼓勵，還出語菲薄：「總寫這種哼哼唧唧長吁短嘆的詩詞，有啥用處！你不能弄點實際的學問嗎？」是他說過多次的話。但這次不同了，瞧那用心的樣子，一張畫看半天，幾闋詞翻來覆去的，嘴上唸唸有詞。他終於唸出了聲——〈菩薩蠻〉：

問君何事輕離別，一年能幾團圓月。楊柳乍如絲，故園春盡時。
春歸歸不得，兩槳松花隔。舊事逐寒潮，啼鵑恨未消。

一闋唸完接著又唸〈滿庭芳〉：

堠雪翻鴉，河冰躍馬，驚風吹度龍堆。陰燐夜泣，此景總堪悲。
待向中宵起舞，無人處、那有村雞。只應是，金笳暗拍，一樣淚沾衣。
須知今古事，棋枰勝負，翻覆如斯。嘆紛紛蠻觸，回首成非。
剩得幾行青史，斜陽下、斷碣殘碑。年華共，混同江水，流去幾時回。

明珠唸著唸著竟是涕淚橫流。

「阿瑪，過去的事就別想了。」容若拿開了明珠手上的那堆紙。

容若回京不久，吳兆騫就舉家返回蘇州老家，說他要開館教學以度餘生。故鄉一別二十幾年，當時是在甚麼都沒給留下的慘況下離開的。如今空著兩隻手帶一大家人回去，往後的生計怎辦！

在京的南方文人都鬧窮，實力最強的是徐乾學，能拿出的銀子數目也有限，當然還是得容若來管這回事。從租舟車到回去後的開辦費，容若先斬後奏，從帳房先支取一筆銀子交給吳兆騫，再去稟告五格兒，說將用俸銀慢慢的還清。

五格兒用指頭點了下他的鼻尖：「得啦！還甚麼！誰讓我生這樣一個兒子。容若呀！只要你把日子過好，快活，不犯病，額娘就高興。花家裡幾個錢不算甚麼。瞧你。一點嗜好都沒有，頂多跟你那些窮酸朋友作作長短句，喝幾盅酒，哪用甚麼錢！你願意幫他們你就幫，咱家哪在乎那點小錢！」容若摟著他的正在中年發福、變得相當矮胖的母親道：「額娘真好。」

五格兒笑道：「你好額娘就好。」

吳兆騫走後不久就有信來，說「月是故鄉明」，回去後一切都順利，承容若的幫助，和在故鄉一位叫汪鈍的童年好友照顧下，造瓦房數間，命名「歸來草堂」收了十多個學生，日子過得去。

容若見吳兆騫一家生活已經安定，懸著的心也安了下來，連忙將這消息告訴徐乾學等，眾人都覺歡喜。

容若跟朋友們玩笑說：這年他驛馬星動，幾乎整年在外面「浪蕩」，五月底才從吉林回來，九月初又往關外跑，這次跑得更遠，要到最北方的黑龍江。大夥十分好奇的問他去做甚麼，他說「打獵」，聽的人甚是不解：「打獵！這次皇上並不去，你不在宮裡侍駕，跟著別人去打獵？」

「嗯，打獵。」

容若擔任侍衛以來，如果不在宮裡當差，就一定是扈從在皇帝左右出巡。偶爾出宮給皇上辦事，亦是一半天就回來。這次遠遊梭龍，也就是俄羅斯，預計往返行程至少三個月，出行人員共一百八十名。

第一批先遣人員，由副都統郎坦率領的官兵隊伍，八月十五日便已起程。公開的說法是要沿著黑龍江行圍獵鹿，事實上是康熙皇帝親自派他們去執行特殊任務。

行前皇上召集包括容若在內的幾位領軍人物談話：說梭龍屢犯我黑龍江一帶，侵擾居民，戕害生靈，以前曾發兵討伐，可惜未能鏟除。蔓延至今日情況益發惡劣，非得設法解決不可。皇上叫他們裝扮成普通人民，安靜的沿著黑龍江行獵，真實的任務是勘察地形和水路交通，瞭解行軍時取哪條路較妥。特別囑咐：「對方萬一出戰，不要與之交鋒，寧願率眾引還，朕另有計劃。」

這次的偵察任務，是容若跟皇上閒聊時說出的構想，想不到皇上竟真這樣做了。這也是他第一次參與國事。他們此去，是為未來出兵教訓犯境擾民的梭龍做準備。他計劃回程時將做筆記，畫地形圖，呈獻給皇上作為參考。

容若是帶著一小批人隨後趕去匯合。

九月的塞外氣候轉寒，越往北走越是天闊雲低銳風刺骨，不著邊際的茫茫大地上只見白雪飄浮。望著撲在臉上一片沁涼、掉在地上消失於無形的雪花，容若不禁感觸的想：雪花不也是花嗎？既允它降臨，為何又任它在冷月寒天中飄泊，不給一塊在人間的立足之地？他想著便在雪絮紛飛的馬蹄道上，吟哦出一闋〈采桑子〉：

> 非關癖愛輕模樣，冷處偏佳。別有根芽，不是人間富貴花。
> 謝娘別後誰能惜，飄泊天涯。寒月悲笳，萬里西風瀚海沙。

這趟關山千里的軍旅之行，不單讓他發揮了武官的職業本色，也豐富了他詩詞創作的內涵。他的詩詞作品，往往是調子深沉抑鬱，一派淒清孤獨冷豔的氣氛。置身於天荒雲慘寒雪如織的冰道上，雄邁豪壯之氣竟潮湧般鼓動他的詩情。

深夜時眾人皆在一天的疲勞奔波後沉沉入夢，他卻在一盞馬燈的孤光下，振筆抒發文思。創作了多首詩詞，其中頗多佳作，回京後在鴛鴦詞社發表，一闕〈長相思〉：

山一程，水一程，身向榆關那畔行，夜深千帳燈。
風一更，雪一更，聒碎鄉心夢不成，故園無此聲。

〈長相思〉一面世便傳遍京師處處吟唱。徐乾學、朱彝尊等人都口徑一致的認為：「此乃傳世絕品。」

容若是臘月下旬回京的。這個並不能給他很多快樂的家，還是讓他覺得有回到自己小窩的欣喜——雖然他的小窩只不過是他書房的那幾間屋子。

他一再告訴自己：淡忘過去，學著隨俗，這個冷暖悲歡的人間，究竟是預備給人過俗世生活的。離家這樣久，他充滿渴望與想念。雖然他也不知是在想誰！

離開三個月，書房桌上堆著一疊書信，有顧貞觀厚實的一封，信不過兩頁，其餘厚厚的一疊是他新作的詩詞，叫容若批評「斧正」。

張純修也有一封信，說調職揚州後工作較忙，因此信也少寫，請他見諒。另外的一堆，不看便知是詩詞文友間的酬唱之信，但其中一封很引容若好奇，看信封上的字跡，娟秀中不失挺勁，似曾相識卻又說不出是誰的手筆。

拆開來看，想不道落款竟是「後學沈宛」。容若恍然大悟，怪不得筆跡如此眼熟，顧貞觀不是給他看過她的手稿嗎？可一個女子主動給男人寫信，即使是一位風塵女子，亦是讓他感到意外。

這個叫沈宛的女子信內寫著：從顧老師處得知，大詞家「納蘭夫子」看過她的詞稿並給評語，有幾處還用朱筆賜批，她實在感到榮幸並將虛心改正。也談到兩年前曾出版過一本《眾香詞》，結果並不理想，所以對出版下一本詞集格外謹慎，希望出版後能受到詞壇認同。

容若把沈宛的信看了兩遍，很驚奇她在字裡行間流露出的自信和自然。

像他這樣，被一般人視為皇親國戚，貴為相國公子，奉承唯恐不及的人的面前，她彷彿並不覺得身分之間的差距。對他的尊敬似乎全因他的文才和詞作。從她的信裡，絲毫看不出風塵女子的扭捏作態，倒能明顯的感到，她對寫作詩詞、想成為一個被文壇肯定的詞家的意願，是何等的認真。

容若想：顧貞觀說得不錯，沈宛不是尋常女子，雖然命運不濟，淪落風塵，也應歸類於柳如是、李香君之流，自有她的尊嚴和驕傲。

他先給張純修覆了一信，說到他在上駟苑管馬的辛勞：「每街鼓動後，才得就邸。」後面附〈踏莎行〉一闋，流露出對侍衛生涯的厭倦：

倚柳題箋，當花側帽，賞心應比驅馳好。錯教雙鬢受東風，看吹綠影成絲早。

金殿寒鴉，玉階春草，就中冷暖和誰道？小樓明月鎮長閑，人生何事緇塵老。

接著又給沈宛回信，說的也盡是「詞話」，讚美她的詞作清新脫俗，寫出了心中真正的感覺，認為她有條件成為詞壇一員。

容若命長歌將信寄出，此事便算完結，並沒指望沈宛回信。

但出乎意外的，三個月不到回信來了。談的盡是文章事，還附了幾闋她新填的詞，請他務必給予批評「指教」。容若認為她的意境優雅，饒富韻律之美，若能改動幾個太冷僻的字，便稱得上佳作了。

容若的信寄出兩個多月，回信又來了。於是一來一往，不顯山、不露水的，竟魚雁往返起來。

信是越寫越長，內容也不局限在詩詞文學的題目之內。讀書心得、音樂與作畫、江南風景、北國風沙，都是信的內容。

不知不覺中，寫信與等信都成了容若的習慣。他似乎找到一個涓涓長流的小溪，溪水流進他乾涸得荒田一般的心扉，讓他感到滋潤、舒坦。於是他把胸中那些壓得要發霉的悶氣，也自然而然的向小溪傾吐。

沒有考慮兩人身分的懸殊，更沒擔心過她會把他的信四處宣揚，以抬高身價。由她的字裡行間，他已認定她有一顆蓮花般優美的心，和金子一樣高貴的人格。與她藉書信對話他毫無顧忌，這樣的交流給了他極大的樂趣。如果信該到的時候而沒到，他會不自禁的失望，甚至焦慮。

34

這天容若下班時已上初更，驅馬回家的路上就在算計，沈宛的信該到了。他下馬直接就奔書房，不料半路上迎面遇到秋晴：「公子，吳老爺來了，等你一整天了，快去看看吧！」

「哪個吳老爺？」

「就是先前來家那個吳老爺。」

「哦！吳兆騫！」容若大出意外，心想吳兆騫不是在家鄉築屋開館教學，過安定日子了嗎？怎會又回京來：「他在哪裡？」

「長歌把他安排在原來的住處了。」容若聽罷回頭要走，卻注意到秋晴手上抱著一大堆東西：

「你那是抱了一堆甚麼？」

秋晴遲疑了一下道：「是四小姐的被褥和衣褲。四小姐剛在睡夢裡尿了床。少夫人說這些東西不能用了，叫我拿了去丟掉。」

「一個兩歲的孩子尿床值得這樣大驚小怪，故意折騰人。她為甚麼不叫翠紅、翠綠去丟？」

「天太晚了，翠紅、翠綠不敢走黑地兒，我去丟不是一樣？」

「有病！古怪！」容若搖頭嘆氣的走了。

容若到前面的側院，見正房亮著燈，知吳兆騫還沒睡，便敲門進去。

吳兆騫苦瓜一般的臉上浮起笑容：「唉喲！容若老弟，你可回來了。」

「你怎麼連個信也不給就來了！」容若見吳兆騫一臉病容，比以前更瘦更老：「你病了。不是說在蘇州很好嗎？」

吳兆騫連連嘆息：「說來真夠悲哀。我吳某承老弟你在萬難中，從絕域救回人間，何等幸運啊！可是我居然不是原來的我，早先那個吳兆騫已經死了——」

吳兆騫把他回鄉後的生活說了一些。原來長期嚴寒異域的流放生活，改變了他的體質，他已不能適應江南的溫潤氣候，嚴重的水土不服，一年中竟大病數場，藥已吃遍，病情仍未好轉，因此不得不來京治療。

容若很替吳兆騫難過，思鄉懷舊二三十年，卻成了水土不服的異鄉人，怎會不悲哀！

「老大哥，這用不著難過，明天咱就請醫生看。你既然不適應南方的氣候，就在這兒長住，想家了隨時回南方看看就是。我大弟揆敘已經十歲，大兒子富格也八歲了，都到了認真求學讀書的階段。老哥你是當代大儒，肯教他們是我們納蘭家的福氣。你就還是在舍下屈就西席吧！」容若滿面含笑的。

吳兆騫感動得半天說不出話，過了好一會才拍著容若的肩膀道：「認識老弟你是我今生的造化。大恩不言謝，我甚麼也不說了。可是容若，老哥我有幾句肺腑之言不吐不快：你看來比以前更不樂了。我在南方讀過一些你的詩詞新作，覺得你在消磨自己，總是『愁』、『惆悵』、『獨棲』、『淒涼』，好像非常孤單寂寞。這叫我想不通。你有嬌妻美妾在身邊，怎會總是『孤眠』？何至於如此！叫我擔心哦！」

「我……說不清的，只能說家家有本難唸的經。老哥千萬不要擔心。」容若模糊的一語帶過。

吳兆騫問的正是容若最厭於提起的話題。雖然不願提起，但煩惱確然在那裡，活生生的現實不容他永遠逃避或裝傻。

他是有妻有妾。相國公子和公爺家的小姐，按一般道理論應是門當戶對的合適夫妻。母親用一萬兩銀子高價買來的秀兒，是人人見了都說是豔若春花的女人。他們三個在一起，正合乎滿洲人一夫一妻一妾的禮法習慣。應該是和諧融洽，能享有家庭幸福和快樂的。可是這三個人確實像三隻不同的動物，硬被圈在一個籠子裡，各哼各的調，用多少力量也無法變成同類。

他也曾為了不要把生活過得那麼痛苦，做了力所能及的的、最大極限的忍讓和改變。結果證明一切努力都是徒然，他與秀淳是兩座大山，永無融而為一的可能。事實上他現在最不想見的人就是秀淳。不想看到她那張冷傲的臉，更厭於聽她刻薄膚淺的言談，就連她略帶尖銳的聲音他也嫌刺耳。總之，秀淳在他心裡已無任何地位，雖然她是納蘭府裡名正言順的少夫人。

秀兒也夠讓容若煩惱，或許是覺得虧欠。

上個月容若犯寒疾，秀兒差人送藥，本人卻不來。

她也真是個剛性女子，一口氣賭到底，說不回來就不回來。秀兒住在桑榆樹的別墅中，帶著三個女孩，一堆下人伺候著，自由自在，用不著看誰的臉色。富格和富爾敦每個月必去團聚三五天。

「我在這兒多舒服啊！何必回北京去受氣。」秀兒幾次這麼說。

容若每次去，她又沏茶又下廚燒菜，一家人圍坐一桌吃喝說笑，女孩們叫著「阿瑪」另有一番溫暖。但秀兒從沒主動留容若住下，容若也不要求。

年節時秀兒帶著孩子回來給父母磕頭拜賀，禮數盡到就走，女孩們留下吃闔家團圓飯，她卻一人帶著貼身丫頭先告退。

父母也不強留，因知與秀淳同桌吃飯定生風波。關於秀淳要求秀兒改名，秀兒堅決不改的事至今還在僵著。而要把「顏夫人」叫回「顏姨娘」這一條，容若早已聲言沒有商量餘地。麻煩始終存在。

開始時容若隔些天便去桑榆墅看看，逐漸的越去越少。和秀兒沒有共同話題也無熱烈感情固然是原因，其實更重要的是容若本身對日子越過越沒興味。

犯寒疾那幾天，又是弄得一屋子燕氣。秋晴給熬藥燉湯，長歌忙著裡外張羅，容若只能困獸似的悶在床上。輾轉反側，思前想後，覺得愧對秀兒。一個女子的青春，就讓他們這個姓納蘭的大戶人家給糟蹋了。他想著有話要說，便吩咐長歌準備筆墨。

長哥見容若有興致寫詩詞，很是歡喜，立刻把小炕桌搬過來，研墨鋪紙，還撐起一盞吊燈。容若靠著枕頭坐起，不須斟酌便下筆寫了一闋〈翦梧桐〉並標明是「自度曲」：

新睡覺，聽漏盡烏啼欲曉。屏側墜釵扶不起，淚浥餘香悄悄。任百種思量都來，
擁枕薄衾顛倒。土木形骸，自甘憔悴，只平白占伊懷抱。看蕭蕭一翦梧桐，此日秋光應到。
若不是憂能傷人，怎青鏡朱顏便老。慧業重來偏命薄，悔不夢中過了。憶少日清狂，花間馬上，
軟風斜照。端的而今，誤因疏起，卻懊惱誤人年少。料應他此際閑眠，一樣百愁難掃。

容若的字裡行間充滿悔愧自責，寫完把筆一扔，話也懶得說，擺個手勢叫長歌把炕桌撤去，就一言不發的陷入沉思。

他在自問：把這樣涉及私密家事的詞作公諸於世，引起讀者大眾的猜臆，甚至當笑話傳來傳去，是否得當？這闋詞裡最相關，也是他最要致歉的人是秀兒，可他清楚的知道，秀兒是讀不懂的，她沒有能力瞭解其中的意義，或許連字都認不全。那麼，這闋〈翦梧桐〉就純屬他個人的感情發洩，或被目為「家醜外揚」。他如此暴露自己的內心隱私，到底對不對呢？

容若不須多想已獲答案：一個寫作的人，如果連本身的真實感情都不敢承認，都羞於表達，那又何必要寫呢！為自己塗脂抹粉嗎？顧左右而言他嗎？僅表現浮面的詞藻華麗嗎？不！那都不是他想要的。他要給他的作品，和他的讀者一個有生命的，真而活的自己。假如他的作品能傳諸後世，哪怕一百年、兩百年，三百年或更久遠，也希望讀者們看到一個有血有肉有靈魂的納蘭性德。

沒有真情的文學是死文學，他要創造活的文學。

調子一經訂定，撰筆益形揮灑自如。天下事沒有不能寫的，包括「孤眠」。他不知自己寫過多少有關獨宿孤棲之類的詞，隨口就能吟出多闋，如：

〈減字木蘭花〉

燭花搖影，冷透疏衾剛欲醒。待不思量，不許孤眠不斷腸。
茫茫碧落，天上人間情一諾。銀漢難通，穩耐風波願始從。

〈浪淘沙〉

清鏡上朝雲，宿篆猶薰，一春雙袂盡啼痕。那更夜來孤枕側，又夢歸人。
花底病中身，懶畫湘文，藕絲裳帶奈銷魂。繡榻定知添幾線，寂掩重門。

〈鷓鴣天〉

別緒如絲睡不成，那堪孤枕夢邊城。因聽紫塞三更雨，卻憶紅樓半夜燈。
書鄭重，恨分明，天將愁味釀多情。起來呵手封題處，偏到鴛鴦兩字冰。

〈虞美人〉

殘燈風滅爐煙冷，相伴唯孤影。判叫狼藉醉清樽，為問世間醒眼是何人。
難逢易散花間酒，飲罷空搔首。閒愁總付醉來眠，只恐醒時依舊到樽前。

〈鵲橋仙〉

夢來雙倚，醒時獨擁，窗外一眉新月。尋思常自悔分明，無奈卻照人清切。
一宵燈下，連朝鏡裡，瘦盡十年花骨。前期總約上元時，怕難認飄零人物。

〈南鄉子・擣衣〉

鴛瓦已新霜，欲寄寒衣轉自傷。見說征夫容易瘦，端相，夢裡回時仔細量。
支枕怯空房，且拭清砧就月光。已是深秋兼獨夜，淒涼，月到西南更斷腸。

〈點絳唇〉

小院新涼，晚來頓覺羅衫薄。不成孤酌，形影空酬酢。
蕭寺憐君，別緒應蕭索。西風惡，夕陽吹角，一陣槐花落。

還有：「……小立乍驚清露濕，孤眠最惜濃香膩……」「夜來月色如銀，和衣獨擁，花影疏窗度。脈脈此情誰識得……」特別是一闋〈踏莎行〉：

春水鴨頭，春山鸚嘴，煙絲無力風斜倚。百花時節好逢迎，可憐人掩屏山睡。
密語移燈，閒情枕臂，從教醞釀孤眠味。春鴻不解諱相思，映窗書破人人字。

這些作品，真把他獨自孤眠的淒涼長宵形容個透。而一闋〈金縷曲〉更讓人看出他這個外表華貴堂皇的相國公子、名滿天下的大詞人，真實的生活是何等孤零：

生怕芳樽滿，到更深、迷離醉影，殘燈相伴。依舊迴廊新月在，不定竹聲撩亂。問愁與、春宵長短。人比疏花還寂寞，任紅蕤、落盡應難管。向夢裡，聞低喚。此情擬倩東風浣。奈吹來、餘香病酒，旋添一半。惜別江郎渾易瘦，更著輕寒輕暖。憶絮語、縱橫茗碗。滴滴西窗紅蠟淚，那時腸、早為而今斷。任枕角，攲孤館。

容若想著不禁兀自苦笑，他確實是個妻妾俱全的的孤眠者。

如果不是吳兆騫的話提醒，容若真還沒注意到在詩詞中，用過那麼多暴露自己隱私的字眼。他生活的原本面目、心中的悲苦怨懟，似乎已因真實的宣洩早被讀者窺透隱祕。但他不後悔也不會引為羞恥。文學既然是心魂的語言，純淨得如陽春白雪，就摻不得半點虛假，喜怒哀樂都是發自肺腑的真摯至情。他想：我納蘭性德就這麼做了，休管世人如何看待。

容若從吳兆騫處出來時已近深更，園子裡燈火幽暗，所幸月色尚好，淒清幽淡的光輝，仍能照出一院朦朧，讓他看清何處是樹，是水、橋，和曲折悠長的迴廊。暮春季節，空氣中摻著薰人欲醉的花香，這一切多熟悉啊！他所站立的地方，曾經兩人相偎，此刻卻是獨自徘徊。容若惻然無助的佇立在空蕩蕩的園中，再一次用他詞作中的句子責備自己：「情在不能醒。」

花開花落，歲月催人，為甚不能醒？是他心已成死灰，無力再去愛，還是他身旁的女子太不可愛，激不起他的熱情。為此他曾到禪寺請教大和尚，得來的評言是：「萬般憂煩不過是手中的舊紙鷂，不放它騰空飛走，雙手哪有空迎接新的甚麼！」

但如何放走，如何迎接？意志不聽話，宗教也發揮不了作用。像所有的日子一樣，他穿過長得彷彿沒盡頭似的迴廊，往書房走去。

迴廊！是盛著他整個人生和愛情的聖地，他和涵瑛的童年時代，就一個李白，一個白居易，黏上鬍子唱戲的迴廊。

涵瑛在人間的最後一口氣，亦是在迴廊上嚥下的。迴廊！處處是涵瑛的影子。迴廊！多少次出現在他的詩詞中：

「……轉過迴廊敲玉釵。」

「……願指魂兮識路，教尋夢也迴廊。」

「……猶記迴廊影裡誓三生。」

「……殘燈相伴，依舊迴廊新月在……」

〈浪淘沙〉

紅影濕幽窗，瘦盡春光。雨餘花外卻斜陽。誰見薄衫低髻子，抱膝思量。

莫道不淒涼，早近持觴。暗思何事斷人腸。曾是向他春夢裡，瞥遇迴廊。

……

盛著他整個童年、少年和青春，令他永世縈懷的迴廊啊！為何給他的總是心碎的回憶和傷感！他的日子委實太不快樂。

容若回到書房，見桌上只有一封信，是沈宛的。上封信中他談到憂愁和傷痛的問題，認為一個人書讀多了會變得善感、多愁、脆弱。遠不及一個田舍郎，日出而作，日落而息，無憂無愁的單純生活。

此刻她的回信上卻說：讀書人憂天下是士大夫的煩惱。但田舍郎也有匹夫匹婦的煩惱，他們憂的也許只是天不下雨影響收成，危及生存。儘管煩憂的緣由不同，壓到人身上的愁苦是一樣的。而且她相信天地萬物都有感覺，只是他們不會說。最後還勸他不要以為自身孤獨，其實人到世間本是獨來獨往的。還勸他不要任由命運來隨意折磨，堅強的人才能活得喜樂。她也稍稍提到自身：「若非在苦海煉獄間掙扎向上，恐已滅頂多時矣！」

容若看完信，不禁陷入沉思。他看出這個叫沈宛的女子，不僅聰明，而且有超乎常人的智慧。這這樣的人中精靈流落風塵，是何等的殘酷不公！他從她那兒更清楚的看清了自己，他們原是同病相憐啊！

於是他寫了一闕〈臨江仙〉副題為「孤雁」，那隻「孤雁」影射的自然是納蘭公子本人。他寫罷讀過又擔心是否太露骨，撕了再寫、寫了又撕的折騰了好幾遍，最後總算定稿：

霜冷離鴻驚失伴，有人同病相憐。擬憑尺素寄愁邊。愁多書屢易，雙淚落燈前。
莫對月明思往事，也知消減年年。無端嘹唳一聲傳。西風吹隻影，剛是早秋天。

第二天他就叫長歌把信去交寄了。

這時很讓容若安慰的一件事，是韓菼回京了。雖然兩人都忙，總能匆匆見個面，心情上多少敞亮些。

35

自從秀淳過門後，兩邊親家就有個習慣：正月間，一等公普爾樸請「明相」闔府去度元宵節。五月間納蘭府回請一等公普爾樸全家來過端午，幾年來都沒改變過。雖然兩家人都心知肚明，這不過是面子事，彼此間談不到友誼和感情，說是兒女親家，其實是一對怨偶。

容若厭惡秀淳早不是祕密，秀淳更是經常回娘家抱怨，若不是她父親普爾樸說：「明相是何許人！怎可得罪。納蘭府少夫人的身分只會給我們增面子，絕不能放棄。」強力勸阻的話，她早就搬回娘家去了。

容若痛恨這種自欺欺人的虛偽，但無力阻止兩家長輩的行動。他對岳父大人普爾樸一向找不出話來說。至於那位丈母娘就更讓他不知如何應對。普爾樸福晉胖嘟嘟的銀盆大面上的那張小嘴，從進門到離開，總在嘮嘮叨叨的說著。談話對象多半是容若，話的主旨內容大約兩條。一是秀淳是公爺府大福晉生的金枝玉葉，從小嬌生慣養捧著長大的，他不可以給她委屈受。二是人要分尊卑：「大娘是大娘，小妾是小妾。難不成星星壓倒月亮！」

容若一聽就明白，秀淳又回娘家去說長道短了。心想秀兒已遷出多時，至今還不放過，為人怎會如此刻薄！對她一家人就越發厭惡，對這種爾詐我虞又無趣的宴會更視為畏途。而且五月底是涵玦的忌日，這個月份是他全年中精神最消沉的時候。他不懂父母為何不肯體諒他的心情，讓他能稍得安寧，非要在這時舉行這樣無聊的宴會！

去年端午他借題宮中有事，躲到韓菼家裡去了。後來被父親知道，將他痛訓一番：「不論你喜不喜歡，秀淳總是你的正妻。再說，普爾樸也是好得罪的嗎？一等公是老丈人，不致辱沒你……」

今年的端午聚會，容若只有忍著著萬般無奈，抱著受苦的精神來參與。

春暖花開時節，園裡一片萬綠千紅，又逢無風無雨的晴朗天，宴會由總管家吉順策劃，設在淥水亭和湖畔。十幾個工人一早起來就開始收拾，佈置。

太陽剛落山，普爾樸家的八九口人就到了，明珠夫婦、容若忙迎上道好。秀淳撲到普爾樸福晉身上：「額娘壞，說話不算數，說早來的嘛！怎麼這當口才來？滷鴨舌頭帶來沒有？」她嘟著嘴，嗓音尖尖的。

「帶來啦！你的事我敢忘嗎？瞧絨花抱一包甚麼？不就是你要的鴨舌頭嗎？」普爾樸福晉說著轉對五格兒：「這孩子打小就愛吃這種零嘴。」

「咳！在自己家，幹嘛不早說呢！叫廚房做就是了。」五格兒覺得面子上有點掛不住，卻彷彿沒事樣的笑著。

「我叫翠紅交代廚房做過，做得不對。」秀淳好像受了委屈的口氣。

普爾樸福晉道：「這孩子嘴刁著哪！除了我們公爺府的老廚子，誰做的鴨舌頭都嫌味道不對……」

那邊普爾樸正跟明珠談著鼻煙，哪家製的鼻煙真提神，哪家的味道不夠。表情和語氣的認真令人懷疑是在討論國家大事。

一向被讚為富於口才的容若，半句話也插不上嘴，石頭人般的沉默著。

天色漸晚，黃昏前的幽暗正緩緩瀉開，由淥水亭經過長長的迴廊式紅柱綠瓦木橋，直到湖岸。亭角、樹梢、廊簷下、假山旁，佈置得好像辦喜事，大紅燈籠就掛了上百個，把半個園子輝映得瀰漫出一片紅暈。容若凝望著波光水影的湖面，不由得想起與涵瑛在一起的日子，那時兩人是何等的相愛、相惜！淥水亭，湖岸邊是他們最常來的地方。記得涵瑛曾因他送她的那個，在董老師生日猜燈謎時，贏來的小小翠翹而懊惱，說是有紀念性……

下人們正在擺餐桌，端盤拿碗的走出走進。忽然聽到一個小丫頭挺興奮的說：「呀！我撿到一個翠翹。差點被我一腳踩碎。」

「甚麼翠翹？拿來我看看。」秀淳發出命令。那小丫頭正要抬腳，就被在旁邊指揮事情的秋晴一下子拉住：「我說頭上的首飾怎麼丟了！竟被你給撿著。」她說著已拿過翠翹插在髮髻上。

「拿來我看看。」秀淳絲毫無笑容的伸出右手。

「下人的東西，少夫人哪用著看！」秋晴說著已轉身走了。她現在對秀淳就是這種不理不睬的態度。

容若一直繃緊著神經。雖因離得遠看不清楚，他卻幾乎能確定：那小丫頭撿的，就是七年前涵瑛在草地上丟掉的那個翠翹。

「莫非涵瑛的魂魄知我在此想她念她，真回來了！」容若四面望望，只見滿園繁華，一陣陣笑語人聲。空氣中瀰漫著酒肉的香味，哪有涵瑛的影子！

「瑛，你在哪裡？分別這些年你還好嗎？我是多麼想念你啊！你可知道我在人間過的是甚麼日子！……」容若聽到自己的心在喃喃。

容若越想越不懂：七年來他每走到此處都曾留意，希望能找到這隻翠翹，正如涵瑛所言：「有紀念性」，竟一直沒發現。可今天怎麼忽的冒出來了呢！他真是越想越不懂。

容若並不注意周邊各人的談話，只顧想自己的問題。他憶起把翠翹送給涵瑛時的可愛歲月，也回憶著婚後的甜蜜生活，兩人是何等的傾情相愛！而如今……他想著不勝惆悵，一闋〈紅窗月〉已然成形：

夢闌酒醒，早因循過了清明。是一般心事，兩樣愁情。猶記迴廊影裡誓生生。
金釵鈿盒當時贈，歷歷春星。道休孤密約，鑑取深盟。語罷一絲清露濕銀屏。

身著一式服飾的下人們穿梭似的來去，端上一盤盤的佳餚。大夥談興熱烈，煙、酒、紙牌、哪個貝勒爺又造了新園子、哪位大人又納了小妾……談話題材多樣，容若一聲也不吭，只默默的琢磨著詞中的語句。

月亮上升時普爾樸一家才告辭，明珠夫婦和容若一直送到月洞門口。

「怎麼說普爾樸也是你岳父。為啥你一句話也不說？」普爾樸一家離去後，明珠的笑容便忽的消失，板上一張冷臉。

「真找不出話說，插不上嘴。」容若無奈的苦笑。

「你只有跟那群又老又酸的漢族文人才有話說。跟普爾樸這種胸無點墨的老粗，我就有話說嗎？逢場作戲罷了。你就那麼高傲，連敷衍也不肯麼？」

明珠對容若說話常用嘲諷的口氣，容若甚以為苦，早已十分反感，便也不悅的道：「我不會逢場作戲。」

明珠見容若仍是這樣不馴，便不再說話，把手一甩，跟著家丁走了。

容若鬱鬱的回到書房。偌大的納蘭府裡，只有這幾間書房是屬於他的天地。他常常就像冬眠的動物般，靜悄悄的躲在自己的洞裡，過著孤獨的生活。

秋晴已經等在裡面。

「七年了，它才冒出來。收好吧！」秋晴將翠翹交給容若。

容若像得到一件稀世珍寶，把翠翹在掌中摶了一會才仔細的看：「秋晴，還記得嗎？你們小姐和我成親那天，是戴著這個翠翹的。」

「怎麼不記得。那天小姐頭上戴的、插的盡是名貴珠寶，偏要把這個也插上，說是早先公子送的，最名貴。」秋晴說著眼圈紅了。

「我們是康熙十三年成親。唉！多快呀！都是十年前的事了。」容若看著掌中的小小飾物，唏噓不已。坐到桌前又寫下一闋傳世之作〈虞美人〉：

銀床淅瀝青梧老，屧粉秋蛩掃。采香行處蹙連錢，拾得翠翹何恨不能言。
迴廊一寸相思地，落月成孤倚。背燈和月就花陰，已是十年蹤跡十年心。

長歌見容若寫完還若有所思的坐著著不動，便道：「別想了。公子就是想得太多，弄得覺也睡不穩，長了鐵打的筋骨也扛不住，近來都犯了兩次寒疾了。去睡吧！」

「你就別囉哩囉嗦了。我去睡就是。」

「我去交代小胖一聲，叫他晚上警醒些，過來照顧公子，別只顧貪睡。」

長歌說著就要去，卻被容若止住：「別去擾他。小孩子哪有不貪睡的。我沒事，你們去歇了吧！」

小胖是個十四歲的孩子，容若到南苑打獵撿回的孤兒。吉順總管家派他在容若屋裡，專給公子做貼身雜事，譬如伺候半夜起床或端茶倒水等等。他就睡在容若暖閣的隔壁。誰知每一入夜他就睏得兩眼睜不開，直睡到天亮。容若非但不責罵，還叫長歌不要為難他。

長歌和秋晴惦念著容若心緒低落，夫妻倆伺候他上床，認為他已入睡，才熄了燈火，輕手輕腳的離開。

出來後長歌低聲道：「公子這人也怪。對誰都好，就是對自己不怎麼好。你瞧他把自己折磨的！我真擔心哪！」

「公子也確是可憐。自我們小姐歿了後，沒有一件事是順心的。那麼大個才子，侍衛一做七八年。跟老爺又說不到一塊，續娶的那個主兒更不用說，她要是能稍稍通點人情，公子也不至於懊喪到這步田地！我那位小姐也真是沒福氣。唉！……」秋晴連連嘆氣。長歌跟著嘆。

容若感到身心俱疲，真想，也真需要好好的睡上一覺。但他又是像過去的很多個夜晚一樣，輾轉反側，長宵無眠。回憶似水，一波波的往事湧到眼前。這樣的夜最讓人難以消受。於是他起來點燃了燈，披上長衫，踱到廊上，沿著長廊往前去。多麼熟悉的月明雲淡，引人傷懷的融融夜啊！周邊靜如深山之谷。又到了迴廊轉彎處——屬於他與涵瑛兩人的老地方。

像以前的無數次一樣，容若深深沉溺在回憶中。他不是故意的想找惆悵或製造悲情，實在是與涵瑛共度的時光太美好，特別是跟眼前這種粗劣反常的日子相比，要他不回憶感慨也難。兩人傾心相愛，依偎著看夕陽落山，情話綿綿的靠在一起觀星望月，說到情濃處還要發密誓，相約來生就在這個地方相見。這一切叫他怎能割捨思念！思念起來又怎能不柔腸寸斷。

可是，此刻涵瑛在哪裡？無影蹤，無聲息，這摸不著邊的塵寰世界，竟把她拋棄得這樣澈底，那麼年輕活潑的生命，一個人人都喜歡的美麗女子，若不是有他在想念，竟像從來不曾存在過一樣。

不錯，她是活在他心裡，一天都沒離開過，他把她珍藏著，就像她活著時一樣的緊緊擁抱。他與她，有屬於自己的祕密花園，那是任何一個別人進不去的，雖然那個花園裡實際上只有他一個人！

他認為自己是多情的，可是不是這種多情，讓他在別處反而促成了無情！遠的先不說，只說對自己。這般執著多情，越發加重了他的悽苦孤寂，離正常的生活軌跡越來越遠。如果涵瑛泉下有知，會喜歡他過這樣的日子嗎？

他知道她是不會歡喜的，而且會責備。臨終訣別時她說：對他比對剛生的兒子海亮還不放心。頻頻囑咐：不要因她的離去而愁怨，要把日子過好……

容若也想起母親對他說過幾次的一句話：「一個大男人不能叫『情』這根繩子給勒死。」其實何只大男人！任何人都不應該被「情」勒死。可這是能由著人隨意控制的嗎？「唉，情在不能醒！……情在不能醒！……」他默默反覆唸著自己詞中的句子，彷彿在自責。

容若靜靜的倚欄坐著，望著夜色中幽藍如水的天空，心中充滿著無助與蒼涼，但也從未像此刻這樣透剔澄明過：愛是柔軟、美麗、雋永、豐富人生、給人幸福的。而兩情相悅並不一定能夠白頭到老。就像他與涵瑛，縱然情深似海，一再信誓旦旦，他也無力留住她。涵瑛的肉身確實永遠的去了，可並沒把對他的愛帶走，他們的情沒跟著她的軀殼死亡。相反的，那是涵瑛除了他們的孩子海亮之外，給他留在世上的，最寶貴亦最永恆不變的禮物。她要他在有生之年，不管在何時何地，想起自己曾被如此愛過，也曾拚著整個身心去愛過一個人，而感到和煦溫暖，比別人更幸福幸運。她絕對不想把她對他的愛戀變成一把刀，長年久月的凌遲他的心魂……

淚水似散了的珠串般滾在容若的臉上。

他對自己說，也對涵瑛說：這個人間有悲苦，有滄桑破碎和生離死別，但亦有美麗和希望。

美麗和希望是與亙古相連的，永遠不會消失，就像他們的愛情。

他告訴自己：應該好好的活，不要拒絕快樂，哪怕最小的快樂也要把握。定要將這個納蘭性德從苦海中救出，否則也有負於愛他的涵瑛……

容若回到書房，潤筆研墨，寫下〈攤破浣溪沙〉：

風絮飄殘已化萍，泥蓮剛倩藕絲縈；珍重別拈香一瓣，記前生。
人到情多情轉薄，而今真個悔多情；又到斷腸回首處，淚偷零。

他想這是最後一次的「淚偷零」，從此刻起要拿出定力管住自己，不許被「情」字勒死，更不任由淩遲。

36

在看不到希望的人生絕域中，等信成了容若度日的重要課題。

沈宛應是個很解人意的女子，她的信總在他最渴望的一瞬到來。

容若「有人同病相憐。擬憑尺素寄愁邊」的詞句，鼓勵了沈宛。她回信說：夫子是天生貴冑，自身是流落塵寰的苦命女，怎敢相題並論！她看信時感動得淚流不止。並說兩人的身分雖然相距太遠，在人間所受的折磨和痛苦卻是同樣的深，這使她想起白居易在〈琵琶行〉裡「同是天涯淪落人，相逢何必曾相識」的詩句。她希望夫子注意將息，應知愁最傷身。

容若讀信時感慨萬端，也是熱淚盈眶。覺得這個未曾謀面的女子，是他在茫茫人海中覓得的知己，使他敢於敞開心胸，對她傾吐所思所想。

書信立時跨越了談詩詞、論人生的階段，情話綿綿起來。

容若要沈宛不要再稱他「夫子」，直呼名字就好。並把一闋新作的詞〈浣溪沙〉附在信後：

殘雪凝輝冷畫屏。落梅橫笛已三更。更無人處月朧明。
我是人間惆悵客，知君何事淚縱橫。斷腸聲裡憶平生。

不久後沈宛的回函就來了，說斷不敢直呼「公子」的大名。這次總算不再稱他為老氣橫秋的夫子。她坦白的告訴他：等他的信已成了她生活中最重要的事，如果該到的時候沒等著，日子就過得失魂落魄。

容若看罷大驚，急忙寫回信，還披肝瀝膽的作了一首詩：

予生未三十，憂愁居其半。心事如落花，春風吹已斷。
行當適遠道，作記殊汗漫。寒食青草多，薄暮煙冥冥。
山桃一夜紅，茵箔隨飄零。願餐玉紅草，一醉不復醒。

已經三四個月沒消息的顧貞觀，這時來了一封信，說守喪三年將滿，初秋時節回到北京，兩人又可促膝談心了。

容若自是歡喜，但一個問題立時來到腦際：沈宛與他通信的事顧貞觀知道嗎？何以在來信中從未說起過？沈宛的信上也沒提及顧貞觀的名字，看情況他們之間這兩年間沒啥往還。也許沈宛礙於面子沒告訴顧貞觀。或許顧貞觀在骨子裡仍存尊卑觀念，認為以他一位相國公子不應與沈宛這樣的女子交往，故做不知。但他考慮過了，非找顧貞觀幫忙不可，因為他想見沈宛一面。至於用甚麼方式，在何處相見？必得由顧貞觀給安排。於是多少有點靦腆的給顧貞觀寫了封信，前面廢話一堆，末尾故做不經意的撂下一句：「又聞琴川沈姓有女頗佳，亦望吾哥略微留意。」

難以啟齒的話終於說出，只看顧貞觀是甚麼反應了。他不是說過：「如果哥哥能為你做點甚麼叫你快活的事，要不客氣的儘管說，哥哥我就是上刀山、下火海也要辦到嗎？」如果顧貞觀回信問他為何要見沈宛？他就會說：「見她一面會叫我快活。」

目前朝廷裡正在為康熙皇帝的南巡做準備。預計九月間起駕，路線是經過泰山，直下揚州、蘇州、無錫、鎮江、江寧，還要去視察黃河北岸一百八十里的水患工程。這是皇上的首次南巡，空前大事，早就忙著製造舟車，銀子花得流水一般，各處的地方衙門，都在忙著接駕事宜。

扈從名單中容若是第一個，因此他確知自己是一定要去南方的。

隨駕出行責任重大，不能擅自走開。但依容若的看法，向皇上告假一兩個時辰，應該是行得通的。何況出去至少兩個月，隨扈侍衛也要輪流休息，他絕對可以把輪休假日定在蘇州。那時顧貞觀就可以帶他去跟沈宛見面。他覺得這個想頭絕不荒謬：通了兩年書信的人，匆匆見上一面交談幾句也算合乎人情。至於顧貞觀怎樣看待這件事，願不願意給安排見面的機會，就看他怎麼想了。

容若熱切的盼望顧貞觀的回信。可不相干的信一堆，偏就是沒有顧貞觀的。不單顧貞觀沒信，連沈宛也沒音訊了。

「是我做了沒道理的事？莫非沈宛聽說我要求見面，也認為太過份，不想來往了！」

他想著無限沮喪，覺得甚麼濁世佳公子，甚麼當代翩翩一詩才，想要一個知己是如此之難，看來有生之年只能永遠做隻孤雁，困死在侍衛堆裡了。

時節已進入九月，沈宛和顧貞觀仍然沒音信。

皇上南巡的起駕日定在九月二十八日。

容若每天幫助皇上打理南巡帶的資料，回家總在初更時分。

他把例行的休假自動免了，情願替同僚當班。目地是想借助不用腦子的忙碌工作，讓日子好過些。最讓他難以承受的，是一種無情的失望和嚴重的受傷感覺。那種感覺，與他在十幾年前，突然聽到涵瑛的母親說「誰嫁容若都要做寡婦」時沒多少分別，好像一顆心活生生的被揉碎。

昨天皇上問了一句：「南巡的御用馬匹可都檢查過了？」他今天一早就去了上駟苑，把凡是皇上用的馬匹，拉車輦的、可能要騎乘的，統統檢查了一遍。越是狂野不馴的他偏要騎著在大草原上馳騁，直到牠馴服為止。足足折騰了一整天，到家時已是掌燈時刻。長歌第一句話是：「顧老爺回來了。」

「哪個顧老爺？」

長歌忍不住笑的遞給他一個熱手巾：「當然是顧貞觀老爺。咱家不只有這一位顧老爺嗎？」

容若擦完臉轉身就往外走，快著步子直往花間草堂去。

顧貞觀很悠閒的在喝茶看書，見容若進來丟下書本笑道：「才回來呀？我都等你大半天了。」

容若本來沒好氣，想問顧貞觀葫蘆裡賣的甚麼藥？為何不回信？但看他還是一派輕鬆，便也笑問：「你這老哥怎麼回事？連個信也不給，就一下子跑回來了。」

「給甚麼信！你坐下，有話跟你說。」

容若隔著茶几坐下，等顧貞觀發話。

「人，哥哥我是給你帶來了。下一步怎麼走要看你自己了。」

「人！甚麼人？」容若聽得清楚，可又不敢相信是真聽懂了。

「甚麼人！沈宛。你甚麼事也不讓我知道，只輕描淡寫的一句叫給『略微留意』，我還以為你們不認識呢！鄭重其事的跑去給介紹，才知道原來郎情妾意，已經魚雁往返、互訴衷情兩年了。」

「哥哥是說沈宛來京了！她在哪裡？」容若驚得霍的站起。

「她是來北京了，在甚麼地方你自會知道。有些話我要先告訴你。」顧貞觀擺手勢叫容若坐下：「沈宛是來了，可來得不容易啊！她不是普通的青樓女子。」

「這我知道——」

「你別插嘴，讓我快點把話說完，你好去跟她見個面。她們那種地方，都給姑娘瞞歲數。她媽媽——就是那個老鴇，宣稱沈宛十九歲。可她自己告訴我今年都二十四了。六歲被家裡賣掉，在風塵中苦度了十八年。」顧貞觀搖頭嘆息，「我教她們那年她是個不滿十歲的小姑娘，有天居然跟我說：到了這種地方，就是被關進了死牢，出不去了。這裡的姑娘早晚要被男人糟蹋的，要怎樣才能保住自己呢？我叫她別怕，她們的歌坊是賣藝不賣身的。再說她們那個媽媽沈彩弦，本身就是秦淮河的名歌女出身，不會強迫她的。她卻說：媽媽也有擋不住的時候，何況媽媽也不是不愛錢。我就告訴她，以她的姿色，如果認真讀書，把琴棋書畫學精，把自己造成一個出名的才女，一般男人就不敢打她主意，那沈彩弦也會用全力保護她。我說：譬如柳如是、顧橫波、李香君那樣的女子，不肯做的事誰能強迫！我這番話，就是她成為今天江南第一才女的緣由。」

「哥哥，你說這些做甚麼？是擔心我對她不尊重麼？」

「你又打岔！我說這些是要你明白：她來北京不是我的意思，是她看了你給我那封信，非來不可的。她說得很坦白：讀你的詩詞已經七八年，都迷上了。這些年她好不容易存了六萬多兩銀子。那沈彩弦理直氣壯的說：自小把她當成小姐養著，沒逼她做過一件她不想做的事，所以一定要五萬兩才放人。是我出面、她自己出錢，才算脫身了。」

「甚麼！她把積蓄幾乎都拿出去了！這怎麼成！」容若又激動的站起。

顧貞觀道：「你跟她可千萬別提這些事，尤其不能提到銀子，那會傷了她。我看她是想完全割斷過去。她的一個貼身丫頭想跟來，她硬不肯帶，說以後的生活不一樣了。給了那丫頭三千兩銀子和些首飾，打發回家了。你現在可以去跟她見面。時間已經不早，我說今天你必會去的，她一定在等著。從此刻起，我的任務已完，下回怎樣分解就看你的了。帶個女的走長路，雖然換了男裝也還真是不方便，要不是為兄弟你……」

容若本要叫備馬，忽的想起馴馬師的裝束還沒脫下，便又匆匆折回，梳洗一番換上長袍，才騎上馬到顧貞觀說的福華客棧。

福華客棧在北京非常出名，座落在城郊之間，園林式的建築，綽綽樹影之後，一排紅柱綠瓦的宮殿式樓房隱約可見。

容若正要驅馬去到樓前，忽見樹下冉冉漫步的走出一個女人。

容若微怔了一下，連下馬也忘了，雙方便被眼前的人吸引住，相互打量起來。

沈宛身披淡色斗篷，腦後梳著鬆鬆的小髻，頭髮上沒有珠玉寶石的裝飾。在中秋季節的月光下，淡雅清豔得像剛被雨水沖洗過的荷花，那樣子真美。容若就那麼一動也不動的坐在馬上，像個不曉人事的傻男孩似的，微笑的凝視著這個既陌生又熟悉，彷彿踩著天梯剛從雲端裡走下來的女人。

那個女人的震撼不比他輕：我用畫筆、用歌、用夢勾勒出來的男子怎會真在這裡！他挺俊的身架子，秀朗的面孔，憂鬱的眼神，怎會如此熟悉！真是：眾裡尋他千百度，驀然回首，那人卻在，燈火闌珊處啊！

容若終於由震撼中回過神來。他跳下馬，一手牽著韁繩走到沈宛面前。

兩人的臉上都綻著安詳、篤定、充滿默契的淡笑：「你覺得我陌生嗎？」容若低沉著的聲音，透露出他心中的激動。

沈宛微搖了一下頭，美麗的眸子直視著他，迷情癡心全掩蓋不住了：「你呢？覺得從來與我不相識嗎？」沈宛說出第一句話。

「不是不相識，是不知道你在哪裡。」容若握住沈宛的手。「你讓我想起南宋辛棄疾〈青玉案・元夕〉裡的的那句：『眾裡尋她千百度，驀然回首，那人卻在，燈火闌珊處。』」

沈宛不禁愣住了。覺得容若緊握的不是她的手，而是她傷痕累累的心。這一刻太溫暖也太奇妙了，兩個人果然靈犀相通，怎會想的、說的全一樣。她此刻幸福得甚至懷疑是在夢境。好夢易醒，她多想納蘭公子握著她的手永不放開，兩人就這樣牽著、扯著行過悲歡人生。

沈宛沒有讓容若進屋去坐，容若也壓根兒就沒那麼希望。兩人就站在午夜的月光下，帶點矜持的淺談了半個時辰。說的無非是：

「一路勞頓很累吧？」

「沿途的好風景一定會給你很多寫作靈感。」

「對北京的第一個印象還好嗎？」

沈宛的話是：「在南方，大家都唱《飲水詞》，公子的名字平常百姓都知道。」

「公子不是月內就要扈駕出巡嗎？希望會喜歡南方山水。」

……

當然兩人都知道，這不是對方心裡最想說的話。

雖然通了兩年信，說了不少心事，究竟是初次相見，免不了尷尬靦腆。

在交談之中，容若一直考慮著怎樣安置沈宛。

他已打定主意，一定要留住沈宛，永遠不讓她離去。這樣的一個女子正是他夢寐以求的。他想著便說：「夜太晚了，你進去歇息吧！明天午後我來接你。」

「你是說明天下午嗎？」

「是的。上午我得去辦一些事。你進去吧！看你進去了我再走。」

沈宛朝他注視了一下，順從的說了句：「我進去了。你走好。」便對容若嫣然一笑，娉娉婷婷的走了。

容若目送她進了門，才策馬離去。

靜夜的街上，容若只聽到噠噠的馬蹄聲，和自己心底的歡呼聲，他聽到那顆荒蕪得要碎裂的心在欣喜的呼叫：我沒有死，我又能去愛了。

是啊！涵瑛故世的七年多裡，他感不到生活的樂趣，只覺得一波波的折磨不斷。他已學會了逃避和隱藏，把無處投寄的情和愛深埋心底，任由枯萎凋零。曾放棄的認為，再也無力去愛或承受愛了。但此刻一股力量像浪潮般鼓動著他往前，讓他重新拾回對生命的渴望，去灌溉只見荒煙漫草的心魂花園。他興奮的為明天計劃。

第二天一早容若先去向皇上請假。康熙帝體貼的說：「你兩三個月沒休假了。遠行在即，你就多拿幾天假。」容若卻說他目前只須一天，但臨動身的前夕，要請皇上恩准他待在家裡。

皇上笑道：「行。朕知道你做事負責，你就自己安排時間。南巡時候在朕的左右就得了。」

容若滿心欣愉的去了，在康熙左右七八年，對皇上的心思他已摸得夠透：如今他已升到一等侍衛，屬於三品。若做官參政的話，職位亦不算低，但皇上就是要他留在身邊，不讓他有伸展抱負的機會。原因為何他看得清楚已極：索額圖被黜之後，父親明珠的勢力更形擴張，要加以防備固然是重要原因。而另一個也很重要的原因，是皇上需要一個像他這樣的人。

康熙皇帝可不比一般帝王，他興趣太廣，知識的範圍也太淵博，從中國的《易經》談到西洋人的數學，由李白、杜甫的詩忽然轉到圍獵老虎或黑熊，談文說武無所不通。而當出巡到野外睡帳篷時，一群守衛圍在外面是不夠的，必得有個武藝高強又極忠實可靠的人陪睡帳門的隔間內——這個人多半是「納蘭侍衛」，他已有多次與皇上同住一個帳篷的經驗。

他是通古博今又忠誠的、皇上最喜歡和需要的奴才。問題也就發生在他不能總做奴才。這話他只跟顧貞觀說過。

顧貞觀嘆息道：「你滿腹才華，生了一個做人的心，上天卻給了你一個奴才的命。有甚麼辦法，再忍忍吧！」

是啊！他在忍，身心在無形的銷蝕。如今生活有了新義，日子當然會好過得多。他意氣風發的騎著快馬，到桑榆墅的別墅去。一大早就打發長歌去打理了，他要親自看過，才放心沈宛搬進去住。

容若到桑榆墅時，長歌帶著一群丫頭、小子，剛把房屋收拾完。容若把四合院的一串五間正房巡視了一遍：「還不錯。別忘了摘點花插在瓶子裡。東邊那個小樓打掃出來沒有？」

「早好了。小樓今年春天才新裝修，齊齊整整的，乾淨著哪！」

容若滿意的點點頭道：「我去跟顏夫人說幾句話，咱們就去接客人。」

秀兒住在北邊，要拐彎抹角的穿過好長的一段迴廊才到。

秀兒一見面就道：「聽說公子叫人在打掃房子，有貴客要來？怎麼不住城裡呢！這兒荒郊野地有啥意思！」

三個小女孩已叫著「阿瑪」撲上來，容若一個個的抱起親過，就把秀兒拉進屋裡，言簡意賅的把整個事情說了：「這事家裡沒人知道，暫時不能說。」

秀兒聽得呆住，半天出聲不得：「你——你可真是的！怎麼連個聲都不吱。我看阿瑪、額娘那一關不好過。」

「我預備過幾天帶她回去給父母請安，先不說她身分。」

「你是應該讓她跟二老見一面，不然怪罪下來我哪頂得住！」

容若說著匆匆走了，長歌緊跟著，容若再囑咐他：「記著，在家一個字都不能露。」

「要是少夫人知道還得了！」

「我哪在乎她！我是怕一開始沒弄好，將來在兩位老人家面前出麻煩。總之，這事誰也不要多嘴，我自己有方法解決。」

他們到福華客棧時，沈宛已將東西整理好，正靠在椅子上看書等候。

容若仔細的打量了她一會，笑道：「讓你久等了。」

「沒久等。你為我的事費神了。」沈宛淡笑著站起。一共只有兩隻箱子，當長歌搬動時，她指著其中一隻抱歉的說：「這裡面是書和畫具，很重的。」

到桑榆墅太陽正冉冉偏西。長歌把沈宛的箱子搬進去，容若便叫他先回納蘭府。他帶著沈宛把幾間房流覽一遍。

「還滿意嗎？」

「太滿意了。在好幾首詩詞裡讀過桑榆墅的名字，不料自己就住進來了。這裡真幽靜。」

「是啊！這園子的特點就是沒經過人工修飾，很天然的。」

他們說著已踱步到迴廊上，出了四合院。容若一路解釋著桑榆墅的歷史，說少年時常在此讀書、練武、划小舟到湖裡釣魚，說到「連釣了六七天，好不容易釣上一條只有三寸長」，兩人便忍不住笑。

沈宛問：「公子你把牠怎麼處置了？」

「我把牠放回水裡去了。」於是兩人又笑了。

沈宛道：「換了我也是這麼做。一條小魚多可憐。」

容若指給她看：何處是桑林，何處是榆林。說著，走著，終於到了沈宛最想一登的「小樓」。容若道：「幸虧重裝修過，做了樓梯，不然你是爬不上去的。」

沈宛在前，容若跟在後面，容若見沈宛很吃力，想去攙扶又不敢。昨夜初見他就去拉她手這回事，使他一直不安：怕她因身分的關係，敏感的以為不被尊重。兩人慢慢的爬到頂層。沈宛立刻到陽台上倚欄而立。

「好美，好美！這才是詩人住的地方呢！哦！那幾隻鴨子有趣。」沈宛提高聲音說。

容若忙趕過去看。只見荷塘裡花葉已殘，幾隻野鴨閒游其間。

「自然面貌，仙境一般！」沈宛還在激賞。

容若指著遠處：「那邊有湖，有河。你看沿著院牆發亮的，那是一條經過的小河，流得很遠。我喜歡水。」

「這我知道，你的詩詞裡很多描寫水。」

「哦？你注意到了？」

「你的讀者都會注意到。別忘了，我是你的讀者。」沈宛帶點頑皮的笑了。他們並肩站在欄邊，浸潤在秋陽的斜輝裡。

「那你一定從我的作品裡看到更多東西。」

「那還用說。詩詞裡的每一個字，都代表作者的所思所感。讀的人聞弦歌而知雅意，不難探視到那作者是甚麼樣的人。」

「哦，那我是甚麼樣的人呢？」

沈宛沉吟了半晌，轉過身道：「在通信以前的幾年，我就從詩詞中看出公子的不喜樂、很憂傷。這種憂傷不是強說愁，也不是故意呻吟。而是因為真的痛得太深，情不自禁發出的一聲嘆息，很真誠也很無奈的。不見得讀過公子作品的人都能領會到這一點。可是我能──」

沈宛忽然欲言又止的停住了，深情的眼光停在容若臉上。容若溫柔的握起她的雙手。他看出這個從風塵裡走來的絕世美人，有一顆未被汙染的慧心，也深切的感覺到他們之間的相知相愛，已遠遠的超越了一般世俗的男歡女悅，他是這麼想親近她，更想跟她沒完沒了的訴說心事：「怎麼不說了？我愛聽你說話。」

「我怕說出的話不太合適。我想說在我過的日子裡，能有的我全有了。一個歡場女子馳名大江南北，王孫公子擲千金難見一面，能說沒到頂尖嗎？多少姐妹在羨慕啊！可我不想做這樣的人。這在別人眼中的萬般風華，對我正好是痛苦。可這是我的命，改不了。我的命不敢和公子並論，箇中的苦其實倒是差不了多少的。公子也是沒法子跟命爭啊！」

容若感動得心在顫抖：「宛，你美，可是你更聰明。為甚麼我們現在才相遇！要是早幾年認識多好啊！跟你在一起我就不會過得那麼淒涼。」

「是嗎？公子，我有那麼重要嗎？」

「你對我太重要。宛啊！你就留在我身邊吧！我會疼你，保護你，我們永遠相守，再也不會寂寞。」

他把沈宛擁在懷裡，擁得很緊。

「我本是來投奔公子的。難道公子不知，我把以前的一切都斬斷了。我會到哪裡去！」沈宛流著淚說。

他們都覺得有一生一世的話要說，便依偎在靠牆的長椅上，望著天邊上的彩霞情話綿綿起來。談詩詞，談人生，談悲歡，或沉默著甚麼都不談。

容若的心像一塊正在解凍的堅冰，自涵瑛離去後從未這樣舒暢柔軟過。從下午到黃昏又到入夜，他們彷彿不知時光在前行、天色在轉暗，空著的肚子已是饑腸轆轆，就一個勁兒的靠在那兒忽悲忽喜的竊竊私語著。直到秀兒打發傭人來喚吃飯，兩人才猛然驚醒，連忙到秀兒院裡。

秀兒預備了一桌上好的飯菜等著他們。

沈宛口稱顏夫人，客氣的施禮。秀兒上下仔細的把沈宛打量夠，嘖嘖稱讚：「這才真叫美人呢！我也算開了眼。」

飯後三個人稍聊了一會，秀兒以為容若一定會在沈宛處留宿，沒想到他說要先送沈宛回房，然後就立刻回城，明天一早還要進宮呢！

容若獨自在夜路上奔馳，直有在夢中飄浮的感覺，沈宛這個活生生的人，怎會像從天而降一樣，突然投入到他的生命裡！太奇妙了。可是他與秀兒算是怎麼一回事呢？越來越覺得她像他的姐妹。

37

康熙二十三年的九月二十八日，康熙帝在秋風送爽、色彩鮮豔的旗幡招展中動身離京，做首次南巡之旅。隨行人員三百餘。籌備時期便一再囑咐：此行不是遊山玩水，而是為了瞭解河防工程、探看民情和視查吏治。還口諭規定：「在巡視堤堰時，沿途皆設營帳，不建屋舍，地方大小官員不得迎來送往、不得收受禮品賄賂。一經發現，便以軍法從事。」

容若像每次隨扈時一樣，腰掛寶刀騎著駿馬，緊跟在車輦的旁邊。不同的是，這次多了份牽掛與不捨。

離別之前的幾天，他為沈宛做了可能範圍之內的、最妥善的安排：先跟父母稟明，說這位姑娘出身於商賈之家，幼讀詩書，顧貞觀曾任過她家裡的塾師。她到北京探親，在某個場合與他相遇，談詩論詞，很是投緣。說到辛酸處他音容悽然：「涵瑛去世這七年多，我過的是甚麼日子，阿瑪和額娘都看到，苦得像浸在黃連水裡。好不容易遇到這樣合意的人，我不想她離開，想納她為妾。求阿瑪和額娘答應。」

明珠和五格兒先是驚愕，稍想了一下就開始心軟，覺得兒子實在命苦。那麼情投意合的媳婦，婚後三年就撒手離去。續娶的這一位公爺府千金，乖張跋扈，別說容若與她不合，就是他們做公婆的也消受不了。秀兒倒是忠厚老實，對這個家也掛在心上，缺點是不懂甚麼詩詞書畫之類，跟容若說不到一塊兒。這兩年容若獨自睡在書房裡，動輒半夜起來在迴廊上徜徉，再不就在月下吹簫，寫出的長短句讓人不忍讀下去。如今他自己看上一個女人，想納為侍妾，做父母的只有為他高興。

五格兒想著便道：「額娘知道你心裡苦。咱們這種家，別說你想納一個妾，就是納三個、四個也不稀罕。可是，我說兒子，你怎麼看上個漢人家的女兒呢！」

一直靜聽著的明珠也發話了：「哼！還是個商人家的！」

容若見二老的態度並不嚴竣，提著的心就放下了一半：「只能說是緣份。再說，現在漢女嫁滿人不是可以隨夫入旗麼！」

明珠只在思索並不答話。目前朝廷確已不再強調滿漢不通婚的話，而且已有幾個王公、貝勒納了漢族小妾。明珠擔心的只是他葉赫納蘭家的高貴血液受到汙染。為避免給憂鬱的兒子再添愁苦，他始終控制著情緒，不讓自己發脾氣。

當明珠和五格兒聽容若說「她將來既是我的人，住在別人家裡總是不便。我已經把她接到桑榆墅裡住了，秀兒可以跟她做伴」時，終於明白了他的決心。兩人無奈的互看一眼，五格兒嘆著氣道：「我以為你除了涵瑛之外，甚麼女人再也看不上了。難得你的心又熱活起來。好吧！你就把你那個天上有、地上沒有，懂詩懂畫又會讀書的美人兒，帶來給我和你阿瑪過過目吧！」

沈宛說不清在她的人生裡見過多少男人——有錢有勢或有才的男人。雖然淪落風塵，她似乎比所有同命的姐妹幸運百倍。她不賣身，男人帶著銀子來是為欣賞她的詩才、琴藝和美麗姿容。她看出那些嗜血的眼睛裡裝的是甚麼——是慾，是想剝去她的衣服，玷汙她的身體。

但他們做不到。她記住了顧老師告訴她的那句話：「你把自己拔得越高，你就越安全。那些心懷鬼胎的男人不敢碰你。他們顧忌的不是你，是別的對你有企圖的男人。」她按著這話去做，把自己拔高到不能再高的標竿。那些既奸詐又愚蠢、慾火中燒的男人，就怕他人得逞，互相監督著。再加上她精明能幹的養母沈彩弦守在一旁，便誰也近身不得。

她便這樣保護著自己，對男人並不畏懼。但此刻她不安而恐懼，因為要見的是容若的父親，一個能夠決定容若與她的命運的男人。最讓她擔心的是，容若沒有對他父母說真話，如果他們知道，她是個墜入風塵近十八年的女子……

容若卻胸有成竹的說：他一定會說出真實情形，但不是現在。因為他估量父母知道真相後，可能會持反對態度，那時他得用全部的力量去抗爭。但他此刻必須隨駕出巡兩個月。他不在，她便完全失去保護，不宜生出任何事端。目前只是權宜之計。這兩個月她就待在桑榆墅裡讀書寫作，等他回來。

「知道真情的只有秀兒和長歌，他們絕對不會透露。」他一再安慰她。

納蘭府方面容若也有妥善佈置：先叫秋晴去給探聽，秀淳何時帶著她的一群人回娘家。沈宛進府覲見的事，絕不可讓她知道，免得他不在時她借題大鬧，傷及沈宛。

沈宛的華衣美服、金寶珠翠，在來京前全分送了她的那些同命姐妹，只留下頸上經常戴著的一串透水綠翡翠項鍊，和幾副耳環。容若問她：為何以前的萬般繁華皆斷然割捨，獨獨扔不下那幾副小小的耳環？她卻說萬般繁華皆身外之物，但有些東西看似一個物，實際上卻不屬於身外。

她記得很清楚，六歲那年，母親帶她到一艘漂亮的船上，把她交給一位穿著講究的中年婦人，也不管她的哭喊就抹著眼淚走了。那婦人當天就叫人給她扎耳洞，還立刻戴上耳環。她痛得殺豬般的大叫，跟他們拳打腳踢，於是被綑在艙外的一張椅子上。耳垂腫痛，天色漸暗，她望著波痕蕩漾的河面，心裡明白自己是被拋棄了，如今陪伴她的只有這副耳環。正在這個絕望的當口，忽然有悠揚的弦子聲傳出。那聲音真美，美得能讓她怨怒之氣悄然而去。看著漸濃的暮色和粼粼波光，六歲的她，猛然間就明白了甚麼叫命運。從此她就過著戴耳環的日子，像是身上的一個器官，與她同喜同悲。

那天豔陽高照，但北方的秋季對沈宛已夠清涼，她穿著一件黑大絨披風，裡面是件米白色旗袍，烏油油的濃髮上沒有任何妝扮，唯一的飾物是那一對翡翠與珍珠相間的長耳墜。

明珠和五格兒看到沈宛，不約而同的吃了一驚——只因她太美麗。

她的出現叫人突的一震，夫妻倆同在心底讚嘆：活到這個年紀，還是第一次看見這個程度的美女。也都從心底嘆服兒子的眼光，和對異性的吸引力：一個正經人家的閨女，居然跟他私訂終身，甘心做妾！這女孩子竟對容若鍾情到這個地步！

明珠只稍打量了沈宛一眼，便轉過視線，聆聽著五格兒和沈宛寒暄：「沈姑娘的芳名怎麼叫？」

「我叫御禪。」這是容若教她說的。「沈宛」之名太多人知道，為安全計要說她的字：御禪。

「聽說姑娘是江南人，還是才女，琴棋書畫樣樣精通。」

「故鄉是浙江烏程。對書畫有點興趣而已，才女的美稱怎敢當。」

沈宛的態度不卑不亢，臉上一直保持著平淡的笑容。

既然談到書畫，明珠便裝做很自然的，提出幾個書和畫方面的問題，真正的意思是要考量一下沈宛是否真有才學。

結果無論是書是畫，沈宛都對答如流。這就更引起明珠的好奇：一個商人之家，居然把女兒培植得如此學養豐富、滿腹文采風華，真是不尋常啊！五格兒顯然對沈宛的容貌已驚為天人，告辭時端詳著她，笑咪咪的道：「沈姑娘，你父母都給你吃些甚麼好東西，把你養得這麼水靈，瞧這細皮白肉的，嫩滑得跟羊奶似的。」

容若帶著沈宛離開後，五格兒悅形於色：「女孩們就是喜歡咱們容若。這姑娘是真不錯，一看便知是個識大體的。長得是真俊。」

明珠卻神色困惑：「一個普通商家，居然把女兒調教成這個樣子，可不平常。你瞧她說話氣定神閒，一點沒有小家碧玉的扭捏之態。還真有些才學，顯然是見過世面的。人又生得好，看樣子也有二十來歲了，怎麼不出嫁呢！你不認為有點怪麼？」

聽明珠這麼一說，五格兒的疑問也來了：「是有點怪。這樣好的一個黃花大姑娘，獨個兒跑到北京來，心甘情願的給人做妾！」

夫妻倆越想越是疑雲重重。

容若和沈宛從納蘭府出來，都鬆了一口氣，認為考試已圓滿通過。

容若看出父母對於沈宛的激賞，她驚人的美豔和出眾的才華已令二老折服，嫻雅有禮、舉止大方的儀態更讓他們喜歡。不單容若放下了心，沈宛懸了多時的心也放下了。

沈宛到桑榆墅已近半月。容若每日入宮值班，只能在下班後來陪伴她一兩個時辰。桑榆墅離城十幾里，他總是快馬飛奔的匆匆來去。她已經習慣了站在黃昏後的小樓陽台上，等待心愛的人到來。當朦朧的暮色裡，牆外道上一個身影在急促的馬蹄聲中騰躍而過，她焦慮的心便放鬆了。

她整日在等待，雖然他只停留短短的時間，只靠在小樓的長椅上，拉著她的手依偎在一起，對著無垠的長空說些相思的話。如果停留時間稍長，便一個吹簫、一個彈琴的奏起音樂。他的辛勞令她心痛，為此她捧上去一隻小火爐，叫女傭拿些木炭和水上來，親自給容若煮茶。有次她說這樣往反奔馳太疲累，不要每天來吧！他卻說：「我想看到你，想跟你說話，哪怕是相聚更短的時間，跑更遠的路。」一神情像個情竇初開的男孩。

熱戀中的人，飽嘗相思的苦與樂，如今他們期待的，是容若出發前的最後兩天的盡日相守。

容若已向皇上告過假，出發的前兩天不去上班。他們把這兩天當成大事來商量。

「這兩天對我們太寶貴，怎麼過呢？我帶你去西山看楓葉吧！」

「我不想看楓葉，只想就這樣跟你靠在小樓上看天，看水，說話。每次你都來去匆匆。」她語帶幽怨。

「我也一樣啊！宛，我恨不得永遠依在你身邊。那就守著我們的小樓吧！」

「好，守著小樓。在我們的小樓上過小日子。」沈宛快樂得眉開眼笑的，接著又收起笑容嬌嗔的道：「你偏心。」

「我偏心誰？」

「偏心顧老師。你和他在小樓裡說了一天一夜，連梯子都撤了。多麼知己呀！公子跟我可沒那麼知己，大概是嫌我才疏學淺不足論道。」

容若嘻嘻的笑出聲來：「我一直以為你永遠不忘保持優雅模樣，想不到也會耍小性子，說帶刺的酸話。」

「我是永遠不忘保持優雅模樣。但在納蘭公子面前，我只是個普通女人，是個毫無遮掩的真自己。難道公子不喜歡？」

「ㄚㄚ頭，我喜歡，更感動。」他把自己的臉貼著沈宛粉嫩的面孔，這便是他們見面以來最親密的接觸了。

「公子，你是真愛我嗎？」沈宛突然問。

「當然，還用問嗎？可你怎麼還叫我公子，不是要你叫名字嗎？」

「我不敢叫你大名，覺得你故意要離我遠。」

「哦！」容若把沈宛推開一些，看著她像酒後微醺般紅撲撲的臉：「你會錯了意。以為我不想跟你親近嗎？從第一眼見到你我就想了。我也是怕，怕你覺得我輕看你。我在強迫忍耐著告訴自己：待我把你娶進門那天，再好好的跟你親暱。宛，我已過了好幾年獨身日子。」

沈宛美麗的眸子被淚水浸得晶亮的：「容若，你這樣看重我，連我心裡的感覺都顧到了。這汙濁的人世間怎會有你這樣純淨的人！我既來了，就有把自己整個交出去的決心——」

不待沈宛說完，容若已將她騰空抱起，在她耳邊低聲道：「告訴你個趣事：樓梯還是可以移開的。」

樓梯被移開了，小樓成了上不著天、下不通地的空中樓閣，頂樓朝東的畫堂是他們身魂交融的洞房。

這兒沒有皇上，也沒有相國公子和西子湖畔的傾城佳人，只有兩個受盡命運摧殘的孤零男女，把自己整個的獻出和佔有。他們赤裸的身體沒有一絲遮掩，正像他們被愛的洪流淹沒了的心，不帶一星世故，純淨得如新降的雪花一般。沈宛覺得那個舊的軀殼已被熊熊烈火燃燒得灰飛煙化，這個新的自己在感動與幸福中幾近昏死過去。

最暴烈的雷電也有止息的一刻。小樓突然靜寂下來，深山空谷般了無聲息。彷彿一切都被風暴捲走了，只在炕上留下兩具癱瘓的軀體。

容若逐漸自激情中甦醒，坐起來用一面巾子拭抹身上的淋漓大汗。

他感到一個軟綿綿的肉體貼到背脊上，接著她的纖纖玉指輕輕撫摸他的肩膀，摸著，撫著，溫熱的臉蛋也貼在肩上，有水珠順著肩頭往下滑。

「宛，你哭了！」

「別管我，讓我哭。」

容若一動也不動，只回過手去握住她的手，她便伏在他赤裸的肩頭嚶嚶的哭泣了好一刻，才柔弱的道：「就是這會兒死去，我這一生也值了。我所有的恥和恨都被洗淨了。」

「宛，我會永遠這樣愛著你，護著你。宛，未來的日子全是春天。」

他們就在小樓上過了兩天沒晝沒夜的日子。

二十八日天剛透亮，容若便策馬回城。

經過這樣的刻骨纏綿，雖僅是兩個月的離別，對他們也是萬般艱難。

容若親吻著伏在懷中的沈宛：「兩個月會很快過去，我一路想著你。等回來就把我們的事辦了。好好保重。」

沈宛強忍著淚說：「快快回來，命運是不等人的。」

容若走了，她倚著小樓的欄杆往牆外張望。晨曦之中看著他戎帽上的紅纓，在一陣疾馳的馬蹄聲中消失。

沈宛把她的世界局限在桑榆墅。披著那件黑大絨斗篷，在瑟瑟秋風中，她踏遍了園裡的大半土地。佇立小河邊凝望流水，留下午餐的餑餑餵鴨子，撿地上的落葉做書籤。

等待的日子令人憔悴，她美麗的面龐漸顯消瘦，柔長的身段更如弱柳扶風，一種難以形容的飄逸瀟灑，讓從來不讀詩的秀兒也說她身上有詩意。

秀兒對她很友善。每日她在自己屋裡用早餐，午晚兩頓秀兒總打發丫頭來接，飯後又原路送她回四合院，從來沒說過一句「有空過來坐」之類的話。

通達世故的沈宛立時明白，與秀兒的情誼只能到此。容若終究是她丈夫，兩人感情淡如水也罷，像兄弟姐妹也罷，當另一個女子侵入時，心中總是不舒坦的。何況她與容若之間的關係並未明朗，而她的出身和底細秀兒盡知，為了自保，不得不採取距離。於是，沒有秀兒的召喚，她絕不主動登門。

小樓是屬於容若和沈宛的私密寶地，也是供沈宛傾情相思的每日必到之處。她常是沏上一壺新茶，桌上擺著紙硯，或寫新詞或作畫，有時也彈彈七弦琴，而更多的時候是讀容若的《飲水詞》。這本詞集非比尋常：不是市面書店裡賣的版本，是她從頭到尾一筆一劃用蠅頭小楷抄寫的。

那時顧貞觀老師在江南替容若編《飲水詞》，她久已仰慕這位滿洲才子的大名，便自願幫忙整理稿件。也就是在那個時候，她不單迷戀上容若的作品，也迷戀上他的人。驚異於在這個情比紙薄、人心冷如冰雪的蒼茫世道上，竟有如此至情至性的男人。最難得的是，容若並非普通的一介書生，而是皇族貴胄，儀表出眾的年輕相國公子。

從容若的詞作中，她看出他是個超逸不群的特立獨行者，學問淵博，才華豔發，又慷慨重義，是絕大多數女性會一見傾心的那種男人。可他竟是癡情種子，愛一個人便至死不渝。在他寫的詞裡，毫不掩飾與愛妻之間的親暱纏綿，妻子去世後，那些淒美的悼亡之作，讓她感動得心碎，一邊抄寫一邊落淚。

沒見他之前，她自認枯井一般、絕不會為任何一個男人激動的心，竟完全被攪亂了。見面之後，覺得他比想像的更值得去愛。如今她的思想裡、生命裡就只有這一個人。她想他，念他，等他。晝著，寫著，隔一會就倚在欄杆上朝外張望一會，幻想著牆外的車道上忽然響起馬蹄聲，由遠而近，接著一個騎馬的身影飛馳而過。等待的日子太磨人，只好提筆寫下她的相思意〈一痕沙・望遠〉：

白玉帳寒夜靜。簾幙月明微冷。兩地看冰盤。路漫漫。
惱殺天邊飛雁。不寄慰愁書柬。誰料是歸程。

容若已走了一個多月，沈宛用手指數著他的行程，算著還有多久才回來！她每天必登上小樓倚欄張望，等待像一枚鋼銼，要磨碎她的心。

沈宛沒等到容若，卻等來了明珠夫婦。他們帶著吉順和兩個家丁，突然出現在沈宛居住的四合院裡。

兩人都是一臉寒霜，跟上次見面時的熱絡完全相反。

明珠乾咳一聲，眼睛盯著屋頂，冷冷的道：「沈姑娘，甚麼也不要說了。我派人到南方去打聽過，把你的底細弄清楚了。你不能進我們家門，要立刻離開北京。」

五格兒也沉著臉：「撒謊騙人也得看看地方。我們是甚麼人家你不知道？別想變著花樣攀高枝。你大老遠的來北京，也不能讓你白跑一趟。」她拿出張一萬兩的銀票放在桌上。

吉順對兩個家丁道：「你們還不幫沈姑娘收拾行李上路。」

兩個人正要動手搬地上的樟木箱，被沈宛喝住：「不要搬，我甚麼都沒有。」

這驟雨般突來的襲擊，使沈宛驚愕了好一陣。此刻她終於明白了，無論怎樣自強、上進，力求出汙泥而不染，在明珠相國和夫人的眼裡，仍脫不了一個賤字。

如果她說與容若之間有真情，不單會令他們恥笑，更會讓他們害怕：怕她把容若拐帶墮落。她的心已在悲哀中死去，她想也許與容若的愛情本不該發生。她拋棄一切來投奔，或許根本荒謬至極。但容若愛她是真的，她可以走，卻不能像做賊一樣的溜走。雖然她被侮辱、蔑視、粗暴的無禮對待，她仍相信自己是個正直善良、有貴重品格的人。她說話仍保持著一慣的優雅自信：「我會立刻離開貴府，但不會離開北京。我還要見公子一面。」

「還要見他！你害他還沒害夠！你必須立刻離開北京。有人送你去通州，船票也買好了，姑娘就不要再耽擱時間了。」明珠口氣嚴厲的向吉順使眼色。

沈宛看在眼裡，心想：他的父母做得這樣絕，顯然是一點轉圜的餘地都沒有，還期待甚麼！容若，我們小小的兩個人，哪有力量和世人的觀念對抗！原諒我只能離你而去了。她又想：連容若都能捨，別的還有甚麼不能捨的！

沈宛只帶了幾件換洗衣服，和自己帶來的盤纏銀子，就轉身而去。

五格兒提醒：「銀票不帶嗎？」她也不屑搭理。

沈宛苦撐著擋住眼淚，但車簾一放下，淚水便像像容若詞中的句子「愁似湘江日月潮」般，彷彿窮一生之力也無法止住似的，一直飲泣著哭到通州。

38

容若隨侍康熙帝幸臨江南，去到寶應、高郵、揚州、鎮江、蘇州、江寧等地。因無錫是顧貞觀的家鄉，他便在那兒山頂忍草庵中貫華閣的壁上，留下自畫的隨意小像一幅。過南京時與曹寅相見，曹家新建的樓台「楝亭」剛造好，特別請容若給寫點甚麼，容若提起大筆，即興寫了一闋：

〈滿江紅・為曹子清題其先人所構楝亭，亭在金陵署中〉

籍甚平陽，羨奕葉、流傳芳譽。君不見、山龍補袞，昔日蘭署。
飲罷石頭城下水，移來燕子磯邊樹。倩一莖黃楝作三槐，趨庭處。
延夕月，承晨露。看手澤，深余慕。更鳳毛才思，登高能賦。
入夢憑將圖繪寫，留題合遣紗籠護。正綠陰青子盼烏衣，來非暮。

一路奔波，回到北京時已是十一月二十九日，行程整整兩個月。整個旅途中他時時想著沈宛，整個的心被她佔據了。

汪洋大海中飄泊多時的船，終於找到可靠的岸。這樣充實的溫馨之感，自涵瑛去世後已經久違，此刻彷彿正在慢慢恢復，這讓他有重獲幸福的喜悅，卻也因此更受相思的折磨，變得特別懷鄉，暗中計算著回京的日子。

旅途中得知吳兆騫病逝的消息，他悲痛之餘更擔心家人將他草草埋葬。忙差人給北京的納蘭府送信：要求暫把吳兆騫的靈柩停放廟中，待他回京給辦喪事。

容若回到納蘭府照例先給父母問安，獻上帶回的禮物。明珠和五格兒也跟往常一樣，和顏悅色的問些旅途見聞之類的話。五格兒道：「瞧你，出去兩個月，弄得一臉風霜，鬍子長那麼長。快去洗洗梳梳吃點東西。」

容若笑著去了，忙著沐浴更衣，廚房給特製的點心只吃了幾口。拿起給沈宛買的兩本詩詞集子、她最喜歡喝的雨前茶，及給秀兒和女孩們買的蘇杭絲質衣料，就要去桑榆墅。

長歌一再擋著：「公子一定很累，還是先歇歇吧！」

「誰說我累？我不累。」

「公子你瞧，太陽都偏西了，到桑榆墅怕天都快黑了，明天去多好。」

「天黑就黑唄，我今晚上就住那邊。」

容若說著便走，並不理會長歌的勸阻。長歌只好騎馬跟從。

「你跟著我幹甚麼？不是告訴你了嗎？我是住在那邊的。」

「奴才也住那邊就是了，公子剛回來總是要人伺候的。」長歌垂頭喪氣的說。

容若看他的神情，猜想他不在的這些日子，可能長歌受過吉順等人的氣，對他也就格外想念，要跟便由著他。

兩人快馬加鞭，一路上沉默著直奔桑榆墅，到了那兒容若跳下馬急慌慌的走進沈宛的四合院。內外皆無聲息，正房的門是虛掩著的，容若叫著：「宛，我回來了。」卻是無人回應。只見她帶來的那些書，整齊的擺在架上，桌上的七弦琴彷彿剛才彈過。容若把她住的一連串五間房全看了一遍，確定沈宛不在屋裡，他便不須想就知道：她一定在小樓裡，大概已在陽台看到他回來，在頂樓的畫堂裡等著。那兒是只屬於他們兩人的，上不著天、下不接地的私密世界，那張簡陋的土炕，是他們永生難忘的、諧美的身魂交融的溫柔鄉。她自然是在那兒等他的。

容若想著已疾速的邁著大步朝小樓而去，他呼叫著沈宛的名字直奔上頂樓。仍是沒有沈宛的影子。桌上攤開著她看了一半的書，和未完成的畫。奇怪的是筆硯和顏色盤都是乾的。發生了甚麼事！她人在哪裡！容容心裡鏡子般透剔起來，下樓來問等在外面的長歌：「沈姑娘到哪裡去了？」

「她走了。」

「走哪裡去？」

「奴才也不知道沈姑娘哪裡去了。好像是回南了。」長歌吞吞吐吐的，臉上露出淒苦的表情。

「回南？她怎麼會回南！甚麼時候走的？」

「走半個月了。」

「誰叫她走的？」

「沈姑娘自己要走的。公子出去那麼久，她悶得慌，就走了。」

容若愣了一愣，連說：「不可能，絕不可能。」一邊拔腳往秀兒住處去。

秀兒一看他的神態已知事情發作，故意輕鬆的笑道：「公子回來了，江南風光挺不錯吧？」平常容若總認為她是個沒有城府的厚道人，也說不清為甚麼，今天竟覺得她的笑容裡藏著幸災樂禍的奸滑之相，便也不答話直接就往屋裡走。

三個女孩湊上前來叫阿瑪，他把為她們買的東西交給各人：「你們先出去玩，阿瑪跟你娘有話說。」

孩子們出去了，容若面色鐵青的悶坐一會，把手上的錦盒給秀兒，說了句：「這是給你買的衣料。」接著開門見山的問：「沈宛怎麼會回南？」

秀兒正在擺來擺去的看那兩件衣料，聽容若問話頭也不抬的道：「你問我，我問誰去！八成是公子出去太久，她受不了憋悶，就走了。」

答話與長歌相同，容若立刻明白這是商量好的「官方」答案，也更證實了沈宛絕非自願離開：「阿瑪和額娘怎麼會知道她的底細？」

「難不成你以為我去告狀了？」秀兒把眼睛瞪得溜圓的看著他。

容若道：「我沒以為是你，我只是奇怪他們怎麼會知道？」

秀兒正色道：「公子千萬別弄錯，我可從沒說過老爺和夫人知道這回事。這事跟我一點關係也沒有。公子把沈姑娘交給我原本就不妥。我是個連自己都護不了的人，能護別人嗎？要是我有那本事也不至於叫人給擠到桑榆墅來。」

容若本無怪罪秀兒的意思，更無情緒辯解甚麼，他的心全被痛苦與憤怒填滿，沈宛的到底去了哪裡，是否安全？是最令他焦慮的問題。

長歌不忍見容若那麼傷心，終於向他吐露真相，說明珠派了常到江南辦事的家丁去打聽，有關「沈御禪」的身世。沒想到一下子就探聽出來了。那家丁說「御禪」就是沈宛，芳名無人不知，是出名的江南大才女。容若也問起沈宛離開桑榆墅的情形，長歌坦言秀兒和他都被嚴厲禁足，沈宛走時不許在場。長歌最後道：「因為知情不報，老爺頭一回賞我耳光子。要是知道我又再多嘴，還不活活打死？」

容若神色沉鬱的道：「你不必怕，我現在一個字都不會提，得趕快給吳兆騫張羅喪禮。待事辦完自有行動，這事不會就這樣結束的。」

容若果然挺身而出，為吳兆騫料理身後事。

他想吳兆騫自青年時期放逐塞外，一世風霜，滿腹才華，連個立足之地都沒有。若非及時伸出援手，他一家老小根本無以為生。聘他為弟弟揆敘和兩個兒子的教師，既解決了他的家庭生活問題，也維護了他身為文人的尊嚴和顏面。本以為可以安定的維持下去，誰知身心俱損的他，連這點可憐的福氣也消受不了，竟一病而死。一個文人的人生何以如此悲慘！容若慨嘆之餘，決心要給吳兆騫死後哀榮，大辦一場喪禮。

容若不單給京裡的文人全發了訃聞，還為避免造成家裡沒人的淒涼景象，接來五六位吳兆騫的子姪。顧貞觀一字一淚的讀了祭文，容若親自致詞，談論吳兆騫的生平哀樂，說吳兆騫的遭遇是所有文人的縮影。文人惹事的起端不外一個真字，但如果寫文章的人連最起碼的要求「真」都做不到，那就不寫也罷。他的話令聞者動容。

奠祭後白馬素車，平日交好的文友送到北京城外。容若騎馬，顧貞觀和朱彝尊乘車送到到通州，包租的運靈柩船已等在碼頭上。容若派個家丁陪伴吳家的晚輩，將吳兆騫的靈木送回原籍安葬。由於吳兆騫有老母和兩個沒成年的孩子，容若允諾每年送去三千兩白銀家用，直到老母離世，兒女長成。

北京的官場和文壇從此流行一句話：交友當如納蘭容若。說他「生館死殯，恤存孤稚」，對朋友的情義感天動地。

容若本人並不注意別人的評論，眼前他要做的第一件大事，是親自到南方找回沈宛，或是索性就跟她在江南隱居。

容若正在考慮怎樣向康熙皇帝請長假。

憑心而論，皇上自認為對容若已是特別寵眷，只說這趟南巡，一路上賞了他多少珍品，去視察河工時睡帳篷，對榻而眠的一直是他，還多次叫他坐下陪著用膳。換個別人早已感激零涕，他卻為此痛苦得難以忍受了。

容若已完全明白皇上的心：有他隨侍在側日子才有趣，所以要他永遠跟在身邊做個陪伴。可惜他這個人不能給任何人做一輩子陪伴，哪怕是皇上。他要做自己，納蘭成德不僅是個樣樣條件俱佳、令聖上喜歡得離不開的奴才，他更是一個人，要過自己的生活，不管那生活在別人眼裡是好是壞，有無價值。

以前他確曾有過雄心壯志，在詞作裡大剌剌的說：「算功名何許，此身博得。」竟天真的以為有熱情和才華，就可以給朝廷盡忠報效，做大事業。在宮中冷眼看了八年，才懂得了甚麼叫官場。

官場是個比菜場骯髒許多的地方。菜場不過是地上有些濕濘，聞嗅起來有點魚腥或雞糞的氣味，最多是欠缺優雅，令人不太舒服，其實對人是不會造成傷害的。官場卻是面上一團和氣，暗地裡勾心鬥角，爾虞我詐，充滿欺騙與權術的廝殺場。縱有報效之心也越不過路上的急流暗礁，終難施展抱負。

只看父親明珠，身為朝廷重臣，卻結黨營私，把持朝政，使用各種手段收受賄賂，排除異己。關於這一點他已多次奉勸父親，每次都會招來一頓申斥。父親說他蠢得像個小孩子，居然不懂官場是個「你不吃人，人必吃你」的地方。父親宦海優遊三十餘年，經驗豐富，也許他是對的。那麼像他這樣一個永遠學不會「吃人」也不肯去吃人的人，又何必混到官場裡去惹氣受罪。他的辭職歸隱之心早已存在，此刻是行動的時候了。

容若不打算把辭職的決定與父母商量。

從南方回來後，容若就有意的避免與明珠夫婦見面。父母的反對在他的意料之中，尤其擔心他隨駕南巡的兩個月裡，他們對沈宛有不利舉動。所以才帶沈宛先去拜見而暫時隱瞞了她的出身。他是要讓父母認識沈宛的人才和對他的重要性，留出餘地以便解釋，懇請他們答應可容易些。

在容若想來，父母親對沈宛那麼喜歡，就算發現了真相也會包容，至少要等他回來商量過，才決定怎樣處理這件事。確實不曾料到，他們翻臉和翻書一樣快，連等他回來商量的機會都不給，就把沈宛給趕走。他們是他的生身父母，對他雖無瞭解卻有愛與關懷，為甚麼要這樣做！容若的心真受傷了。

容若非常想念沈宛，曾去小樓憑欄追憶，外望山水依舊，屋內已是人去樓空。沈宛帶走了他最後的歡樂，她的離去是他人生路途上又一次致命打擊。他隨即悲哀的問自己，為甚麼愛一個人時總是用情那麼深。以前對涵瑛是，現今對沈宛也是。情路是如此的短暫坎坷，到頭來無非是獨忍寂寞淒涼。他想著便用沈宛丟在桌上的紙筆，寫了一首淡淡短短的〈憶江南〉：

春去也，人在畫樓東。芳草綠黏天一角，落花紅芹水三弓。好景共誰同？

一闋短短的、淡白如水墨畫的〈憶江南〉實在形容不了他此刻的落寞情緒，回到陽台上再倚欄遙望了好一會，他轉回又寫：

〈鷓鴣天〉

獨背殘陽上小樓，誰家玉笛韻偏幽。一行白雁遙天暮，幾點黃花滿地秋。
驚節序，嘆沉浮，穠華如夢水東流。人間所事堪惆悵，莫向橫塘問舊遊。

容若回來不足一月，已兩次因犯寒疾告假在家。

「你這病好像斷不了根？」容若假後上班皇上關切的問。

「奴才的這個怪病是胎裡帶來的。越來越重，斷不了根的。恐怕伺候皇上的日子也不長了。」

「你把事情想得太絕望了。叫太醫仔細給你診治一下，不會不好的。」

「皇上，奴才的意思是，也許應該退下來找個清靜地方養病。」

「哦？」皇上露出不太愉快的笑容，「說了半天，你還是不很願意在朕的身邊當差。」

「奴才不是不願意，實在是因為健康的關係，在外面做事感到力不從心，退下來休養比較合適。」

「容若啊！你也知道的，朕的身邊需要你這樣一個人陪著談談聊聊。跟你上下古今忽文忽武的閒聊，是朕頂稱心的時候。這樣吧！你不必當班，平常在家養著，朕有事找你再來。朕也沒把你當奴才，說起來你是朕的表弟。朕的曾祖父努爾哈赤是你的曾外祖父，隔得不遠呢！你為人也剛直純正，朕是把你當兄弟的。」

容若被康熙皇帝的一番話感動得五內震盪，除了肝腦塗地繼續效忠之類的話，別的甚麼也不能說了。

容若把他與沈宛之間的情形，和他計劃到江南去找沈宛的心思跟顧貞觀說了。出乎意料的是顧貞觀竟認為這件事應到此為止：「你們倆的心願是要見個面。既然面已見過、話也說明白了，這事就算完結。『此情可待留追憶』不是也很美麼！她不會再回沈彩弦那裡的。你到甚麼地方去找？」

是啊！江南那麼大，到哪兒去找！容若看出，不會有任何人贊成他去尋找沈宛，長歌也幾次提醒：「公子，算了吧！為了沈姑娘跟老爺夫人鬧翻，值嗎？」

容若並不去駁斥他們，因自知心意堅定。他已在考慮必要時向皇上道出真相，請假去江南。預料皇上不會因此發怒，當年龔鼎孳老師娶了秦淮名妓顧橫波，太后還賜封她為一品夫人呢！不過話又說回來，如果皇上真因此發怒，他就正好辭官奔走天涯，去找沈宛。他不是一時賭氣或衝動才這樣做，而是一個三十歲的成熟男人，為了挽救自己孤寂得要枯竭的心魂，做出的冷靜又堅毅的決定。

容若清晨到宮裡上班，剛騎馬出街口，一個夥計模樣的人，上前塞給他一封信，丟下一句話就溜得不見了影。

「公子，你的信。」

容若見信封上是沈宛的筆跡，急忙靠在路邊上把信讀了。

只是簡單的幾句話：沈宛說她已回到北京，住在原來住過的那家客棧，希望他前去一見。

容若激動得只想立刻前去，但他還是先進宮當了大半天的差，傍晚上才去到沈宛的住處。

沈宛靠在榻上，面容憔悴，山潭靜水般的眼神裡，盛著深不見底的憂愁。

兩人恍如隔世似的互視了剎那，容若就去擁住她：「宛，我真以為你回南了。正想著怎樣去找你。」

「我是被迫回南。可是走到半路又了轉頭了。昨天才到京。」

「你回來得好，不然我就得像瞎子摸魚似的，到江南去找你。宛，我多想你啊！」

「我想你想得心在滴血，可我不能不離開。容若，你知道我為甚麼回來嗎？」

沈宛把容若推開一點距離，含有深意的凝視著他。

「當然是因為思念。」

「只為思念不會回來，我不想讓你為難。容若，我懷孕了，已經三個月。」

「你懷孕了！」消息來得突然，容若怔了一下，接著就欣喜的擁住她：「宛，我們有自己的孩子，你就要做母親了。」

「做母親！我有資格麼？問題很清楚，這是一個天生的苦命孩子。生下來吧！不受歡迎。找大夫給開個方子打掉吧！怎狠得下心，我是他的娘啊！真拿不定主意，只好來跟你商量。」沈宛忍著的淚終於婆娑的流下。

容若替她拭抹著眼淚，軟語溫聲的：「商量甚麼，這是咱倆的孩子，當然要把他平安的生下來，教養他長大成人。」

「想得不錯，可是……」

「你的憂慮我知道。宛，不要擔心，我會在父母面前力爭到底。相信他們會改變主意。」

容若很有信心。因為沈宛懷了納蘭家的骨肉，父親明珠最重血緣，不會讓自己的孫兒或孫女在外飄零。

容若第二天就去跟明珠和五格兒談話。南方歸來近月，這是他初次專程到父母住處。明珠和五格兒都有微微驚愕的表情。

容若道了聲「給阿瑪、額娘請安」就正著面孔坐在那兒不說話。

五格兒朝他打量了半晌道：「這一陣子你總不過來，聽說又犯過寒疾。你還是要注意將息，瞧你瘦了不少。」

「謝額娘關心。」

「你好像有點無事不登三寶殿的意思，有事嗎？」明珠彷彿帶點調侃的意味。在他想：容若知道為沈宛編的假話已被識破，自覺羞愧難當，以致南方歸來後不敢和他見面。今天多半是來向父母認罪的。

「兒子是有事情跟阿瑪和額娘說。」

明珠和五格兒已感覺到他要說的不是小事，靜等他說下去。

「還是那件事。我要娶沈宛進門，請父母親大人恩准。」

容若說出這樣的話倒是他們不曾料到的。

五格兒收起了笑容，明珠已沉下臉，屋裡忽然變得異常安靜。

容若也不出聲，就等著父母答話。尷尬的局面續持了一會，五格兒才道：「那個沈姑娘，已經回南方了。你和她還有來往？」

「她是回南方了，不過我又把她接回來了。因為我一定要娶她。」

「容若，你這是跟誰在使氣作對呢？她跟你實在不適合。你已經是三十歲的人了，不能再任著性子胡來。她這樣的人是進不了我們家門的。」五格兒聲調十分平和，卻掩不住心意的堅決。

「我帶來沈宛拜見阿瑪和額娘時，二老對她的人品才華讚不絕口。只因為差人到南方打探了一遍，就逼迫她立刻離京，連等我回來解釋的機會都不給。」

「閉住你的嘴，」一直沉默不語的明珠忽然厲聲喝住容若，「虧你還有臉說呢！弄一個青樓女子來哄騙你的父母。」

「我沒想哄騙父母，是怕我出去那兩個月你們為難她，才沒明說她的出身。我是預備回來向阿瑪和額娘解釋的。」

「沒甚麼好解釋的。」明珠不待容若說完，繼續發怒，「再好的下流也變不了上流。這個甚麼沈宛，是沈彩弦的養女。那沈彩弦又是那路貨色！一個歌妓，外號『神弦子』，二十年前沒人不知道她。我從不聽那些輕浮的玩藝，可我都知道她的名字。今天的沈宛就是當年的沈彩弦，臭名滿天下的青樓女子。她能詩能文也罷，談吐典雅也罷，怎麼也改不了下賤的身分。我絕不允許這種女人進納蘭家的門，攪亂我家的高貴血緣，壞我家的名聲。要是有天人家在背後笑罵：納蘭明珠的孫子是娼妓生的，我還能做人嗎？還有臉做甚麼『明相』嗎？」明珠說完一大段話，冷冷的瞅著容若。

容若本想告訴父母沈宛已懷身孕。認為他們會念在未出世的孫輩的份上，引發慈悲之心，愛屋及烏接受沈宛。但聽了父親的言論，特別是那眼光裡透出的陰冷，令他不寒而慄。他想起朝中的一些傳言，「明相」如何巧妙的運用他的黨羽，以不顯形的手段排除異己。凡是對他的權位和榮譽造成傷害的人，他都會毫不猶疑的伸出無情手。沈宛腹中懷的，對他來說不是孫兒，而是壞他血緣、丟他顏面的禍根。如果父親想清除沈宛這個禍根的製造者，可謂易如反掌。他決定把沈宛懷孕的事嚴守祕密。

明珠見容若沉默不語，以為他已知羞愧，便把態度轉為平和：「容若，你要永遠記住，你身上流著的血是最高貴的，父系葉赫納蘭氏，母系愛新覺羅氏，都是皇族正宗血緣。這等的高貴，除了皇上只怕少人能比。你要重視自己的身分，千萬不可以亂來。」

五格兒也討好的笑著道：「容若啊！你要討幾房小都不是問題，重要的是家世要清白。」

「謝謝阿瑪和額娘的教誨，我記住了。」容若知道這問題和父母永遠不可能說通，也實在倦於再聽他們的言論，敷衍了一句就走出來。

39

至此容若已完全明白：父母親永遠不會接受沈宛，她不可能有走進納蘭府大門的一天。但他決心已定，不會因他們或任何人的反對而放棄。他要過自己想過的生活，而且立即付諸行動。

倒是沈宛心中忐忑猶豫不決：「容若，你仔細想過嗎？這樣做，家裡和外面都不容你。你會失去一切。為了我這樣一個人，你值得嗎？」

「值得。跟你朝朝夕夕在一起，是我最渴望的。很重要。如果連這點順心的事都要放棄，那我就更不知道為甚麼活著了。目前只求一時安定，等孩子生下來，朝廷裡的事也結束了，咱們就去江南隱居。開館教學，過淡素日子。」容若態度堅定，信心十足的描繪著未來生涯。

容若在德勝門內的高尚住宅區，租了一個雅緻的宅院，前後三進，很是小巧可愛。裡院的正房寬敞明亮，是容若與沈宛的起居處所。沈宛認為容若就是她整個的生命，他們共同的小窩是她永恆的家園，每個角落都加以精心佈置。容若命長歌到桑榆墅把沈宛的書和琴都取來，自己常用的書籍文具也搬來一批。小院內樹影深深一派古樸墨香。相愛的兩顆心緊緊相依，雖有說不盡的旖旎和柔情，潛伏在暗處的陰影，仍使他們感到巨大的壓力，無法真正的快樂起來。

住處安置完畢後，容若要做的第一件大事，是向他的朋友們，宣佈他與沈宛已經結為夫婦。

沒有樂器吹打、花轎迎親之類的儀式。只在前院大廳擺了一個圓桌面，請來顧貞觀、朱彝尊、梁佩蘭、姜宸英等在江南就見過沈宛的朋友。容若給他們的請帖上寫得明白：他與「江南沈氏」情投意合，已決定結為連理，共度人生，請好朋友們來喝他們的喜酒。

他還親自去請恩師給做見證人。徐乾學頗是為難：「容若，你這些年心裡苦我知道。遇到沈姑娘這樣秀外慧中的知己，兩情相悅，要共度下半生，我也很贊同。可令尊堅決反對，為這事還找過我，託我勸你放棄沈姑娘。你這樣做不是公然頂闖父親麼！我是不便去喝你喜酒的，讓老師現在就給你賀喜吧！」

容若穿著喜袍在廳前等候賀客，連同他本人，總共才十多個人。這些人裡，除了顧貞觀是沈宛老師，與她相熟之外，其他的人有的只遠遠的看過一兩次，或說過幾句話。從沒見過沈宛的只有韓菼一人。因此心中都充滿好奇，不知這位歸於納蘭公子，才藝雙絕的江南第一美女，今天是甚麼模樣？

大夥入坐後，容若吩咐傭人請夫人出來。身穿新娘紅色嫁衣的沈宛大方嫻雅的走出來，坐在容若的身邊，另一邊是顧貞觀。

酒杯斟滿，容若首先發話：「我這些年的坎坷和痛苦諸位都看到。自元配盧氏去世後，我寂寞、孤獨、絕望、心如死灰。幸虧有各位老大哥的友情，扶持我度過最艱難的日子，今天我要特別說聲謝謝。」他舉杯敬酒，接著再說：「我這人討厭虛偽。說句心裡話，有時真想不透，人活在世上到底所為何來！為甚麼總要做自己不喜歡的事！這些年來我一直勉強著做不喜歡的事，確實苦不堪言。現在我要做喜歡的、想做的事。我要娶回自己選擇的女人，跟她共偕白首。遺憾的是我父母不允許，以致沈姑娘無法邁進納蘭府的大門。這讓我感到對不起她。我和她趣味相投、知情知意，絕不會因為任何挫折而放棄。我們也都不是很年輕了，可以說這是歷經風雨、拒染汙泥的無根蘭花，遇上了未老先枯的垂死梧桐。我們的情堅如金石，將相扶持著走過這崎嶇的人生道。各位大哥都是見證。」容若又向大家舉杯，眾聲喧譁，祝賀的話語源源而出。

「各位大哥都是我的至交，你也說幾句吧？」沈宛被容若的話感動得幾乎滴下淚來，忽聽容若要她說話，便整頓了一下情緒慢條斯理的道：「容若稱呼各位為老大哥，我就斗膽也這樣叫一聲。老大哥們都知道我的底細，有的還見過面，沈宛身不由己，是個苦命女子。上天垂憐，讓我遇到容若，得他真情相待，實在是我的福氣和榮幸。為了我，弄得容若與家庭不合，我歉疚萬分。今後我最要做的事，就是做個叫人挑不出錯的居家婦人。希望兩位老人家有天能改變心意，諒解我和容若。今天便是我和大哥們最後一次見面。以前的沈宛已死，今天的容若妾會像所有的家常女人一樣，只在後面持家，不見外人了——」沈宛說著忽然頓住，兩眼泛著淚光。

容若連忙體貼的道：「那也不必，都是好朋友。」沈宛對他默默看了一眼，已經恢復平靜。

這時顧貞觀拿起筷子在碗上敲了兩下：「今天這個場面太特殊，至少對我是生平第一次經歷。容若於我如同親兄弟，沈宛是我的學生，他倆的相識是由我而起。不過，說真話，我原來並不認為他們會有這樣的緣份。原因是旁觀者清，知道準定會出問題。現在問題果然不小。他們兩個仍然不顧一切的要結合。敢說未來的困難更多，只希望你們心比金堅，白頭到老。」

每個人都說了幾句祝福恭賀的話，接著開始飲酒吟哦，詩詞唱和。容若幾杯酒下肚已有醺意，即席吟了一闋〈金縷曲〉：

未得長無謂。竟須將、銀河親挽，普天一洗。麟閣才教留粉本，大笑拂衣歸矣。
如斯者、古今能幾。有限好春無限恨，沒來由、短盡英雄氣。暫覓個，柔鄉避。
東君輕薄知何意。盡年年、愁紅慘綠，添人憔悴。兩鬢飄蕭容易白，錯把韶華虛費。
便決計，疏狂休悔。但有玉人常照眼，向名花、美酒拚沉醉。天下事，公等在。

朱彝尊道：「這老長的〈金縷曲〉，不用筆，稿子也不打，率性吟來竟是枝葉豐茂的絕品。容若老弟真是個天生的詩才。」

容若笑道：「半生的磨難，滿心的愁苦，還用得著著打稿子嗎？我不是發牢騷，是真這麼打算。天下大事就有勞各位，我是不管了。」

跟著容若的話，一陣七嘴八舌和感嘆，便開始輪流的吟哦。這時沈宛起身道：「謝謝各位老大哥的光臨。請盡興吟哦，我先告退了。」

她說完便施禮退下。在座的騷人墨客們都明白，名滿江南的美麗才女沈宛，已自人間消失。

容若說這晚上是他們的洞房花燭夜。佈置得滿屋豔紅，氣氛暖烘烘，兩個人陶醉得像躺在芬芳的花蕊中。

「宛，我們這樣相投，相愛，可我能給你的是這樣少。我好抱歉！」容若擁著沈宛，口氣認真，面有愧意。

沈宛嫣然笑著，用手蓋住他的嘴：「不要再說這樣的話，弄得你家人不合，我已經很不安了。容若，我只有一個願望，就是讓你過得快活，健壯。」

「我現在就快活！宛啊，我想我們不管世俗的一套，將來就像平常百姓似的，過咱們的小日子。我愛江南風光，在水邊蓋幾間房子，種片竹林，當然也要種些別的花草樹木，還要種菜，對，我來動手種菜，哈哈……一定很有趣。」容若說著自己倒先笑了，接著又認真的道：「待你把孩子生下，不論男女，我都要親自教他讀書。我寫詩詞，你也寫，出一本《夫妻詩詞集》哈哈……」

沈宛也開心的笑出聲來：「你想得太美了。但願真能過上那樣的日子。你知我在想甚麼？我想我們應該有三個孩子，家裡可熱鬧些。你說呢？」

「隨你。那不難，要幾個都成。」容若深深的吻她。

容若寫了一闋〈浣溪沙〉來慶祝他與沈宛的結合：

十八年來墜世間，吹花嚼蕊弄冰弦，多情情寄阿誰邊？
紫玉釵斜燈影背，紅綿粉冷枕函邊。相看好處卻無言。

沈宛說她要做個普通的居家女人，過單純的主婦生活，真就付諸行動。容若仍要到宮中上班，隔一二日要回到納蘭府看看，到父母面前請安，並不總陪在她的身邊，長長竟日必得自己打發。

在沈宛已往的生活裡，只學琴棋書畫，和如何讓姿容談吐優雅，看上去像一個大家閨秀，好引誘得那些腰纏萬貫的王孫公子和風流才子們發狂。一般普通女人都會的刺繡、烹調、縫紉之類卻是從來不碰的。她已與舊日的生活永別，京中雖有些相識者亦絕不來往。甚至連教過她填詞作詩的顧貞觀，無容若在旁也不會單獨見面。她讀過的孔子學說，此時發揮了作用。

沈宛曾有夢：容若的家庭肯於接受她成為家中一員，給她機會去奉獻，她便會以最誠懇的心去孝敬公婆，謙虛而尊重的與容若的正室夫人相處，友愛的對待容若的弟妹，關懷容若的子女，和秀兒交成好姐妹。令她失望的是容若的父母根本不接受她，納蘭府的門不肯為她打開，如今她的生活裡只有一個人，就是她捨棄一切來投奔的容若。

她在孤獨的度日，寫作繪畫，閱讀，撫琴，跟廚娘王媽學烹飪，專管收拾屋子的崔媽教她女紅。她已給腹中的孩子做了兩件小襖子，目前手上正給容若縫製「護頸」。相處這段時間她才弄明白，原來容若有與生俱來的寒疾，這個病對他的威脅是這樣大，必得小心預防。他每天圍在衣服裡面的「護頸」還是涵瑛生前做的，已經破舊，她要給他做一批新的。初學手生，她一針一線的縫得好慢，縫著，想著，柔情脈脈中難掩淒愁，一個不被認同的結合，兩人縱是千般恩愛，也難得到祝福，酸苦懣悶是不散的烏雲，總在心頭鬱結縈迴。

沈宛終日等待容若的歸來。當傍晚聽到他的腳步聲漸漸走近時，她的被相思煎熬著的心，便彩蝶般翩翩飛舞起來。他們共守的夜是溫柔又纏綿的。

容若與沈宛的生活情趣，和以前與涵瑛時很相似，常常是一個吹簫，一個撥起七弦琴，樂聲悠揚。但他們最常為之的，是詩詞唱和。

自從容若去了趟江南，這江南的山青水秀就成了他寫不完的題材。光是歌頌「江南好，……」的〈夢江南〉就寫了多闋。如今有沈宛這樣的江南玉人「常照眼」相隨相伴，相濡以沫，他就越發的愛屋及烏起來，寫了好幾闋有關江南，或是詠頌沈宛的新詞：

〈浣溪沙〉

五月江南麥已稀，黃梅時節雨霏微，閑看燕子教雛飛。

一水濃陰如罨畫，數峰無恙又晴暉。湔裙誰獨上魚磯。

〈遐方怨〉

欹角枕，掩紅窗。夢到江南伊家，博山沉水香。
湔裙歸晚坐思量。輕煙籠翠黛，月茫茫。

〈浣溪沙〉

欲問江梅瘦幾分，只看愁損翠羅裙，麝篝衾冷惜餘熏。
可奈暮寒長倚竹，便教春好不開門。枇杷花下校書人。

容若回到納蘭府時，絕口不提沈宛的名字，更避免觸及到這個小院裡的一切人和事。對父親他有一種說不出的畏懼，覺得他是個可以冷得下心腸的人。至於母親，他原認為她是天下最慈祥的媽媽，現在卻覺得她和父親無啥分別。他倆的血液裡都含有帝王家的無情，沈宛離他們越遠越安全。

他心意已決，待把孩子生下就到南方長住。沈宛說一定要和她以前的環境離得遠，所以蘇杭不是選擇。他和沈宛都愛水鄉風光，經過商量已託顧貞觀給設法物色，在他的老家無錫找一塊近水的建地，造幾間茅屋，過教學、著作、養花、種菜的日子。

沈宛見他真要付諸行動，曾問：「離開北京，捨得家人嗎？」

「不捨也得捨，這個家不適合我。我和他們好像是不一樣的人，連孩子們都知道自己是天生貴冑，比別人都高，好像只有我不知道。唉！想得受不了時就回來一趟省親。人生本難兩全。」話是如此說，心裡仍不免矛盾與掙扎。

只說皇上那一關就不易過。不知是否因近來容若請病假較多，還是聽說他有意到南方隱居，皇上的一些舉動頻頻透露出相當明顯的訊息，似乎要啟用他入朝為臣了。

三月十八日是康熙皇帝生日萬壽節。這一天皇上光忙著接受各部大臣、王公、貝勒們的恭賀還來不及，哪有功夫管別的甚麼閒事。但那天皇上到乾清宮看過幾份奏摺後，就把其他的事擱在一邊，叫梁九功研墨，親提御筆寫了一首賈直的詩送給容若。詩題〈早朝〉，內容是：

銀燭朝天紫陌長，禁城春色曉蒼蒼。千條弱柳垂青鎖，百囀流鶯繞建章。
劍佩聲隨玉墀步，衣冠身惹御爐香。共沐恩波鳳池上，朝朝染翰侍君王。

描寫的是大臣上朝的心情，暗示得也太明顯了。

不到一個月，皇上又拿來他自作的御詩〈松賦〉叫容若給翻譯成滿文。容若的滿文造詣不比漢文差，翻得不濃不淡恰到好處。康熙皇帝看了大為激賞：「朕的滿文詩這樣漂亮啊！容若，這才子之名你是當得的。」皇上在籠絡他的心，辭官隱居的打算似乎不易如願。

明珠和五格兒當然知道容若和沈宛在同居，心中雖強烈不滿卻不過問，在他們想，沈宛連個妾的名份也沒有，早晚會離開的。

秀淳是一個月至少十幾天住娘家，跟容若已很少碰面，若相遇必投以冷眼，有時還要用「下賤」、「骯髒」之類的語言嘲諷。容若則沉默以對。別離之日已不遠，何必再做無謂的傷害！

「離去，離去，不如離去！」的字眼總在容若思維中打轉，原本骨子裡就埋藏著深沉憂鬱的他，看上去越發像一個被愁苦凌遲著的詩人，是啊！他要離去，但仍充滿矛盾與不捨。

到此刻他才深深領會，有些人，譬如父母、子女、兄弟手足，乃至空有夫妻名份的秀淳，一旦要真正離別都不容易。兒女最是讓他不捨。他的兩個兒子富格和富爾敦，和大弟揆敘一起讀書習武，食住生活也在一處，由祖父祖母親自管教。秀兒生的三個女孩，多半和她們的母親住在桑榆墅，只偶爾回來小住。他們平靜的享受著童年，似乎並不缺少他這個喜歡吟風弄月的父親。

秀淳所生的小女兒貴嬌，確實被秀淳調理得又貴又嬌。這不許吃、那不許碰，一天不知要洗多少次手，才四歲的孩子就被管得像個木頭人。比一般同齡孩子顯得瘦小，容若只為女兒心痛。秀淳嚴禁貴嬌與這個已經「髒」了的父親親近。容若與這個大宅第裡的人越離越遠，他彷彿是天外來的陌生人，相互間益發的不認識了。

如今唯一能給容若溫暖和快樂的人，只有一個沈宛，當他在他們的小窩裡，摟抱著她柔軟滑膩的肉體度過長夜時，不管外面多麼寒冷，心中總是春天。

容若已又一次深深墜入情的洪流，除了愛情別的都在無形的疏遠，包括與好友們詩文唱和。

「容若，朋友們都說你只顧金屋藏嬌，別的已當糞土扔了。每年春天你都召集大夥在淥水亭飲酒賦詩。現在都五月中旬還沒動靜。看來你是醉在溫柔鄉裡意亂神迷，把我們全忘了。」容若到花間草堂去看顧貞觀，一見面他就如此說。

「哥哥請原諒，我這就召集。」容若翻了下曆書，五月二十二日輪他休假，集會就定在這天黃昏時候。顧貞觀負責去通知各人，他將吩咐廚房準備些精緻的菜餚，以示歉意。

五月二十二日是個明媚亮麗的好晴天，園裡一片盈盈春色，對雅愛吟風弄月，動輒唱和一番的文人雅士，最是歡喜合意。

但容若卻是費了很大一番口舌，才從德勝門內的四合院裡走出來。因他的寒疾復犯，連發了兩天燒，沈宛又是餵藥又是刮痧的十分緊張：「你的病沒痊好，還有燒。不能出去。」

見容若更衣穿鞋的準備出去，她拉著他的袖子不放手。

「瞧你這樣子多認真：風蕭蕭兮易水寒，壯士一去不復還！好像我一去就不回來似的。宛，你是不知道，這寒疾是胎裡帶來的，常犯，我早已不在乎了。叫我去吧！跟朋友不能失信。兩個月沒見面，他們都怨了。」

「叫他們去怨。燒沒退淨就是不許去。」沈宛索性抱住他，抱得很緊，臉上沒有笑容，像一個正在跟命運搏鬥的戰士。

容若忍不住笑了：「宛，你在怕我死嗎？不要亂擔心吧！我剛滿三十歲，還沒跟你好好過活呢！再兩個月你就要生了，秋後就一家三口去江南，過咱們的田園小日子。宛啊！叫我去吧！」容若要掙脫那兩隻攀著他不放的手。沈宛卻無端的流起淚來。容若終於挪開她的手，匆匆走了。

容若到淥水亭時，朱彝尊、梁佩蘭、顧貞觀、姜宸英，嚴繩孫，韓菼等人已到齊，見他走近來，姜宸英首先大著嗓子道：「客人等了半天主人才來，應該罰酒。」

容若抱手給大夥做了個揖，笑道：「各位好朋友請原諒，一點小事耽擱，來遲了。理當罰酒。我這兒賠罪，先敬老哥們一杯。」他舉杯與大夥一飲而盡，接著就天南地北的閒聊起來。

暮色漸濃，幾個傭人把大紅燈籠掛在亭子的四個角上，湖邊也掛了一排。水光波動中，隔著一段距離向岸上望去，花顏樹影，鵝黃奼紫翠綠，全被夜的大筆渲染成一片朦朧，幽淡的紅暈流溢著幻夢般的氛圍。文人雅士不飲亦醺，談興大開，題目集中在主人公容若的身上。

韓菼道：「不知各位可聽到朝中的一些輿論？都說容若不久將被委以重任，轉做朝臣了。」

朱彝尊道：「容若文武雙全，侍衛一幹八年，如入朝為官，也算撥烏雲見青天了。」

姜宸英道：「記得容若說過，他要是蒙恩得任朝官，將竭力盡心國事。如今報效的機會終於來了。」

眾人七嘴八舌，談的多是這個題目，顯然朋友們都為容若終可擺脫他所厭煩的侍衛工作而欣喜。沉默不語的只有顧貞觀和容若本人。

「容若你自己怎不說話？」梁佩蘭問。

容若微笑道：「以前我確是一腔熱血，以為可以做個好官。現在才真看明白：納蘭容若沒有他父親那樣的能力，給朝臣也罷，高位也罷，都不會做得四平八穩。我現在一心想去江南長住，別的甚麼也不想了。」他說著對顧貞觀：「哥哥，你給我打聽的建地有下文嗎？」

顧貞觀道：「有下文。問題是可用的建地太多，不知道你會中意哪一塊。依我看這是大事，還是你親自操持為妥靠。你們頭一年應租個宅子。先住定，再慢慢的琢磨，按你和沈宛的意思蓋房子，一勞永逸豈不更好！」

容若道：「行，就依你。」

「容若，你年紀輕輕的，真要歸隱？」

韓菼還是初次聽說容若要去南方長住，不免吃驚。

容若苦笑著道：「人貴自知。像我這樣不合時宜的人，做官也會誤事，不如歸去。當放手時要放手。咱們別總咬著這個問題，快飲酒唱和及時行樂才是。各位看這兩棵夜合歡樹花開得不錯吧！是在下親手栽的。就以『夜合歡雙樹』為題，吟詠一番如何？」容若指著湖邊上兩棵影影綽綽，盛開著的花樹。

顧貞觀欣愉的附和：「這兩棵樹，我怕看過不止十遍，還是第一次覺得她這樣可人。燈光之下看美色，很是驚豔。就詠她吧！」他說罷一首詩已詠出。

接著在座的各不相讓，一個跟著一個，佳句紛紛出口。

容若先是有些頭痛，後來便感到暈眩，他說不清是飲酒過量，還是因寒疾並未痊癒的關係，只是努力的支撐著談笑，免掃朋友們的興。

大夥吟詠唱和得正在興頭上，沒人注意到他的異樣，直到午夜席散，容若從椅上站起送客時，才看出他腳步有些失去控制的踉蹌。長歌忙趕過來攙扶，眾口一致都勸他快回房休息，他卻堅持要送大家到月洞門口。

眾人出了月洞門，停步轉身向站在門裡的容若道別，只見身著淺色長衫的容若，修長的身量顯得比平常消瘦，面色格外蒼白，看上去彷彿是從天上走下來的璧人，一身仙氣。容若淡笑著頻頻揮手，大夥兒也向他揮手。待他們的身影在夜色中消失，容若才對扶著他的長歌說：「送我上車。我要回到那邊去——」一句話沒完，他已昏倒在地。長歌嚇了一跳，急忙和正在收拾盤碗的小胖，把容若抬到書房的暖閣裡。

躺在床上的容若已清醒過來，急得亂了方寸的長歌直拍胸口：「可醒過來了，你把奴才嚇壞了。」他觸摸一下容若，熱得燙手，不禁又吃了一驚：「公子，這病來勢兇猛，非立刻去請醫生不可。我去叫醒老爺和夫人。」

他把一個冷水巾子敷在容若額頭，轉身就要走。

容若急得喝住：「你看看是甚麼時辰！不要去驚動人。等天亮了去請大夫就是。唉！我渾身火烤一樣，可能真病得不輕。」他說著昏昏沉沉的睡了，片刻後又睜開眼睛：「你去請大夫時，別忘了先到那邊去一趟，告訴沈夫人，說我在府裡養兩三天就回去，叫她別擔心。」

「這些事我都想著哪！公子只管好好歇息。」

折騰到天亮，侯大夫、明珠和五格兒都來看過。

侯大夫沉著臉給了藥方，把明珠夫婦叫到外面，嘆著氣道：「相國公，這次公子的病可不輕啊！燒得太厲害，要大大出汗才有救。再燒下去五臟六腑都壞了。相爺和夫人心裡可要有數啊！」

侯大夫的話如晴天霹靂，震撼得兩人都言語不得，彷彿一下子老了十年。兩老面面相覷了一會，五格兒咬牙切齒的道：「寒疾是容若的老毛病，無非是犯了好、好了犯的，哪會這麼厲害！都是那個姓沈的娼婦害的。她用一套騷功夫硬把容若的身子給掏空了。要是容若真有三長兩短，看我不要她的命才怪。」

明珠蹙著眉道：「你也別把事情想得那麼糟。今天午後皇上起程去塞外。原定容若隨扈，我也要陪駕一塊兒去。現在我得趕快進宮，把容若生病沒法隨扈的事稟報。」

明珠滿心焦慮的向康熙皇帝說明情況，皇上也吃了一驚：「怎麼突然病得這樣重！快傳太醫去看。」

皇上吩咐了梁九功再安慰明珠：「你不要跟朕去塞外了，留在京裡照顧著吧！」當時就有太醫診過病回來報告，說的話比侯大夫更嚴重：「是有熱毒損及內臟，必得發汗驅毒。」

於是皇上也焦急起來，如果失去這個能陪他躍馬狩獵、講經論道、唱和吟詠、有時在政策上還能給點意見的貼身侍衛，他的生活便會失色，無趣很多。何況容若是個百年不遇的天才，實在不該如此短命。他要以帝王的無比威權來救他：納蘭容若不可以死。

病重的容若時而昏迷時而清醒，他被高熱燒得面色緋紅，嘴唇破裂，發汗的藥喝了許多，卻不見一滴汗水出現。康熙皇帝每天都派數批中官侍衛和太醫到家探望，診治。納蘭家除了千謝萬謝的感激皇恩浩蕩之外，對容若的病情也看不出任何幫助。

經常住在娘家的秀淳、已在桑榆墅住了五年的秀兒，和所有的孩子都回來了。秀淳看到秀兒還是翹著尖尖的下巴頦，不屑一顧的樣子。秀兒早已不是處處後退的小妾，強硬的態度不比秀淳差。遇有秀淳想用正室夫人的權威來壓她時，她會促狹的冷笑一聲，回她一句：「見你的鬼！」

秀淳向來有潔癖，人生重病最髒，她探容若病時只敢站在門檻外。秀兒見容若病得沉重，已偷哭數次，心中情緒複雜，分不清是愛是恨，只能不分晝夜的伺候湯藥。

已到第六天，容若還是發不出一滴汗，燒卻退了許多。他從昏睡中醒來，睜開清亮的眼睛，靜靜的看著四周，眼光裡流露出的好奇，就像一個遠方來的陌生人。

看到秀兒站在床前，容若臉上浮起一抹笑意：「我是活著的麼？原以為已經死了。我看到涵瑛，說了很多話。」

「你清醒了！我去告訴額娘。」秀兒說著就要走。

「不，秀兒，別走。我有話跟你說。」

秀兒把容若扶坐起來，坐在床邊上，慢慢餵他吃藥。

容若輕輕拉住她的手，十分平和的道：「秀兒，我這一生最對不起的人就是你。」

「你剛好一點，就說瘋話。」

「不是瘋話，是真的。假設你沒到納蘭家來，好好的嫁個人，也不至於耽誤了青春。」

「你……你可恨，說甚麼鬼話。」秀兒放下碗，抹著眼睛。

「秀兒，你別哭，你聽我說話。你我之間總是淡淡的，可並非沒有感情。你為人敦厚、誠實、負責，是我最相信的人。我的時間不多了，有些事必得交代。孩子們由你管教我很放心。我跟阿瑪和額娘總是不很和，可我終究是父母的兒子，還是心疼他們的。你就替我侍奉吧！」

「你盡說喪氣的話……」秀兒又開始流淚。

「秀兒，我託你的事還沒完呢！」容若的口氣和神情同樣無奈：「有個比你命苦許多的女人，要求你給照顧一下。你當然知道是沈宛。她已有八個月的身孕，我要拜託你照顧她幾個月，待她把孩子生下來，長歌會找妥靠的人送她母子回南。她為了來投奔我，弄得甚麼都沒了。我現在也沒法子去調動銀錢。不過已經叫長歌把我收藏的宋明字畫、瓷器，想法子賣掉……」交代的事秀兒一一答應著，最後容若道：「你現在去看她一下可好？我在這兒六七天，只有第一天長歌去通知了一聲。她挺個大肚子，不定急成了甚麼樣！不要乘府裡的車，左旁門外有車等著，叫長歌送你出去。問問她胎氣可順。」

「我出去誰照顧你！」

「叫長歌進來就是了。」

秀兒見四周無人，就出了左旁門。

40

秀兒敲開了院門，一個男僕擋在裡面問她姓名，秀兒說是納蘭府的顏夫人，受公子之託來見沈夫人，有要事相告。

那男僕叫她稍候，說公子吩咐的，來客都要先報名。特別是納蘭府裡的人，沒弄明白是誰絕不可放入。他說著匆匆去了，很快的便回來說：「請進。」

還沒進到底院，秀兒遠遠的就看到大腹便便的沈宛，站在院門裡等著，從姿態便能看出，她很不安，正被焦慮折磨著。

沈宛果然連客套也顧不得，頭句話就問：「公子他怎麼了？那天他發著燒非要去，擋也擋不住。七天沒有音信，我急得要瘋了。」

秀兒見沈宛形容憔悴，比以前瘦了許多，只有挺著的肚子是胖的，想容若如果真的棄世而去，她和腹中的孩子可怎麼辦：「唉，進屋裡說吧！」

進屋坐下，沈宛還是那句話：「公子病得很厲害嗎？他到底怎麼樣了？」她急得像要哭出來似的。

「你先別急，聽我說啊！公子這回是病得不輕，在府裡將息呢！暫時不能到這邊來，怕你著急，叫我過來看看，告訴你一些事。我也不能待久，眼前府裡亂得很，太醫一天來好幾次——」

不善扯謊的秀兒話裡露出破綻，沈宛驚得站起：「太醫一天要來好幾次！都動用太醫了，情況一定非常兇險。顏夫人，請告訴我真話，公子是不是沒救了？不要瞞我，求你，這對我太重要。」

「對你自然重要，公子最急、最抱歉的也是這一點。誰也沒想到病情來得這樣兇險，不過公子有交代。」

秀兒話沒說完，沈宛已在哀傷的哭泣：「他可不能走啊！他走，我的心也跟進墳墓，沒有心叫我可怎麼活啊！」沈宛哭成了一個淚人兒，只顧叨咕她自己的話，對秀兒敘述的，容若給她的安排和囑咐彷彿一句都沒聽到。

「你別光是哭啊！聽我說話啊！我得回去照顧病人了。」秀兒已起身準備走，不料被沈宛牢牢拉住。

「我要跟你去，我要去看他。」

「納蘭府的門你是進不去的，你知道得比我更清楚，公子為這一點才叫我來轉達他的安排。」

「誰在乎他的安排！我要看到他，摸到他，碰到他。我要從看到他的第一眼，一直到跟他訣別，牢記兩人共處的每一剎那。那才是我後半生的依靠。顏夫人，你是個善心人，成全我吧！」

「你知道的，我在納蘭府裡地位低微，沒法幫這個忙。」

秀兒掙扎著要出去，沈宛突然拿起筆筒裡的裁紙刀對準自己的喉嚨：「不看他最後一眼我是活不下去的，不如現在就自我了斷。」

沈宛瞪著兩隻水亮的眸子，像個要慷慨赴義的勇士。秀兒被她給嚇呆了，愣了一會哽咽著抱住沈宛。

「世人都說風塵中來的人少情寡義，偏你怎麼就這樣烈性呢！你跟去吧！我就擔當一回。」

她們由左側門穿過松林直奔書房，兩人輕步進去，見容若似在熟睡，長歌和秋晴在一旁守著。長歌看到她們先做個「不要出聲」的動作，便快腳走來小聲道：「公子的情況很不好。太醫來過，藥方沒開就走了。老爺和夫人剛才離開，兩老真可憐，知道公子沒法救，都流眼淚了。這會兒去跟吉總管商量辦後事……」他抹了抹眼淚正色對沈宛道：「沈夫人，你去看看公子就快走。老爺夫人闖上可不得了。」

秀兒也連推沈宛：「快去，快去。」

沈宛調理了一下情緒，咬著嘴唇一言不發的走進暖閣，站在床邊瞧著憔悴不堪的容若。他一動也不動，看來那樣衰弱無力，神情悲苦，彷彿到人間行走一遭盡在受罪了。想起容若寄給她的詩：「予生未三十，憂愁過其半。」她只覺心痛：

「容若，如今你已年滿三十，憂愁可稍減了些？在你最後的日子裡，卑微的我可曾給你稍稍喜樂？『若得月光終皎潔，不辭冰雪為卿熱。』是你不朽的詞句，也恰是我的心聲。容若啊！如果世界能變成我們初見的那個晚上一樣，有清風、明月和詩般的情，我便不懼洪荒冰雪，或寧把我的肉身化為冰雪，去換得那片刻的溫暖相擁。一切都已太晚，你正在向我揮別，死亡的幽冥海正在把我們隔離。茫茫塵寰生也有涯，死亡被認做是最可怕的的障礙和恐懼，可對你我來說，也許並沒被真正的分開，反而拉近了我們的距離。在那個沒有貴賤只有明暗的世界裡，我總能走進你的家門吧？……」

沈宛的思緒勢若奔馬，毫不間歇的往前去，泉湧的淚水如春江之潮，染濕她的衣襟。

忽然，她看到仰面躺著的容若睜開眼睛。

「啊！容若。」沈宛不禁忘情的驚呼。原以為他正在死亡道上趕路，原來他還活著。此刻她的淚是喜悅的淚。

容若定定的打量著沈宛，眼光還是那麼清靈，終於認出是她：「宛，你……你怎麼來了？」他顯得很用力的說，聲音卻是極為微弱，用眼光示意叫她坐下。沈宛解意又聽話的坐在床上，輕輕親著容若的額頭和面頰：「我太想你，就來了。你這是怎麼啦？」她強裝出一點笑容。

容若也咧嘴微笑，露出一排白牙，把那消瘦的面孔形容得好悽愴：「你傻，不……不該來的。」他的眼光一直在她的身上打轉：「有人看到你進來嗎？」

「只有長歌和秋晴。」

「那你就快快走吧！叫長歌……送你出去。」他上氣不接下氣的。

「不，我不走，容若，和你在一起的時光對我多重要啊！我想求老天一下子停止萬物運行，就讓我這樣守著你。」沈宛握著容若的手在自己的臉上搓來搓去。

兩行清淚沿著容若的面孔流下來，他不勝淒苦的喃喃：「為了這一刻，你要付出甚麼樣的代價啊！」

「我願付。容若，我捨不得你，一生一世忘不了你。」沈宛再也忍不住奪眶的淚，無聲的哀泣著。

容若的呼吸顯得很困難，沈宛忙叫外面的長歌、秀兒和秋晴。這時明珠和五格兒帶著吉順也進來了，看到坐在床上拉著容若哭泣的沈宛，三人同時吃了一驚。

昏昏沉沉的容若又張開眼睛，對沈宛掙扎著說；「你快走吧！」又對他父母說：「叫她走吧！」

五格兒一進門就注意到沈宛隆起的腹部，先是臉色陰沉，緊閉著薄嘴唇一言不發，接著便有了主意：「既然懷了納蘭家的孩子，就留下來吧！」

明珠蹙著眉峰，無言的點頭表示同意。

正在跟死神掙扎的容若受到這句話的鼓勵，又強睜開眼睛：「阿瑪、額娘承認她了，兒子給磕頭。宛……給磕頭啊！」他氣喘咻咻的說。

沈宛扶著床沿，艱難的讓笨重的身體跪在地上，向明珠和五格兒叩頭，一邊泣道：「謝謝老爺和夫人的慈悲。沈宛的有生之年，全用來孝敬兩位老大人。」

五格兒平靜的道：「你在這裡不方便，先去歇著。吉總管，你叫人給沈姑娘安置一下。」

「我……」沈宛不懂為何承認了她反叫她走。而且在這個生離死別的關卡上，怎能離開容若：「我想守著容若。」

「不必了，你去歇息。你是雙身子的人，要小心。」五格兒聲調平和威嚴無限。

沈宛已被兩個中年婆子攙了出去。她不捨的頻頻回首，見容若又睜開眼睛，微弱的聲音叫著：

「宛……宛……你在哪裡……」

黃昏漸濃，納蘭家的男女老少和重要下人，齊集在通志堂的暖閣裡。女人和孩子們在飲泣，都知道他們的親人，舉世聞名的翩翩文才佳公子，就要永遠的離開他們了。

從來很少流淚的五格兒也在哀泣，她憶起三十年前容若出生時的情景，十八歲的小母親，二十歲的年輕父親，初嘗做父母的喜悅。走過漫長的三十年，這個自幼就出類拔萃又特立獨行的兒子，給了他們多少快樂、榮耀、驕傲和煩惱啊！他們是疼他愛他的，雖然彼此間的意思很少一致。如今白髮人送黑髮人，叫他們怎能受得了這錐心蝕骨的痛！五格兒在哭，明珠也連連用手帕抹淚。

容若已無力再照顧他人的情緒，哪怕是最愛的人，也不能去關懷他們是悲是喜了。他的魂魄正在化成一隻鳥，搧著翅膀高高飛翔。沒人知道他飛得多遠，飛到何處？是否遇到了他想念得肝腸寸斷、為她寫了那麼多悼亡詩詞的愛妻涵瑛？八年未見，她是否還如離去時一樣，仍是青青年華二十一歲？也沒人知道離開這存在著許多罪惡、黑暗、痛苦，和愛與恨的人間，憂鬱一世的詩人才子，是否真能從紅塵的絆羈中解脫出來？他周遭的人看到的只是一具屍體，一具甚麼都不知道的屍體。

那天是康熙二十四年五月三十日，不足三十一歲的滿洲才子。帶著他所有的愛與憾、不捨與牽掛，與世長辭。

巧的是八年以前，他的妻子盧涵瑛亦是五月三十日去世。

沒人說得清，是否容若的刻骨相思感動了神靈，賜給他們一個「同月同日死」的浪漫。

41

遠在塞外的康熙皇帝，對容若的才華人品最有認識，看出他不做將相也能名垂寰宇。他枯燥的帝王生活中，實在需要納蘭容若這樣的全才來做點綴。知道容若病得如此沉重他真的焦急，除了每天派人快馬稟報病情，還親用御筆開藥方，叫人在太醫院配了藥給送去。可惜送到時容若已經辭世。

在容若逝世的第四天，他所出使過的梭龍向大清歸降。這是一件外交大事，三年後並因此與俄國訂立「尼布楚條約」。去梭龍偵察路線的最早芻議來自容若，成果與榮譽他理應分享。皇上為此特別派官員到靈前哭告。

容若去世時已在文壇享得大名，他所創作的字語婉美、意境清純悠逸、充滿真愛至情的詞章，唱遍了大江南北。當容若飄然離世的噩耗傳出後，京城罩上一片愁雲慘霧，連許多從未跟他見過面的讀者也痛哭，悲傷得正如容若的業師徐乾學在〈性德墓誌銘〉上所言：「哭之者皆出涕。」

至於他的朋友，顧貞觀、姜宸英、嚴繩孫、梁佩蘭、韓菼等，更是震撼哀悽得像心被挖去一般。徐乾學老淚縱橫，哭得如喪親子。

容若被朋友們認為：「以風雅為性命，以朋友為肺俯。」

他痛恨敷衍與虛偽，從不交酒肉朋友。與所交往者之間他付出最誠摯的寬厚忠義，他們也還以最高貴的情誼。

容若去世的第二年初春，靈柩葬於皂莢屯納蘭家墓，與結髮妻子涵瑛合塋。殯葬儀式極為隆重，弔慰者絡繹於途，氣氛甚是哀悽。

容若恩師徐乾學給寫的〈墓誌銘〉，洋洋灑灑兩千三四百字：「……容若，姓納蘭氏，初名成德，後避東宮嫌名，改曰性德。年十七補諸生，貢入太學。余弟立齋為祭酒，深器重之，謂余曰：『司馬公賢子非常人也。』明年，舉順天鄉試，余忝主司，宴於京兆府，偕諸舉人青袍拜堂下，舉止閒雅。越三日，謁余邸舍，談經史源委及文體正變，老師宿儒有所不及。……性耐勞苦，嚴寒執熱，直廬頓次，不敢乞休沐自逸，類非綺襦紈者所能堪也。自幼聰敏，讀書一再過即不忘。善為詩，在童子已句出驚人，久之益工，得開元、大曆間豐格。尤喜為詞，自唐、五代以來諸名家詞皆有選本，以洪武韻改並聯屬名《詞韻正略》。所著《側帽集》後更名《飲水集》者，皆詞也。好觀北宋之作，不喜南渡諸家，而清新秀雋，自然超逸，海內名為詞者皆歸之，他論著尚多。其書法摹褚河南，臨本禊帖，間出入於《黃庭內景經》。當入對殿廷，數千言立就，點畫落紙無一筆非古人者。薦紳以不得上第入詞館為容若嘆息，及被恩命引而置之珥貂之行，而後知上之所以造就之者，別有在也。容若數歲即善騎射，自在環衛益便習，發無不中，其扈蹕時，氈帳內雕弓書卷，錯雜左右，日則校獵，夜必讀書，書聲與他人鼾聲相和。間以意制器，多巧倕所不能。於書畫評鑑最精。其料事屢中，不肯輕與人謀，謀必竭其肺腑。……」

韓菼作〈納蘭君神道碑銘〉：「……上所巡幸，無近遠必從，從久不懈，益謹。上馬馳獵，拓弓作霹靂聲，無不中。或據鞍占詩，應詔立就……康熙二十一年，秋，奉使覘梭露羌，道險遠，君間行疾抵其界，勞苦萬狀，卒得要領還報……身在高門廣廈，常有山澤魚鳥之思。……」

姜宸英給寫了〈納蘭君墓表〉外，還一反他平日孤傲不羈、怪誕寡合的作風，一字一淚的寫了一篇祭文，述說容若對他的情義和包容：「……兄一見我，怪我落落，轉亦以此，賞我標格……我常箕踞，對客欠伸，兄不余傲，知我任真。我時嫚罵，無問高爵，兄不余狂，知余疾惡。激昂論事，眼瞪舌橋，兄為抵掌，助之叫號。有時對酒，零涕悲歌，謂余失志，孤憤則那。彼何人斯，實應且憎，余色拒之，兄門固扃。……」

梁佩蘭在祭文裡說容若是：「黃金如土，惟義是赴，見才必憐、見賢必慕。」

容若最知己的好友顧貞觀，對容若的痛苦鬱悶瞭解至極，深知容若對毫無創造性的侍衛生涯是何等厭倦。在祭容若所撰的〈行述〉中，便不顧一切說了真話：「……吾哥所欲試之才，百不一展。所欲建之業，百不一副。所欲遂之願，百不一酬。所欲言之情，百不一吐。……」

其實容若曾多次向朋友們明白表示過，但得來的不過是好言安慰而已，誰敢批評皇上呢！真替他抱怨不平的只有顧貞觀：「康熙這小子心裡有鬼。像你這樣可以做諸葛亮的人，用來做侍衛，管甚麼狗屁馬政。明擺著故意糟蹋人。」當時容若聽了都吃了一驚。

如今容若已死，終其一生只為皇上做了八年極不合個性、打雜跑腿的御前侍衛，其痛苦灰心可想而知。

顧貞觀越想越痛，不單把他的四個「百不」寫在〈行述〉上，葬禮那天還用他浙江口音的北京腔，到祭台前高聲大氣的講出來。因怨忿之氣甚重，震盪士林，讓人擔心會觸犯朝廷。

明珠尤其不悅，心想：「我納蘭家待你不薄，你想害我們不成！」從此對對顧貞觀擺出一張帶搭不理的冷傲面孔。

但康熙皇帝對顧貞觀的話並未理會，反而因容若的棄世讓他顯出無限的惋惜和憂傷。於是就有人暗中議論：可能心如明鏡的皇上本人，也知道他糟蹋了一代慧男子的錦心繡腸，多少有些悔愧之感。

顧貞觀參加過安葬儀式，再去淥水亭畔做片刻留連，便返回南方，歸隱故鄉無錫，並立誓「不復拈長短句」。

他痛失摯友，認為已無可以唱和的知己，便至死不再填詞。

顧貞觀在故鄉開館教學，房舍的名稱為「花間草堂」，以表示對英年早逝的容若無盡緬懷。康熙二十九年，也就是容若去世五年後，他特地到京拜望容若之墓，連著幾天去墳前徘徊以寄思念。這次返回南方，就再沒來過北京。

容若的兩個好朋友張純修和曹寅，當時都在南方任職，得到他病故的消息震驚無比，尤其是張純修，讀過報喪的信獨自在室中痛哭良久。

容若去世六年後，並不富有的張純修，獨自出資在揚州為他刻印了《飲水詩詞集》，集前的序言談到他與容若少年論交，兄弟相稱，對容若的早逝痛惜已極，讀來感人肺腑。

也就是這一年，聲稱容若是他一生教過的最得意門生的徐乾學，刻印了容若具名主編的《通志堂集》出版發行，內有容若作品十八卷，其中收入詞作三百闋。這些詞作，和張純修編刻的，《飲水詩詞集》中的三百零三闋詞，都是經過顧貞觀親自逐字點校閱訂定的。容若一生愛朋友，朋友也愛他，在他死後仍要他做點甚麼以為紀念。

康熙三十四年，時任廬江郡守的張純修造訪任江寧織造的曹寅。

老友相見自是歡喜，曹寅忙把另一好友江寧知府施世綸也邀來。施世綸為施琅將軍之子，又叫施不全，與容若也是舊交。三人在楝亭秉燭夜話。楝亭初建時容若給做了膾炙人口的〈滿江紅〉，如今容若竟已逝世整十年，能不讓人嘆息光陰過往之速！

三人慨嘆之餘，張純修即席作畫《楝亭夜話圖》供三人唱和，回憶共同的好朋友大詞家納蘭性德。

曹寅寫了一首長詩，其中有這樣的話：「……廬江太守訪故人，建康並駕能傾倒。……憶昔宿衛明光宮，楞伽山人貌姣好。馬曹狗監共嘲難，而今觸痛傷枯槁。……家家爭唱《飲水詞》，納蘭心事幾曾知？斑絲廓落誰同在？岑寂名場爾許時。」

才華豐茂的容若在青春之年突然離世，是當時文壇一大恨事，令人在多年後仍惋惜不已。

明珠和五格兒騙了沈宛，也騙了他們自己的兒子容若。從一開始他們就沒想過接受沈宛，留她在納蘭府裡只是一種手段。

那天五格兒叫吉順妥善安置沈姑娘，她便被一頂小轎，人不知鬼不覺的，抬到園子的最底處一個小院子裡。這兒原是以前看園子的人住的，周邊無人煙，只有衰草斜陽老樹。幾個粗壯的婆子監守著沈宛，她別想離開半步。

臨別時容若還活著，還呼喚著她的名字，此刻他到底怎樣了，是活？是死？沈宛向那些婆子打聽，回答是冷冷的一聲：「不知道。」至此事情已擺得很清楚，她被幽禁了，已經與世隔絕，沒人知道她在這裡。

為了腹中的孩子和生死未卜的容若，沈宛咬著牙叫自己活下去。如果容若還活著！……她始終不肯放棄容若還活著的希望。直到那天看到她的書籍、衣服和七弦琴，由德勝門搬過來：「為甚麼把我東西搬來？」

「那邊房子退了，東西得掏空。」

「掏空？有些書信和詩詞……」她和容若的來往書信及唱和的詩詞，是她視為最寶貴的珍品。

那些婆子道：「我們哪懂甚麼濕啊乾啊的。只知道夫人翻出一堆紙片子，說看著肉麻，叫丟火爐裡燒了。」

「那公子他？」

「公子歸天已快整個月了，還問個啥？」

容若去世兩個多月後，沈宛生下一個男孩。但一眼都沒來得及看，就被五格兒差來的人抱走。

當沈宛從產後的昏睡中醒來，發現孩子已經不在時，那些自幼學的甚麼優雅文靜的儀態之類的，便全失了效用，她又哭又罵：「還我孩子來！強盜，騙子，用權勢欺人的壞東西。為甚麼要搶走我的孩子！喪盡天良！」她哭叫得聲嘶力竭。

「沈姑娘，你就省省勁兒，別吵了。吵死也只有我們聽到，有啥用！」

「沈姑娘，你話可得挑著點說。你該明白這是甚麼地方，有些話是不能出口的。」

那些婆子們來勸說。沈宛懶於搭理她們，只伏在枕上流淚，給飯菜也不吃。

熬了幾天，五格兒乘著小轎來了，吉順媳婦陪在一旁。餓得已奄奄一息的沈宛看到五格兒眼冒怒火，聲音微弱的道：「騙子，好狠的心，騙自己的兒子，騙死去的人，老天不會饒你。還我孩子來。」

五格兒沉著臉。她那兩隻鋒芒銳利的大眼，已在歲月的催促中小了許多，眼皮重重的下垂著，沒變的是視線中的冷靜與傲氣，還加上年輕時所沒有的威嚴。

五格兒還沒開口，吉順媳婦就先說了：「我說沈姑娘，你這是跟誰說話！別說夫人抱走你的孩子，就是要你的命也不算回事。」

五格兒擺手止住她，平和的道：「沈姑娘，我抱走孩子是為他好。你這個做娘的，不會把自己的兒子往暗路上推，斷絕他的前途吧？」

沈宛靠在床上，冷眼瞅著五格兒，不屑的抿著嘴唇，並不搭話。

五格兒繼續說：「人活在世上，有好多關卡要過，最難過的就是命。我也知道你對容若的情份，可納蘭家的門檻你是進不來的。要怪只能怪你的命。你想過沒有，你的孩子長大了怎麼過日子？別人會怎樣看他？」

沈宛仍默不做聲，腦子裡卻開始琢磨五格兒的話。不須深想就知道，她的孩子會受人歧視，譏笑，侮辱，說他的母親是個娼妓。想到此處她氣血沸騰，心裂欲碎。

「你生的這個男孩，是容若的骨血，必定也是個聰明絕世的大才子，他是要進太學，入科考，進朝廷做大官的。不過，母親的身分會讓他都做不到。他是容若的兒子，我們不能看著他——」

「夫人，我懂，不要說了。」沈宛的口氣軟弱而無奈，淚珠婆娑淌下。

「他是我的孫子，我自然疼他愛他。秀兒已經答應當親生的兒子帶他。他會一生錦衣玉食，受頂好的教養。將來一定會有大出息。至於姑娘你，才二十多歲，正是女人的好時候。你又生得花容月貌，還有才學。等滿了月回江南去，找個人嫁了好好的過下半生才是。」

這時吉順媳婦已拿出一張銀票放在桌上，五格兒見沈宛的態度已不那麼敵對，便把態度放得更緩和：「你為了投奔容若，用自己存的五萬兩銀子贖身，這情份感天動地。可你回去還得過日子，這十萬兩的銀票拿著吧！」

五格兒說話的過程中，沈宛一直在默默流淚。

見五格兒在等她的回話，沈宛哽咽著道：「銀票是用不著的，請夫人收回。我現在心亂如麻，腦子也不管用。我知道孩子跟我是害了他，可到底是我身上掉下來的肉啊！……」她心碎已極的哀哀哭泣了一陣，漸漸平靜：「請夫人先回去。容我好好的想一想，過兩天一定給答覆。」

五格兒見她的態度很合作，便不再說甚麼，帶著人走了。

兩天後沈宛叫婆子們去告訴五格兒，她同意留下孩子，但是要見秀兒。五格兒極希望事情能和平解決，忙叫秀兒去了。

沈宛一見秀兒就跪倒在地，秀兒忙把她扶起：「你這是幹嘛呀？起來！」

「因為我想高攀，叫你一聲姐姐，而且要把我生的孩子相送。但願姐姐不嫌我低賤。」

「你擔的哪份心啊！你的孩子也是容若的孩子，我能不好好待他嗎！放心吧！我的妹妹。」

沈宛拉著秀兒的手並肩坐在床上：「姐姐，孩子叫富森，是容若給取的名。我不是請你替我扶養富森，是真的把他送給你了。你就把他當成是你生的，對他本人和所有的人都要這樣說。永遠不要讓他知道有我這樣一個母親。」

沈宛囑咐得夠詳盡，連必得努力學業，將來一定要考科舉都說了。最後她問秀兒：「姐姐，你相信我嗎？」

「相信。」

「那就好。請姐姐替我轉答意思：我這些天會好好的養身子，不必等滿月，再過五六天我就走。我也不要那十萬兩銀票。我要這幾天住到姐姐那邊去，和兒子相聚幾天，供一生回憶。然後母子訣別回南方，今生今世不再來北京。」

「瞧你，都把我給說哭了。」秀兒頻拭淚，「跟孩子在一起幾天，不是更捨不得了！」

「當然會。可我受得了，為了富森的前途我甚麼都能忍受。」

「好吧！我去說。」

五格兒看出沈宛是烈性女子，講究信用，爽快的答應了她的要求。

沈宛享受了幾天做母親的幸福，便懷著一腔辛酸苦情回到南方。她堅拒五格兒的補償。但當秀兒告訴說：容若病危時曾囑咐長歌，把收藏的文物變賣，得來的兩三萬銀票給她時，她卻像得到寶貝一樣的收下了。特別是接過容若親筆畫的一幅荷花圖，說給她做紀念時，忍不住掩面而泣。

42

容若在世時曾多次奉勸父親，即刻停止賣官鬻爵、結黨營私的事，否則定遭大禍。結果是每說必受申斥：「你不知你阿瑪是誰嗎？誰敢碰納蘭明珠！」總是以這類話作為結束。明珠沒想到還是有人敢「碰」他，而且這人就是他一手提拔的，容若的恩師徐乾學。

太子太傅、武英殿大學士兼禮部尚書，人稱相爺的納蘭明珠被罷黜了，罪名可不輕：參劾的語言是：「利用皇帝的寵信，獨攬朝政，貪財納賄，賣官鬻爵，結黨營私。」罪名一大串。平心而論，倒沒有一句是完全冤枉的。

事情彷彿來得突然。是不是會像跟他彆扭了半輩子的另一權臣，人稱索相的索額圖大學士一樣，也會遭抄家沒產下大獄！甚至流放邊荒？朝臣們議論紛紛。

結果頗出乎大夥的預料，皇上對明珠十分寬厚，沒抄他的家，也沒把他下獄或流放，只像教訓頑劣的敗家子一樣，拋出一顆顆比冰塊更冷的字，將他狠狠痛責：「你本是個好大臣，忠心，精幹，有學問，朝廷相信你，讓你放手去做事。可你做了些甚麼？一個人自己想毀滅，誰也救不了。你跟索額圖不對付，可那老東西已關在牢裡八年，沒人再跟你對著比、嗆著幹，你為甚麼還結黨營私？要不是念你一向忠心，你兒子容若才死去三年，朕真想把你也下大獄，叫你跟索額圖去做伴，把兩個老壞蛋囚禁至死。朕不想再看見你，你就回到你那雕樑畫棟二十六景的『自怡園』裡，拿出良心好好反省吧！」

權傾朝野，精明幹練，精通滿漢文化，歷任刑部、兵部、吏部、禮部尚書，二十年來被稱「明相」的納蘭明珠，硬給罵得像個伸不出頭的烏龜，伏在地上對著比他年輕十九歲的皇帝康熙爺連連磕頭謝恩，滿面羞慚的走了出去。

納蘭家位於北京海淀區的自怡園，離康熙皇上的暢春園不遠。可惜近在咫尺，卻再也無緣得見聖顏。皇上叫他回到自怡園裡去反省，他卻在回程的馬車上，已悔得差不多要把自己給活埋了。

像每次一樣，一進屋五格兒就迎上來，接過他的頂戴，幫著脫去外褂：「有不開心的事？」明珠把眼光停在五格兒的臉上，帶些無奈的凝視著她已現老態的臉。他知道，容若突然離世後，不只是五格兒，就是自己也在迅速的老去。

回想當年，在五格兒家破人亡之際，十六歲的他騎著那匹老白馬，不顧一切的迎娶了她。貴為太祖爺的親孫女，連一般百姓家女孩出閣的花轎都沒乘坐。可她沒怨過一句。四十年來夫妻恩愛，生兒育女，連臉都沒紅過。

五格兒是出了名的治家能手，最善理財，在她的經管下，納蘭家業膨脹了上百倍。她曾說過：「歇手吧！咱們的銀子已是幾代花不完。」

同樣的話，容若也說過數次，求他停止貪瀆，勿結朋黨，父子兩人甚至為此鬧翻。可當時他為何聽不進去？莫非是鬼迷了心、腦子荒廢了麼！

想起容若，他便覺得一柄小刀子在心上劃來劃去，嘴上雖不說，其實心裡已在後悔，假如……唉！假如他不那麼反對容若娶沈宛，容若就不會搬出去住，更不至於傷心鬱卒引發寒疾，一病身亡永訣塵寰。人生真是沒有回頭路啊！上天是不會原諒他納蘭明珠的……明珠越想越悔恨，苦著臉沉默良久，才咧嘴嘲弄的一笑：「五格兒，朝廷把我罷了。站在你眼前的這個人不再是甚麼『明相』，他是一個可憐蟲，一個皇上看在他死去兒子的份上，不忍抄家下獄的囚犯……」他說著哽咽起來，淚盈於睫。

五格兒稍怔了一下，立刻明白了是怎麼回事。她真想罵明珠幾句，問他為甚麼不聽勸告，以致淪落到這般地步。但她沒有一句責難，反而溫和的道：「四十年來你總在外面奔走忙碌，要跟你同桌吃頓飯都難。如今終於可以回到我身邊了。明珠，對我來說也許是因禍得福呢！」明珠感動得默然無語，只把雙手搭在她的肩膀上。

後來明珠才知道，彈劾是康熙皇帝親自指示的。

見徐乾學在士林中有盛名威望，皇上便不斷的將他升遷重用，以對付「明珠的惡勢力」。事情經過佈置策劃，徐乾學密謀參奏，由御史郭琇上摺彈劾。明珠和他的黨羽，一網打盡，所舉的八大罪行，任何一項都足以革去他大學士的職務。讓明珠傷心的是：出手的人竟是他刻意提拔的，亡兒容若的恩師徐乾學。

皇上對明珠確實寬厚，始終沒抄他的家。

後來明珠也想得開：「勳名既不獲樹立，長持保家之道可也。」說著便又添置良田，增招農戶僕傭，由那最善理財的五格兒一經營，儼然更像一位財資萬貫的富家翁。

所有朝臣和明珠本人，都以為他再不會有走進朝廷的機會。誰也沒料到一年後，康熙皇帝又把他召了回去，任命為內大臣和議政大臣。雖說沒有實權，高位依舊存在，而且依然肯定他的政治智慧和學養，親征葛爾丹時讓明珠隨駕，以便隨時聽他的意見。

這時大夥已在背後竊竊私語，不懂何以皇上獨對明珠如此寬厚：「可能皇上念著納蘭容若，不忍嚴懲他老父吧！」是啊！當年有容若隨侍左右，日子是多麼的充實有趣，他是真的令人難忘啊！

康熙皇帝一生對納蘭家的眷顧，確實羨煞所有的人。

容若大弟揆敘僅比容若長子富格長兩歲。揆敘和富格十七八就當上御前侍衛，他們可沒像容若那樣一做八九年，都是三四年後就另給安排職務。揆敘官做到都察院左都御史，掌翰林院，妻子是安親王岳樂的外孫女和碩公主，遺憾的是兩人無親生子女。

容若的長子富格，雖是側室秀兒所生，卻是祖父明珠最愛的人，但他也跟父親一樣短命，二十六歲就一病而死。他的兒子，也就是容若的孫子瞻岱，乾隆王朝時官至從一品，任甘肅提督，封疆大吏。

容若與盧涵瑛所生的次子富爾敦，個性和容若一樣瀟灑，是個才華縱橫的文人。令人遺憾的是二十出頭中進士後，沒多久就因病死亡。

容若的四個女兒，長女嫁給高其倬，次女嫁給年羹堯，夫婿的才學人品俱佳，彼此也恩愛，可惜她們嫁過去沒兩年就病故了。

容若去世後，續弦的正室夫人官秀淳便回娘家長住，五格兒這時拿出做婆婆的威風，留下貴嬌不許帶走，並把她過繼給膝下無子女的揆敘夫婦。

叔嬸成了阿瑪和額娘，貴嬌被愛得如掌上明珠，但也和她三姐靜芳一樣，未達出嫁年齡就已夭折。

容若的幼弟，孩子稱三叔的揆方，生得俊逸飄灑，能書能畫，個性比容若更為超俗。任由父親和哥哥說破了嘴，他也不肯去參加科考，聲稱絕不做官。一次在偶然場合中，他驀的迎面碰到一位佳人，只是驚鴻一瞥，便已兩心相許。

正當揆方受相思的折磨時，康親王府派人來提親，原來那佳人是康親王傑書的第八女，愛新覺羅淑慎——於是他就成了額駙，兩人過著神仙一般的日子。淑慎卻在二十六歲那年香消玉殞。揆方傷痛至極，兩年後也病故，死時不到三十歲。他們留下的兩個男孩，由康熙皇帝做主，過繼給二哥揆敘。

納蘭家人的短命，把皇上也嚇壞了，為此特別賜給他們吉祥的名字，把安昭、元普，改成永壽與永福。

納蘭永福和皇九子允禟的女兒三格格成婚，他官運不壞，命卻不長，年紀輕輕就病死，留下一個兒子，不久夭折。

永壽出類拔萃，二十歲時就任雍正的從二品散秩大臣。二十九歲任工部侍郎，議政大臣。可惜他也三十歲就一病而亡。永壽生有四個女兒，乾隆帝的舒妃就是其中一個。

五格兒活到五十八歲，那年明珠整六十。

五格兒臨終時對明珠說：「我十四歲嫁你。整整四十多年，你沒做過一件對不起我的事，兩人也沒紅過臉。你連個妾都沒有，我走了誰管你呢！娶個偏房吧！」

明珠卻堅定的表示，他此生不會再要任何女人。

五格兒去世後，明珠就和兒孫們在豪華絕頂的「自怡園」裡過著悠閒的日子。長子容若的突然病逝，已給了他極大的打擊，他萬萬不曾料到，死亡如惡咒般鑽進納蘭家，奪去一個個年輕的生命。

明珠鬢髮白若霜雪，一再失去親人的悲痛像一像塊巨石般壓著他，壓得他脊背佝僂，步履蹣跚，變得非常愛哭，整天嘟嘟囔囔的自言自語，內容彷彿都是後悔的話。一會自承是負了母親教誨的兒子，不夠資格做葉赫族的太陽。過一會又說對不起去世二十餘年的長子容若：他留下的三兒四女死掉六個，最小的富森離家出走不知去向。說著說著就老淚縱橫。

康熙四十七年的春天，明珠以七十四歲的高齡病故，算是納蘭家壽命最長者。康熙皇帝很念舊情，派明珠的堂外孫，納蘭惠兒所生的皇長子胤禔，和皇三子胤祉前去奠祭。給足納蘭家面子。

容若的大弟揆敘官運順遂，但也僅四十三歲就病死了。因在諸阿哥爭王位的時候，明顯的站在八阿哥一邊，使得心胸狹窄的四阿哥十分惱恨。

四阿哥即位為雍正皇帝時揆敘已死數年，仍下旨把他的神道碑磨平，改刻「不忠不孝柔奸陰險揆敘之墓」十二個大字，形同鞭屍。後來雍正又賜死容若的女婿年羹堯。那時容若的女兒已故世多年，納蘭家並未受到牽連。

感情上一生寂寞的秀兒，雖然始終是妾的身分，在納蘭府裡卻受到尊敬。五格兒去世後秀兒接下大當家的擔子，死後得進祖墳，埋在容若和涵瑛合塋的旁邊，並與盧夫人涵瑛同被追贈為一品誥命夫人。

以她的身分不可能像涵瑛那樣，有一塊刻著「秀外惠中。有婉其容。閨房知己，琴瑟嘉通。……」等許多惋惜和歌頌的語句，屬於自己的墓誌銘。但在她兒子富格的墓誌銘上刻有這樣的字樣：「顏太夫人苦節持家，茹荼集蓼。」

故事說到此處，讀者們大概已忍不住要問了：容若臨終前最放不下的人沈宛，回到江南後結局如何？她給容若生的遺腹子，納蘭家族譜上稱為「三男」的富森，是否受到善待，如他們向沈宛所允諾的：進太學，入科考，繼承納蘭家的榮耀，做高官名臣？何以沒提到他？

沈宛離開京城回到江南，與納蘭家便再無任何關聯，亦無人聽到她的消息。但在容若故去三四年後，世面上忽然出現了一本叫《選夢詞》的詞集，作者屬名「沈宛」。《選夢詞》的內容幾乎全是懷念她死去丈夫的悼亡之作。其中一闕〈朝玉階・秋月有感〉寫的是她被拒於門外，及思念亡夫的愁苦。詞句優雅，用情真摯，很為詞壇稱許。全文是：

惆悵淒淒秋暮天。蕭條離別後，已經年。烏絲舊詠細生憐。夢魂飛故國、不能前。
無窮幽怨類啼鵑。總教多血淚，亦徒然。枝分連理絕姻緣。獨窺天上月、幾回圓。

但我這兒很抱歉的說：納蘭家沒有履行他們的諾言，富森受到歧視，他終於知道了自己的生母叫沈宛，是位出名的女詞人。

43

康熙四十四年的春天，富森忽然在納蘭府失蹤了。

江南暮春，老態龍鍾的顧貞觀正在「花間草堂」給學生們講《通志堂經解》裡的一章，自然就談到他的好友容若：「納蘭性德，字容若，號楞伽山人，滿洲正黃旗。原名成德，因避皇太子諱，改名性德。納蘭性德自幼資質穎異，三十一歲英年過世，留給人間等身著作。他天生貴冑，卻有一顆慈悲寬愛的心。他的詞作訴盡人世悲涼……」顧貞觀忘情的說著，忽然發現窗外有個熟悉的身影一閃而過。

老眼真花了嗎？不，絕不會錯，那是容若。

難道一別二十年，容若耐不住懷念，回到陽間來探望老友了！

顧貞觀狐疑的拐著患痛風的老腿，吃力而緩慢的走出去，果然看到一個酷似容若的年輕人正走近來。

「請問是顧伯伯嗎？」那青年北京口音。

「嗯。我是顧貞觀。」顧貞觀仔細打量著眼前的年輕人，真是太像容若了。

他還來不及發問，年輕人已跪地請安：「我是納蘭容若的兒子。」

「容若的兒子！是富格還是富爾敦？」

「富格是我大哥，富爾敦是二哥。他們都過世了。我叫富森，是父親去世後出生的，母親叫沈宛。」

顧貞觀見眼前跪著容若與沈宛的兒子，大動感情，用顫抖的手扶起富森：「你父親跟我提過你母親有身孕的事，原來生了你！唉！他們倆結緣還是由我起的。唉唉！往事怎忍回首啊！富森，別笑伯伯，人老了眼淚多。你等我跟學生們說一聲，今天早下課，我跟你長談。」他說著一拐一拐的進去了。

在顧貞觀的書房裡，一老一少從白天直談到黑夜。

燭光之下，顧貞觀回憶，富森傾訴，氣氛時悲時喜。

「我愛讀書，很想上太學，入考場。不知為甚麼，爺爺就是不許。他叫我在家管田莊。」

「是因為你母親，他們怕你出去暴露底細。你——知道你生身之母的真實身分麼？」

「現在知道了。本來一直認為顏夫人就是我娘。雖然從小就聽過一些閒話，我也不信。直到上年我娘去世前，親口告訴我說：我親娘叫沈宛，還叫向長歌叔問底細，我才明白了一切。」

「長歌還在納蘭府？」

「早離開了。和他兒子一起經營古董店。」

「既然知道了母親的身世，你是甚麼想法呢？不會看不起吧？」

「當然不會。我來拜訪顧伯伯，主要是打聽親娘的下落。我要奉養親娘。」

「你娘回南後，來看過她師母：就是我的老妻。十幾年前她去世時你娘來拜祭過。那是我最後一次看到你娘。」顧貞觀唏噓著連連嘆息：「她完全變了一個人。你父親突然撒手而去，兒子又被奪走，打擊對她太大了。唉！想想二十年前，你父親向我們一群好友宣佈兩人成親的宴會上，那真是一對風華絕代的璧人。竟是這樣的結局！聽說你母親身體多病，眼睛也不好。前些年她還作詞，多半是懷念你父親的。有人說她常在夜裡彈琴，讓聽的人心凝神馳……」

「顧伯伯，我母親到底在哪裡？」

「不算遠，離這裡不過十幾里路。她在太湖邊上蓋了個小樓。」

「我明天一早就去找我娘。」

「你不打算回納蘭府了？」

「永遠不回。」

「那好，你想讀書，就到我這塾裡來。我已年近七十，當年的豪邁勁頭全沒了，如今只是個多感又脆弱的老教師。別的甚麼也做不到。替容若兄弟教兒子讀書還是可以的。」

「顧伯伯和我父親的友誼真是偉大不朽。我去跟娘聚幾天就來上學。」

「想不想看看你父親甚麼樣子呢？……」顧貞觀跟富森談到半夜。

康熙二十三年秋季，容若隨康熙皇帝南巡時，在山頂忍草庵的貫華閣的壁上，留下的那幅自畫隨意小像，仍清晰完整的保存著。

為了紀念容若，顧貞觀找工匠把原已敗破的貫華閣修整了。因容若信仰佛教，把庵名改為「香界庵」。

顧貞觀認為容若的遺腹子到他整修的庵裡，生平初次一見父親容顏，是感人又意義深遠的大事，覺得理應和富森同去。他已經七八年沒看到容若的畫像了，萬分想念。

顧貞觀試了幾下，終於明白，自己的腿腳是怎麼用力也爬不到山上，只好叫傭人給置備些香燭鮮果，讓富森獨自去了。

富森忙不迭迭的爬上惠山，終於看到他出生前就離開人間的父親，名滿天下的大才子納蘭性德。納蘭富森流著淚，拜了又拜，對著畫像說了許多話。次日清晨緊接著趕往太湖之畔尋找親娘。

富森沿著堤岸一路行來，覺天高水淼景色如畫，只是少人煙，否則倒真是個好居處。

他行著，走著，遠遠的就看到一棟小樓。也是灰色磚瓦，綠色欄杆，頂層有兩面大窗和陽台的三層樓房，與桑榆墅裡那棟小樓極為相似。區別只在更簡陋、荒涼了些。旁邊只有幾間零星的茅屋，小樓像一隻伸著頸子的長腿鷺鷥，孤零零的佇立在湖邊。

為何要造得與桑榆墅的相同？那棟不起眼的小樓必定對父母倆有特殊義意吧！

他讀過父親的〈憶江南〉：

春去也，人在畫樓東。芳草綠黏天一角，落花紅芹水三弓。好景共誰同？

也讀過沈宛著作的，《選夢詞》中的〈菩薩蠻・憶舊〉：

雁書蝶夢皆成杳。月戶雲窗人悄悄。記得畫樓東。歸驄繫月中。
醒來燈未滅。心事和誰說。只有舊羅裳。偷沾淚兩行。

當時他就覺奇怪，為何這個叫沈宛的女詞人，要寫他家桑榆墅裡的小畫樓？現在終於明白，原來她是自己的親娘。

富森來到樓前，隔著矮籬，院裡風情盡入眼底，色彩鮮麗的花，枝椏茂密的綠樹，宛如一幀撩人的畫。他這才看清，小院裡有屬於它自己的風華，未必像外觀上看來那麼孤陋。

他進了院子到小樓前，輕輕推開那扇虛掩著的單薄的門。

裡面無人。順勢走上樓梯，仍不見人。再往上去到頂樓，眼前豁然開朗，明亮寬敞的畫堂裡，中間擺個長桌。一個頭髮花白的婦人，正拿著一枝大筆在練書法，牆壁和椅背上都是她寫的白紙黑字。

富森靜靜的凝視著他的母親。她膚色潔白，五官靈秀，穿著簡單，嘴角牽著一抹笑影，完全沉醉在筆墨的樂趣中。

抬頭看看她寫的甚麼？他不禁吃了一驚：滿屋子掛的全是《飲水詩詞集》中的詞作。富森的眼睛濕潤了，他可憐的母親在整整二十年裡，竟是靠著這點的古老的回憶度日的。

「容若，你怎麼來了？」沈宛的聲音中有驚喜，眨了幾下看上去空茫茫的目光。她好像正在努力的辨認，要確定突然出現的這個人是否真的容若。

「娘，容若是我父親，我是你們的兒子富森，從北京來找娘。」

沈宛顯然受到這句話的震動，緊咬著嘴唇不出聲，臉上的表情悲喜難辨，彷彿還有懷疑：「我的兒子富森，怎麼可能！誰告訴你我是你娘？」

「是我娘，就是顏夫人臨終時候告訴我的。」

「她去世了！」

「去年過世的。我大哥、二哥和四個姐姐先前就都病死了。」

「你說甚麼？容若的兒女全歿了！……」沈宛震驚已極，頹然坐下出聲的痛哭起來：「可憐的容若，命太苦，下場太慘，老天為甚麼要這樣對待你啊！」

沈宛哭了一陣漸漸平靜下來：「不錯，你是我的森兒。我看不清你的眉眼，只看到一個身影，多像你父親啊！」

「娘，你才四十多歲，怎麼眼睛壞成這樣？」富森跪在沈宛身旁，用手帕給她擦過淚痕又給自己擦。

「哭得太多，想你和你父親，前十年天天流淚，再就是用眼睛太過。我把容若的全部作品都用小楷抄了一遍。特別是他的詞，抄了不知多少遍。他那三百多首詞我全能背出來。一筆一劃的背著、寫著心裡更舒暢。後來眼睛越來越不行了，就用大筆寫……」

「我去拜過阿瑪的自畫像。娘，我阿瑪……唔，我是說我父親，到底是個甚麼樣了不起的人啊？好像每個人說起他都那麼懷念，那麼珍愛。」

沈宛憔悴的臉上頓時有了光彩，白淨的膚色浮著微醺似的紅暈，視線空茫的眼眸綻放著夢樣的神情：「你父親……納蘭性德，誰能不珍愛他，他是天地的精華，人間的奇蹟，一個絕世天才。哦！容若，他啊！就是好，就是美：心性美，人品美，思想美，文采美，長得英挺俊秀，真美！在見到他以前，我從不知道世間有這樣完美的人……」

沈宛一直輕輕的撫摸著富森的頭和臉，母子倆都在流著感動的淚：「太美好的人和事都不能長存的，唉！……」

沈宛唏噓著逐漸冷靜下來：「娘今生能見到你，是意外的福份，不該再流淚。兒子，你們家人對你好嗎？你爺爺奶奶疼你嗎？」

「奶奶在我九歲那年就病故。爺爺很怪，他平常也還疼我，可有些地方就和二叔一樣。」

「二叔？揆敘？」

「就是他，對我最冷淡。二叔和爺爺都認為我見不得人，親戚朋友來了不給介紹，也不讓去公開場合。」

富森把被禁止上太學、入科考等等詳細形容，最後把對顧貞觀講不出口的話也說了：「我叔叔和哥哥都是十七八歲就成親。這兩年給我提親的有好幾份，爺爺說我有病，一概回絕。我先不知是甚麼，意思？現在明白了。」

「不錯，是因為我。他們不讓你有後代。兒子，你怪娘麼？」

「娘為了我有好前途，情願自己受苦，我哪會怪娘？兒子就是來守著娘、孝敬娘來了。」

「你不再回去了？」

「永不回去。長歌叔給我的臨別贈言是：走得越遠越好，改名換姓，永遠不要回北京。」

「可娘這樣窮，甚麼都不能給你。」

「我會賺錢奉養娘，也會把這小樓刷新，跟娘好好過日子。」

母子經過一番商量：「富森」之名是容若給取的，絕不能動。但納蘭這個姓是不能用了，必得有個新的姓。沈宛選定「葉」字，表示不忘祖先血脈來自葉赫族之意。

幾天後葉富森便到顧貞觀處拜師求學。顧貞觀很快就發現富森頗似乃父，年紀不大已滿腹才學，便叫他幫助做些課堂裡的雜事，或是在他精神不濟時給講講課。借這名義，每月給三十兩銀子做工資，使他母子生活不致太苦。

從這時起，納蘭富森就在人海消失，亦沒人把他和葉富森聯想在一起。

富森再出現時，已是乾隆二十六年。

白髮老翁葉富森七十六歲。他自二十五歲接掌顧貞觀的書院後，傳經授業五十年，教出的學生中眾多進士，得中榜眼、探花甚至狀元的都有。被認為是作育英才的偉大教師，在江南一帶極負盛名。

這一年乾隆皇帝給太皇太后做七十大壽，舉行一場規模宏大的宴會。邀請數百位老人參加。

葉富森教過的學生在朝為官的不下十多個，南方的地方官中也有多人。大夥又是推薦又是集資，讓老師來京參加盛宴，故地重遊一番。

富森稍做考慮就答應了。他實在懷念北京，尤其想到父親和親人們的墳上去祭拜。七十五六的人，不能錯過最後的機會。

葉富森是在兩個孫子扶掖下入宴的。

因為是有才學的老先生，被安排在太長皇太后的鄰坐。

老太太和老先生聊起天來：「葉老夫子，聽你口音是北京人啊！好好的怎麼跑到南方一待五十多年？」

富森沉吟了一會，覺得不能對太皇太后說假話：「稟報太皇太后老佛爺，我是到南方尋母，就待下了。」

「到南方尋母，你父親呢？」太皇太后大感興趣。

「家父在我出生前就過世了。」

「你父親過世你母親就去南方？」

「她不想去，無奈祖父母不容。」

「你姓葉，是漢人？可長相挺像滿人。」

「稟報太皇太后，草民原是滿人，本不姓葉。」

「那你是誰家的？」

「納蘭家的。納蘭明珠是我爺爺，阿瑪是納蘭性德。」

皇太后驚得做聲不得，富森只得把整個前因後果和盤托出。

太皇太后聽得長吁短嘆的：「是啊！我從前就聽說過納蘭家的故事：說明珠的大兒子是出名的才子，忽然就病死了。原來後面還有這麼多的遭遇。你親娘也真可憐，她享了幾天福沒有？」

「奴才的娘活到五十多歲，總算過了一段含飴弄孫的日子。」

「那就好。事情已經過去那許多年，不必去計較了。聽說現在納蘭家人丁單薄，你們這一枝，是不應該把姓改回來呢？」

「稟老佛爺，現在很多滿洲人改了漢姓。奴才一家姓葉五十多年，已經習慣了。」富森的態度和語氣極為恭謹，卻亦堅決。

至此他的身世大白於天下。眾人也才知道，原來大文學家納蘭性德還有兒孫在世。

富森回南後不久就去世，書院由他的學生接掌。

他的兩兒三孫及全家，都過著淡素的平民生活，跟皇室無絲毫接觸。

納蘭家的人體弱壽短，到乾隆後期，龐大的家產沒有人接手。乾隆皇帝念舊，叫寵臣和珅派人去找尋富森的後代。帶回的消息是他們離開無錫已近二十年，完全失去下落。

既是後繼無人，只好全部上交國家。此時納蘭家的產業也還達八百萬兩白銀。

和珅一直誇讚納蘭府是個好宅第，乾隆就賞了他。

自此這個天潢貴胄，世代皇親國戚，屢出高官的納蘭家族，便真的由衰敗凋零化為無物。

納蘭氏在皂甲屯的墳塋地建造考究，埋葬著一代文豪納蘭容若，和他的父母妻室子女及整個家族。曾是北京西郊名墓之一，號稱京西小十三陵。

由於家勢衰落無人看管，到民國時期被大肆盜墓，文革期間又被「破四舊」，昔日榮華風貌早已零落無存。

到一九七五年，因為要建造大學校舍，墳墓全遭鏟平，白骨被掘得四散。

工人正要打掃清除，一位從黑龍江來的葉姓男子，趕著一輛馬拉大車，上面放著一口薄木棺材。男子手裹紅布以示孝敬，匆匆把地上的墓主骨頭收殮起放進棺木，話也不說，便揮鞭驅馬跑得沒影。

大文學家納蘭性德長眠何處？再也無人知曉。

紅塵孽海，浮生淒迷如夢，生死之限本難界定。試看古今中外，帝王將相，主宰時代的強人，全被歲月淘汰。蒼茫人海間，小小的個人顯得何其單薄脆弱。

容若的肉身雖已消失三百多年，他的詞作仍在繼續流傳，帶給人間無限的優美婉約和感人肺腑的至情。

走到二十一世紀，愛戴他的讀者仍為他設立網站。冬天給做冥壽，初夏祭日追憶亡靈，秋天來，要去故居欣賞海棠花。當春光明媚時節，免不了藉他的名做郊遊，在山巔水涯詠讀他的作品，述說他的平生。

他證明了文學和一個文學男人的魅力與不朽。也證明了只有真正的美與善，能在人間逐世長存。

也許容若並沒真死，文學讓他永生。

「全文完」

釀小說03　PG0833

淒情納蘭

作　　者　趙淑俠
責任編輯　蔡曉雯
圖文排版　邱瀞誼
封面設計　陳佩蓉

出版策劃　釀出版
製作發行　秀威資訊科技股份有限公司
114 台北市內湖區瑞光路76巷65號1樓
電話：+886-2-2796-3638　傳真：+886-2-2796-1377
服務信箱：service@showwe.com.tw
http://www.showwe.com.tw
郵政劃撥　19563868　戶名：秀威資訊科技股份有限公司
展售門市　國家書店【松江門市】
104 台北市中山區松江路209號1樓
電話：+886-2-2518-0207　傳真：+886-2-2518-0778
網路訂購　秀威網路書店：http://www.bodbooks.com.tw
國家網路書店：http://www.govbooks.com.tw
法律顧問　毛國樑　律師
總 經 銷　聯合發行股份有限公司
231新北市新店區寶橋路235巷6弄6號4F
電話：+886-2-2917-8022　傳真：+886-2-2915-6275

出版日期　2013年1月　BOD一版
定　　價　350元

Printed in Taiwan

國家圖書館出版品預行編目

淒情納蘭 / 趙淑俠著. -- 初版. -- 臺北市 : 釀出版,
2013. 1
面； 公分. -- (釀小說 ; PG0833)
ISBN 978-986-5976-81-1 (平裝)

857.7 101020361

讀者回函卡

感謝您購買本書，為提升服務品質，請填妥以下資料，將讀者回函卡直接寄回或傳真本公司，收到您的寶貴意見後，我們會收藏記錄及檢討，謝謝！

如您需要了解本公司最新出版書目、購書優惠或企劃活動，歡迎您上網查詢或下載相關資料：http:// www.showwe.com.tw

您購買的書名：________________________

出生日期：________年________月________日

學歷：□高中（含）以下　□大專　□研究所（含）以上

職業：□製造業　□金融業　□資訊業　□軍警　□傳播業　□自由業

□服務業　□公務員　□教職　□學生　□家管　□其它____

購書地點：□網路書店　□實體書店　□書展　□郵購　□贈閱　□其他

您從何得知本書的消息？

□網路書店　□實體書店　□網路搜尋　□電子報　□書訊　□雜誌

□傳播媒體　□親友推薦　□網站推薦　□部落格　□其他________

您對本書的評價：（請填代號　1.非常滿意　2.滿意　3.尚可　4.再改進）

封面設計____　版面編排____　內容____　文／譯筆____　價格____

讀完書後您覺得：

□很有收穫　□有收穫　□收穫不多　□沒收穫

對我們的建議：________________________

____

____

____

請貼
郵票

11466
台北市內湖區瑞光路 76 巷 65 號 1 樓
秀威資訊科技股份有限公司 收
BOD 數位出版事業部

（請沿線對折寄回，謝謝！）

姓　　名：＿＿＿＿＿＿＿＿　年齡：＿＿＿＿　性別：□女　□男

郵遞區號：□□□□□

地　　址：＿＿＿＿＿＿＿＿＿＿＿＿＿＿＿＿

聯絡電話：(日)＿＿＿＿＿＿＿＿(夜)＿＿＿＿＿＿＿＿

E-mail：＿＿＿＿＿＿＿＿＿＿＿＿＿＿＿＿